UNA NOCHE

DESEADA

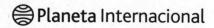 Planeta Internacional

JODI ELLEN MALPAS

DESEADA

Primer volumen de la trilogía Una noche

Traducción de
Vicky Charques y Marisa Rodríguez

 Planeta

Obra editada en colaboración con Editorial Planeta – España

Título original: *One Night. Promised*

© 2014, Jodi Ellen Malpas
Publicado de acuerdo con Grand Central Publishing, N.Y., EE. UU.
© 2014, Vicky Charques y Marisa Rodríguez (Traducciones Imposibles), por la traducción
© 2014, Editorial Planeta, S.A. – Barcelona, España

Derechos reservados

© 2015, Editorial Planeta Mexicana, S.A. de C.V.
Bajo el sello editorial PLANETA M.R.
Avenida Presidente Masarik núm. 111, Piso 2
Colonia Polanco V Sección
Deleg. Miguel Hidalgo
C.P. 11560, México, D.F.
www.planetadelibros.com.mx

Primera edición impresa en España: septiembre de 2014
ISBN: 978-84-08-13228-8

Primera edición impresa en México: febrero de 2015
ISBN: 978-607-07-2564-7

Impreso en los talleres de Litográfica Ingramex, S.A. de C.V.
Centeno núm. 162-1, colonia Granjas Esmeralda, México, D.F.
Impreso en México – *Printed in Mexico*

Para mi asistente, Siobhan. Todos la conocen como
«La guardiana de las cosas importantes».
Yo la conozco como mi hermana pequeña

AGRADECIMIENTOS

Ha pasado un año desde la última vez que escribí una nota de agradecimiento. Fue para *Mi hombre. Confesión*, el último libro de la trilogía Mi hombre, y recuerdo que sentí una gran presión al llevar la historia de Jesse y Ava a un final explosivo pero satisfactorio. También había un pensamiento que no paraba de rondarme por la cabeza...

«¿Qué demonios voy a escribir ahora?»

Una noche llegó a mi mente como un huracán. Livy y M nacieron, y conforme escribía su historia, una mezcla de emoción y de preocupación se apoderó de mí. El señor Jesse Ward había dejado la vara muy alta. Pero según avanzaba mi nueva historia, no podía evitar pensar que tal vez había conseguido igualar todas las cualidades que había pretendido conseguir con *Mi hombre*. Entonces mi agente, Andrea Barzvi, leyó el primer libro y pensó lo mismo que yo. Más tarde hicieron lo propio Beth de Guzman, de Grand Central Publishing, y Genevieve Pegg, de Orion Books.

Y fue ahí cuando comenzó la emoción por mi nuevo relato.

Muchísimas gracias a mi maravilloso representante legal, Matthew Savare, que es un apoyo constante en este nuevo mundo para mí. Insiste en que no debería adorarlo, pues todos los clientes detestan a su abogado. ¡Te quiero demasiado como para no adorarte!

A mi magnífica agente, Andrea Barzvi, de Empire Literary: nuestros lazos van mucho más allá de la típica relación agente/

9

cliente. Te agradezco mucho todo lo que haces, profesionalmente y en tantos muchos otros niveles.

A Beth de Guzman, a Leah Hultenschmidt, y al increíble equipo de Grand Central Publishing, ¡me alegro de poder vivir todo esto de nuevo con ustedes! Gracias por vuestra fe en mi trabajo y por apoyarme en mi nueva aventura.

A Genevieve Pegg, a Laura Gerrard y a todas las personas maravillosas de Orion Books. Me encanta pertenecer a una editorial británica tan agradable y atenta. ¡Arriba esos traseros!

Y así podría seguir eternamente. Cuento con un equipo de trabajo fantástico, tanto aquí en Gran Bretaña como al otro lado del Atlántico, y todas y cada una de las personas que lo componen son de un valor incalculable para mí. Todas.

Pero si hay alguien a quien quiero dar las gracias especialmente, ésas son mi madre y mi hermana. Mi madre dejó su jubilación para administrar JEM, y mi hermana abandonó su trabajo y se aventuró a organizar mi caótica vida. Nuestras reuniones de los lunes por la mañana en la «sede de JEM» son un tesoro para mí, y las quiero muchísimo. Gracias por aceptar y apoyar mi nueva carrera.

Y quisiera dedicar un agradecimiento aún mayor si cabe a mi padre: un tipo común y corriente que ha aprobado y apoyado la nueva aventura de sus tres chicas por el ancho mundo. A quienquiera que le preguntes te dirá que es el hombre más agradable del mundo. Y tienen razón. El gran Pat es único y sólo hay dos personas en este planeta que tienen la suerte de poder llamarlo *papá*. Cada día de mi vida me siento afortunada de ser una de ellas.

He creado un nuevo mundo lleno de pasión desenfrenada, intensidad cegadora y amor sin límites. He llorado, reído y gritado. Me gusta tanto como *Mi hombre*. Espero que os guste también.

Bss,

JODI

PRÓLOGO

La había citado. Ella sabía que él se enteraría, ya que tenía ojos y oídos en todas partes, pero eso no impidió que lo desobedeciera. Todo formaba parte de un plan para conseguir lo que quería.

Tambaleándose por el oscuro pasillo de aquel club londinense de mala muerte en dirección a su oficina, apenas era consciente de su estupidez. Su determinación, y demasiado alcohol, se lo impedían. Tenía una familia encantadora en casa, gente que la adoraba y la amaba, que la hacían sentirse querida y valorada. En el fondo sabía que no había ninguna buena razón para estar exponiendo su cuerpo y su mente a aquel mundo sórdido y de mala muerte. Pero había vuelto esa noche. Y volvería a hacerlo la siguiente.

Se le hizo un nudo en el estómago a medida que se aproximaba a la puerta de su despacho. Su cerebro, ahogado en alcohol, estaba activo lo justo para permitirle levantar la mano y agarrar el pomo de la puerta. Hipando una vez más y con otra pérdida de equilibrio sobre sus ridículos tacones de aguja, entró en el despacho de William.

Era un hombre atractivo a finales de los treinta, con una densa melena que empezaba a encanecer en las sienes, lo que le otorgaba un aspecto maduro y distinguido, a juego con sus trajes. Su mandíbula era ancha y severa, pero su sonrisa resultaba amistosa cuando decidía revelarla, cosa que no sucedía con mucha frecuencia. Sus clientes masculinos jamás la habían visto. William prefería mostrar esa pose dura que hacía que todos los hombres se echasen a

11

temblar en su presencia. Pero para las chicas sus ojos siempre brillaban, y su expresión era suave y reconfortante. Ella no lo entendía ni pretendía hacerlo. Sólo sabía que lo necesitaba. Y sabía que William también le había tomado cariño, de modo que usaba esa debilidad contra él. El duro corazón de aquel hombre de negocios se ablandaba con todas las chicas, pero con ella se hacía puré.

William miró hacia la puerta mientras ella entraba trastabillando y levantó la mano para detener la conversación que mantenía con un hombre alto con mala pinta que estaba de pie frente a su mesa. Una de sus reglas era que siempre había que llamar a la puerta y esperar a que él diese permiso para entrar, pero ella nunca lo hacía, y William jamás la reprendía por ello.

—Seguiremos pronto con esto —dijo, y despachó a su socio, que se marchó al instante, sin protestar, y cerrando la puerta sin hacer ruido al salir.

William se levantó y se alisó el saco mientras salía de detrás de su enorme mesa. Incluso a través de la neblina del alcohol, ella podía ver con perfecta claridad la preocupación que reflejaba su rostro. Y también un punto de irritación. Se acercó a ella lentamente, con cautela, como si tuviera miedo de que saliera corriendo, y la agarró con suavidad del brazo. La colocó sobre una de las sillas acolchadas de piel que había frente a su mesa, se sirvió un whisky y le pasó a ella agua fría antes de sentarse.

Ella no sentía miedo en presencia de ese hombre tan poderoso, ni siquiera a pesar de su vulnerable estado. Por extraño que pudiera parecer, se sentía segura. Él haría lo que fuera por sus chicas, incluso castrar a cualquiera que se pasara de la raya. Tenía reglas específicas, y ningún hombre en su sano juicio se atrevería a saltárselas, porque arriesgaban mucho más que su vida. Ya había visto el resultado, y no era agradable.

—Te dije que se acabó —anunció William intentando no sonar enfadado, aunque sólo consiguió adoptar un tono cargado de compasión.

—Si no me los buscas tú, me los buscaré yo —balbuceó ella.

La embriaguez había inyectado valor en su pequeña constitución. Tiró el monedero sobre la mesa delante de él, pero William pasó por alto su falta de respeto y lo empujó de nuevo hacia ella.

—¿Necesitas dinero? Te daré dinero. Pero no te quiero más en este mundo.

—Esa decisión no es tuya —respondió ella sin miedo, sabiendo perfectamente lo que se hacía. Sus labios serios y sus ojos grises le indicaban que se estaba saliendo con la suya. Le estaba apretando las tuercas.

—Tienes diecisiete años, y toda una vida por delante. —William se levantó, rodeó la mesa y se sentó en una esquina delante de ella—. Me mentiste sobre tu edad, te has saltado un montón de normas, y ahora te niegas a dejar que vuelva a enderezar tu vida. —La agarró de la barbilla y elevó su rostro desafiante hacia él—. Me has faltado al respeto y, lo que es peor, te lo has faltado a ti misma.

No sabía qué responder a eso. Lo había embaucado, le había tendido una trampa con el fin de que se acercara a ella.

—Lo siento —murmuró arrastrando las palabras, y se apartó de él para dar un largo sorbo de agua. No sabía qué más decir, y aunque encontrara las palabras, jamás serían suficientes.

Sabía que la compasión que William sentía hacia ella podría menoscabar el respeto que se había ganado en ese negocio de vicio y perversión, y su negativa a dejar que solucionase su situación, una situación de la que se sentía responsable, hacía sólo peligrar aún más esa reputación.

William se arrodilló entonces delante de ella y apoyó sus grandes palmas sobre sus piernas desnudas.

—¿Cuál de mis clientes se ha saltado mis reglas esta vez?

Ella se encogió de hombros, decidida a no revelar la identidad del hombre que había seducido hasta su cama. Sabía que William les había advertido a todos que no se acercaran a ella. Pero había conseguido embaucarlo, igual que a William.

—Da igual.

Quería que William se molestara ante su continua insolencia, pero él conservó la calma.

—No vas a conseguir lo que pretendes. —William se sintió como un cabrón al espetarle esas duras palabras. Sabía lo que estaba buscando—. No puedo cuidar de ti —añadió tranquilamente, tirando del dobladillo del vestido corto de ella.

—Lo sé.

Él inspiró entonces profunda y cansadamente. Era consciente de que ella no pertenecía a su mundo. Ni siquiera estaba seguro de si él seguía haciéndolo. Jamás había dejado que la compasión interfiriera en su negocio, nunca se había expuesto a situaciones que pudieran arruinar su respetada posición, pero esa jovencita había puesto su mundo patas arriba. Eran esos ojos azul zafiro... William jamás había consentido que sus sentimientos afectaran a su negocio, no podía permitírselo, pero esa vez había fracasado.

Elevó su enorme mano para acariciar la suave mejilla de porcelana, y la desesperación reflejada en los ojos de ella atravesó su duro corazón.

—Ayúdame a hacer lo correcto. Tú no perteneces a mi mundo —le dijo.

Ella asintió, y William suspiró aliviado. Esa chica era demasiado hermosa y demasiado imprudente, una peligrosa combinación. Acabaría buscándose problemas. Estaba furioso consigo mismo por dejar que eso sucediese, a pesar de su engaño.

Cuidaba de sus chicas, las respetaba y se aseguraba de que sus clientes también las respetaran, y siempre mantenía los ojos bien abiertos por si pasaba algo que pudiera ponerlas en peligro, mental y físicamente. Sabía lo que iban a hacer antes de que lo hicieran. Pero ésta había traspasado su guardia. Había conseguido engañarlo. Sin embargo, no la culpaba. Se culpaba a sí mismo. Su joven belleza lo había desconcentrado demasiado, una belleza que se le quedaría grabada en la mente para siempre. Volvería a echarla, y esta vez se aseguraría de que no regresara. Le importaba demasiado como para mantenerla ahí. Y eso le provocaba un dolor abrasador en su oscura alma.

Capítulo 1

No hay nada como preparar un café perfecto. Y, desde luego, no hay nada como el café perfecto que prepara una de las cafeteras con aspecto de nave espacial que tengo delante. Llevo días viendo cómo Sylvie, la otra camarera, completa la tarea sin problemas mientras habla, toma otra taza y teclea el pedido en la caja. Pero yo sólo consigo hacer un desastre, de café y del área que rodea la cafetera.

Fuerzo el cacharro del filtro maldiciéndolo y se me resbala, con lo que todo se llena de café molido.

—No, no, no —mascullo para mis adentros mientras tomo el paño que llevo en el bolsillo de mi delantal.

El húmedo trapo está marrón, lo que delata las miles de veces que hoy he tenido que limpiar mis desastres.

—¿Quieres que lo haga yo? —La voz divertida de Sylvie repta sobre mis hombros y los dejo caer.

No hay manera. Por más que lo intente, siempre acabo igual. Esta nave espacial y yo no nos llevamos bien.

Suspiro de forma dramática, me vuelvo y le paso a Sylvie el gran cacharro de metal.

—Lo siento. Este aparato me odia.

Sus labios de color rosa intenso se separan para formar una amable sonrisa, y su moño negro brillante se mueve mientras niega con la cabeza. Tiene más paciencia que un santo.

—Ya la dominarás. ¿Quieres limpiar la siete?

Me pongo en marcha, tomo una bandeja y me dirijo hacia la mesa recién desocupada con la esperanza de redimirme.

—Me va a despedir —susurro mientras cargo la bandeja.

Sólo llevo cuatro días trabajando aquí pero, cuando me contrató, Del dijo que únicamente me llevaría unas horas del primer día hacerme con el funcionamiento de la cafetera que domina el mostrador posterior de la cafetería. Ese día fue horrible, y creo que Del comparte mi opinión.

—Claro que no —replica Sylvie. Pone en marcha la máquina y el sonido del vapor atravesando a toda velocidad el conducto de la espuma inunda el establecimiento—. ¡Le gustas! —exclama.

Toma una taza, después una bandeja, luego una cuchara, una servilleta y el chocolate en polvo, y todo mientras hace girar la jarra de leche metálica sin ningún problema.

Sonrío mirando la mesa y le paso el paño antes de recoger la bandeja y regresar a la cocina. Del me conoce desde hace sólo una semana, pero ya ha dicho que no tengo nada de maldad. Mi abuela dice lo mismo, aunque añade que más me valdría desarrollar un poco porque el mundo y la gente que lo habita no siempre son buenos y amables.

Dejo la bandeja a un lado y empiezo a llenar el lavavajillas.

—¿Estás bien, Livy?

Me vuelvo hacia la ronca voz de Paul, el cocinero.

—Muy bien. ¿Y tú?

—De maravilla —dice, y continúa silbando y fregando las ollas.

Sigo colocando los platos en el lavavajillas y me digo a mí misma que todo irá bien siempre y cuando no me acerque a esa máquina.

—¿Necesitas algo antes de que me vaya? —le pregunto a Sylvie al verla entrar por la puerta de vaivén.

Envidio el hecho de que sea capaz de desempeñar todas sus tareas con tanta facilidad y presteza, desde lidiar con esa maldita cafetera hasta apilar las tazas sin siquiera mirarlas.

—No. —Se vuelve y se seca las manos en el mandil—. Vete tranquila. Nos vemos mañana.

—Gracias. —Me quito el delantal y lo cuelgo—. Adiós, Paul.

—¡Que tengas una buena noche, Livy! —exclama mientras agita un cucharón por encima de la cabeza.

Tras zigzaguear hasta la salida entre las mesas de la cafetería, empujo la puerta y salgo a la calle. De pronto me acribillan unos enormes goterones.

—Genial.

Sonrío, me cubro la cabeza con la chamarra de mezclilla y echo a correr.

Salto entre los charcos. Mis Converse no ayudan en absoluto a mantener secos mis pies, y chapotean con cada paso apresurado que doy hacia la parada del autobús.

Me dirijo a casa, entro corriendo y apoyo la espalda contra la puerta una vez dentro para recuperar el aliento.

—¿Livy? —La voz ronca de mi abuela mejora al instante mi húmedo estado de ánimo—. Livy, ¿eres tú?

—¡Sí!

Cuelgo la chamarra empapada en el perchero, me quito los estúpidos Converse y me dirijo hacia la trascocina por el largo pasillo. Encuentro a mi abuela inclinada sobre la cocina, removiendo una enorme olla de algo que sin duda será sopa.

—¡Hola! —Deja la cuchara de madera y se acerca a mí con su típico balanceo. Para tener ochenta y un años, es increíble y está muy despierta—. ¡Estás empapada!

—No es para tanto —le aseguro sacudiéndome el pelo mientras ella me inspecciona de arriba abajo con la mirada y se centra en mi vientre plano cuando se me levanta la camiseta.

—Necesitas engordar.

Pongo los ojos en blanco, pero le sigo la corriente.

—Me muero de hambre.

La sonrisa que se dibuja en su rostro arrugado me hace sonreír también a mí; entonces me abraza y me frota la espalda.

—¿Qué has hecho hoy, abuela? —pregunto.

Me suelta y señala la mesa.

—Siéntate.

La obedezco inmediatamente y tomo la cuchara que me ha dejado preparada.

—¿Y bien?

Me mira con el ceño fruncido.

—¿Y bien, qué?

—Que qué has hecho hoy —repito.

—¡Ah! —Me pasa una servilleta—. Nada del otro mundo. He ido a comprar y he preparado tu tarta de zanahoria favorita. —Señala la encimera, donde un pastel espera a enfriarse sobre una rejilla. Pero no es de zanahoria.

—¿Me has hecho tarta de zanahoria? —pregunto mientras observo cómo vuelve para servir dos cuencos de sopa.

—Sí, ya te he dicho que te he hecho tu tarta favorita, Livy.

—Pero mi favorita es la de limón, abuela. Ya lo sabes.

Lleva los cuencos a la mesa sin derramar ni una gota y los coloca encima.

—Sí, ya lo sé. Por eso te he preparado una tarta tatín de limón.

Echo otro vistazo por la cocina y compruebo que no me equivoco.

—Abuela, eso parece una tarta de piña.

Descansa las posaderas sobre la silla y me mira como si fuera a mí a la que se le está yendo la cabeza.

—Es que es una tarta de piña. —Hunde la cuchara en el cuenco y sorbe un poco de sopa de cilantro antes de tomar un poco de pan recién horneado—. Te he hecho tu favorita.

Está confundida, y yo también. Después de este breve intercambio, ya no tengo ni idea de qué pastel ha hecho, pero me da igual. Miro a mi querida abuela y observo cómo come. Tiene buen aspecto y no parece confundida. ¿Será esto el comienzo? Me inclino hacia adelante.

—Abuela, ¿te encuentras bien? —Estoy preocupada.

Ella se echa a reír.

—¡Te estoy tomando el pelo, Livy!

—¡Abuela! —la reprendo, aunque me siento mejor al instante—. No deberías hacer eso.

—Todavía no he perdido la cabeza. —Señala mi cuenco con la cuchara—. Cena y cuéntame cómo te ha ido hoy.

Suspiro con dramática resignación y remuevo la sopa.

—No consigo agarrarle el truco a esa cafetera, lo cual es un problema, porque el noventa por ciento de los clientes pide algún tipo de café.

—Ya te harás con ella —dice con confianza, como si fuese una experta en el uso de ese maldito cacharro.

—No estoy segura. No creo que Del deje que me quede sólo para limpiar mesas.

—Bueno, pero aparte de lo de la cafetera, ¿estás a gusto?

Sonrío.

—Sí, mucho.

—Bien. No puedes cuidar de mí eternamente. Una jovencita como tú debería salir y divertirse, no estar aquí atendiendo a su abuela. —Me mira con cautela—. Además, yo no necesito que nadie me cuide.

—A mí me gusta cuidar de ti —contesto tranquilamente, y me preparo para la típica charla. Podría discutir esto hasta quedarme sin aliento y aún seguiría discrepando.

Es una mujer frágil, no a nivel físico, pero sí mental, por mucho que insista en que está bien. Toma aire. Me temo lo peor.

—Livy, no voy a abandonar las praderas verdes de Dios hasta que vea que tu vida está en orden, y eso no va a suceder si te pasas el día mangoneándome. Se me acaba el tiempo, así que más te vale que empieces a mover ese trasero.

21

Hago una mueca.

—Ya te lo he dicho. Soy feliz.

—¿Feliz escondiéndote de un mundo que tiene tanto que ofrecer? —pregunta muy seria—. Empieza a vivir, Olivia. Créeme, el tiempo pasa. Antes de que te des cuenta, te estarán tomando medidas para colocarte una dentadura postiza, y tendrás miedo de toser o estornudar por si se te escapa el pis.

—¡Abuela! —Me atraganto con un trozo de pan, pero no está bromeando. Habla muy en serio, como siempre que entablamos este tipo de conversaciones.

—Basado en hechos reales —suspira—. Sal ahí afuera. Aprovecha todo lo que la vida ponga en tu camino. Tú no eres tu madre, Oliv...

—Abuela —le advierto con tono severo.

Se deja caer sobre el respaldo de su silla. Sé que se frustra conmigo, pero estoy bien como estoy. Tengo veinticuatro años, he vivido con mi abuela desde que nací, y en cuanto acabé los estudios me inventé toda clase de excusas para quedarme en casa y poder vigilarla. Pero aunque yo estaba contenta de cuidar de ella, ella no.

—Olivia, yo he seguido con mi vida, y tú también tendrías que hacerlo. Yo no debería retenerte.

Sonrío y no sé qué decir. Ella no es consciente de ello, pero yo necesito estar retenida. Al fin y al cabo, soy la hija de mi madre.

—Livy, dale un gusto a tu abuela. Ponte unos tacones y sal a divertirte.

Ahora soy yo la que se hunde en la silla. No puede evitarlo.

—Abuela, no me pondría tacones ni loca. —Me duelen los pies sólo de pensarlo.

—¿Cuántos pares tienes de esos zapatos de lona? —pregunta mientras me unta más mantequilla en el pan y me lo pasa.

—Doce —contesto sin ningún pudor—. Pero son de colores diferentes. —Tengo pensado comprarme unos amarillos este sábado.

Hinco los dientes en el pan y sonrío cuando la veo resoplar de disgusto.

—Bueno, pero sal y diviértete. Gregory siempre te está invitando a salir. ¿Por qué no aceptas una de sus constantes ofertas?

—Yo no bebo. —Por favor, que lo deje estar ya—. Y Gregory sólo me arrastraría a todos los bares de ambiente —le explico levantando las cejas. Mi mejor amigo ya se acuesta con bastantes hombres por los dos.

—Cualquier bar es mejor que ninguno. A lo mejor te gusta. —Se acerca y me limpia unas migas de los labios. Después me acaricia la mejilla con suavidad. Sé lo que va a decir—: Es increíble lo mucho que te le pareces.

—Lo sé.

Apoyo la mano sobre la suya y la dejo ahí mientras ella reflexiona en silencio. No me acuerdo muy bien de mi madre, pero he visto las pruebas, y soy una copia exacta de ella. Incluso el pelo rubio forma ondas similares y cae en cascada sobre mis hombros, como si tuviera demasiado para que mi minúsculo cuerpo pudiera cargarlo. Es tremendamente pesado y sólo se comporta si me lo seco al aire y lo dejo estar. Y mis ojos grandes y azul oscuro, como los de mi abuela y los de mi padre, tienen un brillo cristalino. La gente suele decirme que parecen zafiros. Yo no lo veo. Me pinto por gusto, no por necesidad, aunque siempre aplico poco maquillaje en mi piel clara.

Después de darle tiempo suficiente para recordar, le tomo la mano y se la coloco junto a su cuenco.

—Come, abuela —digo suavemente, y continúo tomándome la sopa.

Al verse arrastrada de nuevo al presente, sigue con su cena, pero en silencio. Nunca ha superado el temerario estilo de vida de mi madre, un estilo de vida que le robó a su niña. Han pasado dieciocho años y todavía la echa de menos muchísimo. Yo no. ¿Cómo se puede echar de menos a alguien a quien apenas conociste? Pero ver a mi abuela sumirse en esos tristes pensamientos de vez en cuando me resulta doloroso.

Sí, definitivamente no hay nada como preparar un buen café. Estoy frente a la cafetera de nuevo, pero esta vez sonrío. Lo he conseguido: una cantidad adecuada de espuma, una textura sedosa y el punto justo de chocolate cubren perfectamente la parte superior. Es una pena que sea yo quien vaya a bebérselo y no un cliente agradecido.

—¿Está bueno? —pregunta Sylvie, que observa con emoción.

Asiento con un gemido y dejo la taza.

—La cafetera y yo nos hemos hecho amigas.

—¡Bien! —chilla, y me da un abrazo de alegría.

Me echo a reír y me uno a su entusiasmo. Miro por encima de su hombro y veo que la puerta de la cafetería se abre.

—Me temo que la hora pico del mediodía está a punto de empezar —digo separándome de ella—. Yo me encargo de éste.

—Vaya, qué seguridad —ríe Sylvie, y se aparta para darme acceso al mostrador. Me sonríe y yo me dirijo al hombre que acaba de llegar.

—¿Qué desea? —pregunto, y me dispongo a anotar su pedido, pero no me contesta. Levanto la vista y lo sorprendo observándome atentamente. Empiezo a revolverme nerviosa, incómoda ante su escrutinio—. ¿Caballero? —consigo articular.

Abre unos ojos como platos.

—Eh..., un capuchino, por favor. Para llevar.

—Claro.

Me pongo a trabajar y dejo que don Ojos Como Platos supere la vergüenza. Me acerco a mi nueva mejor amiga, lleno el filtro de café y lo coloco con éxito en el soporte. Por ahora, todo bien.

—Ésa es la razón por la que Del no te va a despedir —susurra Sylvie por encima de mi hombro, lo que me hace dar un respingo.

24

—Cállate —la reprendo mientras saco uno de los vasos para llevar del estante y lo coloco debajo del filtro antes de presionar el botón correcto.

—Te está mirando.

—¡Sylvie, ya está bien!

—Dale tu número.

—¡No! —digo demasiado alto, y echo un vistazo atrás. Me está mirando—. No me interesa.

—Es lindo —opina ella.

Y la verdad es que tiene razón. Es muy lindo, pero no me interesa.

—No tengo tiempo para relaciones.

Eso no es del todo cierto. Éste es mi primer trabajo, y antes de esto me he pasado la mayor parte de mi vida adulta cuidando de mi abuela. Ahora ya no estoy segura de si realmente necesita que la cuide, o si sólo es una excusa que me he buscado.

Sylvie se encoge de hombros y me deja continuar. Termino y sonrío mientras vierto la leche en el vaso, espolvoreo un poco de chocolate sobre la espuma y coloco la tapa. Me siento superorgullosa de mí misma, y se me nota en la cara cuando me vuelvo para entregarle el capuchino a don Ojos Como Platos.

—Son dos libras con ochenta, por favor. —Me dispongo a dejarlo sobre el mostrador, pero él lo intercepta y me lo coge de la mano, procurando tocarme al hacerlo.

—Gracias —dice, y sus suaves palabras obligan a mis ojos a posarse en los suyos.

—De nada. —Aparto la mano lentamente y tomo el billete de diez libras que me entrega—. Enseguida le doy el cambio.

—No hace falta. —Sacude la cabeza suavemente y examina todo mi rostro—. Aunque no me importaría que me dieras tu número de teléfono.

Oigo cómo Sylvie se carcajea desde la mesa que está limpiando en ese momento.

—Lo siento, tengo pareja.

Introduzco su pedido en la caja, reúno su cambio rápidamente y se lo entrego ignorando el gesto de disgusto de Sylvie.

—Claro. —Él ríe ligeramente. Parece avergonzado—. Qué idiota soy.

Sonrío para que no se sienta tan violento.

—No pasa nada.

—No suelo pedirles el teléfono a todas las mujeres con las que me encuentro —explica—. No soy un bicho raro.

—En serio, da igual.

Ahora yo también siento vergüenza y deseo para mis adentros que se marche pronto, antes de que le lance una taza a la cabeza a Sylvie. Noto que me mira estupefacta. Empiezo a reordenar las servilletas, cualquier cosa que me aparte de esta incómoda situación. Me dan ganas de darle un beso al hombre que acaba de entrar con pinta de tener prisa.

—Debo atender al siguiente cliente —digo señalando por encima del hombro de don Ojos Como Platos hacia el hombre de negocios con aspecto de estresado.

—¡Por supuesto! Disculpa. —Se aparta y alza el café a modo de agradecimiento—. Hasta luego.

—Adiós. —Levanto la mano y, después, miro a mi siguiente cliente—. ¿Qué desea, señor?

—Un *caffè latte*, sin azúcar. Y que sea rápido —dice sin apenas mirarme antes de contestar al teléfono, alejarse del mostrador y tirar su maletín sobre una silla.

Apenas me doy cuenta de que don Ojos Como Platos se marcha, pero oigo cómo las botas de motociclista de Sylvie se acercan a toda prisa hasta donde yo me encuentro, enfrentándome a la cafetera de nuevo.

—¡No puedo creer que lo hayas rechazado! —me reprende susurrando—. Era un encanto.

Me apresuro a preparar mi tercer café perfecto, sin darle a su estupefacción la atención que merece.

—No estaba mal —contesto como si nada.

—¿Que no estaba mal?

—Sí, no estaba mal.

No la miro, pero sé que está poniendo los ojos en blanco.

—Eres increíble —masculla, y acto seguido se marcha indignada, con su voluptuoso trasero meneándose de un lado al otro al igual que su moño negro.

Sonrío triunfalmente de nuevo mientras entrego mi tercer café perfecto. La sonrisa no se me borra cuando el cliente estresado me echa tres libras en la mano, agarra el café y se larga sin decir siquiera gracias.

No paro en todo el día. Entro y salgo de la cocina, limpio un montón de mesas y preparo decenas de cafés perfectos. En los descansos, me las arreglo para llamar a mi abuela, ganándome una reprimenda cada vez por ser tan pesada.

Cerca de las cinco en punto, me dejo caer sobre uno de los sillones marrones de piel y abro una lata de Coca-Cola con la esperanza de que la cafeína y el azúcar me devuelvan a la vida. Estoy muerta.

—Livy, voy a tirar la basura —dice Sylvie sacando la bolsa negra de uno de los cubos—. ¿Estás bien?

—De maravilla.

Levanto la lata y apoyo la cabeza en el respaldo del sofá, centrándome en las luces del techo para resistir la tentación de cerrar los ojos. Estoy deseando llegar a mi cama. Me duelen los pies, y necesito una ducha urgentemente.

—¿Trabaja alguien aquí o es un autoservicio?

Salto del sofá al oír el sonido de esa voz impaciente pero suave, y me vuelvo para atender a mi cliente.

—¡Disculpe!

Corro hacia el mostrador, me golpeo la cadera con la esquina del banco y, aguantándome el impulso de maldecir en voz alta, pregunto:

—¿Qué desea?

27

Me froto la cadera y levanto la vista. Me quedo pasmada y suelto un grito ahogado. Sus penetrantes ojos azules se clavan en los míos. Muy profundamente. Desvío la mirada y observo el saco abierto de su traje, un chaleco, una camisa y una corbata azul pálido, su mentón cubierto por una oscura barba incipiente, y cómo sus labios están separados lo justo. Entonces me centro en sus ojos de nuevo. Son del color azul más intenso que he visto jamás y me atraviesan con un aire de curiosidad. Tengo ante mí la perfección encarnada y me he quedado maravillada.

—¿Sueles examinar tan profundamente a todos tus clientes? —pregunta inclinando la cabeza a un lado con una perfecta ceja enarcada.

—¿Qué desea? —exhalo moviendo mi cuaderno hacia él.

—Un café americano, con cuatro expresos, dos de azúcar y lleno hasta la mitad.

Las palabras brotan de su boca, pero no las oigo. Las veo. Las leo en sus labios y las anoto mientras mantengo la vista fija en ellos. Sin darme cuenta, la pluma se me sale de la libreta, y empiezo a garabatearme los dedos. Miro hacia abajo extrañada.

—¿Hola? —pregunta impaciente de nuevo, y levanto la vista.

Me permito retroceder un poco para poder admirar todo su rostro. Estoy pasmada. No sólo por lo tremendamente impresionante que es, sino porque he perdido todas mis funciones corporales excepto los ojos, que funcionan perfectamente y parecen ser incapaces de desconectar de su impecable belleza. Ni siquiera me desconcentro cuando apoya las palmas en el mostrador y se inclina hacia adelante, propiciando que un mechón rebelde de su oscuro cabello alborotado caiga sobre su frente.

—¿Te incomoda mi presencia? —inquiere. Lo leo en sus labios también.

—¿Qué desea? —exhalo una vez más meneando de nuevo mi cuaderno hacia él.

Señala mi bolígrafo con la cabeza.

—Ya me lo has preguntado. Tienes mi pedido en la mano.

Miro abajo y veo que tengo los dedos manchados de tinta, pero no entiendo lo que dice, ni siquiera al colocar la libreta a la altura de donde se me ha desviado antes la pluma.

Levanto lentamente los ojos y me topo con los suyos. Tiene un aire de saber algo.

Parece engreído. Me tiene totalmente desconcertada.

Consulto la información almacenada en mi cerebro de los últimos minutos, pero no encuentro ningún pedido de café, sólo imágenes de su rostro.

—¿Un capuchino? —pregunto esperanzada.

—Americano —responde suavemente con un susurro—. Con cuatro expresos, dos de azúcar y lleno hasta la mitad.

—¡Muy bien! —Salgo de mi patético estado de encandilamiento y me dirijo hacia la cafetera.

Me tiemblan las manos y se me sale el corazón del pecho. Golpeo el filtro contra el cajón de madera para vaciar el poso con la esperanza de que el fuerte ruido me devuelva la sensatez. No sucede. Sigo sintiéndome... rara.

Tiro de la palanca del molinillo y cargo el filtro. Me está mirando. Siento sus ojos azules clavados en mi espalda mientras yo preparo la cafetera que he acabado adorando. Aunque ella no me corresponde en estos momentos. No hace nada de lo que le digo. No consigo asegurar el filtro en el soporte; mis manos temblorosas no ayudan en absoluto.

Inspiro profundamente para tranquilizarme y empiezo de nuevo. Consigo meter el filtro y colocar la taza debajo. Pulso el botón y espero a que haga su trabajo de espaldas al desconocido que tengo detrás. En toda la semana que llevo trabajando en la cafetería de Del, esta máquina nunca había tardado tanto en filtrar el café. Deseo para mis adentros que se dé prisa.

Después de toda una eternidad, tomo el café, le echo dos de azúcar y me dispongo a añadir el agua.

—Cuatro expresos —dice interrumpiendo el incómodo silencio con una suave voz ronca.

—¿Disculpe? —pregunto sin volverme.

—Lo he pedido con cuatro expresos.

Miro la taza que contiene sólo uno y cierro los ojos, rezando para que los dioses del café me asistan. No sé cuánto tiempo más me lleva añadir los otros tres expresos, pero cuando por fin me vuelvo para entregarle el café, está sentado en un sofá, recostado sobre el respaldo, con su definida constitución estirada y tamborileando en el apoyabrazos con los dedos. Su rostro no refleja ninguna emoción, pero deduzco que no está contento y, por alguna extraña razón, eso me entristece muchísimo. Llevo todo el día controlando perfectamente la cafetera, y ahora, cuando más quiero aparentar que sé lo que me hago, acabo pareciendo una estúpida incompetente. Me siento idiota mientras sostengo el vaso para llevar antes de colocarlo sobre el mostrador.

Lo mira y luego vuelve a mirarme a mí.

—Es para tomar aquí —añade con expresión seria y con un tono neutro pero mordaz.

Lo observo e intento descifrar si está haciéndose el difícil o si lo dice en serio. No recuerdo que me lo haya pedido para llevar. Lo he dado por hecho. No parece el tipo de persona que se sienta solo a tomar café en la cafetería del barrio. Tiene más bien pinta de ir a sitios caros y de beber champán.

Tomo un platillo y una taza. Vierto en ella el café y coloco una cucharilla al lado antes de dirigirme hacia él con paso firme. Por más que lo intento, no consigo evitar el temblor de la taza sobre el plato. Lo coloco en la mesa baja y observo cómo él hace girar el plato antes de levantar la taza, pero no me espero a ver cómo bebe. Mis Converse y yo damos media vuelta y huimos de allí.

Cruzo la puerta de vaivén como un huracán y me encuentro a Paul poniéndose el abrigo.

—¿Estás bien, Livy? —pregunta, y me examina con su cara redonda.

—Sí.

Me dirijo a la gran pila de metal para lavarme las manos sudadas y entonces el teléfono de la cafetería empieza a sonar desde la pared. Paul toma la iniciativa de contestar al llegar a la conclusión de que estoy decidida a frotarme las manos hasta que desaparezcan.

—Es para ti, Livy. Yo me largo.

—Que tengas un buen fin de semana, Paul —digo, y me seco las manos antes de coger el teléfono—. ¿Diga?

—Livy, cielo, ¿haces algo esta noche? —pregunta Del.

—¿Esta noche?

—Sí. Es que tengo un catering y me han dejado tirado. Anda, sé buena chica y échame una mano.

—Uf, Del, me encantaría, pero... —No sé por qué he dicho que me encantaría, porque lo cierto es que no me apetece nada, y no consigo terminar la frase porque no encuentro ninguna excusa. No tengo nada que hacer esta noche, aparte de perder el tiempo con mi abuela y escuchar cómo me riñe por ello.

—Vamos, Livy, te pagaré bien. Estoy desesperado.

—¿Cuál es el horario? —Suspiro y me apoyo contra la pared.

—¡Eres la mejor! De siete a doce de la noche. Nada complicado, cielo. Sólo hay que pasearse por ahí con bandejas de canapés y copas de champán. Está fácil.

¿Fácil? Sigue siendo andar, y los pies a estas alturas ya me están matando.

—Tengo que ir a casa a ver cómo está mi abuela y a cambiarme. ¿Qué me pongo?

—Ve de negro, y estate en la entrada del personal del Hilton de Park Lane a las siete, ¿vale?

—Vale.

Cuelga, y yo dejo caer la cabeza, pero mi atención pronto se desvía hacia la puerta de vaivén cuando Sylvie la atraviesa con sus ojos castaños abiertos como platos.

—¿Has visto eso?

Su pregunta me hace pensar al instante en la magnífica criatura que está sentada tomando café fuera. Casi me echo a reír mientras coloco el auricular del teléfono en su sitio.

—Sí, lo he visto.

—¡Carajo, Livy! Los hombres como ése deberían llevar un cartel de advertencia. —Echa un vistazo al salón y empieza a abanicarse la cara—. Carajo, está soplando el café para que se enfríe.

No necesito verlo. Me lo puedo imaginar.

—¿Trabajas esta noche? —pregunto intentando desviar sus babas hacia la cocina.

—¡Sí! —Se vuelve hacia mí—. ¿Te ha llamado Del?

—Sí. —Tomo las llaves que llevo colgadas y cierro la puerta que da al callejón.

—Intentó persuadirme para que te lo preguntara yo, pero sé que no te hace gracia trabajar de noche, estando tu abuela en casa. ¿Vas a ir?

—Sí, le he dicho que sí —contesto mirándola con cansancio.

En su rostro serio se forma una sonrisa.

—Es hora de cerrar. ¿Quieres ir tú a decirle que tiene que marcharse?

Una vez más, trato de controlar los temblores que me entran sólo de pensar en mirarlo, y me lo tomo como un reto.

—Sí, ya voy yo —digo con una seguridad que no siento.

Relajo los hombros trazando círculos hacia atrás, camino con decisión, dejo a Sylvie en la cocina y entro en el salón de la cafetería. Entonces me detengo de pronto al ver que ya no está. Me invade una extraña sensación mientras inspecciono el área. Me siento entre abandonada y decepcionada.

—Uy, ¿adónde ha ido? —gimotea Sylvie abriéndose paso por detrás de mí.

—No lo sé —susurro.

Acto seguido, me acerco despacio al sofá desocupado, recojo el café a medio beber y las tres libras que ha dejado. Separo la servilleta pegada en la parte inferior del platillo y empiezo a despegarla, pero unas líneas negras captan mi atención y me apresuro a estirarla sobre la mesa con una mano.

Dejo escapar un grito ahogado de asombro. Después me enojo un poco.

Probablemente sea el peor americano con el que haya insultado a mi boca.

M

Arrugo la cara y la servilleta, disgustada. Formo una bola con ella y la meto en la taza. Menudo imbécil arrogante. No me enfado nunca, y sé que eso saca de quicio a mi abuela y a Gregory, pero ahora estoy muy irritada. Y lo cierto es que es una tontería. Pero no sé si es porque no he preparado un café bueno con lo bien que lo he estado haciendo hoy, o si es porque no he conseguido la aprobación del hombre perfecto. Y ¿qué significa esa «M»?

Tras encargarme de la taza, el platillo y la servilleta ofensiva y de cerrar el establecimiento con Sylvie, finalmente, llego a la conclusión de que la «M» es de «Mendrugo».

Capítulo 2

Del nos guía por la entrada del personal del hotel mientras nos da instrucciones, señala la zona del servicio y se asegura de que sabemos con qué clase de clientela vamos a tratar.

En conclusión: unos esnobs.

Puedo soportarlo. Tras comprobar que mi abuela estaba bien, prácticamente me empujó por la puerta de la calle y me lanzó los Converse negros antes de prepararse para ir al bingo con George y el grupo de jubilados del barrio.

—¡Que no haya nunca nadie con una copa vacía! —exclama Del por encima del hombro—. Y asegúrense de devolver todas las vacías a la cocina para que las laven.

Sigo a Sylvie, que sigue a Del, y escucho atentamente mientras me recojo la pesada melena con una liga del pelo. No parece muy difícil, y me encanta observar a la gente, así que esta noche promete.

—Tomen. —Del se detiene, nos planta una bandeja redonda a cada una, y me mira los pies—. ¿No tenías ningún zapato negro plano?

Siguiendo su mirada, agacho la cabeza y me levanto un poco las perneras del pantalón negro.

—Éstas son negras. —Muevo un poco los dedos de los pies dentro de los Converse pensando en lo mucho más que me dolerían los pies si estuviera llevando otro calzado.

No dice nada más; pone los ojos en blanco y continúa guiándonos hasta el caótico espacio de la cocina, donde decenas de miembros del personal del hotel van de un lado a otro gritando y lanzándose órdenes los unos a los otros. Me pego más a Sylvie mientras continuamos caminando.

—¿Estamos sólo nosotras? —pregunto, de repente algo alarmada. Tanta actividad frenética sugiere que habrá muchos invitados.

—No, también estará el personal de la agencia que suele utilizar. Sólo somos refuerzos.

—¿Es que hace esto muy a menudo?

—Es su principal fuente de ingresos. No sé por qué conserva la cafetería.

Asiento pensativamente para mis adentros.

—¿El hotel no ofrece un servicio de catering?

—Sí, pero la gente que estás a punto de alimentar y de dar de beber manda, y si quieren a Del, tendrán a Del. Tiene mucha fama en estas cosas. Deberías probar sus canapés. —Se besa la punta de los dedos y yo me echo a reír.

Mi jefe nos muestra la sala donde va a tener lugar el acto y nos presenta a los numerosos camareros y camareras del otro equipo. Todos parecen aburridos y fastidiados. Es evidente que para ellos esto es algo frecuente, pero para mí no. Estoy deseando que empiece.

—¿Preparada? —Sylvie coloca una última copa de champán en mi bandeja—. La clave está en sostenerla con la palma de la mano. —Coge su propia bandeja con la palma en el centro—. Y levántala un poco hasta el hombro, así. —Con un movimiento experto, la bandeja asciende y aterriza sobre su hombro sin que las copas se rocen lo más mínimo. Me deja boquiabierta—. ¿Lo ves? —La bandeja desciende desde su hombro hasta la altura de su cintura—. Cuando les ofrezcas las copas, sostenla aquí, y cuando te desplaces, súbela de nuevo. —La bandeja asciende y aterriza sobre su hombro una vez más sin problemas—. Recuerda relajarte cuando estés en movimiento. No vayas tiesa. Inténtalo.

Deslizo mi bandeja llena por la superficie y coloco la palma en el centro.

—No pesa —digo sorprendida.

—No, pero recuerda que cuando las copas vacías empiecen a sustituir a las llenas pesará todavía menos, así que tenlo en cuenta cuando la subas y la bajes.

—Vale. —Hago girar la muñeca y elevo la bandeja hasta mi hombro con facilidad. Sonrío ampliamente y vuelvo a bajarla.

—Has nacido para esto —dice ella entre risas—. Vamos.

Me coloco la bandeja de nuevo sobre el hombro, doy media vuelta sobre mis Converse y me dirijo hacia el sonido, cada vez mayor, de las voces y las risas que provienen del salón de actos.

Al entrar, mis ojos azul oscuro se abren como platos al ver tanta riqueza, los trajes y los esmóquines. Pero no estoy nerviosa. Me siento tremendamente emocionada. Me espera una sesión de observación fantástica.

Sin aguardar a que Sylvie me dé la señal, me pierdo entre la creciente multitud, ofrezco mi bandeja a grupos de gente y sonrío, me den o no las gracias. La mayoría no lo hacen, pero eso no mina mi estado de ánimo. Me encuentro en mi elemento, cosa que me sorprende. Subo y bajo la bandeja sin problemas, mi cuerpo se desplaza sin esfuerzo entre las masas de opulencia, y voy y vuelvo de la cocina de vez en cuando para reabastecerme y seguir sirviendo.

—Lo estás haciendo genial, Livy —me dice Del mientras salgo con otra bandeja repleta de copas de champán llenas.

—¡Gracias! —canturreo, ansiosa por volver junto a mi sedienta multitud.

Veo a Sylvie al otro lado de la sala. Sonríe, y eso me da más energía todavía.

—¿Champán? —pregunto, mostrando mi bandeja a un grupo de seis hombres de mediana edad, todos ellos ataviados con esmoquin y corbata de moño.

—¡Vaya! ¡Fantástico! —exclama con entusiasmo un hombre

36

robusto mientras toma una copa y se la pasa a uno de sus acompañantes. Repite el gesto cuatro veces más antes de tomar la suya—. Está haciendo un trabajo magnífico, señorita. —Acerca su mano libre hacia mí, me mete algo en el bolsillo y me guiña un ojo—. Date algún capricho.

—¡No, por favor! —Niego con la cabeza. No voy a aceptar dinero de ningún hombre—. Caballero, ya me paga mi jefe. No es necesario. —Intento sacarme el billete del bolsillo mientras sostengo la bandeja firmemente sobre la palma de mi mano—. No esperamos propinas.

—No acepto un no —insiste, y me empuja la mano en el bolsillo—. Y no es una propina. Es por el placer de ver unos ojos tan bonitos.

Me pongo roja como un tomate al instante y no sé qué decir. ¡Debe de tener unos sesenta años como poco!

—Señor, lo siento, no puedo aceptarlo.

—¡Tonterías! —Me despacha con un bufido al tiempo que menea su mano rechoncha y reanuda la charla con su grupo mientras yo me quedo preguntándome qué diablos hacer.

Inspecciono la habitación, pero no veo a Sylvie, y a Del tampoco, de modo que me apresuro a servir el resto de las copas para volver a la cocina, donde encuentro a mi jefe colocando los canapés.

—Del, alguien me ha dado esto. —Dejo de un manotazo el billete en el mostrador y me siento algo mejor al confesarlo, pero abro los ojos como platos al ver que es de cincuenta libras. ¿De cincuenta? Pero ¿en qué estaba pensando?

Me quedo todavía más pasmada cuando Del se echa a reír.

—Livy, bien hecho. Quédatelo.

—¡No puedo!

—Claro que sí. Esta gente tiene más dinero que sentido común. Tómatelo como un cumplido. —Empuja las cincuenta libras hacia mí y continúa preparando unas pequeñas pizzas.

No me siento mejor.

—Sólo le he servido una copa de champán —digo en voz baja—. Eso no justifica una propina de cincuenta libras.

—No, es verdad pero, como te he dicho, tómatelo como un cumplido. Métetelo en el bolsillo y sigue sirviendo. —Señala mi bandeja con un gesto de la cabeza, recordándome al tiempo que está vacía.

—¡Uy! Sí, claro.

Me pongo en marcha. Me guardo de nuevo la exagerada propina en el bolsillo, decidida a discutir el asunto más tarde, y cargo mi bandeja antes de perderme de nuevo entre la gente. Evito al caballero que acaba de darme cincuenta libras y me voy en la otra dirección, deteniéndome tras un vestido de seda rojo.

—¿Champán, señora? —pregunto, y le lanzo una mirada a Sylvie. Ella asiente para darme ánimos una vez más, sonriendo, pero ya no los necesito. Soy un hacha en esto.

Centro la atención de nuevo en la mujer vestida de seda, cuyo pelo negro, liso y brillante le llega hasta su trasero respingón. Sonrío cuando se vuelve hacia mí y descubre a su acompañante.

Un hombre.

Él.

M.

No sé cómo consigo evitar que se me caiga al suelo la bandeja recién cargada de copas llenas de champán, pero lo hago. Lo que no consigo evitar es que la sonrisa se me borre del rostro. Tiene los labios separados como en la cafetería, su mirada me atraviesa la carne, pero su rostro exquisito no transmite ninguna emoción. Su barba incipiente ha desaparecido, dejando únicamente una piel impecablemente bronceada, y su pelo oscuro está algo menos alborotado y cae formando unos rizos perfectos sobre las puntas de sus orejas.

—Gracias —dice la mujer lentamente, aceptando una copa y obligándome a apartar los ojos de ese extraño.

De su cuello delicado pende una enorme y brillante cruz de

diamantes incrustados. Las esplendorosas piedras descansan justo por encima de sus pechos. No me cabe duda de que son auténticas.

—¿Tú quieres? —pregunta la mujer volviéndose hacia él y ofreciéndole la copa.

No contesta. Se limita a aceptarla de su mano, que presenta una manicura perfecta, sin apartar sus penetrantes ojos azules de mí.

No es nada receptivo, y mucho menos cálido, pero algo me quema por dentro cuando miro su rostro. Es algo que no había experimentado nunca, algo que hace que me sienta incómoda y vulnerable..., pero no asustada.

La mujer toma otra copa, y sé que ha llegado el momento de que me vaya a seguir sirviendo, pero soy incapaz de moverme. Siento que debería sonreír, lo que sea con tal de escapar de este *impasse* de miradas, pero lo que normalmente me sale de manera natural me está fallando ahora. Mi cuerpo ha dejado de responder, excepto mis ojos, que se niegan a apartarse de los suyos.

—Eso es todo —interviene la mujer con voz áspera, y doy un respingo. Sus delicados rasgos se han deformado en un gesto de enfado y sus ojos oscuros se han oscurecido todavía más. Tiene un semblante magnífico, incluso a pesar de que ahora mismo me esté mirando con el ceño fruncido—. He dicho que eso es todo —repite, y se interpone entre M y yo.

«¿M?» Decido en este mismo instante que la «M» es de «Misterio», porque eso es lo que es él en realidad. Me coloco la bandeja sobre el hombro y doy media vuelta lentamente sin decir nada. Me alejo y me siento obligada a mirar atrás porque sé que todavía me está mirando, y me pregunto cómo le estará sentando eso a su novia. De modo que lo hago y, tal y como sospechaba, sus ojos acerados se clavan en mi espalda.

—¡Eh!

Doy un brinco y la bandeja se me escapa de las manos sin que pueda hacer nada por evitarlo. Las copas parecen flotar hacia el suelo de mármol mientras el champán se derrama. La bandeja gira en el aire hasta que impacta contra el suelo duro con un estrépito que silencia la sala. Me quedo congelada en el sitio, rodeada de cristales rotos que no parecen detenerse nunca. El ensordecedor ruido resuena en el silencio que me rodea. Miro hacia abajo, mi cuerpo se tensa, y sé que todos los ojos se centran en mí.

Sólo en mí.

Todo el mundo me está observando.

Y no sé qué hacer.

—¡Livy! —La voz de pánico de Sylvie me obliga a levantar mi apesadumbrada cabeza y veo que corre en mi dirección con sus ojos castaños llenos de preocupación—. ¿Estás bien?

Asiento y me arrodillo para empezar a recoger los cristales rotos. Hago una mueca al sentir un dolor agudo en la rodilla que me atraviesa la tela del pantalón.

—¡Mierda! —Inspiro bruscamente y las lágrimas empiezan a inundar mis ojos en una mezcla de dolor y auténtica vergüenza.

No me gusta llamar la atención, y suelo arreglármelas para evitarlo, pero esta vez no hay nada que pueda hacer. He hecho que una sala con cientos de personas se suma en un silencio aterrador. Quiero salir huyendo.

—¡No toques los cristales, Livy! —Sylvie me obliga a levantarme y se asegura de que estoy bien.

Debe de haberse dado cuenta de que estoy a punto de desmoronarme, porque me arrastra rápidamente hasta la cocina, alejándome de mi público.

—Súbete —dice dando unos golpecitos en el mostrador.

Me subo de un salto, todavía intentando contener las lágrimas. Agarra el dobladillo de mis pantalones y me levanta la pernera hasta descubrir la herida.

—¡Ay! —Se encoge al ver el corte limpio y se aparta para mirarme—. Llevo fatal lo de la sangre, Livy. ¿Ése era el tipo de la cafetería?

—Sí —susurro, y me encojo al advertir que Del se acerca, aunque no parece enfadado.

—Livy, ¿te encuentras bien? —Se agacha y compone su propia mueca de dolor al ver mi rodilla sangrante.

—Lo siento—susurro—. No sé qué ha pasado.

Seguramente me va a despedir al instante por armar este espectáculo.

—Eh, eh. —Se pone derecho, y la expresión de su rostro se suaviza por completo—. Los accidentes suceden, cielo.

—¡Qué oso!

—Ya basta —corta con severidad, se vuelve hacia la pared y descuelga el maletín de primeros auxilios—. No es el fin del mundo. —Abre la caja y rebusca hasta que encuentra unas toallitas antisépticas. Aprieto los dientes mientras me pasa una suavemente por la rodilla. El escozor hace que sisee y me ponga tensa—. Lo siento, pero hay que limpiarla.

Contengo la respiración mientras prosigue curándome la herida, hasta que me cubre la rodilla con una gasa y esparadrapo y me baja del mostrador.

—¿Puedes andar?

—Sí. —Flexiono la rodilla y sonrío a modo de agradecimiento antes de recoger la nueva bandeja.

—¿Qué crees que estás haciendo? —pregunta él con el ceño fruncido.

—Pues...

— Nada de eso. —Se echa a reír—. Qué graciosa eres, Livy. Ve al baño y recomponte —dice señalando la salida al otro lado de la cocina.

—Pero si estoy bien —insisto, aunque no lo siento así. No porque me duela la rodilla, sino porque temo el momento de enfrentarme a mi público, o a M. Tendré que agachar la cabeza y evitar cierta mirada de acero, y terminar el turno sin más contratiempos.

—¡Al baño! —ordena Del, quitándome la bandeja y colocándola de nuevo sobre el mostrador—. Ya. —Apoya las manos sobre mis hombros y me guía hasta la puerta sin darme la oportunidad de seguir protestando—. Vamos.

Me obligo a sonreír a pesar de que sigo avergonzada y dejo atrás el caos de la cocina, entro en la enorme sala y me esmero en pasar inadvertida. Sé que no lo he conseguido. Los afilados ojos azules que me abrasan la piel lo confirman. Me siento como una inútil. Incompetente, estúpida y vulnerable. Pero, sobre todo, me siento expuesta.

Recorro el pasillo de alfombra hasta que cruzo dos puertas y llego a un lavabo tremendamente extravagante, con revestimientos en mármol y oro brillante por todas partes. Casi me da miedo usarlo. Lo primero que hago es sacar el billete de cincuenta del bolsillo y admirarlo durante unos instantes. Después lo arrugo y lo tiro a la basura. No voy a aceptar dinero de un hombre. Me lavo las manos y me planto ante el espejo gigante con marco dorado para volver a recogerme el pelo, y suspiro al encontrarme con unos ojos embrujados de color zafiro. Unos ojos curiosos.

Cuando la puerta se abre no presto mucha atención, y continúo colocándome algunos mechones sueltos de pelo detrás de las orejas. Pero entonces alguien se sitúa detrás de mí, proyectando una sombra sobre mi cara cuando me inclino hacia el espejo. Es M. Dejo escapar un grito ahogado, doy un salto atrás e impacto contra su cuerpo, que es tan duro y musculoso como había imaginado.

—Estás en el lavabo de las chicas —exhalo mientras me vuelvo hacia él.

Intento poner algo de distancia entre los dos, pero no consigo ir muy lejos con la pila detrás de mí. A pesar de mi estupefacción, me permito admirar su cercanía, su traje de tres piezas y su rostro recién afeitado. Emana un aroma masculino que parece de otro mundo, con una esencia de madera y tierra. Es un cóctel tóxico. Todo en él hace que mi sensible ser caiga en una espiral terrible.

Da un paso hacia adelante, reduciendo así el ya estrecho espacio que nos separa, y entonces me sorprende arrodillándose y levantándome con suavidad la pernera del pantalón. Me pego contra el mueble del lavabo, conteniendo la respiración, y me limito a observar cómo pasa el dedo con delicadeza por encima de la gasa que me cubre el corte.

—¿Te duele? —pregunta tranquilamente, dirigiendo sus increíbles ojos azules hacia los míos. Soy incapaz de hablar, de modo que niego con la cabeza y veo cómo su alta figura se pone de pie lentamente. Permanece pensativo unos instantes antes de volver a hablar—: Tengo que obligarme a mantenerme alejado de ti.

No le respondo que, al parecer, no lo está consiguiendo. No puedo apartar la mirada de sus labios.

—¿Por qué tienes que obligarte? —digo en cambio.

Apoya la mano en mi antebrazo, y me esfuerzo por no estremecerme ante el calor que recorre mi cuerpo al notar su tacto.

—Porque pareces una chica muy dulce que merece algo más de un hombre que el mejor sexo salvaje de su vida.

Para mi sorpresa, en lugar de sentirme pasmada, me siento aliviada, aunque acabe de prometerme que sólo será sexo y nada más. Él también está prendado de mí, y esa confirmación me obliga a levantar la vista hacia su mirada.

—A lo mejor es eso lo que quiero. —Lo estoy provocando, alentándolo, cuando lo que debería hacer es salir corriendo.

Parece sumido en sus pensamientos mientras las puntas de sus dedos ascienden suavemente por mi brazo.

—Quieres algo más que eso.

Está afirmándolo, no preguntándolo. No sé lo que quiero. Nunca me he parado a pensar en mi futuro, ni profesional ni personal. Vivo el día a día y ya está, pero una cosa sí que sé. Estoy pisando terreno peligroso, no sólo porque este hombre sin nombre parece atrevido, oscuro y demasiado perfecto, sino porque ha dicho que lo único que hará será cogerme. No lo conozco. Sería una auténtica estupidez que me acostara con él, sólo por el sexo. Eso va en contra de todos mis principios, pero no veo ningún motivo para no hacerlo. Debería sentirme incómoda por las sensaciones que despierta en mí, pero no es así. Por primera vez en mi vida, me siento viva. Me siento vibrar, algo extraño ataca mis sentidos, y una vibración todavía más apremiante me ataca entre los muslos cerrados. Estoy palpitando.

—¿Cómo te llamas? —pregunto.

—No quiero decírtelo, Livy.

Me dispongo a preguntarle cómo sabe mi nombre, pero entonces el grito de Sylvie en el salón de actos resuena en mi cabeza. Quiero tocarlo, pero cuando elevo la mano para apoyarla sobre su pecho, él retrocede ligeramente, con los ojos clavados en mi palma, que flota entre nuestros cuerpos. Me detengo por un instante para ver si se aparta más. No lo hace. Bajo la mano y la poso sobre el saco de su traje. Eso provoca que contenga el aliento repentinamente, pero no me detiene; se limita a observar cómo palpo suavemente su torso por encima de la ropa, maravillándome ante la firmeza que se esconde debajo.

Entonces me mira a los ojos e inclina la cabeza lentamente hacia adelante. Su respiración impacta contra mi rostro al acercarse, hasta que por fin cierro los ojos y me preparo para recibir sus labios. Está cada vez más cerca. Su aroma se intensifica y su aliento cálido me quema la cara.

Pero el alegre parloteo de unas mujeres interrumpe el momento. De repente me arrastra por el pasillo de los retretes y me mete de un empujón en el último cubículo. Cierra la puerta de golpe, me da la vuelta y me pega la espalda contra ella, me tapa la boca con la mano y acerca su rostro al mío. Mi cuerpo se agita mientras nos miramos, escuchando cómo las mujeres se arreglan frente al espejo, aplicándose labial rojo y perfumándose. Les grito mentalmente que se den prisa para que podamos continuar donde lo habíamos dejado. Casi he podido sentir sus labios rozando los míos, y eso sólo ha multiplicado por diez mi deseo por él.

Pasa lo que me parece una eternidad, pero por fin se hace el silencio. Mi respiración sigue siendo agitada, incluso ahora que ha retirado la mano y me permite respirar.

Pega su frente a la mía y cierra los ojos con fuerza.

—Eres demasiado dulce. No puedo hacerlo —dice.

Luego me aparta de la puerta antes de salir apresuradamente, dejándome ahí hecha un estúpido manojo de deseo contenido. ¿Que soy demasiado dulce? Dejo escapar una carcajada burlona. Otra vez estoy enfadada. Estoy encabronada y dispuesta a seguirlo y a dejarle claro quién decide lo que quiero y lo que no quiero. Y no es él.

Salgo del cubículo y corro a comprobar mi aspecto en el espejo. Antes de salir del aseo y de dirigirme a la cocina llego a la conclusión de que parezco agobiada.

Veo a Sylvie, que aparece por la entrada de la cocina.

—¡Hola! Ya íbamos a mandar a un equipo de búsqueda. —Corre hacia mí, y su rostro de preocupación de broma se transforma en preocupación de verdad—. ¿Estás bien?

—Sí —digo quitándole importancia.

Supongo que mi aspecto refleja mi abatido estado de ánimo.

No le doy a Sylvie la oportunidad de insistir. Tomo una botella de champán y hago caso omiso de su mirada inquisitiva. Está vacía.

—¿Hay más botellas? —pregunto dejándola en el sitio con demasiada brusquedad. Estoy temblando.

—Sí —responde lentamente, y me pasa otra recién abierta.

—Gracias —sonrío. Es una sonrisa forzada, y lo sabe, pero no puedo evitar sentirme ofendida, o irritada.

—¿Seguro que...?

—Sylvie. —Dejo de verter el champán y respiro hondo. Me vuelvo, y una sonrisa sincera se dibuja en mi rostro atribulado—.

Estoy bien, de verdad.

Asiente, poco convencida, pero me ayuda a llenar las copas en lugar de continuar insistiendo.

—Entonces será mejor que sigamos sirviendo.

—Sí —coincido. Deslizo la bandeja por el mostrador y la elevo hasta mi hombro—. Voy saliendo.

Dejo a Sylvie y me aventuro entre las masas de gente, pero ya no soy tan atenta con los invitados como antes. No sonrío ni la mitad al servir el champán, y no paro de inspeccionar el salón buscándolo. Me doy prisa en reabastecerme en la cocina para poder volver entre la gente cuanto antes, y no presto la menor atención a lo que me rodea, de modo que corro el riesgo de hacer el ridículo por segunda vez si este estado provoca que choque con algo y se me vuelva a caer la bandeja.

Pero me da igual.

Siento una necesidad irracional de verlo de nuevo... Y, entonces, algo hace que me vuelva, una energía invisible atrae mi cuerpo hacia la fuente que la emite.

Ahí está.

Me quedo petrificada en el sitio, con la bandeja a medio camino entre mi hombro y mi cintura. Me está estudiando, con un vaso que contiene un líquido oscuro planeando sobre su boca. Dirijo la mirada hacia sus labios, unos labios que he estado a punto de probar.

Mis sentidos se intensifican cuando levanta lentamente el vaso y vierte todo el contenido en su garganta antes de limpiarse la boca con el dorso de la mano y de colocar el recipiente vacío en la bandeja de Sylvie cuando ésta pasa por delante. Sylvie lo mira, y después se vuelve, buscándome. Sus ojos grandes y castaños se posan en mí brevemente y su mirada empieza a oscilar entre ese hombre desconcertante y yo con una mezcla de intriga y preocupación.

Él sigue mirándome con intensidad, y eso debe de haber despertado la curiosidad de su acompañante, porque ésta se da la vuelta y sigue su línea de visión hasta mí. Sonríe arteramente y levanta su copa de champán vacía. Me entra el pánico.

Sylvie ha desaparecido, de modo que no me queda más remedio que acudir yo misma. La mujer agita la copa en el aire, indicándome que mueva el trasero, y mi curiosidad, junto con mi falta de mala educación, me impide desatenderla. De modo que me dirijo hacia ellos. Ella sigue sonriendo, y él, mirando. Por fin llego y les ofrezco mi bandeja. Su intento de hacerme sentir inferior es evidente, pero siento demasiada curiosidad como para que me afecte.

—Tómate tu tiempo, querida —ronronea ella, cogiendo una copa y ofreciéndosela a él—. ¿Miller?

—Gracias —responde él en voz baja, aceptando la bebida.

«¿Miller? ¿Se llama Miller?» Inclino la cabeza mirándolo y, por primera vez, sus labios se curvan ligeramente. Estoy segura de que, si quisiera, podría matarme con su sonrisa.

—Ya puedes largarte —dice la mujer.

Me da la espalda y tira de un reticente Miller para que haga lo propio, pero su gesto grosero no empaña mi satisfacción interior. Doy media vuelta sobre mis Converse, feliz de saber su nombre. Y esta vez no me vuelvo.

Sylvie se acerca a mí como un lobo en cuanto entro en la cocina, tal y como imaginaba que haría.

—¡Mierda! —Hago una mueca de dolor ante su lenguaje y apoyo la bandeja en el mostrador—. Te está mirando, Livy. Como si se te comiera con la mirada.

—Ya lo sé. —Tendría que estar ciega o totalmente idiota para no darme cuenta.

—Lo acompaña una mujer.

—Sí.

Me alegro de saber su nombre, pero esa parte no me hace tanta gracia. Aunque no tengo ningún derecho a sentirme celosa. ¿Estoy celosa? ¿Es eso lo que me pasa? Es una sensación que nunca antes había experimentado.

—¡Uuuh! Aquí hay gato encerrado —canturrea Sylvie, riéndose mientras sale danzando de la cocina.

—Sí, y que lo digas —murmuro para mí mientras me vuelvo hacia la puerta, consciente de que ha seguido todos mis pasos hasta aquí.

Lo evito durante el resto de la noche, pero noto sus ojos clavados en mí mientras serpenteo entre la gente. Me siento constantemente atraída en su dirección, y me cuesta evitar que los ojos se me vayan hacia él, pero estoy muy orgullosa de mí misma por resistirme. Aunque me produce un extraño placer perderme en su mirada de acero, verlo con otra mujer podría estropearlo.

Tras despedirme de Del y de Sylvie, salgo por la puerta de servicio hacia la medianoche y me dirijo al metro, deseando acurrucarme en la cama y dormir hasta tarde.

—Sólo es mi socia. —Su voz suave detrás de mí me detiene y acaricia mi piel, pero no me vuelvo—. Sé que te lo estás preguntando.

—No tienes por qué darme explicaciones. —Continúo caminando, sabiendo perfectamente lo que hago.

Está prendado de mí y, aunque no estoy acostumbrada a estos juegos, sé que no debo parecer desesperada, por mucho que, muy a mi pesar, lo esté. Soy una persona sensata; reconozco algo malo cuando lo veo, y tengo detrás a un hombre que podría acabar con mi lógica.

Me agarra del brazo para evitar mi huida y me da la vuelta hasta colocarme frente a él. Si tuviera la fuerza de voluntad suficiente, cerraría los ojos para no deleitarme en su rostro exquisito, pero no la tengo.

—No, no tengo por qué darte explicaciones, pero lo estoy haciendo.

—¿Por qué?

No intento liberar mi brazo porque el calor de su tacto atraviesa la tela de mi chamarra de mezclilla, templa mi piel helada y hace que me hierva la sangre. Nunca había sentido nada igual.

—No te interesa relacionarte conmigo.

No suena muy convencido, de modo que se está engañando si espera que me trague eso. Quiero hacerlo. Quiero marcharme, borrar de mi mente todos mis encuentros con él y volver a ser una persona estable y sensata.

—Entonces deja que me marche —digo tranquilamente igualando con mi mirada la intensidad de la suya.

El largo silencio que surge entre nosotros es un claro indicativo de que no quiere hacerlo, pero tomo la decisión por él y libero mi brazo.

—Buenas noches, Miller.

Doy unos pasos hacia atrás antes de dar media vuelta y marcharme. Es probable que ésta sea una de las decisiones más sensatas que he tomado en mi vida, aunque la mayor parte del lío que tengo en la cabeza me empuja a seguir con esto. Sea lo que sea.

Capítulo 3

La extraña sensación que todavía me invadía desde la noche del viernes desapareció al instante al oír a mi abuela pronunciar mis cinco palabras favoritas el sábado por la mañana: «Vamos a dar una vuelta».

Paseamos, descansamos, nos tomamos un buen café, paseamos un poco más, comimos algo, tomamos más café, volvimos a pasear y, finalmente, llegamos a casa a la hora de cenar con un menú para llevar de *fish and chips* de la tienda local. El domingo ayudé a mi abuela a unir los retazos de la colcha que ha estado tejiendo para un soldado destinado en Afganistán. No tiene ni idea de quién es, pero todos los jubilados del barrio se escriben con algún soldado, y a ella le pareció que sería bonito que el suyo tuviese algo que lo protegiera del frío... en el desierto.

—¿Te has metido el sol en los calcetines, Livy? —pregunta mi abuela cuando entro en la cocina lista para irme a trabajar el lunes por la mañana.

Miro mis Converse amarillo canario nuevos y sonrío.

—¿A que son lindas?

—¡Preciosas! —se ríe, y deja mi cuenco de cereales sobre la mesa del desayuno—. ¿Cómo tienes la rodilla?

Me siento, me doy unos golpecitos en la pierna y tomo la cuchara.

—Perfectamente. ¿Qué vas a hacer hoy, abuela?

—George y yo iremos al mercado a comprar limones para tu pastel.

Coloca una tetera sobre la mesa y me sirve dos cucharadas de azúcar en la taza.

—¡Abuela, yo no tomo azúcar! —Intento apartar la taza de la mesa, pero las viejas manos de mi abuela son demasiado rápidas.

—Tienes que engordar un poco —insiste. Vierte el té y empuja la taza hacia mí—. No discutas conmigo, Livy, o te pondré sobre mis rodillas y te daré unos azotes.

Sonrío ante su amenaza. Lleva veinticuatro años diciéndomelo y nunca lo ha hecho.

—También hay limones en la tienda del barrio —señalo como si nada, y me meto una cucharada llena en la boca para no seguir hablando. Podría decir muchas más cosas.

—Tienes razón. —Me observa brevemente con sus ojos azul marino antes de sorber el té—. Pero quiero ir al mercado, y George se ofreció a llevarme. Y se acabó la conversación.

Hago lo imposible por aguantarme la risa, pero sé cuándo es mejor que me calle. El viejo George adora a mi abuela, aunque ella es muy seca con él. No sé cómo no se cansa de que lo mangonee. Ella se hace la dura y finge desinterés, no obstante sé que el cariño que el anciano siente por mi abuela es bastante correspondido. Mi abuelo falleció hace siete años, y George jamás ocupará su lugar, pero a mi abuela le hace mucho bien tener un poco de compañía. Perder a su hija la sumió en una terrible depresión y, a pesar de todo, el abuelo cuidó de ella y sufrió en silencio durante años, asumió su propia pérdida y su dolor en privado hasta que su cuerpo no pudo más. Entonces sólo le quedaba yo, una adolescente que tenía que arreglárselas sola..., cosa que no se me dio demasiado bien en un principio.

Empieza a llenarme el cuenco con más cereales.

—Iré al club de los lunes a las seis, así que no estaré en casa cuando vuelvas de trabajar. ¿Te prepararás tú la cena?

—Claro —contesto mientras coloco la mano sobre el cuenco para que no me eche más copos—. ¿George también va?

—Livy... —me advierte con tono severo.

—Perdón. —Sonrío.

Ella me mira enfadada y niega con la cabeza. Sus ondas grises se mueven alrededor de sus orejas.

—Qué triste me parece que yo tenga más vida social que mi nieta.

Sus palabras me borran la sonrisa. No pienso entrar en eso.

—Tengo que irme a trabajar.

Me levanto, le doy un beso en la mejilla y hago como que no la oigo suspirar.

Me bajo de un brinco del autobús, esquivo a la gente y me apresuro entre el caos de la hora pico del tráfico peatonal. Mi estado de ánimo refleja el color de mis Converse: alegre y soleado, como el tiempo.

Tras recorrer las calles secundarias de Mayfair, entro en la cafetería, que está repleta, como el lunes pasado cuando empecé a trabajar para Del. No tengo tiempo para charlar con Sylvie ni para disculparme con Del de nuevo por el desastre del viernes. Me lanzan el delantal e inmediatamente me pongo en marcha recogiendo las tazas de cuatro mesas vacías que al instante están ocupadas de nuevo. Sonrío y les sirvo rápidamente, y limpio las mesas más rápido todavía. La verdad es que se me da muy bien esto de atender con una sonrisa.

A las cinco en punto, mis Converse amarillos ya no me parecen tan alegres. Me duelen los pies, me duelen las pantorrillas y me duele la cabeza. Aun así, sonrío cuando Sylvie me da una palmada en el trasero al pasar por mi lado.

—Sólo llevas aquí una semana y ya no sé qué haría sin ti.

Mi sonrisa se intensifica mientras la veo cruzar la puerta de vaivén en dirección a la cocina, pero ésta desaparece al instante cuando me vuelvo y me encuentro de frente con él otra vez. No creo mucho en el destino ni en que las cosas pasen por una razón. Creo que uno es dueño de su propio destino, y que nuestras decisiones y acciones son las que marcan el curso de nuestra vida. Pero por desgracia, las decisiones y las acciones de otros también influyen en este curso, y a veces no se puede hacer nada por evitarlo. Tal vez por eso me he aislado tanto del mundo, me he encerrado en mí misma y he rechazado a toda persona, situación o posibilidad que pudiera arrebatarme el control de mi vida. No tengo problemas en admitirlo. Las decisiones, malas y egoístas de alguien ya afectaron demasiado a mi vida. Lo que me preocupa es mi repentina incapacidad de continuar con mi sensata estrategia, probablemente en el momento en que más necesidad hay de que lo haga.

Y precisamente la causa de este momento de debilidad está justo delante de mí.

El corazón se me acelera, y esta sensación familiar debería decirme todo lo que tengo que saber, y lo hace. Me atrae, me atrae muchísimo. Pero ¿qué hace aquí? Mi café no le gustó nada, y, aunque llevo todo el día preparando una infinidad de cafés perfectos, sospecho que eso está a punto de cambiar.

Me está mirando. Debería molestarme, pero no estoy en posición de preguntarle qué carajos mira porque yo también lo estoy mirando a él. Luce su expresión impasible de siempre. ¿Sabe sonreír? ¿Tendrá los dientes mal? Tiene pinta de tener unos dientes perfectos. Todo lo que veo es perfecto, y sé que lo que no veo también debe de serlo. De nuevo lleva puesto un traje de tres piezas, esta vez en un azul marino que resalta el color de sus ojos. Tiene un aspecto tan perfecto y caro como siempre.

Necesito hablar. Esto es absurdo, pero continúo en trance hasta que Sylvie sale de la cocina y choca contra mi espalda.

—¡Uy! —exclama, y me agarra del brazo. Analiza mi expresión de pasmo, preocupada al ver que no respondo ni hago ademán de moverme. Después desvía la mirada y se queda ligeramente boquiabierta—. Ah... —susurra. Me suelta y me mira de nuevo—. Bueno, voy a..., hum..., tirar la basura.

Se marcha y deja que lo atienda yo. Quiero gritarle que vuelva pero, una vez más, me quedo sin palabras y sigo mirándolo.

Él apoya las manos en el mostrador, se inclina hacia adelante y un mechón de pelo rebelde le cae sobre la frente, lo que hace que desvíe la mirada un poco más arriba de la suya.

—No paras de mirarme —murmura.

—Tú a mí tampoco —señalo, recuperando por fin el habla. Me observa con auténtica intensidad—. No se te está dando muy bien lo de mantenerte alejado.

Hace caso omiso de mi observación.

—¿Cuántos años tienes? —Recorre lentamente mi cuerpo con la mirada antes de volver a centrarse en mis ojos.

No contesto, pero frunzo el ceño al ver que enarca una ceja con expectación.

—Te he hecho una pregunta —insiste.

—Veinticuatro —me apresuro a contestar, cuando lo que en realidad quiero decirle es que eso no es asunto suyo.

—¿Sales con alguien?

—No —respondo para mi sorpresa. Siempre digo que estoy con alguien cuando algún hombre muestra interés en mí. Es como si estuviera bajo algún hechizo.

Asiente pensativamente.

—¿Vas a preguntarme qué deseo?

Se referirá a qué desea beber, o al menos eso espero. ¿O no? ¿Querrá seguir donde lo dejamos la otra noche? Empiezo a hacer girar el viejo anillo de eternidad de zafiros que el abuelo le compró a la abuela, un signo evidente de que estoy nerviosa. Lleva en el mismo sitio desde que ella me lo regaló el día que cumplí la mayoría de edad, a los veintiuno y, desde entonces, siempre jugueteo con él cuando estoy nerviosa.

—¿Qué desea?

Mi seguridad del viernes por la noche ha desaparecido. Estoy hecha un flan.

Sus penetrantes ojos azules se oscurecen ligeramente.

—Un americano, con cuatro expresos, dos de azúcar y lleno hasta la mitad.

Me siento totalmente decepcionada, lo cual es absurdo. Lo que también es absurdo es que haya vuelto después de escribir que mi café era el peor que había probado en la vida.

—Creía que no le gustó mi café.

—Y no me gustó. —Se aparta del mostrador—. Pero querría darte la oportunidad de redimirte, Livy.

Me pongo colorada.

—¿Le gustaría redimirse? —digo.

Su rostro es serio e inexpresivo.

Debería esforzarme en encontrar esa maldad de la que la abuela siempre me habla y mandarlo al carajo, pero no lo hago.

—De acuerdo —respondo, y me vuelvo hacia la maldita cafetera, que sé que va a dejarme mal. Estoy segura de que me saldría mejor si no me sintiera tan observada.

Rezo mentalmente a los dioses del café y empiezo a preparar los cuatro expresos, esforzándome por regular mi respiración entrecortada. Desempeño la tarea de forma lenta pero segura, sin importarme si tardo toda la noche. Por absurdo que parezca, quiero que éste le guste.

Con el rabillo del ojo veo la cabeza curiosa de Sylvie asomándose por la puerta de vaivén, y sé que se muere por saber qué está pasando. Noto cómo sonríe con malicia, aunque no la esté viendo. Ojalá saliera e interrumpiera este embarazoso silencio para poder conversar con ella cómodamente, pero al mismo tiempo no quiero que lo haga. Quiero estar a solas con él. Me siento atraída por él, y no puedo hacer nada por evitarlo.

Cuando termino, lleno el vaso para llevar hasta la mitad y le pongo una tapa antes de entregárselo. Está sentado de nuevo, y entonces me doy cuenta de mi error. Todavía no lo ha probado y ya la he cagado.

Fija la vista en el vaso de cartón, pero me adelanto antes de que diga nada.

—¿Lo quiere en una taza normal?

—No hace falta. —Levanta la vista hacia mis ojos—. Tal vez así esté más bueno. —No sonríe, pero tengo la sensación de que quiere hacerlo.

Camino lentamente, aunque con la tapa puesta el riesgo de que se derrame el contenido del vaso es mínimo, me acerco a él y le ofrezco el café.

—Espero que le guste.

—Yo también —dice. Lo acepta y señala el sofá de enfrente con un gesto de la cabeza—. Acompáñame.

Quita la tapa y empieza a soplar lentamente el vapor de su bebida. Sus labios, ya de por sí apetecibles, parecen estar invitándome. Todo lo que hace con esa boca es lento, desde hablar hasta soplar para enfriar el café. Es todo muy deliberado, y hace que me pregunte qué otras cosas hará. Es guapísimo, aunque algo estirado. Seguro que va llamando la atención allá adonde va.

Levanta una ceja y señala el sofá de enfrente de nuevo. Mis piernas se desplazan por voluntad propia y toman asiento.

—¿Cómo está el café? —pregunto.

Da un sorbo lento al americano, y yo me pongo toda tensa y me preparo para que lo escupa. No lo hace. Asiente a modo de aprobación y da otro sorbo. Me relajo aliviada al ver que no le disgusta. Levanta la vista.

—Habrás notado que yo también me siento bastante fascinado por ti.

—¿«También»? —pregunto perpleja.

—Es evidente que te fascino.

Qué pendejo arrogante.

—Supongo que debes de fascinar a muchas mujeres —respondo—. ¿Las invitas a todas a tomar café?

—No, sólo a ti. —Se inclina hacia adelante y su mirada casi me deja sin aliento. Nunca había sido el centro de una atención tan intensa. Esto es demasiado.

Rompo el contacto visual y aparto la mirada, pero entonces recuerdo algo y me obligo a enfrentarme a su intensidad.

—¿Quién era la mujer de la fiesta? —pregunto sin ningún pudor.

Él me ha preguntado directamente cuál es mi estado sentimental, así que yo tengo todo el derecho del mundo a conocer el suyo. Había demasiada confianza entre ellos como para que sea sólo una socia. No tengo las de ganar, pero espero que responda que está soltero. La idea de que este hombre esté disponible es absurda, al igual que el hecho de que yo quiera que lo esté. Quiero que esté disponible... para mí.

—Mi socia —responde, y me observa detenidamente. Su tono suave acaricia mi piel ardiente.

—¿Estás soltero? —inquiero exigiendo una aclaración completa, aunque no sé muy bien con qué fin. Me pregunto qué planes tiene mi subconsciente, porque yo no tengo ni idea..., ni me preocupa, y eso sí que debería preocuparme.

—Sí.

—Bien —me limito a decir mientras sigo observándolo. Su respuesta me deja bastante satisfecha.

Ahora quiero saber qué edad tiene. Parece mayor, y siempre que lo veo lleva ropa de la mejor calidad, lo que indica que tiene mucho dinero.

—Bien —responde, y vuelve a sorber el café lentamente mientras lo observo. Es como una masa gigante de intensidad que me incita a... algo.

—Me ha gustado el café —dice, y deja el vaso sobre la mesa y le da la vuelta antes de levantarse del sofá.

Lo sigo con la vista hasta que me siento pequeña bajo la penetrante mirada de sus potentes ojos azules.

—¿Te marchas? —suelto desconcertada. ¿A qué ha venido todo esto? ¿Qué pretendía?

Con un gesto incómodo, me ofrece la mano.

—Ha sido un placer conocerte.

—Ya nos conocíamos —señalo—. Estuviste a punto de besarme, pero te largaste.

Hace descender ligeramente la mano ante mis mordaces palabras, pero se recompone y vuelve a levantarla.

—Y después te largaste tú.

¿Qué es esto, un juego? ¿Está enfadado porque lo dejé tirado y ahora quiere devolvérmela para quedar él por encima? Acerca más la mano y yo me aparto. Me da miedo tocarlo.

—¿Crees que van a saltar chispas? —pregunta tranquilamente.

Abro unos ojos como platos. Sé que habrá chispas porque ya las he sentido. Su tono burlón me infunde algo de valentía y alargo mi minúscula mano para unirla a la suya. Y ahí están otra vez. Chispas. No es la clase de electricidad que recorre toda la cafetería y nos hace lanzar un grito ahogado y dar un salto hacia atrás de la impresión, pero aquí hay algo, y en lugar de emanar hacia afuera, me atraviesa por dentro, y rebota por todo mi cuerpo, acelerando mis latidos y obligándome a separar los labios. No quiero soltarlo, pero él extiende la palma y me insta a hacerlo.

Entonces da media vuelta y se marcha, sin una palabra o una mirada que me indique que él también ha sentido algo. ¿Lo habrá sentido? ¿A qué ha venido eso? ¿Quién es ese hombre? Me llevo las manos a las mejillas y me las froto con furia, intentando recuperar el sentido común. Me intriga demasiado, y ningún paseo ni ninguna colcha conseguirán distraerme de hacia adónde se dirigen mis pensamientos, no después de esta breve pero esclarecedora conversación. Me estoy adentrando en terreno desconocido, en terreno peligroso. Después de todos estos años evitando a los hombres, incluso a los decentes, me encuentro incitando a uno que tiene pinta de que es mejor dejarlo en paz.

Pero hay atracción. Una atracción muy intensa.

Llevo toda la semana distraída. Cada vez que la puerta de la cafetería se abre, espero que sea él, pero nunca aparece. En los últimos cuatro días, una docena de hombres me han preguntado mi nombre, me han pedido el teléfono o me han dicho qué ojos más bonitos tengo. Y deseaba que todos ellos fuesen Miller.

He estado ocupada preparando una infinidad de cafés perfectos, y el martes trabajé de camarera para otro acto esnob organizado por Del con la esperanza de que él estuviera allí. No estaba.

Siempre he intentado no complicarme la vida, pero ahora estoy ansiosa por complicármela, por complicármela con ese hombre alto y misterioso de cabello oscuro.

Es sábado, y el pesado de Gregory me ha acompañado a dar un paseo por los Parques Reales. Sabe que algo me ronda por la cabeza. Le propina una patada a un montón de hojas conforme vagamos por el centro de Green Park hacia el palacio de Buckingham. Quiere preguntarme, y sé que no podrá resistirse mucho más tiempo. No ha parado de hablar, mientras que yo sólo he contestado con monosílabos. No me voy a librar de esto por mucho más tiempo. Está claro que estoy ausente, y seguramente podría esforzarme en fingir que no me pasa nada, pero creo que no quiero. Creo que quiero que Gregory me presione para poder compartir lo de Miller con él.

—He conocido a alguien. —Las palabras brotan de mi boca interrumpiendo el incómodo silencio que se había formado entre ambos.

Gregory parece sorprendido, y es normal porque yo también lo estoy.

—¿A quién? —pregunta tirando de mí para detenernos.

—No lo sé. —Me encojo de hombros, me siento sobre el césped y empiezo a arrancar hojitas—. Ha aparecido en la cafetería varias veces, y estaba en una fiesta de gala donde trabajé.

Gregory se sienta a su vez, y en su atractivo semblante se forma una amplia sonrisa.

—¿Olivia Taylor, interesada en un hombre?

—Sí, Olivia Taylor está definitivamente interesada en un hombre. —Siento un gran alivio al compartir mi carga—. No dejo de pensar en él —admito.

—¡Aaahhh! —Gregory levanta los brazos—. ¿Está bueno?

—Buenísimo —sonrío—. Tiene unos ojos impresionantes. Azules como el cielo.

—Cuéntamelo todo —ordena mi amigo.

—No hay nada más que contar.

—Bueno, y ¿qué te ha dicho?

—Me preguntó si estaba saliendo con alguien —digo como restándole importancia, pero sé lo que viene a continuación.

Gregory abre unos ojos como platos y se inclina hacia adelante.

—Y ¿qué le contestaste?

—Que no.

—¡Aleluya! —canturrea—. ¡Gracias a Dios, por fin ha sucedido!

—¡Gregory! —lo reprendo, pero no puedo evitar reírme también. Tiene razón, ha sucedido, y ha sucedido a base de bien.

—Ay, Livy. —Se sienta muy erguido y adopta una expresión muy seria—. No te imaginas cuánto tiempo llevo esperando este momento. Tengo que verlo.

Resoplo y me coloco el pelo por encima del hombro.

—Eso es poco probable. Aparece y desaparece con bastante velocidad.

—¿Cuántos años tiene?

Jamás había visto a Gregory tan emocionado. Le he alegrado el día, y probablemente el mes, o puede que incluso el año. Siempre está intentando arrastrarme a bares, incluso a bares de heteros, si así acepto ir. Nos conocemos desde hace ocho años, sólo ocho, aunque parece que sea de toda la vida. Era el chico de moda del instituto, todas las chicas revoloteaban a su alrededor, y él salió con todas ellas, pero tenía un pequeño secreto, un secreto que lo convirtió en un marginado cuando salió a la luz. El chico más genial del centro era gay. O un ochenta por ciento gay, como solía decir él. Nuestra amistad comenzó cuando lo encontré en el cobertizo de las bicicletas después de que unos chicos le dieran una paliza.

—Supongo que ronda el final de los veinte, aunque aparenta más. Parece muy maduro. Siempre lleva trajes con pinta de ser muy caros.

—Perfecto. —Se frota las manos—. ¿Cómo se llama?

—M —respondo tranquilamente.

—¿«M»? —Gregory arruga la cara con un gesto de desaprobación—. ¿Quién es? ¿El jefe de James Bond?

Me echo a reír a carcajadas, y sonrío para mis adentros al ver a mi amigo ansioso, esperando que le confirme que mi adonis tiene un nombre más allá de una letra del abecedario.

—Firmó con una «M».

—¿«Firmó»? —Su confusión aumenta y frunce el ceño todavía más.

No estoy segura de si debo revelar esa parte.

—No le gustó mi café, y decidió hacérmelo saber por escrito en una servilleta. Firmó el mensaje con una «M», pero después descubrí que se llama Miller.

—¡Aaaahhhh! ¡Qué sexy! ¡Pero qué descarado!

Gregory está desconcertado y reacciona de una manera similar a como lo hice yo, pero entonces se pone muy serio y me mira con ojos de sospecha.

—Y ¿cómo te hizo sentir eso?

—Inútil —contesto sin pensar, y no me detengo ahí—: Estúpida, enfadada, irritada.

Mi amigo sonríe.

—¿Consiguió una reacción? —pregunta—. ¿Te pusiste furiosa?

—¡Sí! —exclamo completamente exasperada—. ¡Me encabroné como una loca!

—¡Qué fuerte! No lo conozco y ya me encanta. —Gregory se pone de pie y me ofrece la mano para ayudarme a levantarme—. Seguro que está prendado de ti, como la mayoría de los hombres en este mundo de Dios.

Acepto su ayuda y dejo que tire de mí.

—Eso no es verdad.

Suspiro al recordar nuestro breve intercambio de palabras, especialmente una frase en concreto: «Yo también me siento fascinado por ti». ¿Con *fascinado* quiere decir *atraído*?

—Créeme, sí lo es.

De repente siento la necesidad de escupirlo todo para ver qué opina Gregory de este asunto.

—Estuve a un milímetro de sus labios.

Mi amigo se queda muerto.

—¿Qué quieres decir? —Se pone todo tieso y me mira de reojo—. ¿Lo rechazaste?

—No, yo quería —digo sin el menor pudor—. Pero él dijo que no podía y me dejó tirada en el cuarto de baño de las chicas sintiéndome como una idiota desesperada.

—¿Te enojaste?

—Me puse furiosa.

—¡Bien! —Da una palmada y tira de mí para abrazarme—. Eso es genial. Cuéntame más.

Se lo suelto todo, lo de la bandeja en el suelo, lo de la supuesta socia de Miller, y cómo se me acercó después para advertirme que no me conviene.

Cuando termino, Gregory se mantiene pensativo. No es la reacción que esperaba o que buscaba.

—Le gusta jugar. Ese hombre no te conviene, Livy. Olvídalo.

Me quedo perpleja, y la manera en que me aparto de él y la mirada de reproche que le lanzo se lo hacen saber.

—¿Que lo olvide? ¿Estás loco? Gregory..., me mira de una manera que... Quiero que me miren siempre de esa manera.

—Hago una breve pausa—. Quiero que él me mire siempre de esa manera.

—Ay, muñeca.

Suspiro.

—Ya.

—Necesitas distraerte —decide, y observa mis Converse naranja—. ¿Qué color compramos hoy?

La mirada se me ilumina.

—He visto unos de color azul cielo en Carnaby Street.

—Azul cielo, ¿eh? —Me pasa el brazo por encima del hombro y empezamos a caminar hacia la estación de metro—. Muy bien.

Capítulo 4

Sylvie y yo somos las últimas en salir de la cafetería. Mientras ella cierra, yo arrastro la basura hasta el callejón y la tiro en el contenedor grande.

—Voy a darme un baño bien largo —dice Sylvie cruzando su brazo con el mío cuando comenzamos a caminar por la calle—. Con velas.

—¿No sales esta noche? —pregunto.

—No. Los lunes son una mierda, pero los miércoles por la noche son geniales. Deberías venir. —Sus ojos brillan de esperanza, aunque se apagan al instante al ver que niego con la cabeza—. ¿Por qué no?

—No bebo. —Cruzamos la calle para esquivar el tráfico de la hora pico y nos pitan por no usar el paso de peatones.

—¡Jódete! —grita Sylvie atrayendo un millón de miradas.

—¡Sylvie! —Tiro de ella, muerta de vergüenza.

Ella se echa a reír y le hace la peineta al conductor.

—¿Por qué no bebes?

—No me fío de mí misma. —Las palabras se me escapan de los labios, sorprendiéndome y sorprendiendo claramente a Sylvie, porque me mira con sus ojos castaños como platos... y después sonríe maliciosamente.

—Creo que me gustaría conocer a la Livy borracha.

Resoplo mi desacuerdo.

—Yo me quedo aquí —anuncio señalando la parada del autobús mientras pongo un pie en la calzada, preparada para cruzar de nuevo.

—Nos vemos mañana. —Se inclina para darme un beso en la mejilla, y ambas damos un brinco cuando nos pitan otra vez.

Hago caso omiso del idiota impaciente, pero Sylvie no.

—¡Carajo! Pero ¡¿qué demonios le pasa a esta gente?! —exclama—. ¡Ni siquiera le obstaculizamos el paso a tu flamante AMG, pendejo del Mercedes! —Se dirige hacia el coche justo cuando la ventanilla del acompañante empieza a bajar. Presiento una bronca. Ella se inclina—. ¡A ver si aprendes a...! —De repente se detiene, se pone derecha y se aparta del Mercedes negro.

Presa de la curiosidad, me agacho para ver qué la ha hecho callar, y mi corazón se salta unos cuantos latidos al ver al conductor.

—Livy. —Apenas oigo a Sylvie con el ruido del tráfico y de los cláxones. Se aparta de la calzada—. Me parece que te estaba pitando a ti.

Sigo parcialmente inclinada mientras mis ojos pasan de la espalda de Sylvie al coche, donde él está sentado, relajado, cogiendo el volante con una mano.

—Sube —ordena escuetamente.

Sé que voy a subirme al coche, así que no sé por qué miro a Sylvie como pidiendo consejo. Ella niega con la cabeza.

—Livy, yo que tú no lo haría. No lo conoces.

Me pongo derecha y abro la boca para decir algo, pero no me sale ninguna palabra. Tiene razón, y no sé qué hacer. Mi mirada pasa del coche a mi nueva amiga. Nunca hago estupideces, hace mucho tiempo que dejé de hacerlas, aunque todos los pensamientos que me vienen a la cabeza en estos momentos indican lo contrario. No sé cuánto tiempo me paso plantada deliberando, pero salgo de mi estado de ensimismamiento cuando la puerta del conductor del Mercedes se abre y él rodea el coche, me agarra del brazo y abre la puerta del acompañante.

—¡Eh! —exclama Sylvie intentando reclamarme—. ¿Qué carajos crees que haces?

Él me empuja hacia el asiento y luego se vuelve hacia mi desconcertada amiga.

—Sólo quiero hablar con ella. —Se saca un bolígrafo y papel del bolsillo interior, anota algo y se lo entrega a Sylvie—. Es mi número. Llámame.

—¿Qué? —Sylvie le quita el papel de las manos y lo lee.

—Llámame.

Mirándolo con reproche, saca el teléfono de su bolso y marca el número. Entonces, un teléfono empieza a sonar. Él extrae un iPhone del bolsillo interior y me lo entrega.

—Tiene mi teléfono. Si quieres llamarla, contestará.

—Podría llamarla al suyo —señala Sylvie al tiempo que cuelga la llamada—. ¿Qué carajos demuestra eso? Podrías quitárselo en cuanto arranques el coche.

—Supongo que vas a tener que fiarte de mi palabra. —Cierra la puerta y rodea de nuevo el Mercedes, dejando a Sylvie en la acera con la boca abierta.

Debería saltar del vehículo, pero no lo hago. Debería protestar e insultarlo, pero no lo hago. Miro a mi amiga en la acera y levanto el iPhone que Miller acaba de entregarme. Tiene razón, esto no prueba nada, pero eso no evita que haga algo tremendamente irresponsable. Aunque no le tengo miedo. No me va a hacer daño, excepto, tal vez, a mi corazón.

Más pitidos de claxon empiezan a resonar a nuestro alrededor cuando él se mete en el coche y se aparta del bordillo con brusquedad sin decir ni una palabra. No estoy nerviosa. Prácticamente me han secuestrado en plena calle y en hora pico en Londres, y en mi interior no siento ni el más mínimo temor. Más bien siento otro tipo de revoloteo. Lo miro discretamente y veo su traje oscuro y su magnífico perfil. Nunca había visto a nadie como él. El espacio cerrado que nos envuelve es silencioso, pero algo se expresa, y no somos ni Miller ni yo. Es el deseo. Y me está diciendo que estoy a punto de vivir algo que va a cambiarme la vida. Quiero saber adónde me lleva, quiero saber de qué quiere hablar conmigo, pero mi deseo de saber no me incita a hablar, y él no parece tener intención de ofrecerme ningún tipo de información en estos momentos, de modo que me relajo contra la piel suave de mi asiento y permanezco en silencio. Entonces la radio se enciende y de repente me encuentro escuchando fascinada *Boulevard of Broken Dreams*, de Green Day, una canción que jamás habría relacionado con este hombre tan misterioso.

Pasamos una media hora larga en el coche, parando y arrancando siguiendo el ritmo del tráfico de la hora pico hasta que se detiene en un estacionamiento subterráneo. Parece estar devanándose los sesos mientras apaga el motor y da unos golpecitos con la mano en el volante antes de bajarse y acercarse hasta mi puerta. Al abrirla, se encuentra con mi mirada, y yo veo seguridad en sus ojos cuando me ofrece la mano.

—Dame la mano.

Mi respuesta es totalmente automática. Alzo la mano para aceptar la suya y me levanto del asiento mientras disfruto de la familiar sensación de que unos rayos internos me atraviesan por dentro, una sensación que se vuelve más increíble cuanto más la experimento.

—Ahí está otra vez —murmura mientras cambia la mano de posición para poder asirme mejor. Él también lo siente—. Dame tu mochila.

Le entrego mi bolsa inmediatamente de manera involuntaria, sin pensarlo. Tengo puesto el piloto automático.

—¿Has tomado mi teléfono? —pregunta mientras cierra la puerta del coche suavemente y tira de mí hacia la escalera.

—Sí —contesto, y levanto el dispositivo.

—Llama a tu amiga y dile que estás en mi casa. —Abre la puerta—. Y llama a todo el que pueda estar preocupado por ti.

Sube la escalera lentamente, todavía agarrado de mi mano, y yo lo sigo sin remedio.

—Debería hacerlo desde mi teléfono —digo peleándome con su iPhone.

La espabilada de mi abuela verá que la llamo desde un número extraño y empezará a hacerme preguntas. Preguntas que no quiero o que no sé cómo responder.

—Como quieras. —Encoge sus definidos hombros y sigue tirando de mí.

Cuando pasamos el tercer piso, empiezan a arderme los gemelos y abro la boca para tomar aliento.

—¿En qué piso vives? —pregunto jadeando, avergonzada por mi baja forma. Ando mucho, pero normalmente no subo tantos escalones.

—En el décimo —responde como si tal cosa.

La idea de que aún queden siete pisos por subir hace que mis pulmones se vacíen por completo y me tiemblen las piernas.

—¿No hay elevador?

—Sí.

—Entonces, ¿por qué...? —Me quedo sin aliento y jadeo para tomar aire.

En ese momento me toma en brazos y sigue subiendo. No me queda más remedio que colgarme de sus hombros, y la sensación es fantástica. Mi vista y mi olfato se deleitan con la cercanía.

Cuando llegamos a la décima planta y abre la puerta que da al pasillo vacío, me deja en el suelo e inserta la llave en la cerradura de una puerta negra reluciente.

—Adelante. —Se aparta a un lado, me hace un gesto para que pase, y lo hago, sin pensar, sin protestar y sin preguntarle cuál es el motivo por el que me ha traído hasta aquí.

Siento la palma de su mano sobre mi cuello, cálida y reconfortante. Cruzo lentamente la entrada y rodeo una enorme mesa redonda. El recibidor da a un espacio amplio repleto de mármol con un techo abovedado y gigantescas obras de arte por todas partes, todo cuadros de arquitectura londinense. Pero no es la grandiosidad del apartamento ni el océano de mármol de color crema lo que me deja sin habla. Son esas pinturas; seis, para ser exactos, todas perfectamente colgadas en sitios estratégicos donde más destacan. No son típicas ni tradicionales, sino abstractas, y te obligan a entornar los ojos para ver qué representan exactamente. Sin embargo, conozco esos edificios y lugares emblemáticos perfectamente, y al mirar a mi alrededor soy capaz de identificarlos todos sin entornar los ojos.

Me guía cortésmente hacia un sofá de cuero de color crema, el más grande que he visto en mi vida.

—Siéntate. —Me empuja suavemente hacia abajo y deja mi mochila a mi lado—. Llama a tu amiga —ordena, y me deja que busque mi teléfono mientras él se acerca a un mueble bar y saca un vaso en el que vierte un líquido oscuro.

Llamo a Sylvie y sólo da un tono antes de que su voz asustada me perfore el tímpano.

—¿Livy?

—Soy yo —respondo con voz tranquila, y observo cómo Miller se vuelve, se apoya contra el mueble y da un lento trago a su bebida.

—¿Dónde estás? —Parece que haya ido a correr, está casi sin aliento.

—En su casa. Estoy bien. —Me siento incómoda dando explicaciones mientras él me observa detenidamente, pero no puedo escapar de su mirada de acero.

—¿Quién demonios se cree que es? —pregunta mi amiga con incredulidad—. Y tú estás tonta perdida por haberte ido con él, Livy. ¿En qué pensabas?

—No lo sé —respondo con sinceridad, ya que lo cierto es que no tengo ni idea.

He dejado que se me llevara, que me metiera en el coche y que me trajera a un apartamento extraño. Soy una irresponsable, pero incluso ahora, mientras escucho la bronca que me está echando mi amiga por teléfono, él me está mirando sin expresión, y yo no estoy asustada.

—Carajo —resopla Sylvie—. ¿Qué estás haciendo? ¿Qué te ha dicho? ¿Qué quiere?

—No lo sé. —Observo cómo da otro sorbo a su bebida.

—No tienes ni puta idea de nada, ¿no? —me espeta, y su respiración se relaja.

—La verdad es que no —admito—. Te llamo cuando llegue a casa.

—Más te vale —me dice con tono amenazante—. Si no me has llamado antes de medianoche, avisaré a la policía. Tengo su matrícula.

Sonrío para mis adentros agradeciendo su preocupación, pero en el fondo sé que no es necesaria. No va a hacerme daño.

—Te llamaré —le aseguro.

—Hazlo. —Sigue agitada—. Y ten cuidado —añade con más suavidad.

—Bien.

Cuelgo, y al instante llamo a casa, ansiosa por terminar y descubrir para qué me ha traído aquí. No necesito dar muchas explicaciones a mi abuela. Tal y como me imaginaba, se pone contentísima cuando le digo que me voy con unos compañeros del trabajo a tomar un café.

Cuelgo y dejo los dos teléfonos sobre la inmensa mesita de cristal que tengo delante; entonces empiezo a juguetear con el anillo que tengo en el dedo, sin saber qué decir. Nos limitamos a mirarnos el uno al otro, él dando frecuentes sorbos, y yo perdiéndome en su potente mirada.

—¿Quieres tomar algo? —pregunta—. ¿Vino, coñac...?

Niego con la cabeza.

—¿Vodka?

—No. —El alcohol es una debilidad de la que no tiene por qué enterarse, aunque me parece que no necesito beber para acabar haciendo estupideces con este hombre—. ¿Qué hago aquí? —pregunto finalmente. Creo que sé la respuesta, pero quiero que él pronuncie las palabras.

Golpetea con los dedos el lado del vaso con aire pensativo, separa su alto cuerpo del mueble y empieza a caminar lentamente hacia mí. Se desabrocha el botón de el saco, desciende hasta sentarse en la mesita que tengo delante y deja la bebida. Interrumpe el contacto visual un instante para ver dónde ha dejado el vaso. Lo hace girar un poco y ordena nuestros teléfonos. El pulso se me acelera, y lo hace más todavía cuando me mira y me agarra por debajo de las rodillas, incitándome a inclinarme hacia adelante hasta que sólo unos centímetros separan nuestros rostros. No dice nada, y yo tampoco. Nuestra respiración entrecortada impacta contra nuestras bocas cerradas y dice todo lo que hace falta decir. Estamos los dos a punto de estallar de deseo.

Su rostro avanza y el mechón de pelo rebelde le cae sobre la frente, pero no busca mis labios, sino mi mejilla. Respira de manera agitada y deliberada junto a mi oído. Pego la cara a la suya de manera involuntaria y siento que una presión se instala entre mis muslos.

—No puedo dejar de pensar en ti —susurra, y me agarra por debajo de las rodillas con más ansia—. Lo he intentado con todas mis fuerzas, pero te veo en todas partes, a todas horas.

Inspiro profundamente y mis manos se elevan por voluntad propia buscando sus densos rizos. Hundo los dedos en ellos y cierro los ojos.

—Dijiste que no podías estar conmigo —le recuerdo, sin saber si hago bien o no. No debería mencionar su anterior reticencia, porque si se aparta ahora me volveré loca.

—Y no puedo. —Desliza el rostro por mi rostro confuso hasta que apoya la frente contra la mía.

71

Espero que no me haya traído hasta aquí sólo para reafirmar su declaración anterior. No puede tomarme así, hablarme así y después no hacer nada.

—No lo entiendo —murmuro, rogando a todos los santos que no pare esto.

Traza círculos con la frente contra la mía lenta y cuidadosamente.

—Tengo una propuesta. —Debe de notar mi confusión, porque se aparta y analiza mi expresión. Inspiro hondo y me preparo—. Todo lo que puedo ofrecerte es una noche.

No necesito preguntar a qué se refiere. El leve dolor que siento en el estómago me lo dice exactamente.

—¿Por qué?

—No estoy disponible emocionalmente, Livy. Pero necesito tenerte. —Alarga la mano para sostenerme la mejilla y empieza a acariciarme la sien con suavidad utilizando el pulgar.

—¿Me quieres para una noche y nada más? —pregunto, y el leve dolor que siento se transforma en una punzada intensa.

¿Sólo una noche? Aunque, en realidad, sería absurdo por mi parte esperar otra cosa. «El mejor sexo salvaje de mi vida.» Eso dijo. Nada más.

—Una noche —confirma—. Y te ruego que me la concedas.

Me pierdo en sus ojos azules y deseo ardientemente que diga algo más, algo que haga que me sienta mejor, porque ahora mismo me siento engañada, lo cual es absurdo. Apenas lo conozco, pero la idea de poder pasar tan sólo una noche con este hombre me desgarra el alma.

—Creo que no puedo hacerlo. —Mi mirada y mi corazón se ensombrecen—. No es justo que me pidas algo así.

—Nunca he dicho que yo sea justo, Livy. —Me agarra de la barbilla y acerca mi rostro al suyo—. He visto algo, y lo deseo. Suelo tomar todo lo que quiero, pero esta vez te estoy dando a elegir.

—Y ¿qué gano yo? —pregunto—. ¿Qué saco de todo esto?

—Que te venere durante veinticuatro horas. —Entreabre la boca y su lengua se desliza suavemente por todo su labio inferior, como si intentase mostrarme cómo podrían ser esas veinticuatro horas. Está malgastando energías. Me hago una idea bastante clara de cómo serían esas horas.

—Antes has dicho que sólo podías ofrecerme una noche.

—Veinticuatro horas, Livy.

Quiero aceptar, pero empiezo a negar con la cabeza. Mi integridad toma el control. Si me acuesto con un hombre, no será así. Todos mis esfuerzos por evitar seguir los pasos de mi madre serían en vano si aceptara hacer esto, y no puedo decepcionarme de esta manera.

—Lo siento, no puedo aceptarlo.

No debería disculparme por negarme a su irracional petición, pero es verdad que lo siento. Quiero que me venere, pero no puedo exponerme a sufrir una devastación, porque ése sería el resultado. Ya empiezo a sufrirla, y ni siquiera me ha besado todavía.

Abatido, se aparta y rompe todo el contacto entre nosotros. Me siento un poco perdida, lo cual debería reforzar mi decisión de rechazar su oferta. Una noche no sería suficiente.

—Estoy decepcionado —suspira—. Pero respeto tu decisión.

A mí me decepciona que la respete. Quiero que luche más, que me convenza para que diga que sí. No pienso con claridad.

—No sé nada de ti.

Coge su bebida y le da un trago, atrayendo mis ojos hasta sus labios.

—Si supieses más, ¿reconsiderarías tu decisión?

—No lo sé.

Estoy frustrada y enfadada, enfadada porque me haya puesto en este aprieto. Negarse a aceptar semejante propuesta de un extraño debería ser una decisión sencilla, pero cuanto más tiempo paso con él, por raro y disparatado que parezca, más quiero retirar mi respuesta y aceptar su oferta de las veinticuatro horas.

—Bueno, ya sabes mi nombre. —Sus labios se curvan ligeramente, pero no llegan a formar una sonrisa.

—Eso es lo único que sé —respondo—. No sé tu apellido, ni tu edad, ni a qué te dedicas.

—Y ¿necesitas saber todo eso para pasar una noche conmigo? —Enarca las cejas y sus labios se curvan un poco más.

Ojalá sonriese del todo, así sentiría que lo conozco mejor. Aunque, ¿debería aumentar mi fascinación si eso significa que sólo voy a colgarme más de él? No lo creo, de modo que me encojo de hombros sin comprometerme a nada y bajo la cabeza dejando que mi cabello caiga sobre mi regazo.

—Me llamo Miller Hart —empieza, atrayendo de nuevo mi mirada—. Tengo veintinueve...

—¡Para! —Levanto la mano y lo interrumpo—. No me lo digas. No necesito saberlo.

Inclina a un lado la cabeza, ligeramente divertido, aunque sigue sin demostrarlo con la boca.

—¿No lo necesitas o no quieres saberlo?

—Las dos cosas —espeto tajantemente, y siento que una extraña ira se apodera de mí de nuevo. Ya hizo que me sintiera irritada antes de sugerir algo tan absurdo, pero ahora estoy furiosa.

Me levanto y él se inclina hacia atrás en la mesa y me mira.

—Gracias por la oferta, pero la respuesta es no.

Tomo la mochila y mi teléfono y me dirijo hacia la puerta, pero antes de llegar al extremo del sofá, me agarra con suavidad y me empuja de cara contra la pared. La bolsa se me cae al suelo de mármol y cierro los ojos.

—No pareces muy convencida —susurra con su barbilla en mi hombro y su boca junto a mi oreja mientras me separa las piernas con la rodilla.

—No lo estoy —confieso, maldiciéndome por mi debilidad.

La sensación de tener su cuerpo pegado a mi espalda es demasiado maravillosa, aunque quiero desesperadamente que no lo sea.

Todo indica que esto no está bien, pero esta absurda e increíble sensación me impide escuchar las señales de advertencia.

—Y ésa es precisamente la razón por la que no voy a dejar que te marches hasta que aceptes. Me deseas. —Me da la vuelta y pega las manos contra la pared a ambos lados de mi cabeza—. Y yo te deseo a ti.

—Pero sólo durante veinticuatro horas —respondo jadeando con un hilo de voz e intentando controlar mi agitada respiración.

Él asiente y hace descender lentamente su boca hasta la mía. No está seguro. Vacila. Lo veo en sus ojos. Pero entonces se aventura a mordisquearme el labio inferior. Lo besa con cautela y susurra unas palabras que parecen infundirle valor para tomar mi boca con la lengua hasta que me relajo y acepto su delicada invasión. Comienzo a gemir sin poder evitarlo, me pierdo en su beso y me aferro a sus hombros. Estoy en el cielo, tal y como me había imaginado, aunque sé que esto va en contra de toda sensatez. Sin embargo, relego las dudas a un rincón de mi mente y me dejo llevar. Me está venerando, y la idea de pasar veinticuatro horas así casi me obliga a interrumpir nuestro beso para gritar de alegría, pero no lo hago. A pesar de lo que me gusta, y de mi creciente deseo, me centro en recrearme en el único beso que recibiré de Miller Hart. Y es un beso que recordaré durante el resto de mi vida.

Gruñe y pega su entrepierna contra mi vientre. Siento el palpitar de su erección.

—Carajo, sabes de maravilla. Di que sí —murmura en mi boca mientras me mordisquea el labio—. Por favor, di que sí.

Quiero retrasar mi respuesta, sólo para alargar este beso exquisito, pero mi fuerza de voluntad cae en picado con cada segundo que pasa seduciendo mi boca.

—No puedo —jadeo, y aparto la cara para interrumpir el contacto de nuestras bocas—. Querría más.

Sé que querría más, por absurdo que pueda parecer. Nunca he pretendido tener esa conexión con nadie, pero si la tuviera, querría que fuese así; algo tremendamente bueno, arrollador..., algo especial y fuera de control; algo que hiciera que me retractara de mis conclusiones previas sobre la intimidad. Me he topado con esto por casualidad, cuando menos lo esperaba, pero ha sucedido y no puedo seguir sabiendo que después de estas veinticuatro horas no habrá nada más que dolor.

Emite un gruñido de frustración y se aparta de la pared.

—Mierda —maldice alejándose y mirando al cielo—. No debería haberte traído aquí.

Recupero la cordura y la compostura, pero sigo pegada a la pared para evitar desplomarme.

—No, no deberías haberlo hecho —coincido, orgullosa de sonar convencida de ello—. Tengo que irme.

Recojo mi mochila del suelo y me apresuro hacia la puerta sin mirar atrás.

Una vez a salvo en la escalera, me dejo caer contra la pared, respirando con dificultad y temblando. Estoy haciendo lo correcto. Necesito repetirme esta idea una y otra vez. De esto no podría haber salido nada bueno, aparte del recuerdo de un día increíble y una noche que jamás reviviré. Sería una tortura, y me niego a permitírmelo, me niego a probar algo fantástico, que sé que lo será, sólo para que me lo arrebaten. Jamás. Me niego a ser como mi madre. Resuelta y satisfecha con mi decisión, desciendo por la escalera y me dirijo a la estación de metro. Por primera vez en muchos años, necesito tomarme un trago.

Capítulo 5

Llevo una semana sin ser yo misma. Todo el mundo se ha dado cuenta y me lo ha comentado, pero mi estado abatido ha hecho que dejen de preguntarme, todos menos Gregory, que estoy segura de que ha hablado con mi abuela, porque pasó de estar curioso y pesado a preocupado y empático. Ella también me ha preparado una tarta tatín de limón todos los días.

Me encuentro limpiando la última mesa, con la mente ausente, pasando el paño de un lado a otro, cuando la puerta de la cafetería se abre y me encuentro frente a don Ojos Como Platos.

Sonríe incómodo y cierra la puerta con cuidado al entrar.

—¿Es muy tarde para pedir un café para llevar? —pregunta.

—En absoluto. —Tomo la bandeja y la dejo sobre el mostrador antes de cargar el filtro—. ¿Un capuchino?

—Por favor —responde cortésmente mientras se acerca.

Me pongo a la faena y hago caso omiso de Sylvie, que pasa con la basura y se detiene en cuanto reconoce a mi cliente.

—Qué lindo —se limita a decir antes de seguir su camino.

Es verdad, es lindo, pero estoy demasiado ocupada intentando quitarme a otro tipo de la cabeza como para apreciarlo. Don Ojos Como Platos es la clase de hombre a la que debería prestar más atención, si es que voy a prestársela a algún tipo. No a los taciturnos, oscuros y enigmáticos que sólo quieren pasar veinticuatro horas contigo y, después, si te he visto no me acuerdo.

Empiezo a calentar la leche meneando la jarra en el chorro del vapor con ese sonido silbante que está tan en sintonía con mi mente. Vierto la leche, espolvoreo el cacao, coloco la taza y me vuelvo para entregar el café perfecto.

—Son dos con ochenta, por favor. —Extiendo la mano.

El cliente me coloca delicadamente tres libras en la palma y yo tecleo la orden en la caja con la otra mano.

—Me llamo Luke —dice lentamente—. ¿Puedo preguntarte tu nombre?

—Livy —contesto, y tiro las monedas en el cajón sin ningún cuidado.

—¿Estás saliendo con alguien? —pregunta con precaución.

Frunzo el ceño.

—Ya te lo dije. —Por primera vez, dejo que su aspecto encantador atraviese mi barrera de protección mental y las imágenes de Miller. Tiene el pelo castaño claro y lacio, pero no está mal, y sus ojos marrones son cálidos y cordiales—. Así que, ¿por qué me lo preg...? —Me detengo sin terminar la frase y dirijo la vista hacia Sylvie, que acaba de volver a entrar por la puerta de la cafetería, sin las dos bolsas de basura.

Le lanzo una mirada de reproche, sabiendo perfectamente que ha sido ella la que le ha dicho a don Ojos Como Platos que estoy totalmente disponible.

En lugar de quedarse a aguantar mi resentimiento, Sylvie huye hacia la seguridad de la cocina. Don Ojos Como Platos, o Luke, está algo nervioso y ni siquiera mira a la culpable de mi amiga cuando ésta desaparece.

—Mi amiga es una chismosa. —Le entrego el cambio—. Que disfrutes el café.

—¿Por qué me mentiste?

—Porque no estoy disponible. —Y me lo repito a mí misma, porque es verdad, aunque ahora sea por un motivo totalmente diferente. Puede que haya rechazado la oferta de Miller, pero eso no ha hecho que olvidarlo sea fácil. Me llevo la mano a los labios y siento todavía los suyos, besándome, mordiéndome. Suspiro—. Es hora de cerrar.

Luke desliza una tarjeta por el mostrador y le da unos golpecitos con el dedo antes de soltarla.

—Me gustaría salir contigo, así que, si al final decides que estás disponible, me encantaría que me llamaras.

Levanto la vista. Él me guiña un ojo, y una sonrisa de descaro se dibuja en su cara.

Le devuelvo la sonrisa y observo cómo se marcha de la cafetería silbando alegremente.

—¿Es seguro? —Oigo a Sylvie con voz ansiosa desde la cocina.

Al volverme, veo su cabeza morena asomándose por la puerta de vaivén.

—¡Que vergüenza, traidora!

Me dispongo a quitarme el delantal.

—Se me escapó. —Todavía no se atreve a salir y permanece tras el amparo de la puerta—. Vamos, Livy. Dale una oportunidad.

Ahora toda su atención está puesta en Luke, después de que le hiciera caso y la llamara antes de la medianoche el día que Miller me secuestró. No hizo falta que le diera detalles. Mi estado de abatimiento a través de la línea telefónica le dijo todo lo que tenía que saber, sin que la informara de la desconcertante proposición que me hizo.

—Sylvie, no me interesa —le contesto mientras me quito el delantal y lo cuelgo en el gancho.

—No dijiste lo mismo con el imbécil del flamante Mercedes. —Sabe que no debería mencionarlo, pero tiene razón, y todo el derecho del mundo a decirlo—. Por si se te ha olvidado.

Niego con la cabeza, exasperada, y paso por detrás de ella en dirección a la cocina para recoger mi chamarra y mi mochila. Todas estas emociones: el enfado, la irritación, la pesadumbre, son a causa de una única cosa...

Un hombre.

—¡Nos vemos por la mañana! —grito, y dejo que Sylvie cierre sola el establecimiento.

Me dispongo a pasear tranquilamente hasta la parada del autobús, pero la tranquilidad no dura mucho. Gregory me llama por detrás. Suspiro con desgana y me vuelvo despacio sin molestarme en esbozar una sonrisa falsa en mi rostro cansado.

Lleva puesta su ropa de jardinería y tiene el pelo revuelto y lleno de hojas de césped. Cuando llega a mi altura, me rodea el hombro con el brazo y me atrae hacia sí.

—¿Vas a casa?

—Sí, ¿tú qué haces?

—He venido a recogerte. —Parece sincero, pero no me lo trago.

—¿Has venido para llevarme a casa o para sacarme información? —pregunto secamente, con lo que me gano un empujón de su cadera contra mi cintura.

—¿Cómo estás?

Pienso detenidamente qué palabra usar para evitar que siga interrogándome. Ya sabe suficiente, y ha puesto a mi abuela al corriente. No voy a contarle lo de la proposición de las veinticuatro horas tampoco, sobre la que ahora tengo sentimientos encontrados. La rechacé y ahora estoy hecha polvo, así que tal vez debería ceder y estar hecha polvo después igualmente. Pero al menos tendría una experiencia que recordar cuando me sintiera mal, algo que rememorar.

—Bien —contesto finalmente, y dejo que Gregory me guíe hasta su furgoneta.

—Livy, si te ha dicho que emocionalmente no está disponible, será por algo. Has hecho bien en decidir no volver a verlo.

—Ya lo sé —coincido—. Pero ¿por qué no puedo dejar de pensar en él?

—Porque siempre nos enamoramos de los hombres que no nos convienen. —Se inclina y me besa la frente—. De los que nos marean y nos pisotean el corazón. Te lo digo por experiencia, y me alegro de que hayas cortado por lo sano antes de que la cosa fuese demasiado lejos. Estoy orgulloso de ti. Te mereces algo mejor.

Sonrío y recuerdo la cantidad de veces que he tenido que consolar a Gregory tras ser víctima del encanto de un hombre. Pero Miller no es encantador en absoluto. No sé muy bien qué es lo que tiene, aparte de su magnífico aspecto, pero es una sensación..., carajo, qué sensación. Y lo que Gregory acaba de decir es muy cierto. He crecido sin mi madre a causa de las malas decisiones que tomó en relación con los hombres. Eso debería ser razón suficiente para alejarme de él, pero me siento cada vez más atraída. Todavía noto sus labios suaves sobre los míos, aún me arde la piel al recordar su tacto, y todas las noches, al acostarme en la cama, he revivido ese beso. Nunca nadie me hará sentir nada igual.

Abro la puerta, entramos en casa y nos dirigimos a la cocina. Oigo las voces de mi abuela y de George y el sonido de una cuchara de madera que golpea contra las paredes de una inmensa olla de metal: una olla para guisar. Esta noche toca estofado. Arrugo la nariz y me planteo escaparme a la tienda de *fish and chips* del barrio. No soporto el estofado, pero a George le encanta y ha venido a cenar, así que eso es lo que hay.

—¡Gregory! —Mi abuela se abalanza contra mi amigo gay y lo asfixia con sus labios rosa pálido—. Quédate a cenar. —Le señala una silla, se dirige hacia mí, me ataca también con sus blandos labios y me coloca en una silla al lado de George—. Me encanta cuando estamos todos —dice alegremente—. ¿Quién quiere estofado?

Todo el mundo levanta la mano, incluida yo, aunque no soporto esa comida.

—Siéntate, Gregory —ordena mi abuela.

Mi amigo obedece sin atreverse a rechistar, y tuerce la boca al vernos a George y a mí con una sonrisa burlona tras apreciar su temor.

—Cualquiera se atreve a llevarle la contraria —susurra.

—¿Cómo? —Mi abuela se vuelve, y todos nos ponemos serios y tiesos, como buenos chicos.

—¡Nada! —respondemos al unísono.

Mi querida abuela nos lanza a cada uno de nosotros una mirada de sospecha.

—Hum. —Coloca la olla en el centro de la mesa—. Sírvanse.

George prácticamente se abalanza dentro del recipiente. Yo picoteo unos trocitos de pan y lo mastico despacio mientras los demás charlan alegremente.

Miller me viene a la cabeza, y su recuerdo me obliga a cerrar los ojos. Me parece olerlo, y contengo el aliento. Siento el calor de su tacto y me estremezco en la silla. Me reprendo a mí misma y me esfuerzo en borrar su imagen, su olor, su tacto y el suave sonido de su voz.

No lo consigo. Enamorarme de ese hombre sería un desastre. Todo indica que lo será, y eso debería bastarme, pero no es así. Me siento débil y vulnerable, y lo detesto. Tampoco me gusta la idea de no volver a verlo más.

—Livy, ni siquiera has probado la cena.

Mi abuela me saca de mi ensueño golpeando mi plato con la cuchara.

—No tengo hambre. —Aparto el plato y me levanto—. Disculpenme, pero me voy a la cama.

Siento sus miradas de preocupación clavadas en mi espalda mientras salgo de la cocina, pero me da igual. Sí, Livy Taylor, la chica que no necesita a ningún hombre, se ha enamorado, y se ha enamorado de alguien a quien no puede, y probablemente no debe, tener.

Arrastro mi pesado cuerpo al piso superior por la escalera y me desplomo sobre la cama, sin molestarme en desvestirme ni desmaquillarme. Fuera todavía no ha oscurecido, pero me tapo con mi grueso edredón para remediarlo. Necesito silencio y oscuridad para poder seguir torturándome un poco más.

El viernes se me hace eterno. Decido no desayunar para escapar de mi abuela. Prefiero enfrentarme a su inevitable llamada de preocupación de camino al trabajo. Estaba enfadada, pero no puede obligarme a tragarme los cereales a kilómetro y medio de distancia. Del, Paul y Sylvie han intentado sin éxito sacarme una sonrisa auténtica, y Luke ha vuelto a pasarse a buscar un café, por si había cambiado de parecer respecto a mi estado sentimental. Es persistente, eso tengo que concedérselo, y es lindo y bastante gracioso, pero sigue sin interesarme.

Llevo todo el día dándole vueltas a una cosa y, cuando estoy a punto de pedírselo, me callo, porque sé qué reacción voy a obtener. Y no la culpo. Pero Sylvie tiene su número, y lo quiero. Estamos cerrando la cafetería. Me queda poco tiempo.

—Sylvie... —digo lentamente dándole vueltas al paño en el aire inocentemente. No tiene sentido intentar hacerme la buena sabiendo lo que le voy a pedir.

—Livy... —responde con recelo imitando mi tono cauteloso.

—¿Aún tienes el teléfono de Miller?

—¡No! —Niega con la cabeza con furia y corre a la cocina—. Lo tiré a la basura.

Decido seguirla. No pienso rendirme.

—Pero lo llamaste desde tu teléfono —le recuerdo, y me estampo contra su espalda cuando se detiene.

—Lo he borrado —suelta poco convencida. Me va a obligar a rogarle o a forzarla a que le robe el teléfono.

—Por favor, Sylvie. Me estoy volviendo loca. —Uno las manos delante de mi rostro suplicante, como si rezara.

—No. —Me separa las manos y me las baja—. Te oí la voz cuando te fuiste de su apartamento, y también te vi la cara al día siguiente, Livy. Alguien tan dulce como tú no necesita relacionarse con un hombre como ése.

—No puedo dejar de pensar en él —digo con los dientes apretados, como si me diese rabia admitirlo.

Estoy furiosa. Estoy furiosa por parecer tan desesperada, y más furiosa todavía por estarlo de verdad.

Sylvie me aparta y vuelve al salón de la cafetería. Su moño negro se menea de un lado a otro.

—No, no, no, Livy. Las cosas suceden por un motivo, y si tienes que estar con...

Me estampo contra su espalda de nuevo cuando vuelve a detenerse de golpe.

—¡Deja de detenerte! —grito sintiendo que la frustración se está apoderando de mí—. Pero ¿qué demonios...?

Esta vez soy yo la que se detiene cuando miro más allá de Sylvie y veo a Miller de pie en la entrada de la cafetería, con un aspecto increíble con su traje de tres piezas gris, sus rizos negros revueltos y esos ojos azules como el cristal clavados en mí.

Se acerca ninguneando por completo a mi compañera de trabajo y sigue con la mirada fija en mí.

—¿Has terminado de trabajar?

—¡No! —estalla Sylvie, retrocediendo y empujándome con ella—. ¡No ha terminado!

—¡Sylvie! —La esquivo con decisión y ahora soy yo la que la empuja a ella hasta la cocina—. Sé lo que me hago —le susurro. Aunque no es del todo cierto. No tengo ni la menor idea de qué estoy haciendo.

Ella me coge del brazo y se acerca.

—¿Cómo puede alguien pasar de ser tan sensata a tan imprudente en tan poco tiempo? —pregunta asomándose por encima de mi hombro—. Vas a tener problemas, Livy.

—Eso es cosa mía.

Veo que está abatida, pero al final cede, no sin antes lanzarle a Miller una mirada de advertencia.

—Estás loca —gruñe, da media vuelta sobre sus botas de motociclista, se marcha pisando el suelo indignada y nos deja solos.

Respiro hondo y me vuelvo hacia el hombre que ha invadido cada segundo de mis pensamientos desde el lunes.

—¿Te apetece un café? —pregunto señalando la cafetera gigante que tengo detrás.

—No —contesta él tranquilamente, y se acerca hasta que lo tengo a tan sólo unos centímetros de distancia—. Vamos a dar un paseo.

«¿Un paseo?»

—¿Por qué?

Mira un momento hacia la cocina. Es evidente que se siente incómodo.

—Recoge tu bolsa y tu chamarra.

Lo obedezco sin pensar mucho. Hago como que no veo la cara de estupefacción de Sylvie cuando entro en la cocina y recojo mis cosas.

—Me voy —digo, y salgo corriendo mientras la dejo despotricando con Del y Paul. Oigo cómo me llama idiota y cómo Del me llama adulta. Ambos tienen razón.

Me cuelgo la mochila, me aproximo a él y cierro los ojos cuando apoya su mano en mi cuello y me dirige fuera de la cafetería. Me guía por la calle hasta la pequeña plaza, donde me sienta en un banco. Él se acomoda a mi lado y vuelve el cuerpo hacia mí.

—¿Has pensado en mí? —pregunta.

—Todo el tiempo —admito. No voy a andarme con rodeos. Lo he hecho, y quiero que lo sepa.

—Entonces ¿pasarás la noche conmigo?

—¿La condición sigue siendo sólo veinticuatro horas? —pregunto, y él asiente.

El corazón me da un vuelco, aunque eso no evita que acepte. Es imposible que me sienta peor de cómo me siento ya.

Me apoya la mano en la rodilla y la aprieta con delicadeza.

—Veinticuatro horas, sin ataduras, sin compromisos, y sin ningún sentimiento más allá del placer. —Me suelta la rodilla, desplaza la mano hasta mi mentón y acerca mi rostro al suyo—. Y te aseguro que habrá mucho placer, Livy. Te lo prometo.

No lo dudo ni por un instante.

—¿Por qué quieres hacer esto? —pregunto.

Sé que las mujeres suelen ser bastante más profundas en este sentido que los hombres, pero me está pidiendo que haga algo que me resulta imposible cumplir. Yo no siento sólo pasión, o al menos eso creo. Estoy confundida. Ni siquiera sé lo que siento.

Por primera vez desde que lo conozco, sonríe. Es una sonrisa auténtica, una sonrisa preciosa... y me enamoro un poco más.

—Porque quiero besarte otra vez. —Se inclina y apoya los labios sobre los míos—. Esto es nuevo para mí. Necesito saborearte un poco más.

¿Nuevo? ¿Que esto es nuevo para él? ¿A qué se refiere? ¿A que no soy la típica esnob cubierta de diamantes a la que suele tirarse?

—Y porque no debemos dejar pasar lo que podemos crear juntos, Livy.

—¿El mejor sexo salvaje de mi vida? —murmuro contra sus labios, y percibo su sonrisa de nuevo.

—Y mucho más. —Se aparta y me deja necesitada. Creo que podría acostumbrarme a esta sensación—. ¿Dónde vives?

—Vivo con mi anciana abuela. —No sé por qué he dicho lo de *anciana*, quizá para justificar que aún viva con ella—. En Camden.

Una expresión de sorpresa se dibuja en su frente perfecta.

—Te recogeré a las siete. Dile a tu abuela que volverás mañana por la noche. Dame la dirección.

—Y ¿qué le digo? —pregunto presa del pánico de repente. Nunca he pasado toda una noche fuera de casa, y no sé qué razón darle.

—Seguro que se te ocurre algo.

Se pone de pie y me ofrece la mano. La acepto y dejo que tire de mí para levantarme.

—No, es que no lo entiendes. —Mi abuela no se va a tragar una excusa—. Nunca paso la noche fuera, no me creerá si intento colarle alguna cosa que no sea la verdad, y no puedo hablarle de ti.

Se quedaría muerta. O igual no. A lo mejor se pone a dar brincos de alegría y a dar gracias a todos los santos. Conociendo a mi abuela, probablemente sería lo segundo.

—¿Nunca sales por ahí? —dice extrañado.

—No —respondo con fingida despreocupación.

—Y ¿nunca te has quedado a dormir fuera de casa? ¿Ni siquiera en casa de una amiga?

Nunca me había avergonzado de mi estilo de vida... hasta ahora. De repente, me siento infantil, ingenua e inexperta, lo cual es absurdo. Tengo que encontrar mi antiguo descaro. Él me ha ofrecido un sexo fantástico, pero ¿qué va a obtener a cambio? Porque yo no soy ninguna gatita en celo que vaya a hacer temblar su cama. Un hombre como éste debe de tener mujeres haciendo cola en la puerta de su casa, todas vestidas de raso o encaje, con tacones de aguja y dispuestas a volverlo loco de deseo.

Niego con la cabeza y miro al suelo.

—Recuérdame por qué quieres hacer esto.

—Si estás hablando conmigo, no seas maleducada y mírame a la cara. —Me levanta la barbilla—. No me pareces una persona insegura.

—No suelo serlo.

—¿Qué ha cambiado?

—Tú.

Esa palabra hace que se estremezca incómodo, y me arrepiento al instante de haberla dicho.

—¿Yo?

Agacho de nuevo la cabeza.

—No pretendía que te sintieras incómodo.

—No estoy incómodo —responde tranquilamente—, pero ahora me pregunto si esto es buena idea.

Levanto la mirada al instante, asustada de que pueda retirar la oferta.

—No, quiero hacerlo. —No sé lo que digo, pero continúo hablando sin pensar—: Quiero pasar veinticuatro horas contigo. —Me pego a su pecho y lo miro a los ojos, a esos ojos en los que voy a perderme dentro de poco, si es que no lo he hecho ya—. Lo necesito.

—¿Por qué lo necesitas, Livy?

—Para demostrarme a mí misma que llevo haciendo las cosas mal demasiado tiempo.

Me aventuro a besarlo y me pongo de puntillas para pegar mis labios contra los suyos con la esperanza de recordarle las sensaciones de la última vez, con la esperanza de que sienta de nuevo la descarga de energía.

Antes de que me dé tiempo a introducir mi lengua en su boca, me envuelve con sus brazos y me estrecha contra su pecho, nuestras bocas se funden, nuestros cuerpos se unen y mi corazón se detiene. Notar sus labios sobre los míos y su cuerpo cubriéndome por completo hace que me sienta... bien.

—¿Estás segura? —Me suelta, me sostiene a la distancia de sus brazos y se agacha para comprobar que lo miro a los ojos y lo escucho—. Te he dejado muy claro cómo va a ser, Livy. Si crees que podrás hacerlo, las próximas veinticuatro horas serán sólo nuestras. Mi cuerpo y tu cuerpo experimentando cosas increíbles.

Asiento convincentemente, aunque no estoy del todo segura. Todavía percibo la duda en su magnífico rostro, lo que me obliga a esbozar una sonrisa forzada, por miedo a que rompa nuestro acuerdo. Puede que no sepa lo que estoy haciendo, pero lo que no sé es qué haría si se alejara de mí ahora.

—De acuerdo —dice. Desliza la mano por mi nuca y me atrae hacia sí—. Te llevo a casa.

Dirige el camino con la mano fija en mi nuca y me empuja hacia adelante. Levanto la vista un momento, sólo para comprobar que sigue ahí, que no estoy soñando.

Está ahí. Y me está mirando, evaluándome, seguramente analizando mi estado mental. ¿Debería preguntarle qué conclusiones está sacando, puesto que no tengo ni idea? Lo único que sé es que será mío durante las próximas veinticuatro horas, y yo seré suya. Sólo espero no encontrarme en una situación de desolación peor una vez que se agote el tiempo. Hago caso omiso de esa vocecilla que me grita en la cabeza que no siga con esto. Sé cómo va a acabar, y no va a ser agradable.

Pero no puedo negárselo. Ni tampoco negármelo a mí misma.

Capítulo 6

—Te espero aquí. —Detiene el coche en la puerta de mi casa y se saca el teléfono del bolsillo—. Tengo que hacer unas llamadas.

¿Va a esperar? ¿Va a esperar fuera de mi casa? No, no puede hacer eso. Carajo, seguro que mi abuela lo ha olido ya. Miro hacia la ventana de la parte delantera de la casa para ver si se mueven las cortinas.

—Tomaré un taxi hasta tu casa —sugiero mientras hago una lista mental de las cosas que tengo que hacer cuando entre: ducharme, pasarme el rastrillo... por todas partes, ponerme crema, tomarme una copa, maquillarme..., contarle una mentira monumental a mi abuela.

—No. —Rechaza mi oferta sin mirarme siquiera—. Te espero. Toma tus cosas.

Hago una mueca de fastidio, salgo del coche y recorro de forma lenta y precavida el camino hasta mi casa, como si mi abuela fuera a oírme si ando más deprisa. Introduzco la llave en la cerradura poco a poco, la hago girar despacio, abro la puerta pausadamente, levanto el pie con cuidado, lista para entrar, y aprieto los dientes al oír que la puerta chirría.

«Mierda.»

Mi abuela está a menos de un metro de distancia, cruzada de brazos, golpeteando la alfombra estampada con el pie.

—¿Quién es ese hombre? —pregunta enarcando sus cejas grises—. Y ¿por qué entras a hurtadillas como una vulgar ladrona, eh?

90

—Es mi jefe —balbuceo rápidamente, y así comienza la mayor mentira de mi vida—. Trabajo esta noche. Me ha traído a casa para que me cambie.

Un halo de decepción recorre su rostro arrugado.

—Ah... —Se vuelve y pierde por completo el interés por el hombre de fuera—. Así, no me preocupo por la cena.

—Muy bien.

Subo la escalera de dos en dos y corro al cuarto de baño. Abro el grifo de la ducha y me desvisto a la velocidad del rayo. Me meto antes de que salga el agua caliente. «¡Mierda!» Me aparto con la carne de gallina y temblando de manera incontrolable. «¡Mierda, mierda, mierda! ¡Caliéntate!» Paso la mano por debajo del agua y deseo con desesperación que se caliente de una vez. «Vamos, vamos.»

Después de un rato demasiado largo, ya está lo bastante caliente como para poder soportarlo, y me meto debajo. Me lavo el pelo a toda velocidad, me enjabono entera y me afeito... todo. Atravieso corriendo el descansillo envuelta en la toalla y llego a la seguridad de mi cuarto sin aliento. En circunstancias normales, suelo tardar diez minutos en vestirme, empolvarme un poco la cara y secarme el pelo al aire. Pero ahora quiero estar bien, quiero estar guapa. Y no tengo tiempo suficiente.

«Ropa interior», me recuerdo, y corro hacia mis cajones, abro el primero y compongo una mueca al ver la pila de bragas y sujetadores de algodón. «Tengo que tener algo... ¡algo que no sea de algodón, por Dios!»

Después de cinco minutos de comprobar pieza por pieza, descubro que, en efecto, todas mis prendas son de algodón, y no tengo nada ni de encaje, ni de raso, ni de cuero. Ya lo sabía, pero pensé que tal vez un conjunto sexy podría haberse colado en mi armario por arte de magia para evitarme esta humillación. Me equivocaba, pero como no me queda más remedio, me planto mis bragas blancas de algodón con su aburrido sujetador a juego. Después, me arreglo el pelo, me empolvo un poco la cara y me pellizco las mejillas.

Ahora observo mi mochila y me pregunto qué necesito llevarme. No tengo lencería ni tacones de aguja, ni nada remotamente sexy. ¿En qué estaba pensando? ¿En qué estaba pensando él? Apoyo el trasero en el borde de la cama y hundo la cabeza entre las manos. Mi pesado cabello cae hacia adelante formando una cascada sobre mis rodillas. Debería quedarme aquí y aguardar a que se canse de esperar y se vaya porque, de repente, esto ya no me parece tan buena idea. De hecho, es la peor idea que he tenido en mi vida y, satisfecha de haber llegado a esa conclusión, me escondo bajo las sábanas y me cubro la cabeza con la almohada.

Es rico, está buenísimo, es refinado, es algo distante, ¿y me quiere durante veinticuatro horas? Necesita que le examinen la cabeza. Esos pensamientos invaden mi mente mientras me escondo del mundo, hasta que llego a una conclusión perfectamente sólida: debe de tener un montón de mujeres florero a los pies todos los días (carajo, ya vi a una de ellas), y deben de estar todas cubiertas de diamantes, bolsos de diseñadores y zapatos que deben de costar más de lo que yo gano al mes, así que tal vez quiera probar algo un poco distinto, algo como yo: una camarera común y corriente que sirve cafés horribles y que tira bandejas de champán carísimo al suelo. Hundo la cara todavía más contra la almohada y gruño:

—Idiota, idiota, idiota.

—No, no eres idiota.

Me incorporo al instante y lo veo sentado en el sillón de la esquina de mi cuarto, con las piernas cruzadas a la altura de los tobillos y el codo apoyado en el reposabrazos, sujetándose la barbilla con la palma de la mano.

—Pero ¿qué demonios...?

Me levanto de la cama de un salto, corro a la puerta de mi habitación, la abro y me asomo para comprobar si mi abuela tiene la oreja pegada a la puerta de madera. No está, pero eso no hace que me sienta mejor. Debe de haberlo dejado entrar.

—¿Cómo has subido hasta aquí?

Cierro la puerta de golpe y me encojo al ver que resuena por toda la casa.

Él no. Permanece impasible, y no parece afectarle lo más mínimo mi nerviosismo.

—Tu abuela debería tomarse la seguridad un poco más en serio. —Se frota el mentón cubierto de una barba incipiente con el dedo índice y repasa mi cuerpo entero con la mirada.

Entonces me doy cuenta de que voy en ropa interior y me cubro el pecho con los brazos de manera instintiva en un vano intento de esconder mis vergüenzas de su mirada lasciva. Estoy horrorizada, y me horrorizo más todavía cuando veo que las comisuras de sus labios se curvan y sus ojos brillan al posarse en los míos.

—Será mejor que pierdas esa timidez, Livy. —Se levanta y se acerca a mí tranquilamente metiéndose las manos en los bolsillos de su pantalón gris. Pega el pecho contra el mío, me mira y no me toca con las manos pero sí con todo lo demás—. Aunque, bien pensado, me resulta bastante atractiva.

Estoy temblando, literalmente, y su intento de infundirme seguridad no lo detiene. Quiero parecer segura, tranquila y despreocupada, pero ni siquiera sé por dónde empezar. Una ropa interior adecuada sería un buen comienzo.

Se agacha, desciende hasta mi línea de visión y me aparta el pelo de los hombros sosteniéndolo para que no me caiga sobre el rostro. Me levanta la cara, muy ligeramente, y pronto me topo con la suya.

—Mis veinticuatro horas no empiezan hasta que te tenga en mi cama.

Frunzo el ceño.

—¿Vas a cronometrarlo? —inquiero, preguntándome de verdad si va a sacar un reloj.

—Bueno... —Me suelta el pelo y consulta su carísimo reloj de pulsera—. Son las seis y media. Cuando lleguemos a las afueras de la ciudad, más o menos sobre las siete y media, será hora pico. Mañana por la noche tengo una fiesta benéfica..., lo he calculado al milímetro.

Sí, lo ha calculado al milímetro. De modo que, cuando el reloj marque las siete y media, ¿me dará una patada en el culo? ¿Me convertiré en una calabaza? Ya me siento como si me hubiese plantado, y ni siquiera hemos empezado, así que, ¿cómo me sentiré mañana cuando lleguen las siete y media? Hecha una piltrafa. Rechazada, indigna, deprimida y abandonada. Abro la boca para detener todo este plan diabólico, pero entonces oigo pasos subiendo por la escalera.

—¡Mierda! ¡Viene mi abuela!

Pego las manos a su pecho, cubierto por el traje, y lo empujo, guiándolo de espaldas hacia el armario empotrado. El terror me invade, pero no me impide deleitarme en la firmeza que siento con mis palmas. Eso hace que tropiece y el corazón casi se me sale por la boca. Lo miro.

—¿Estás bien? —pregunta.

Desliza las manos por mi espalda y me rodea la cintura. Contengo la respiración; entonces oigo las pisadas de nuevo, y salgo de mi estado de éxtasis.

—Escóndete.

Gruñe su descontento y me agarra de las muñecas para apartarme de su pecho.

—No pienso esconderme en ninguna parte.

—Miller, por favor, le dará un ataque al corazón como te pille aquí.

Me siento totalmente ridícula por obligarlo a hacer esto, pero no puedo dejar que mi abuela entre en mi cuarto y lo vea. Sé que le dará algo, y sé que será por la sorpresa, pero no será una sorpresa cualquiera. No, se desmayará unos segundos y después dará una fiesta. Dejo escapar un grito ahogado de frustración, me olvido de mi vergüenza por no llevar nada puesto y lo miro con ojos suplicantes.

—Se emocionará mucho —le explico—. Reza todos los días para que me autodescubra. —Se me acaba el tiempo. Oigo el suelo crujir conforme se aproxima a la puerta de mi dormitorio—. Por favor. —Dejo caer los hombros, abatida. Ya es bastante malo que me haga esto a mí misma. No puedo hacérselo a mi anciana abuela. Sería cruel darle esperanzas con algo que no va a ninguna parte—. Nunca te pediré nada más pero, por favor, no dejes que te vea.

Sus labios forman una línea recta e inclina un poco la cabeza hacia adelante. El mechón de pelo le cae sobre la frente. Y, sin mediar palabra, me suelta y se desplaza por mi cuarto, pero no se mete en el armario; se esconde detrás de las cortinas, que llegan hasta el suelo. No lo veo, de modo que no me quejo.

—¡Olivia Taylor!

Me vuelvo y encuentro a mi abuela en la puerta inspeccionando toda mi habitación, como si supiera que estoy ocultando algo.

—¿Qué pasa? —pregunto, reprendiéndome al instante por haber elegido tan mal las palabras.

«¿Qué pasa?» Yo jamás diría eso y, por su expresión recelosa, veo que ella también se ha dado cuenta.

Entorna los ojos y me hace sentir todavía más culpable.

—Ese hombre...

—¿Qué hombre?

Será mejor que me calle y que la deje soltar lo que tenga que decir sin interrumpirla para no parecer más sospechosa.

—El hombre de ahí fuera, el del coche —continúa apoyando la mano en el pomo de la puerta—. Tu jefe.

Debo de relajarme visiblemente al instante, porque recorre con la vista toda mi figura semidesnuda con cara de que lo sabe todo. Todavía piensa que está ahí fuera, lo cual es perfecto.

—Sí, ¿qué pasa con él?

Saco mis pantalones de mezclilla ajustados del cajón, paso las piernas por las perneras y me los subo. Me abrocho la cremallera y tomo una camiseta blanca demasiado grande del respaldo de la silla del toca-

—Se ha ido.

Me quedo congelada con la camiseta a medio pasar por la cabeza, con un brazo en una manga y el pelo atrapado alrededor de mi cuello.

—¿Adónde? —pregunto, pues no se me ocurre otra cosa que decir.

—No lo sé, pero estaba ahí, y lo sé porque le veía el pelo asomando ligeramente por la ventanilla abierta. Me he dado la vuelta para decirle a George que tenía uno de esos Mercedes tan elegantes, y cuando he vuelto a mirar..., ¡plaf!, ya no estaba. Aunque el coche pomposo sigue ahí. —Empieza a dar toquecitos en el suelo con el pie—. Y mal aparcado, por cierto.

El sentimiento de culpa me inmoviliza. Es la maldita señorita Marple.

—Seguramente habrá ido un momento a la tienda —digo metiéndome del todo la camiseta. Después cuelo los pies a toda prisa en mis Converse fucsia.

Carajo, tengo que sacarlo de aquí, y con Ironside en el caso, no va a ser cosa fácil.

—¿A la tienda? —Se echa a reír—. La más cercana está a kilómetro y medio. Habría ido en coche.

Me esfuerzo por evitar exteriorizar mi irritación.

—¿Qué más da adónde haya ido? —pregunto, y entonces me dispongo a soltar la mayor mentira de mi vida—. Ah, y esta noche me quedaré en casa de Sylvie a dormir. Es una compañera del trabajo.

Me preparo para su grito de sorpresa, pero éste no llega, de modo que me vuelvo para ver si todavía está en mi cuarto. Está, y con una sonrisa pícara en la cara.

—¿Ah, sí? —pregunta ella, y, con los ojos ilusionados, me mira de arriba abajo—. No vas vestida para ir a trabajar.

—Me cambiaré cuando llegue allí —digo con voz aguda y chi-

llona, y me apresuro a preparar el neceser y todo lo que voy a necesitar para pasar veinticuatro horas con Miller Hart, que no es
mucho, espero—. El evento en el que voy a trabajar esta noche ter-
minará sobre las doce, y Sylvie vive cerca de allí, así que será mejor
que me quede en su casa.

Soy una idiota, y sé que estoy malgastando saliva. De repente, al
cerrar la mochila y colgármela al hombro, caigo en la cuenta de
que él sigue escondido en mi habitación. ¿Qué estará pensando?
Entendería perfectamente que saliera en este mismo instante. El
comportamiento de mi abuela no tiene nada que ver con que desa-
pruebe que haya un hombre en mi vida. Lo que pasa es que no le
gusta no estar al tanto de ello. Y no lo va a estar, al menos no de
manera oficial. El silencio que acaba de hacerse entre nosotras es
señal de nuestro mutuo entendimiento al respecto. Gregory le ha
dicho que estoy enamorada de alguien, y no soporta el hecho de
que no se lo haya contado. Ya se me haría bastante difícil decírselo
si estuviera viendo a un tipo normal, en circunstancias normales,
pero con Miller... Y con nuestro acuerdo de las veinticuatro horas... No, va en contra de todos mis principios, y me avergüenzo de
mí misma por ello. Mi abuela lleva mucho tiempo rogándome que
me suelte el pelo, pero no creo que quiera que me lo suelte tanto
como mi madre.

Sus ancianos ojos azul oscuro me observan con aire pensativo.

—Estoy contenta —dice con ternura—. No puedes huir del pasado de tu madre eternamente.

Me encojo de hombros ligeramente, pero no quiero seguir hablando de esto, y menos con Miller detrás de las cortinas. Me limito a asentir levemente. Es mi manera silenciosa de decir que tiene
razón. Ella hace lo propio y sale despacio de mi dormitorio, como
si no pasara nada, pero sé que va a ir directa a la ventana del salón
para ver si el hombre ha regresado a su flamante vehículo. La puerta de mi cuarto se cierra y Miller aparece por detrás de la cortina.
No había sentido tanta vergüenza en mi vida, y el interés que vis-

lumbro en su rostro no hace sino aumentarla, aunque es agradable verlo con una expresión distinta de la cara seria a la que me tiene acostumbrada.

—Tu abuela es una entrometida, ¿no? —Parece haberse divertido mucho con el interrogatorio, aunque sigo atisbando un halo de curiosidad en ese rostro perfecto.

Me pongo derecha, por hacer algo que no sea seguir alimentando su diversión y su curiosidad. Me encojo de hombros y me siento más pequeña que nunca.

—Es una mujer peculiar —contesto, y fijo la vista en el suelo. Me gustaría que la tierra me tragara en este mismo momento.

Se pega a mí al instante.

—Me he sentido como un adolescente.

—¿Te escondías detrás de muchas cortinas a esa edad? —Doy un paso atrás para tener un poco de espacio vital, pero mi intento de evasión es en vano.

Da un paso al frente.

—¿Estás preparada, Olivia Taylor?

Tengo la sensación de que no se refiere sólo al hecho de marcharnos. ¿Estoy preparada? Y ¿para qué?

—Sí —contesto con decisión, sin saber muy bien de dónde ha salido tanta seguridad. Lo miro, y me niego a ser la primera en apartar la mirada. No sé adónde me dirijo, ni qué voy a experimentar cuando llegue allí, pero sé que quiero ir... con él.

En sus atractivos labios se dibuja una sonrisa casi imperceptible que indica que sabe que estoy fingiendo seguridad, pero continúo mirándolo, sin flaquear. Se inclina hasta que nuestras narices se rozan, entorna los ojos lentamente, separa los labios muy despacio y dirige la mirada poco a poco hasta mi boca. El corazón se me acelera todavía más al sentir el calor de su mano acariciándome delicadamente el brazo desnudo. No ha hecho nada extraordinario, pero la sensación es más que extraordinaria. Jamás había sentido nada igual... hasta que lo conocí.

Agacha aún más la cabeza, y está tan cerca que no puedo evitar cerrar los ojos. Estoy mareada y entusiasmada al mismo tiempo mientras siento cómo su lengua recorre mi labio inferior.

—Si empiezo, no podré parar —murmura, y se aparta—. Necesito tenerte en mi cama.

Me agarra de la nuca y gira la mano ligeramente, forzándome a darme la vuelta y a caminar hacia adelante.

—Mi abuela —logro articular apenas en mi estado de excitación—. No debe verte.

Me dirijo por el descansillo, y por la escalera. Yo avanzo con cautela; él, con premura.

—Te espero en el coche.

Me suelta y se dirige con grandes zancadas hacia la puerta de casa, la abre y la cierra sin importarle que mi abuela pueda estar vigilando.

—¡Abuela! —grito, alarmada, sabiendo que estará con la cara pegada contra el cristal de la ventana buscándolo—. ¡Abuela! —Tengo que apartarla de ahí antes de que Miller aparezca en el portal—. ¡Abuela!

—¡Por el amor de Dios, chiquilla! —Asoma por la puerta con George a la zaga y me observa con ojos preocupados—. ¿Qué pasa?

Tanto mi mente como mi rostro se quedan en blanco. Me acerco y le doy un beso en la mejilla.

—Nada. Hasta mañana —digo, y me apresuro a salir de casa.

Dejo a mi abuela extrañada y a George murmurando algo sobre una mujer rara y corro por el sendero hasta el reluciente Mercedes negro. Subo y me hundo en el asiento del acompañante.

—Vamos —lo insto impaciente.

Pero no se mueve. El coche sigue quieto junto al bordillo, y él en su asiento, sin mostrar la menor intención de marcharse a toda prisa de mi casa tal y como le he ordenado. Su alta y trajeada figura permanece relajada en el asiento, con una mano sobre el volante, mientras me mira, completamente serio, y sus ojos azules como el acero no revelan ninguna información. ¿En qué está pensando? Interrumpo el contacto visual, pero sólo porque quiero confirmar lo que ya sé. Miro hacia la ventana delantera de mi casa y veo que las cortinas se mueven. Me hundo aún más en el asiento.

—¿Qué pasa, Livy? —pregunta Miller, y estira el brazo hasta apoyar la mano sobre mi muslo—. Háblame.

Fijo la vista en su mano, grande y masculina. La piel me arde bajo su tacto.

—No deberías haber entrado —digo tranquilamente—. Igual te parecía divertido, pero acabas de complicar aún más todo esto.

—Livy, es de mala educación no mirar a la gente a la cara cuando les hablas. —Me agarra de la barbilla y me levanta la cara para que lo mire—. Lo siento.

—El mal ya está hecho.

—Nada respecto a las próximas veinticuatro horas va a ser difícil, Livy. —Desliza la mano por mi mejilla con ternura y yo me pego contra ella—. Sé que estar contigo va a ser lo más fácil que he hecho en la vida.

Tal vez eso sí sea fácil, pero no creo que lo que venga después lo sea. Para él sí, desde luego, pero a mí me espera un sufrimiento horrible. No soy yo misma cuando estoy con él. La mujer sensata en la que me he obligado a convertirme ha pasado de un extremo al otro. Mi abuela está en la ventana, Miller me está acariciando la mejilla dulcemente, y yo soy del todo incapaz de detenerlo.

—Las lunas son tintadas —susurra. Entonces se acerca lentamente y pega sus suaves labios contra los míos.

Puede ser; de todos modos, él no es mi jefe, y mi abuelita lo sabe perfectamente. Pero ya me enfrentaré a su interrogatorio cuando vuelva a casa. De repente ya no estoy tan preocupada. Ya ha vuelto a conseguir que deje de ser yo misma.

—¿Estás preparada? —me pregunta de nuevo, pero esta vez me limito a asentir pegada a él.

No estoy preparada para que me parta el corazón.

El trayecto hasta el apartamento de Miller es tranquilo. El único sonido que se oye es el de Gary Jules cantando *Mad World*. No sé mucho sobre Miller, pero me imagino que viene de buena familia. Su manera de hablar es refinada, su ropa de la mejor calidad, y vive en el exclusivo barrio de Belgravia. Detiene el coche delante del edificio y, sin perder un minuto, sale del vehículo y viene junto a mi puerta. La abre y me ayuda a bajar.

—Que lo laven —ordena, y le entrega la llave a un aparcacoches vestido con un uniforme verde.

—Señor. —El hombre lo saluda con respeto inclinando el sombrero, sube en el coche de Miller y pulsa inmediatamente un botón que lo acerca un poco más al volante.

—Camina.

Miller toma mi mochila y apoya la mano en mi cuello de nuevo mientras me guía a través de la enorme puerta giratoria de cristal que da a un vestíbulo con paredes de espejo. Estamos allá adonde miro, yo delante, pequeña y con aspecto aprensivo, y él empujándome hacia adelante, grande y poderoso.

Pasamos las hileras de elevadores con espejo y nos dirigimos a la escalera.

—¿Se han averiado los elevadores? —pregunto mientras entramos por la puerta y empezamos a subir los escalones.

—No.

—Entonces ¿por qué...?

—Porque no soy un perezoso —me interrumpe zanjando el tema, y continúa sosteniéndome de la nuca mientras ascendemos.

Puede que no sea un perezoso, pero está claro que sí es un demente. Cuatro tramos de escalones después, los gemelos me arden de nuevo. Me cuesta seguir. Me esfuerzo por subir un tramo más, y justo cuando estoy a punto de pedirle que paremos a descansar, me toma en brazos, probablemente al darse cuenta de que estoy sin aliento. Rodeo su cuello con mis brazos. La sensación es agradable y reconfortante como la vez anterior. Continúa subiendo conmigo en brazos como si fuese lo más natural del mundo. Nuestros rostros están muy cerca el uno del otro. Percibo su olor masculino. Avanza con la mirada fija hacia adelante hasta que nos encontramos frente a la reluciente puerta negra de su casa.

Miller me deja en el suelo, me devuelve mi mochila, me agarra de nuevo de la nuca y, con la mano libre, abre la puerta, pero en cuanto vislumbro el interior de su apartamento, tengo la repentina necesidad de salir corriendo. Veo las obras de arte, la pared contra la que me inmovilizó y el sofá en el que me senté. Las imágenes son muy vívidas, y mi sensación de impotencia también. Si cruzo este umbral, estaré a la merced de Miller Hart, y no creo que mi antiguo descaro me sirva para nada... si es que consigo encontrarlo.

—No estoy segura de que... —digo, y empiezo a apartarme de la puerta.

La duda se apodera de mí y la sensatez se abre paso en mi confundido cerebro. No obstante, la ardiente determinación que se refleja en sus ojos me indica que no voy a ir a ninguna parte. Su mano también empieza a ejercer más presión sobre mi nuca.

—Livy, no voy a abalanzarme sobre ti en cuanto traspases esta puerta. —Desplaza la mano a mi brazo, si bien esta vez no me agarra—. Relájate.

Intento hacerlo, pero mi corazón sigue latiendo a toda prisa, y no paro de temblar.

—Lo siento.

—Tranquila. —Se aparta y me deja vía libre para entrar a su apartamento—. Me gustaría que entraras, pero sólo si quieres pasar la noche conmigo —dice lentamente, atrayendo mi mirada hacia la suya—. Si no estás segura, quiero que des media vuelta y te marches, porque no puedo hacer esto a menos que estés conmigo al cien por ciento. —Su expresión es seria, aunque detecto cierto aire de súplica reflejado en sus impasibles ojos azules.

—Es que no entiendo por qué me deseas —admito, sintiéndome insegura y vulnerable.

Sé qué aspecto tengo; me lo recuerdan cada vez que alguien me mira o me hace algún comentario sobre mis ojos, y también sé que tengo poco que ofrecerle a un hombre, aparte de algo bonito que admirar. La belleza de mi madre fue su perdición, y nunca he querido que fuera la mía. Me estoy arriesgando a perder mi amor propio, igual que lo hizo ella. He vivido de tal manera que no hay nada que saber de mí. ¿Quién prestaría la más mínima atención a una chica que no despierta ninguna intriga ni tiene ningún interés más allá de su aspecto? Sé perfectamente quién: los hombres que no quieren nada más que a una mujer bonita en su cama, que es precisamente la razón por la que me privo de la posibilidad de ser amada. No de ser deseada, pero sí amada. Nunca he querido ser como mi madre, y sin embargo aquí estoy, a punto de caer en la degradación.

Sé que está reflexionando sobre cómo contestar a mi pregunta, como si supiera que su respuesta influirá en mi decisión de quedarme o marcharme. Estoy dispuesta a dejar que sus próximas palabras me convenzan.

—Ya te lo he dicho, Livy. —Me indica que pase—. Me fascinas.

No sé si ésa es la respuesta correcta, pero empiezo a andar lentamente por su apartamento y oigo un claro y silencioso suspiro de alivio detrás de mí. Rodeo la mesa redonda del recibidor, dejo la bolsa sobre el mármol blanco al pasar y entonces me detengo, sin saber si sentarme en el sillón o si ir a la cocina. El ambiente es algo incómodo, a pesar de lo que ha dicho en el coche. Sí que es difícil.

Pasa por delante de mí y se quita el saco del traje. Lo deja bien doblado sobre el respaldo de la silla y se dirige al mueble bar.

—¿Quieres tomar algo? —pregunta mientras vierte un poco de líquido oscuro en un vaso.

—No. —Niego con la cabeza, aunque no me está mirando.

—¿Agua?

—No, gracias.

—Siéntate, Livy —ordena volviéndose y señalando el sofá.

Sigo el gesto de su mano y, a pesar de la reticencia de mi cuerpo, tomo asiento en el enorme sofá de piel de color crema mientras él se apoya contra el mueble bar y da lentos sorbos a su bebida. Todo lo que hace con los labios, ya sea hablar o simplemente beber, me desconcentra. Los mueve lentamente, de un modo casi sensual..., deliberado.

Intento con todas mis fuerzas controlar el frenético ritmo de mis latidos, pero fracaso estrepitosamente cuando veo que viene hacia mí, se sienta sobre la mesita de café que tengo delante con los codos apoyados sobre las rodillas y la bebida suspendida delante de sus labios y me mira con unos ojos ardientes, llenos de toda clase de promesas.

—Necesito saber algo —dice tranquilamente.

—¿Qué? —pregunto demasiado rápido, preocupada.

Levanta el vaso despacio, pero mantiene los ojos fijos en los míos.

—¿Eres virgen? —inquiere antes de llevárselo a los labios.

—¡No! —Me aparto hacia atrás, mortificada al pensar que ha interpretado mi reticencia como un indicativo de eso. Aunque, en realidad, ojalá lo fuera.

—¿Por qué te ofende tanto mi pregunta?

—Tengo veinticuatro años.

Me revuelvo incómoda y aparto los ojos de su mirada inquisitiva. Noto que me pongo colorada, y quiero tomar uno de sus sofisticados cojines de seda y taparme la cara con él.

—¿Cuánto tiempo hace desde tu última relación sexual, Livy?

«Trágame, tierra.» ¿Qué importancia tiene cuándo me acosté por última vez con alguien? Salir corriendo me parece la mejor opción, pero mis motivos para huir han cambiado.

—Livy —prosigue, dejando su bebida en la mesa, y el ruido del cristal contra el cristal me hace dar un ligero respingo—. ¿Quieres hacer el favor de mirarme a la cara cuando te hablo?

Su severidad me irrita, y ésa es la única razón por la que hago lo que me dice y lo miro.

—Mi pasado no tiene nada que ver contigo —respondo tranquilamente, resistiendo la tentación de coger la bebida y bebérmela de un trago.

—Sólo te he hecho una pregunta. —Su sorpresa ante mi repentino cambio de actitud es evidente—. Y es de buena educación contestar cuando alguien te hace una pregunta.

—No, yo decido si respondo a una pregunta o no, y no veo qué relevancia tiene esa pregunta.

—Pues tiene mucha relevancia, Livy, al igual que tu respuesta.

—Y ¿por qué, si puede saberse?

Mira el vaso y lo hace girar en la mesa unos momentos antes de volver a fijar sus ojos en los míos. Siento que me atraviesa con la mirada.

—Porque así decidiré si te cojo como un loco directamente o si te penetro poco a poco.

Dejo escapar un grito ahogado y abro los ojos ante su exabrupto. No le importan lo más mínimo mi sorpresa ni mi reacción ante las palabras de mal gusto que acaban de salir de su boca. Se limita a tomar el vaso y a beber otro trago del líquido negro, con su inexpresiva mirada fija en mí.

—No me gusta repetirme, pero voy a hacer una excepción —me informa—. ¿Cuánto tiempo hace desde tu última relación sexual?

Enrosco la lengua dentro de la boca mientras él continúa observándome detenidamente. No quiero decírselo. No quiero que piense que soy aún más patética de lo que ya debe de creer.

—Me tomaré tu negativa a contestarme como un indicativo de que hace mucho tiempo. —Ladea la cabeza y el mechón de pelo rebelde cae sobre su frente y logra distraerme momentáneamente de mi humillación—. ¿Y bien?

—Siete años —susurro—. ¿Contento?

—Sí —responde rápidamente y con sinceridad, aunque claramente sorprendido—. No tengo ni idea de cómo es eso posible, pero me satisface inmensamente. —Me agarra de la barbilla y me eleva la cara—. Y te estoy hablando, Livy, así que mírame. —Obedezco su orden y recuperamos el contacto visual—. Supongo que eso significa que te penetraré poco a poco.

Esta vez no me indigno, pero la sangre me hierve al instante y el pulso se me acelera al máximo, sustituyendo la vergüenza por el deseo. Lo deseo más de lo que debería.

Recibo su embriagadora mirada y envío instrucciones a los músculos de mis brazos para que se eleven y lo palpen aunque, antes de llegar a moverlos, de repente mi teléfono empieza a sonar en la mochila.

—Deberías contestarlo. —Se sienta hacia atrás y me deja espacio para abandonar la intimidad de su cercanía—. Dile que sigues viva. —Su rostro permanece inexpresivo, pero su tono es ligeramente socarrón.

Me levanto rápidamente, ansiosa por tranquilizar a mi inquisitiva abuela y decirle que todo está bien. Respondo sin mirar la pantalla, aunque debería haberlo hecho.

—¡Hola! —saludo demasiado animada dadas las circunstancias.

—¿Livy? —La voz que oigo al otro lado de la línea hace que me aparte el teléfono de la oreja y mire la pantalla, aunque sé perfectamente de quién se trata.

Suspiro, imaginándome a mi abuela llamando a Gregory desesperada para informarlo de lo sucedido esta tarde.

—Hola.

—¿Quién es ese hombre?

—Mi jefe. —Cierro los ojos con fuerza esperando que se lo trague, pero resopla con incredulidad, un claro signo de que no ha funcionado.

—Livy, ¿por quién me tomas? ¿Quién es?

Empiezo a tartamudear, intentando pensar en qué puedo decirle.

—Sólo... es..., ¡da lo mismo! —le suelto, y empiezo a pasearme.

Después de las conversaciones que hemos mantenido sobre Miller Hart, sé que a Gregory no va a hacerle ninguna gracia esto.

—Es el tipo que detesta tu café, ¿verdad? —me dice con tono acusatorio. Eso provoca mi irritación.

—Puede —contesto—. O puede que no. —No tengo ni idea de por qué he añadido eso. Por supuesto que es el tipo que detesta mi café. ¿Quién iba a ser si no?

Estoy tan ocupada intentando darle largas a mi amigo que no me doy cuenta de que el tipo que detesta mi café está detrás de mí hasta que apoya la barbilla sobre mi hombro. Siento su respiración agitada en mi oreja. Dejo escapar un grito ahogado, me vuelvo y, sin pensar, le cuelgo a Gregory.

Miller enarca una ceja confundido.

—Era un hombre.

—Es de mala educación escuchar las conversaciones ajenas. —Presiono el botón de rechazar la llamada cuando mi teléfono empieza a sonar otra vez.

—Puede ser. —Levanta la bebida, separa un dedo del vaso y me señala—. Pero, como he dicho, era un hombre. ¿Quién era?

—Eso no es asunto tuyo —respondo nerviosa y apartando la mirada de sus ojos azules y acusadores.

—Sí lo es si voy a meterte en mi cama, Livy —señala—. ¿Quieres hacer el favor de mirarme cuando te hablo?

No lo hago. Mantengo la vista fija en el suelo y me pregunto por qué no le digo quién era. No es quien él cree que es, de modo que qué más da. No tengo nada que ocultar, pero el hecho de que me exija que se lo cuente ha despertado a la niña rebelde que hay en mí. O tal vez sea mi antiguo descaro. No necesito buscarlo, porque parece que ha salido a jugar voluntariamente con este hombre,

107

lo cual, sin duda, es bastante oportuno.

—Livy. —Se agacha, me mira a los ojos y enarca las cejas adoptando un gesto autoritario—. Si hay algún obstáculo, lo eliminaré gustoso.

—Es un amigo.

—¿Qué quería?

—Saber dónde estoy.

—¿Por qué?

—Porque obviamente mi abuela le ha dicho que has estado en casa, y él ha sumado dos más dos y le ha dado como resultado Miller.

¿Es posible sentirse más humillada?

—¿Le has hablado de mí? —pregunta, y sus cejas oscuras no parece que tengan intención de relajarse.

—Sí, le he hablado de ti. —Esto es absurdo—. ¿Puedo usar tu cuarto de baño? —pregunto, deseando escapar para recuperar la compostura.

—Puedes. —Aleja el vaso de su cuerpo y señala hacia el pasillo que sale del salón—. La tercera puerta a la derecha.

No me quedo aguantando su mirada interrogativa. Sigo la dirección que me indica con el vaso y apago el teléfono al ver que suena de nuevo. Entro en el tercer cuarto a la derecha, cierro la puerta y me apoyo contra ella. Pero mi exasperación se ve interrumpida en cuanto descubro el inmenso espacio que tengo ante mí. No es un cuarto de baño. Es un dormitorio.

Capítulo 7

Me repongo de mi asombro y examino la estancia. Veo la enorme cama con la cabecera de piel, la lámpara de araña que pende del techo y unos ventanales desde el suelo hasta el techo que ofrecen unas magníficas vistas de la ciudad. No debería estar tan sorprendida. Imaginaba que este lugar sería palaciego, pero no sabía hasta qué punto. Hay dos puertas al otro extremo de la habitación, y decido que una de ellas debe de dar a un cuarto de baño. Recorro la mullida alfombra de color crema y abro la primer puerta a la que llego, intentando con todas mis fuerzas evitar mirar la inmensa cama. No es un baño, sino un ropero, si es que a un espacio de tal tamaño puede considerárselo así. El recinto cuadrado tiene armarios de madera de caoba que ocupan todo lo alto de la pared y estanterías ordenadas en tres paredes con un mueble independiente en el centro y un sofá al lado. Sobre la superficie del mueble hay decenas de cajitas pequeñas abiertas que exponen gemelos, relojes y alfileres de corbata. Tengo la sensación de que, si moviese una sola de esas cajas, él lo notaría. Cierro la puerta rápidamente, me apresuro hasta la siguiente y me encuentro con el cuarto de baño más majestuoso que he visto en toda mi vida. Dejo escapar un grito ahogado de asombro y los ojos se me salen de las órbitas. Una bañera gigante con patas de tipo garra descansa, soberbia, junto a la inmensa ventana. Los grifos y los escalones que permiten entrar en ella son de oro. Las paredes de la ducha están adornadas con un mosaico de baldosas de color crema y dorado. Intento asimilarlo todo, pero no puedo. Es demasiado. Es como una casa de exposición.

Tras lavarme las manos, me las seco con cuidado y estiro la toalla para no dejar nada fuera de su sitio.

Al salir de la habitación, me detengo al encontrarme cara a cara con Miller. Tiene el ceño fruncido otra vez.

—¿Estabas fisgoneando? —pregunta.

—¡No! Estaba usando el baño.

—Eso no es el baño, es mi dormitorio.

Miro hacia el pasillo y cuento dos puertas delante de la que estoy.

—Me has dicho la tercera puerta a la derecha.

—Sí, y ésa es la siguiente. —Señala la puerta contigua y yo la miro completamente confundida.

—No. —Me vuelvo y señalo en la otra dirección—. Una, dos y tres —digo señalando la puerta que tengo detrás de mí—. La tercera puerta a mi derecha.

—La primera puerta es un armario.

Siento que la ira me invade de nuevo.

—Pero es una puerta —señalo—. Y no estaba fisgoneando.

—Bien. —Encoge sus hombros perfectos y entorna lentamente sus ojos perfectos antes de desplazar su perfecta figura por el pasillo—. Por aquí —dice por encima del hombro.

Estoy enfadada. ¿Quién se ha creído que es? Mis Converse empiezan a recorrer el pasillo tras sus pasos, pero cuando llego al salón, ha desaparecido. Miro por todas partes y hacia todas las puertas, que quién sabe adónde dan, pero no lo veo. Todas estas sensaciones extrañas me están volviendo loca.

Ira, confusión..., deseo, pasión, lujuria.

Me dirijo hacia el recibidor dando fuertes pisadas, tomo mi bolsa de la mesa y camino en dirección a la puerta de entrada.

—¿Adónde vas? —El suave tono de su voz me eriza el vello. Me vuelvo y lo veo rellenándose el vaso.

—Me voy. Esto no ha sido una buena idea.

Se acerca algo sorprendido.

—¿Que hayas cometido un pequeño error y te hayas equivocado de puerta es motivo suficiente para marcharte?

—No, tú haces que quiera marcharme —lo increpo—. La puerta no tiene nada que ver.

—¿Te hago sentir incómoda? —pregunta. Detecto un aire de preocupación en su voz.

—Sí —confirmo.

Hace que me sienta muy incómoda, y a muchos niveles, y por eso me planteo qué hago aquí.

Se acerca más todavía y me toma de la mano. Tira suavemente de mí hasta que dejo que me arrastre de nuevo hacia el salón.

—Siéntate —me pide, y me empuja hacia el sofá. Toma mi mochila y mi teléfono y los coloca ordenados sobre la mesa antes de acuclillarse delante de mí. Sus ojos me atrapan de nuevo—. Siento hacerte sentir incómoda.

—Bien —susurro, y desvío la mirada hacia sus labios entreabiertos.

—Voy a hacer que te sientas menos incómoda.

Asiento porque el lento movimiento de sus labios me tiene demasiado embelesada, pero entonces se levanta y deja el vaso sobre la mesa. Lo recoloca girándolo ligeramente. Después, recoge su saco y sale de la habitación. Sigo su espalda, con un gesto de extrañeza, y oigo que una puerta se abre y se cierra. ¿Qué está haciendo? Empiezo a observar toda la estancia, admiro las obras de arte brevemente y pienso que su apartamento está demasiado ordenado y perfecto como para que viva en él de verdad. Entonces me maravillo de nuevo. Oigo que la puerta se abre y se cierra otra vez y casi me atraganto con mi propia lengua cuando regresa al salón llevando puestos sólo un par de shorts deportivos negros. Nada más. Únicamente los shorts. Sí, vestido de traje me intimida un poco, pero, carajo, esto no ayuda. Ahora me siento todavía más poca cosa y estoy aún más caliente. Mis manos recorren mentalmente su pecho y su estómago perfectamente definidos, mis labios siguen la bronceada tersura de sus hombros esculpidos, y mis brazos rodean su firme cintura.

Vuelvo a tenerlo delante. Se agacha en dirección a la mesa y recoge su bebida.

—¿Mejor? —pregunta.

Estoy convencida de que si fuese capaz de apartar los ojos de su torso me enfrentaría a una mirada de superioridad por su parte, pero no puedo reprochárselo. Es un ser superior.

—No. —Repaso su cuerpo con la vista hasta que veo que se lleva el vaso a los labios y bebe. Muy despacio—. ¿Cómo pretendes que me sienta más cómoda así? —inquiero.

—Porque ahora voy de *sport*.

—No, estás medio desnudo. —Echo otro vistazo. Mis ojos ansían mirarlo.

—¿Sigo haciendo que te sientas incómoda?

—Sí.

Suspira y se levanta. Se marcha de la habitación de nuevo, pero esta vez no se dirige a su dormitorio, sino a la cocina. Oigo puertas que se abren y se cierran y al cabo de unos momentos está de nuevo conmigo, sentado sobre la mesa que tengo delante y con una bandeja en la mano. La coloca a su lado y veo que está llena de piedras y hielo.

—¿Qué es eso? —pregunto, y me inclino hacia adelante para observarlo.

Hace girar la bandeja, selecciona una de las rocas, se vuelve hacia mí y me la ofrece.

—A ver si conseguimos que te relajes, Livy.

—¿Cómo? ¿Qué son? —digo señalando la piedra que tiene en la mano. Ahora me doy cuenta de que es cóncava por un lado y que tiene una especie de resplandor gelatinoso en la concha perlada.

—Ostras. Abre la boca.

Se inclina ligeramente hacia adelante. Yo retrocedo al mismo tiempo y pongo cara de asco.

—No, gracias —digo educadamente.

No sé mucho sobre esos moluscos, pero sé que son tremendamente caros y que, supuestamente, tienen propiedades afrodisíacas. Sin embargo, no tengo intención de comprobarlo, pues su aspecto es asqueroso.

—¿Las has probado? —pregunta.

—No.

—Pues deberías. —Se acerca más y ya no tengo espacio para retroceder—. Abre la boca.

—Tú primero —sugiero, intentando ganar algo de tiempo.

Niega con la cabeza un poco exasperado.

—Como prefieras.

—Muy bien.

Me observa mientras deja caer lentamente la ostra en su boca, con la cabeza inclinada hacia atrás pero la vista fija en mí. Estira el cuello y su garganta es firme y absolutamente besable. Empieza a tragar dolorosamente despacio y de repente siento un extraño latigazo entre las piernas que hace que me revuelva. Carajo, qué bueno está. Estoy caliente.

Entonces deja la concha, me agarra de la camiseta y tira de mí hacia su boca, tomándome totalmente por sorpresa, aunque no hay nada que pueda ni quiera hacer para detenerlo. Recibo su ansiosa invasión con la misma intensidad. Acaricio sus hombros desnudos y me deleito sintiendo por primera vez su piel bajo mis manos. Es mejor de lo que había imaginado. Su lengua penetra en mi boca con fervor, y no me queda más remedio que aceptarla, paladeando el sabor a sal de la ostra, hasta que interrumpe nuestro beso y me aparta las manos de los hombros, él jadeando y yo boqueando.

—Eso no ha sido cosa de la ostra —dice intentando respirar. Se limpia la boca con el dorso de la mano y tira de mí hacia adelante hasta que nuestras narices están pegadas—. Eso ha sido el efecto de tenerte aquí sentada delante de mí con esa mirada exquisita de puro deseo que tienes.

Quiero decirle que en sus ojos se refleja lo mismo, pero no lo hago, pensando que tal vez mire de la misma manera a todas las mujeres, o quizá sea la mirada que tiene y punto. No sé qué decir, de modo que no digo nada y decido continuar tomando aire mientras él me sostiene.

—Acabo de hacerte un cumplido.

—Gracias —murmuro.

—De nada. ¿Estás preparada para que te venere, Olivia Taylor?

Asiento y él empieza a desplazarse despacio hacia adelante. Sus ojos azules oscilan entre mi boca y mis ojos constantemente, hasta que sus labios rozan ligeramente los míos, pero esta vez lo hace con ternura, seduciendo con delicadeza mi boca mientras se levanta. Me invita a ponerme también de pie. Me coloca la mano sobre la nuca, por encima del pelo, y comienza a caminar hacia adelante, obligándome a mí a hacerlo de espaldas. Dejo que me guíe hasta que llegamos a su dormitorio y noto su cama detrás de mis rodillas. Durante el desplazamiento no suelta mi boca ni por un segundo. Besa de maravilla, es tremendamente bueno, nunca me habían besado así. Si esto es una muestra de lo que está por llegar, espero que las próximas veinticuatro horas duren eternamente. Ardo de deseo, al igual que él. El sentido común me ha abandonado de nuevo.

Me suelta del cuello y agarra el dobladillo de mi camiseta, lo levanta hacia arriba y separa nuestras bocas para quitármela por la cabeza, de modo que me veo obligada a soltar sus hombros y a levantar los brazos. Hace rato que he olvidado mi preocupación ante mi falta de ropa interior sexy. No puedo concentrarme en nada que no sea él, su pasión y su ímpetu. Es algo incontrolable, y no deja espacio para la ansiedad o la duda. Ni para ese gen sensato que parece haberse esfumado en el aire con sus atenciones.

—¿Te sientes mejor? —pregunta con la entrepierna pegada a mi vientre.

—Sí —suspiro, y cierro los ojos con fuerza para intentar asimilar qué está pasando.

—No me prives de tus ojos, Livy. —Me cubre las mejillas con las manos—. Ábrelos.

Obedezco y me encuentro frente a sus dos ardientes esferas azules.

Él se inclina y me besa con dulzura.

—Tengo que recordarme a mí mismo que debo tomármelo con calma.

—Estoy bien —le aseguro.

Alargo los brazos y apoyo las palmas de las manos en su torso. Está siendo todo un caballero, y se lo agradezco, pero no estoy segura de querer que se lo tome con calma. El deseo que me invade está alcanzando límites incontrolables.

Entonces se aparta y sonríe, y yo me muero por dentro.

—Estoy deseando hundirme en ti lentamente. —Baja la mano y comienza a bajarme el cierre de los pantalones—. Muy lentamente.

—¿Por qué? —pregunto, no sé a propósito de qué.

—Porque algo tan delicioso como tú hay que saborearlo despacio. Quítate los zapatos.

Hago lo que me dice y veo cómo se pone de rodillas y me desliza el pantalón ajustado por las piernas. Después lo tira al suelo e introduce los dedos por la parte superior de mis pantis. Observo cómo me las baja poco a poco y levanto una pierna para que pueda librarme de mi prenda de algodón blanco. Acerca la boca y empieza a besarme lentamente, justo en lo alto del vértice de mis muslos, y me pongo tensa, pero no porque esté nerviosa. No estoy en absoluto preocupada. Está siendo muy cuidadoso, pero la fuerte punzada que siento en la parte baja del estómago se intensifica a cada segundo que pasa.

Se levanta y alarga las manos por detrás de mi espalda, toma el broche de mi sostén y pega la boca a mi oreja:

—¿Tomas la píldora?

Niego con la cabeza esperando que eso no lo detenga. Tengo la regla muy regular y ligera, y no es que haya estado muy activa sexualmente que digamos.

—Bien —susurra, y me desabrocha el sujetador—. Quítame los shorts.

Su orden me hace vacilar, la idea de verlo totalmente desnudo hace que me sienta algo nerviosa de nuevo, lo cual es absurdo, ya que yo estoy totalmente desnuda.

Me agarra de las manos de repente y me las coloca sobre el elástico de sus shorts.

—Sigue conmigo, Livy.

Sus palabras me ponen en marcha y, lenta y cuidadosamente, deslizo los shorts por sus definidos muslos, sin atreverme a mirar más abajo. Mantengo la vista fija en su magnífico rostro y lo encuentro reconfortante. Sin embargo, no puedo evitar notarlo cuando lo libero del encierro de sus pantalones y empieza a rozarme el vientre. Dejo escapar un grito ahogado y me aparto involuntariamente de él, pero Miller me sigue, desliza la mano alrededor de mi cintura y me agarra del trasero.

—Tranquila —murmura—. Relájate, Livy.

—Lo siento —digo bajando la cabeza.

Me siento idiota y frustrada conmigo misma. Las dudas me asaltan de nuevo, y él también debe de notarlo, porque me toma en brazos y me lleva hasta la cama.

Me deposita sobre ella con cuidado, saca algo del cajón de la mesilla de noche y se coloca encima de mí, a horcajadas sobre mi cintura, con su pene duro y ansioso en mi línea de visión. Lo miro fijamente, y más fijamente todavía cuando se pone de rodillas y se lo agarra. Desvío la mirada un instante hacia su rostro y veo cómo mira hacia abajo, con los labios entreabiertos y su mechón rebelde sobre la frente. Es algo digno de ver, pero observar cómo abre el envoltorio del condón con los dientes y lo desliza lentamente por su miembro con total facilidad es algo tremendamente glorioso, y no puedo dejar de pensar en lo que está por venir.

—¿Estás bien? —pregunta. Me coloca las palmas de las manos a ambos lados de la cabeza y me insta a separar los muslos con la rodilla.

—Sí —digo asintiendo con la cabeza sin saber muy bien qué hacer con las manos, que descansan a ambos lados de mi cuerpo, pero entonces lo siento en mi hendidura y vuelan hasta su pecho al tiempo que lanzo un grito ahogado.

Me está mirando y mis ojos se niegan a apartarse de él, aunque deseo desesperadamente cerrarlos y contener la respiración.

—¿Preparada?

Asiento de nuevo y él empuja hacia adelante suavemente. Cruza despacio mi entrada y se desliza dentro de mí con una sonora exhalación. Siento un intenso dolor que me hace gemir en silencio y le clavo las uñas en los hombros. Sé que mi rostro refleja mi malestar, y no puedo hacer nada por evitarlo. Me duele.

—Carajo —exclama entre jadeos—. Carajo, Livy, estás muy tensa. —La expresión de su rostro me indica que a él también le duele—. ¿Te estoy haciendo daño?

—¡No! —aúllo.

—Livy, dímelo para que pueda hacer algo. No quiero hacerte daño —dice sosteniéndose sobre los brazos, quieto, esperando a que le responda.

—Me duele un poco —admito liberando el aire que había estado conteniendo.

—Lo he notado. —Retrocede lentamente, pero no llega a salirse del todo—. Y las heridas que me has hecho en los hombros son una clara muestra de ello.

—Lo siento.

Lo suelto inmediatamente y él vuelve a empujar, pero sólo hasta la mitad esta vez.

—No lo sientas. Reserva los mordiscos y los arañazos para

cuando te coja de verdad. —Sonríe socarronamente y abro los ojos como platos—. Vamos, Livy. —Se retira lentamente y vuelve a deslizarse hacia adentro—. No seas tímida. Estamos compartiendo el acto más íntimo que existe.

De repente elevo las caderas, deseando que se hunda más profundamente ahora que el dolor ha menguado un poco.

—Me estás provocando. —Se apoya sobre los codos y acerca la boca a la mía. Retrocede y vuelve a hundirse un poco más al tiempo que traza círculos con la cadera—. ¿Te gusta?

—¡Sí! —jadeo, y lo incito a acelerar el ritmo con otro golpe de la pelvis.

—Coincido. —Pega los labios a los míos y tienta mi boca con un breve lametón. No puedo más. Intento atrapar sus labios, pero se aparta—. Despacio —murmura entrando y saliendo de mí con movimientos perfectos mientras me mira y entorna los ojos al ritmo de sus embestidas.

Es un acto muy íntimo, y está penetrándome lentamente, tal y como había prometido. Sólo nuestros jadeos irregulares interrumpen el silencio que nos rodea. Ahora mismo me pregunto por qué me he estado privando de esta sensación. Es completamente diferente de como lo recordaba. Así es como tiene que ser el sexo: dos personas que comparten el placer mutuo, no con prisas por terminar y sin tener la menor consideración por el otro, que es como recuerdo mis ebrios encuentros. Esto es muy distinto. Es especial. Es lo que quiero. Y sé que no debería pensar así, puesto que hemos acordado que sólo serán veinticuatro horas, y nada más, pero si al menos me queda este recuerdo, el de él mirándome, sintiéndome y venerándome, creo que podré soportar lo que venga después.

Noto cómo unos músculos internos que no sabía que tenía se contraen a su alrededor, y siento cada una de sus deliciosas entradas, que me acercan a marchas forzadas hacia... algo. No sé qué, pero sé que va a ser bueno.

Se inclina y me besa la nariz, entonces desciende hasta mis labios.

—Te estás tensando por dentro. ¿Vas a venirte?

—No lo sé.

—¿Cómo que no lo sabes? —pregunta con sorpresa—. ¿No te has venido nunca?

Niego con la cabeza sin despegarme de su boca ni sentir la menor vergüenza. La ansiosa dureza que entra y sale de entre mis piernas me tiene demasiado distraída. Nunca me he venido cogiendo con un hombre. Todos mis encuentros previos me dieron asco, y hacían que me preguntara por qué a mi madre le costaba tanto resistirse a ellos. No entendía qué placer le encontraba, jamás imaginé que podría ser de esta manera. Siento que he perdido completamente la razón.

—¡Carajo! —Aparta su rostro del mío y empuja las caderas hacia adelante, de una manera algo menos controlada—. ¿Nunca has tenido un orgasmo?

—¡No! —Me agarro a sus hombros y sacudo la cabeza con desesperación. El dolor ha desaparecido por completo. Carajo, ha desaparecido y lo ha sustituido algo... algo...—. ¡Miller!

—Carajo, carajo. —Sus movimientos vuelven a ser controlados de nuevo, aunque más firmes, más precisos y consistentes—. Livy, acabas de hacerme un hombre muy feliz.

Le clavo las uñas de nuevo. No puedo evitarlo. Una oleada de chispas ardientes bombardea mi epicentro.

—¡Ah!

Acerca el rostro al mío y me besa suavemente. Pero yo estoy sedienta, y los frenéticos movimientos de mi boca lo demuestran.

—Despacio —murmura sonando desesperado; intenta guiarme, besándome deliberadamente despacio.

Comienzo a marearme, me cuesta fijar la vista y mis manos se aferran con fuerza a su pelo. Pero no me relajo. No puedo. Siento una urgente necesidad conforme la presión se acumula más y más con cada maravilloso golpe de sus caderas.

—Allá va. —Se aparta de mi boca, vuelve a apoyarse en los brazos y comienza a bombearme firmemente, dejándome sin una boca que devorar y sin un pelo que agarrar—. ¿Te gusta, Livy? Dímelo. —Su mandíbula se tensa, y su mirada se torna muy seria.

—¡Sí!

—¿Cuánto? —Me premia con más y más embestidas.

—¡Demasiado!

—¿Estás a punto de venirte?

—¡No lo sé! —¿Es esto lo que se siente? Estoy fuera de control, casi fuera de mí.

—Ay, pequeña, qué poco has vivido.

Acelera el ritmo, aumentando con él la presión en mi sexo. Me aferro a sus antebrazos, empujo para elevarme un poco más en la cama y empiezo a agitar la cabeza de un lado a otro con desesperación.

—¡Dios mío! —aúllo—. ¡Carajo!

—¡Eso es, Livy! —La cosa se está poniendo frenética: nuestra respiración, los gritos, el sudor, la tensión y nuestra manera de agarrarnos. Pero él mantiene su ritmo constante—. Déjate llevar.

No tengo ni idea de qué sucede. La habitación empieza a dar vueltas. Una bomba nuclear estalla entre mis muslos y grito. No puedo evitarlo. Echo los brazos por encima de mi cabeza y Miller se deja caer encima de mí, bramando su clímax contra mi pelo, jadeando y deslizándose sobre mi piel húmeda. El palpitar, el suyo dentro de mí y el mío alrededor de él, es agradable, al igual que su laboriosa respiración junto a mi oído.

—Gracias —jadeo sin sentirme ridícula por mostrarle mi gratitud.

Él siempre me recuerda que hay que ser educado, y lo que acaba de hacerme merece un agradecimiento. Mierda, ha superado mis mejores expectativas.

—No, gracias a ti —resuella mordisqueándome la oreja—. El placer ha sido mío.

—Créeme, ha sido mío —insisto, y sonrío al sentir su sonrisa en mi oreja. Necesito verla desesperadamente, de modo que vuelvo la cara hacia él y me encuentro con la más maravillosa de las imágenes: una sonrisa completa y pueril que hace que sus ojos brillen de una manera increíble y que revela un hoyuelo que no había advertido antes. Lo que estoy viendo en estos momentos dista mucho del hombre estirado y refinado que detesta mi café y que me ha cautivado por completo—. Eres muy lindo cuando sonríes.

La sonrisa desaparece de su rostro de inmediato y es reemplazada por una expresión de extrañeza.

—¿Lindo?

Puede que no haya elegido la palabra más adecuada para un hombre tan masculino, pero es que era muy lindo. Ahora no, porque ya no está sonriendo, pero esos labios curvados hacia arriba, ese hoyuelo y el brillo de sus ojos azules me mostraban a un hombre completamente diferente, un hombre que no se encuentra muy a menudo.

—No sonríes mucho —digo algo envalentonada—. Deberías esforzarte más. Intimidas menos cuando sonríes.

—Entonces ¿he pasado de ser lindo a ser intimidante?

Se apoya en los antebrazos y acerca su cara a la mía. Nos quedamos pegados nariz con nariz y frente con frente.

Asiento y hago que él asienta también.

—Resultas un poco intimidante.

—Es que tú eres demasiado dulce.

—No, tú eres demasiado intimidante —me reafirmo, y noto cómo palpita dentro de mí.

Mis nervios han desaparecido, y estoy tranquila y serena. Es una sensación magnífica, y se la debo a él.

—Coincidiremos en que discrepamos. —Vuelve a su modo intimidante, pero mi serenidad sigue intacta. No será fácil sacarme de este estado de relajación.

Sale de mí, mira entre mis muslos y saca el condón.

—Considérate penetrada, Livy.

Tuerzo el gesto ante su falta de tacto.

—Gracias.

—De nada. —Desciende por la cama y se acurruca entre mis piernas, mirándome—. ¿Cómo te sientes?

—Bien —contesto con vacilación—. ¿Por qué?

—Sólo compruebo si necesitas un descanso. Si es así, dímelo y paro, ¿está bien? —Apoya los labios en el vértice de mis muslos y reaviva mi orgasmo ya apagado.

Doy una sacudida. Necesito un poco más de tiempo para recuperarme.

—Bien —susurro. Dejo caer la cabeza sobre la almohada y miro al techo. Jamás le diría que parase—. ¡Carajo! —exclamo al sentir algo caliente y húmedo en la punta de mi excitado clítoris.

Levanto la cabeza al instante, los músculos de mi estómago se tensan y mis manos se aferran a las sábanas a ambos lados de mi cuerpo. Él no hace caso de mi reacción. Se sienta, me coge la pierna y me la dobla antes de levantarla para besarme la planta del pie. Quiero echar la cabeza atrás, maldecir y gritar, pero sus malditos ojos claros me inmovilizan mientras observa cómo me esfuerzo por resistir su lengua recorriéndome el tobillo y la pantorrilla.

—Es agradable —confieso conforme asciende hasta que encuentra mi vientre y empieza a rodear mi ombligo con los labios para volver a descender.

—¿Quieres que siga?

—Sí —resuello. Mi pierna da un espasmo y mis músculos se contraen.

—De acuerdo. —Mordisquea la parte interior de mi muslo—. Mi boca pronto llegará aquí —dice tranquilamente mientras hunde un dedo en mi sexo, sólo un poco—. ¿Quieres que lo haga?

Asiento y él mueve el dedo en círculos, lo que provoca que un largo gemido escape de mis labios.

—Carajo —exhalo agarrándome a la sábana y tirando de un lado hasta taparme la cara con ella.

Casi se echa a reír cuando me quita la tela de la cara, pero mis ojos permanecen firmemente cerrados, incluso cuando siento que asciende por la cama hasta colocarse medio encima de mí, con el dedo todavía dentro.

—Abre.

Sacudo la cabeza frenéticamente. Mi mente sólo está concentrada en la sensación de su dedo dentro de mí. No se mueve, aunque sigo palpitando incesantemente a su alrededor, pero entonces siento sus labios en la comisura de mi boca, y mi rostro se vuelve hacia la fuente del calor. Abriéndose a él, mis muslos se separan, invitándolo. Gimo. Es un gemido grave y entrecortado, un claro signo de placer, pero quiero que lo sepa. Quiero que oiga cómo me siento.

—Me encanta ese sonido —susurra. Saca el dedo y se dispone a introducirme dos. Vuelvo a gemir—. Ahí está otra vez.

—Me gusta —digo con un hilo de voz contra sus labios—. Me gusta mucho.

—Coincido. —Aparta los labios de mi boca y comienza a descender entre mis modestos pechos y por mi vientre, penetrándome todavía con los dedos con gran delicadeza—. Habría sido un crimen que hubieses rechazado esto, Livy.

—¡Lo sé! —exclamo. Mi estómago se retuerce y mis movimientos corporales se vuelven erráticos.

—Y pensar que podría haberme perdido esta experiencia.

De repente retira los dedos y desciende rápidamente.

—¡Mmm! —La parte superior de mi cuerpo se eleva como un resorte cuando separa mis pliegues y roza mi clítoris con un leve lametón de su lengua—. ¡Mierrrrda! —Vuelvo a dejarme caer sobre la cama, cubriéndome el rostro con las manos y rodeándolo con las piernas.

Se aprieta más contra mí y el calor de su boca me envuelve el sexo al completo mientras me lame delicadamente. Esta vez sí reconozco los síntomas. Reconozco la presión entre mis piernas, el latido regular de mi clítoris y la necesidad de tensar todo mi cuerpo. Voy a venirme otra vez.

—¡Miller! —grito llevándome las manos al pelo y tirando con fuerza.

Él aparta la boca y empieza a lamerme frenéticamente en el centro de mi hendidura.

—¿Te gusta?

—¡Sí!

De repente se pone de rodillas y desliza las manos por debajo de mí, agarrándome las nalgas con las palmas y, de un tirón, toda la parte inferior de mi cuerpo se eleva del colchón.

—Apoya las piernas sobre mis hombros —ordena, y me ayuda a levantarlas hasta que las enrosco alrededor de su cuerpo. Me sostiene con facilidad y tira de mí hasta que me tiene a la altura de los labios—. Sabes de un modo increíble. —Su boca inicia una insoportable danza entre mis labios sensibles, hundiéndose en mi sexo y lamiéndome el clítoris—. Es exquisito, Livy.

No puedo agradecerle el cumplido. He sido sometida a un exceso sensorial, y mi cuerpo está demasiado ocupado resistiendo contra un ataque de placer. Esto es desconocido para mí, va más allá de todo lo que pudiera haber imaginado. Me siento como si estuviera viviendo una experiencia extracorporal.

Presiono su espalda con los gemelos para pegarlo más a mí. Él desliza las manos por todo mi cuerpo, masajeándolo suavemente. Abro los ojos y lo veo postrado de rodillas, sosteniéndome contra su boca y mirándome con esos magníficos ojos azules. Su mirada me lleva al límite. Arqueo la espalda y golpeo con los puños el colchón a ambos lados de mi cuerpo. Quiero gritar.

—Déjate llevar, Livy —masculla contra mí.

Y lo hago. Dejo de intentar contener la presión en los pulmones y la libero gritando sonoramente su nombre. Tenso los muslos alrededor de su rostro y echo la cabeza atrás.

—¡Mierda, mierda! —jadeo intentando pensar con claridad.

Pero no puedo. Estoy demasiado aturdida. Mi cuerpo se relaja y mi mente se queda en blanco. He perdido el control de todo. De mi mente. De mi cuerpo. De mi corazón. Miller se está apropiando de todas las partes de mi ser. Estoy a su merced. Y me gusta.

Me baja de nuevo hasta la cama y no hago nada para ayudarlo mientras me coloca de costado y se tumba detrás de mí, pegándome contra la firmeza de su pecho.

—Y ¿tú qué? —exhalo al sentirlo duro contra mi espalda.

—Dejaré que te recuperes primero. Yo aún tardaré un poco. Vamos a abrazarnos.

—Ah —susurro, preguntándome cuánto es «un poco»—. ¿Quieres que nos quedemos abrazados? —Jamás en un millón de años habría esperado que los abrazos estuviesen incluidos en mis veinticuatro horas.

—Abrazarte es lo que más me gusta hacer contigo, Olivia Taylor. Sólo quiero estrecharte contra mí. Cierra los ojos y disfruta del silencio.

Recoge mi pelo dorado y lo aparta para tener acceso a mi espalda; entonces comienza una serie lenta e hipnotizante de besos suaves sobre mi piel. Los párpados me pesan. Sus atenciones y su calor cubriendo por completo mi espalda mientras hace «lo que más le gusta hacer conmigo» resultan tremendamente reconfortantes.

Entonces me doy cuenta de que he estado subsistiendo en solitario.

Capítulo 8

Me despierto en la oscuridad, completamente desnuda y desorientada. Me lleva unos instantes ubicarme y, cuando lo hago, sonrío. Me siento relajada. Me siento en paz. Me siento saciada y cómoda. Pero, cuando me vuelvo, él no está.

Me incorporo e inspecciono el dormitorio, preguntándome qué hacer. ¿Voy a buscarlo o me quedo aquí y espero a que vuelva? ¿Qué hago? Tengo el tiempo justo para ir al cuarto de baño y asegurarme de que lo dejo todo tal cual estaba cuando la puerta se abre y Miller aparece. Lleva puestos los shorts negros otra vez, y su semidesnuda perfección ataca mis ojos adormecidos, lo que me obliga a parpadear varias veces para comprobar que no estoy soñando. Me observa, de pie, nerviosa, envuelta en una sábana y con el pelo que probablemente parezca un nido de aves.

—¿Estás bien? —pregunta mientras se acerca. Su pelo es adorable, con esos rizos oscuros salvajes y revueltos, y con ese mechón rebelde que le cae perfectamente sobre la frente.

—Sí. —Me envuelvo más con la sábana y pienso que tal vez debería vestirme.

—Te he estado esperando. —Agarra la sábana y me la quita de entre los dedos hasta que sostiene una esquina con cada mano y la abre, dejando mi cuerpo descubierto ante sus brillantes ojos azules. Sus labios no sonríen, pero sus ojos sí. Se mete bajo la sábana y se coloca las esquinas sobre los hombros, de manera que ambos quedamos envueltos en algodón blanco—. ¿Cómo te encuentras?

Sonrío.

—Bien.

Me siento mejor que bien, pero no quiero decírselo. Sé por qué estoy aquí, y me duele en la conciencia y en la moral cada vez que lo pienso, de manera que no lo hago.

—¿Sólo bien?

Me encojo de hombros. ¿Qué quiere? ¿Que le haga una redacción de mil palabras sobre mi estado mental y corporal? Probablemente podría escribir diez mil palabras sobre eso.

—Muy bien.

Desliza las manos alrededor de mi trasero y lo aprieta.

—¿Tienes hambre?

—No tanta como para comer ostras —espeto estremeciéndome de asco.

Sale de los confines de las sábanas y me envuelve de nuevo con el máximo cuidado.

—No, ostras no —coincide, y me da un suave beso en los labios—. Otra cosa. —Apoya la mano en mi nuca por encima del pelo, y me obliga a volverme y a salir de la habitación.

—Debería vestirme —digo sin intentar detenerlo para informarlo de que no me siento del todo cómoda con el hecho de que sólo una sábana de algodón cubra mis pudores.

—No, vamos a comer, y luego nos daremos un baño.

—¿Juntos?

—Sí, juntos. —No le da a mi tono de preocupación la importancia que merece. Sé ducharme y bañarme solita. No necesito que me venere hasta ese punto.

Me dirige hasta la cocina y me sienta sobre una silla frente a una mesa inmensa. Doy gracias a los dioses del algodón por la sábana que separa mi trasero del frío asiento que tengo debajo.

—¿Qué hora es? —pregunto, esperando para mis adentros que no haya malgastado demasiado tiempo de mis veinticuatro horas durmiendo.

—Las once en punto. —Abre la puerta de espejo del enorme refrigerador doble y empieza a apartar cosas y a colocar otras sobre la encimera que tiene al lado—. Iba a dejarte dormir dos horas, después pensaba cogerte. —Deja una botella de champán a un lado y se vuelve para mirarme—. Te has despertado justo a tiempo.

Sonrío, me ajusto un poco la sábana y pienso en lo fantástico que habría sido despertarme con esos relucientes ojos azules mirándome.

—¿Te importa que me vista? —pregunto.

Inclina la cabeza a un lado y entorna ligeramente los ojos.

—¿No te sientes cómoda desnuda?

—Sí —respondo con seguridad, aunque la verdad es que nunca me he planteado eso. Sé que estoy más delgada de lo normal, mi abuela me lo recuerda a diario, pero ¿me siento cómoda? Porque, por cómo me aferro a la sábana, cualquiera diría lo contrario.

—Bien. —Se vuelve de nuevo hacia el refrigerador—. Pues entonces ya está.

A continuación saca una fuente de cristal repleta de fresas grandes y jugosas. Entonces abre un armario que revela varias hileras de copas de champán perfectamente ordenadas. Toma dos y las coloca delante de mí, seguidas de la fuente de fresas, todas lavadas y sin rabito. Se acerca a otro armario, extrae una cubitera y la llena de hielo del dispensador de la parte delantera del refrigerador. La coloca delante de mí, con el champán en el centro, y entonces se acerca a los fogones y se pone un guante térmico. Observo fascinada cómo se las arregla en la cocina con desenvoltura, con movimientos precisos y elegantes, y todo con sumo cuidado. Nada de lo que mueve o deja permanece en la misma posición durante mucho tiempo. Siempre lo hace girar un poco o lo recoloca hasta que está satisfecho y pasa a otra cosa.

En estos momentos se acerca a mí con un cazo de metal con un cuenco de cristal en su interior que despide una columna de vapor.

—¿Te importa pasarme esa rejilla, por favor?

Miro hacia el lugar donde señala su dedo y me levanto todo lo rápido que me lo permite la sábana que me cubre. Tomo la rejilla de metal y la coloco junto a la fuente de fresas, el champán y las copas.

—Aquí tienes —digo, y me siento de nuevo mientras observo cómo la hace girar unos milímetros a la derecha antes de dejar el cazo caliente encima. Estiro el cuello y veo un montón de chocolate caliente—. Tiene un aspecto delicioso.

Ahora está a mi lado, acerca una silla y apoya las posaderas sobre el asiento.

—Y está delicioso.

—¿Puedo? —pregunto a punto de meter el dedo.

—¿Con el dedo?

—Sí. —Lo miro y veo que enarca sus cejas oscuras con desaprobación.

—Te quemarás. —Coge el champán y empieza a quitar el precinto de aluminio—. Además, para eso están las fresas.

Su ceño fruncido y sus bruscas palabras hacen que me sienta infantil.

—Entonces ¿puedo meter una fresa pero el dedo no?

Me mira con el rabillo del ojo y empieza a tirar del corcho.

—Supongo. —Hace caso omiso de mi sarcasmo y vierte el champán, pero no sin antes colocar bien los desperdicios que acaba de acumular en un pequeño montón ordenado sobre un platito.

Me pasa una copa y de inmediato niego con la cabeza.

—No, gracias.

Apenas logra contener un grito de indignación.

—Livy, es un Dom Pérignon Vintage del año 2003. Nadie puede negarse a eso. Acéptalo. —Empuja la copa hacia mí y yo me aparto.

—No la quiero, pero gracias.

Su mirada de desconcierto se transforma en una de consideración.

—¿No quieres esta bebida en particular o no quieres ninguna?

—Un poco de agua estaría bien, por favor. —No voy a entrar en eso—. Agradezco lo que has hecho con las fresas y el champán, pero preferiría beber agua, si no te importa.

Está claramente sorprendido de que haya rechazado su cara bebida, pero no insiste, cosa que le agradezco.

—Como prefieras.

—Gracias. —Sonrío mientras se levanta para sustituir mi champán por agua.

—Dime que te gustan las fresas —me ruega cogiendo una botella de Evian antes de regresar a mi lado.

—Me encantan las fresas.

—Qué alivio. —Desenrosca el tapón y vierte mi agua en otra copa—. Dame el gusto —dice al ver mi gesto de extrañeza. Acepto la bebida y observo cómo se toma su tiempo seleccionando una fresa antes de sumergirla en el cuenco y menearla cuidadosamente para cubrir la fruta madura con el oscuro chocolate—. Abre la boca.

Agarra el asiento de mi silla con la mano libre y me acerca un poco más hasta que quedo perfectamente encajada entre sus muslos. Su pecho desnudo me distrae ligeramente. Mi mandíbula desciende al instante, principalmente porque me quedo boquiabierta al contemplar su belleza tan de cerca, y él mantiene la mirada fija en mis ojos conforme acerca la fruta a mi boca hasta que siento que me roza los labios. Cierro la boca alrededor de ella y hundo los dientes para morder un pequeño trozo de la carnosa pulpa.

—Mmm —murmuro de placer, y me llevo la mano a los labios para recoger un hilo de jugo de fresa que me cae por la barbilla, pero él me agarra de la muñeca antes de que pueda limpiarme.

—Permíteme —susurra.

Se acerca más hacia mí, posa los labios sobre mi barbilla y empieza a lamer lentamente el jugo antes de meterse el trozo que queda en la boca. Empiezo a masticar pausadamente, imitando los movimientos precisos de su boca. Finalmente traga.

—¿Está buena?

Tengo la boca llena, de modo que me limito a asentir, consciente de la obsesión de Miller por los modales, y levanto el dedo para pedirle que me dé un segundo mientras mastico rápidamente. Me lamo los labios y me asomo sobre la fuente de nuevo.

—Dame otra.

Sus ojos se iluminan. Selecciona otra fresa, la sumerge y la mueve de nuevo.

—Estaría mejor con el champán —dice pensativo al tiempo que me dirige una mirada de reproche.

Hago como que no lo oigo y coloco mi agua sobre la mesa.

—¿Qué chocolate es?

—Ah. —Acerca la fresa a mi boca, pero esta vez me restriega el chocolate por el labio inferior y mi lengua se dispone a lamerlo al instante—. No. —Niega con la cabeza y me pasa la mano por detrás del cuello para acercarme a él—. Ya lo hago yo —me susurra en la cara antes de iniciar el trabajo.

No se lo impido. Dejo que limpie lo que él ha ensuciado y aprovecho la ocasión para apoyar las manos sobre sus muslos, a ambos lados de mis rodillas. Acaricio el vello oscuro de sus piernas y disfruto de su piel mientras él termina de limpiarme la boca, besándome la comisura de los labios, el centro y después la otra comisura.

—¿Qué chocolate es? —repito tranquilamente deseando dejar a un lado todas las cosas dulces y saborear a Miller en su lugar.

—Green and Black's. —Me ofrece la fresa y la acepto, sosteniéndola entre los dientes—. Tiene que tener al menos un ochenta por ciento de cacao. —La fresa que tengo en la boca me impide preguntar por qué, de modo que arrugo la frente, lo que lo insta a proseguir con su explicación—. La amargura del chocolate, combinada con la dulzura de la fresa, es lo que lo hace tan especial. Si le añades el champán, obtienes la combinación perfecta. Y las fresas tienen que ser británicas. —Se inclina, muerde la fresa que sostengo entre los dientes y el jugo estalla entre los dos.

Me da igual tener la barbilla cubierta de zumo y la boca llena.

—¿Por qué? —pregunto.

Él termina de masticar y traga.

—Porque son las más dulces que hay. —Desliza las manos por debajo de mis muslos, me levanta y me acerca, de manera que quedo sentada a horcajadas sobre él. Tarda una mortificante eternidad en limpiarme. La piel me arde y me cuesta respirar con normalidad mientras intento reprimir la necesidad de abalanzarme sobre él. Entonces tira de la sábana para admirar mi desnudez—. Hora de bañarse.

—No hace falta que me bañes —objeto, preguntándome hasta dónde va a llevar esto de la veneración. Ya me siento tremendamente especial, pero puedo lavarme solita.

Me toma de las manos y me las coloca sobre sus hombros, y después recoge la masa de rizos dorados que enmarca mi rostro.

—Necesito bañarte, Livy.

—¿Por qué?

Se levanta, sosteniéndome de las nalgas, y me acerca hasta el refrigerador. Me deja en el suelo, me da la vuelta para ponerme de cara al espejo y me encuentro con mi reflejo. Me siento incómoda, especialmente cuando miro un momento a Miller y veo que está recorriendo mi cuerpo con los ojos. Miro al suelo, pero levanto la vista al instante cuando presiona el pecho en mi espalda y siento su miembro duro contra mi zona lumbar, caliente y húmedo. Se ha quitado los shorts.

—¿Te sientes mejor? —pregunta, manteniendo mi mirada en el espejo. Entonces alarga el brazo para sostener con la mano uno de mis pechos.

Asiento, aunque en realidad quiero decir que no. Me intimida a todos los niveles, pero es muy adictivo.

Masajea mi pecho suavemente.

—Se me hace la boca agua —susurra moviendo lentamente los labios—. Eres perfecta. —Me pellizca el pezón ligeramente y me besa la oreja—. Y sabes de maravilla.

Cierro los ojos y me dejo caer hacia atrás sobre él, pero mi estado de ensueño se ve interrumpido cuando me empuja ligeramente hacia adelante, contra la fría superficie del refrigerador, con mis modestas tetas aplastadas contra el cristal y la cara de lado, con la mejilla sobre la fría superficie.

—No te muevas.

Desaparece de detrás de mí, pero regresa en cuestión de segundos. Coloca la rodilla entre mis muslos y me los separa antes de agarrarme de las manos, de una en una, y de levantármelas y apoyarme las palmas contra el espejo por encima de mi cabeza. Estoy totalmente abierta de brazos y piernas contra la parte delantera del refrigerador, aprisionada, y sólo puedo verlo a través de mi visión periférica. Está sosteniendo el cuenco de chocolate, y antes de que me pueda parar a considerar su próximo movimiento, vierte todo el contenido sobre mis hombros y su calor hace que dé un respingo por la impresión. La sensación de notarlo descendiendo por mi espalda, por mi trasero y por mis piernas hace que pida auxilio para mis adentros. Va a llevarle mucho tiempo lamer todo eso, y ya sé lo que se siente teniendo su lengua sobre mí. No podré evitar gritar o volverme para devorarlo. Empiezo a temblar.

Oigo que coloca el cuenco sobre la encimera que tengo detrás y el sonido del cristal arrastrado por el mármol, señal inequívoca de que lo está recolocando. Acaba de echarme un cuenco de chocolate por encima, ¿y ahora le preocupa la posición del recipiente sobre la superficie?

Aparto la cara del refrigerador, lo busco en el reflejo y veo que se aproxima a mí. Su pene, duro, rebota alegremente conforme camina, y lleva un envoltorio de aluminio en la mano. Trago saliva y apoyo la frente contra el espejo, preparándome mentalmente para la dulce tortura a la que estoy a punto de someterme.

—¿Lo ves? Ahora sí que voy a tener que bañarte. —La calidez de sus palmas cubre la parte externa de mis muslos y se desliza hacia mis caderas, mi cintura y mis costillas hasta que descansan sobre mis hombros; entonces los masajea, extendiendo el chocolate con sus enormes manos. Echo la cabeza atrás, unos gemidos escapan de mis labios y se me hace un nudo de nervios en el estómago de pensar en lo que está por venir.

Baja las manos por mi columna y desliza un dedo por mis nalgas y por la parte superior del muslo, y baja, y baja, hasta que se postra de rodillas en el suelo detrás de mí y sube de nuevo las manos para acariciar mi cuerpo una vez más. Estoy totalmente alerta. Dócil, pero consciente; relajada, pero extasiada..., viva, pero perdiendo poco a poco la conciencia.

—Livy, no estoy seguro de que veinticuatro horas vayan a ser suficientes —susurra mientras traza círculos en mi tobillo con la punta del dedo.

Cierro los ojos e intento desviar mis pensamientos para evitar transferir a mi boca lo que quiero decir. No servirá de nada. Está excitado, eso es todo; se ha dejado llevar por la pasión del momento.

La punta de ese maldito dedo asciende ardientemente por la parte inferior de mi pierna hasta que llega a la parte trasera de mi rodilla. Estoy temblando de pies a cabeza.

—Miller —suspiro, y deslizo las palmas de las manos por el espejo.

—Mmm —murmura.

Sustituye el dedo por la lengua y me da un tentador lametón en la parte trasera del muslo hasta el culo. Me muerde la nalga y sus dientes se hunden en mi carne antes de chuparla con fuerza.

—Por favor —suplico. Estoy haciendo justo lo que me juré que no haría—. Por favor, por favor, por favor.

—¿Por favor, qué? —Ahora lo tengo en la espalda, recorriendo el centro de mi columna, lamiendo, chupando y mordiendo—. Dime qué es lo que quieres.

—A ti —jadeo—. Te quiero a ti —digo sin vergüenza, pero he empezado a notar de nuevo esa exquisita presión, y me hierve la sangre, lo que no deja espacio para sentir pudor.

—Y yo a ti.

—Puedes tomarme. —Vuelvo la cabeza cuando me agarra de la nuca y tuerce la muñeca y me encuentro con unos ojos tan claros que podrían rivalizar con la más azul de las aguas tropicales.

—No entiendo cómo algo tan bello puede ser tan puro —dice estudiando mi rostro con el asombro reflejado en su ardiente mirada—. Gracias. —Me besa con delicadeza y sus manos se deslizan por todas partes hasta que me extiende el chocolate por los brazos y envuelve mis puños con sus palmas.

Tengo la respuesta a su pregunta, pero no me ha preguntado directamente, de modo que mejor no se la doy. Esto no va de eso. Para él, se trata de satisfacer su fascinación; para mí, de remediar un problema que me he infligido a mí misma (tengo que seguir repitiéndome esto).

—Date la vuelta para que te vea —reclama pegado a mis labios, y me ayuda a girar.

Cuando apoyo la espalda cubierta de chocolate contra el refrigerador y me restriego contra él, da un paso atrás para estudiarme por completo. No me avergüenzo porque estoy demasiado ocupada admirando la montaña de perfección cubierta de chocolate que tengo ante mí: hombros anchos, caderas firmes, muslos fuertes..., una gruesa y larga columna que sobresale de su entrepierna. Empiezo a salivar, con la vista fija en esa zona, a pesar de la abundante cantidad de dura perfección que tengo para elegir. Quiero saborearlo.

Lo miro a los ojos cuando empieza a aproximarse y veo una expresión seria, como siempre, una expresión que no revela nada.

—¿En qué estás pensando? —pregunta mientras se agarra con fuerza la verga.

Los ojos se me van hacia abajo y me quedo sin aliento. Me ahogo al sofocar una exclamación. Estoy nerviosa, y mi falta de respuesta es un claro signo de ello. Por estúpido que parezca, no quiero decepcionarlo. Estoy segura de que habrá tenido muchos labios dulces a su alrededor, y probablemente todos sabían lo que hacían.

—Pues... puedo... Es... —empiezo a tartamudear.

Para hacer que me sienta menos incómoda, entierra el rostro bajo mi cuello y empuja hacia arriba hasta que me obliga a echar hacia atrás la cabeza y a mirar al techo.

—Tienes que relajarte un poco más. Pensaba que íbamos bien.

—Y así es.

Se aparta y me deja débil y temblorosa mientras abre el condón y lo extiende por su miembro con presteza. No me gusta. Me parece un crimen que tenga que cubrir su esplendor.

—Preferiría hacerlo a pelo —dice pensativamente levantando la vista hacia mí—. Pero no sería muy caballeroso por mi parte dejarte embarazada, ¿verdad?

No, no lo sería, aunque ¿qué tiene de caballeroso disponer de mí como si fuera un juguete sexual durante todo un día? ¿O decirme que va a darme el mejor sexo salvaje de mi vida? Ha contradicho esa promesa. No hemos tenido sexo desde que llegué. Hasta ahora ha sido todo un caballero, un amante atento, cuidadoso y considerado.

Cada vez estoy más enamorada de él. Y su caballerosa estrategia no ayuda.

—¿Livy? —Su voz suave hace que abra los ojos. No me había dado cuenta de que los había cerrado—. ¿Estás bien? —Se acerca, se agacha hasta colocar la cara a la altura de la mía y me acaricia la mejilla.

—Sí. —Sacudo la cabeza ligeramente y le regalo una sonrisa.

—Si quieres parar..., no tenemos por qué... —Hace una pausa y se sume en sus pensamientos durante unos instantes—. Si no quieres continuar, lo aceptaré.

—¡No! —exclamo abruptamente presa del pánico. Me enfrento a una vacilación indeseada. Tengo momentos de reticencia, a pesar de mi sed por este hombre. Pero es demasiado tentador. Es el fruto prohibido. Ya he experimentado lo que se siente siendo venerada por él, y aunque sé que después lo pasaré mal, quiero más—. No quiero que lo aceptes.

¿He dicho eso en voz alta?

La expresión instalada en su rostro oscurecido por una barba incipiente, mezcla de confusión y alivio, me indica que sí.

—¿Quieres continuar?

—Sí —confirmo más tranquila, más controlada, aunque en realidad no me siento así en absoluto.

Sigo ardiendo de deseo, y todo por este hombre bello y respetuoso que tengo ante mí. Irritada por mi vacilación, reúno algo de seguridad y elevo los brazos cubiertos de chocolate para apoyar las manos sobre su suave pecho.

—Quiero tenerte de nuevo. —Inspiro hondo y acerco la boca al espacio de piel que queda entre mis palmas—. Quiero que hagas que me sienta viva.

Eso es exactamente lo que hace.

—Menos mal —suspira al tiempo que me agarra por debajo de los muslos y me levanta hasta la altura de sus caderas. Mis piernas se enroscan automáticamente alrededor de su firme cintura—. Lo habría aceptado, pero no me habría hecho ninguna gracia. —Me empotra suavemente contra el refrigerador e introduce una mano entre nuestros cuerpos—. Nunca me canso de ti, Olivia Taylor.

Estiro la espalda y me aferro a su cuello cuando siento la cabeza de su impresionante virilidad empujando contra mi abertura.

—Puedes tenerme todo lo que quieras —susurro con un hilo de voz.

—Y lo haré mientras estés aquí. —Sus palabras me matan, pero sólo brevemente. Me penetra con un siseo y me distraigo de su ominosa declaración—. Carajo, ya te has amoldado a mí. —Hundo su rostro en mi pelo mientras se recompone y yo me adapto a él dentro de mí. Tiene razón. Todos mis músculos y el espacio vacío parecen ajustarse a él como un líquido. No siento nada de dolor, sólo un placer inmenso que aumenta cada vez que retrocede y empuja hacia adelante lentamente, con la cara todavía enterrada en mi cuello—. Me encanta sentirte por dentro.

El corazón se me sale del pecho. No puedo hablar. Mi cuerpo parece reaccionar automáticamente a sus estímulos, y crea sentimientos, sensaciones y pensamientos que soy incapaz de controlar.

—Cógeme, por favor —le suplico con la esperanza de que un poco menos de sentimiento y de intimidad curen mi creciente problema—. Ya me has penetrado poco a poco.

—Hay que saborearte despacio. —Me muestra su rostro y veo que lo tiene cubierto de chocolate—. Ya te lo he explicado antes. —Refuerza sus palabras con movimientos de cadera lentos, prolongados y estudiados, una y otra, y otra vez—. Te gusta esto, ¿verdad?

Asiento.

—Coincido. —Me agarra con más fuerza de los muslos y baja la boca hasta la mía—. Voy a alargar esto lo máximo posible.

Acepto su beso y me pierdo en los delicados lametones de su lengua. Esto es fácil. No tengo ningún reparo. Seguirlo es la cosa más fácil que he hecho en mi vida. Nuestras bocas se mueven como si nos hubiéramos besado más de un millón de veces, como si fuera la cosa más natural del mundo. Parece que lo es. Es como si todo encajara, a pesar de que somos totalmente diferentes en todos los aspectos de nuestra vida. Él es un hombre de negocios rudo, poderoso y seguro de sí mismo, y yo una dulce camarera aburrida e insegura. La expresión que dice que los polos opuestos se atraen nunca ha sido más apropiada. La dirección que toman mis pensamientos es válida, y debería tenerla en cuenta, pero no ahora, no mientras está haciendo que me sienta de esta manera. Me hierve la sangre, el placer me invade, y estoy más viva que nunca.

Él se lo toma con calma. Los movimientos rotatorios de sus caderas van a acabar conmigo. Mis manos recorren su cuerpo con frenesí, palpándolo allá donde puedo alcanzar. Siento las piernas doloridas y pesadas, pero me da igual.

—Miller —digo pegada a su boca—, ya viene.

Se muerde el labio y lo absorbe, provocando en mí una sobrecarga sensorial.

—Lo he notado.

—Mmm...

Ataco su boca con violencia y mis manos se aferran a su cabello. Me aferro con fuerza a sus caderas con las piernas, y sé que tengo que aflojar un poco, pero las pulsaciones entre mis muslos laten con furia y no puedo concentrarme en nada más. Los movimientos de mi cuerpo son espontáneos, no responden a instrucciones. Todo está pasando sin que yo lo pretenda.

—Por favor, por favor, por favor —ruego—. Más rápido.

El deseo de que me lleve al límite hace que me arrastre y ruegue un poco más, eso y la desesperada necesidad de hacer que esto sea otra cosa y no un acto de amor tierno. Me mantiene en el limbo, y necesito estallar.

—No, Livy. —Me apacigua con voz suave pero firme—. Yo todavía no estoy listo.

—¡No! —Esto es una tortura. Una tortura cruel y despiadada.

—Sí —responde hundiéndose en mí, manteniendo su ritmo constante—. Esto es maravilloso. Y tú no estás al mando.

Recupero mi temperamento y lo agarro con fuerza del pelo y separo su cabeza de mis labios. Estoy jadeando, y él también, pero eso no dificulta los movimientos de sus caderas. Tiene el pelo mojado y los labios entreabiertos. Su mechón rebelde esta vez está acompañado de unos cuantos más. Quiero que me empotre contra el refrigerador. Quiero que me insulte y me castigue por mi agresividad. Quiero que me coja salvajemente.

—Livy, esto no va a parar en un buen rato, así que contrólalo.

Lanzo un grito ahogado ante sus palabras y deseo para mis adentros que las acompañe con una fuerte embestida de su cuerpo contra el mío, pero el muy mezquino no lo hace y mantiene el control. Tiro de su pelo de nuevo intentando despertar algo de violencia por su parte, pero él se limita a regalarme su hermosa sonrisa..., de modo que tiro un poco más.

—Qué agresiva —murmura sin darme lo que quiero mientras me penetra todavía lentamente.

Echo la cabeza atrás y grito con frustración, asegurándome de seguir aferrada a su cabello.

—Livy, puedes maltratarme todo lo que quieras, pero vamos a hacer esto a mi manera.

—¡No puedo más! —grito.

—¿Quieres que pare?

—¡No!

—¿Te duele?

—¡No!

—Entonces ¿sólo es que te estoy volviendo loca?

Agacho la cabeza y acepto sus suaves arremetidas, ardiente todavía, y ahora sudando. Lo miro a los ojos y atisbo ese ligero aire arrogante tan familiar.

—Sí —digo entre dientes.

—¿Está mal que me alegre por ello?

—Sí —respondo haciendo rechinar los dientes.

Su leve sonrisa se transforma en un gesto taimado, y un nuevo brillo se instala en sus ojos.

—No voy a disculparme pero, por suerte para ti, estoy preparado.

Y de este modo, me levanta, me empala más profundamente, retrocede un poco y se hunde suavemente en mí, manteniéndose en el fondo, lanzando un sonoro gruñido contenido y temblando contra mí.

Funciona.

Empiezo a sacudirme en sus brazos. Mi cuerpo se torna laxo, mi mente se desconecta y mis manos liberan finalmente su cabello. No lo pretendo, pero las paredes de mi vagina se aferran a él con cada una de sus pulsaciones, prolongando las oleadas de placer que recorren mi cuerpo.

Aunque estoy muy a gusto sostenida contra el refrigerador, tirada sobre él como un muñeco de trapo, Miller decide cambiar de postura. Se agacha pegándome a su pecho, me deja en el suelo y se acomoda encima de mí. Observa cómo intento recobrar la respiración, acerca la boca a mi pezón y lo chupa con fuerza, lo mordisquea y exprime la piel que lo rodea con la mano.

—¿Te alegras de haber aceptado mi oferta? —pregunta seguro de conocer mi respuesta.

—Sí —suspiro. Levanto la rodilla y consigo reunir las fuerzas suficientes como para elevar el brazo y acariciarle la nuca.

—Por supuesto que sí. —Me besa todo el cuerpo hasta que llega a mis labios y los mordisquea lentamente—. Hora de ducharse.

—Déjame aquí —exijo resoplando y dejando caer los brazos a mis costados—. No tengo fuerzas.

—Pues yo haré todo el trabajo duro. Te dije que iba a venerarte.

—También me prometiste que me darías el mejor sexo salvaje de mi vida —le recuerdo.

Me suelta el labio y se aparta, cavilando.

—También dije que te penetraría poco a poco.

Para mi sorpresa, ni siquiera me ruborizo.

—Creo que ya puedes tachar eso de tu lista de quehaceres. Ahora ya puedes darme un sexo salvaje.

Pero ¿qué me pasa?

Es evidente que Miller se está preguntando lo mismo, porque

enarca las dos cejas estupefacto, pero no dice nada. Igual lo he dejado sin palabras. Su frente se arruga ligeramente y empieza a retirarse de encima de mí. Después de quitarse el condón y de sacudirse las plantas de los pies, me levanta y me agarra de la nuca como de costumbre. Entonces empieza a guiarme hacia su dormitorio.

—Créeme, no quieres que te coja así.

—¿Por qué?

—Porque lo que acabamos de compartir es mucho más placentero.

Tiene razón, y aunque sé que es una estupidez por mi parte, no quiero añadir a Miller a mi lista de encuentros que no han significado nada.

—La cocina está hecha un asco —digo señalando el suelo y el refrigerador cubiertos de chocolate, pero él no mira hacia el lugar donde le indico, y me insta a seguir hacia adelante.

—No puedo mirar. —Su mirada se vuelve oscura, y entonces sacude la cabeza—. De lo contrario, no conseguiré dormir.

Sonrío, aunque sé que a él no le hará gracia. Es un maníaco de la limpieza. Está constantemente recolocando las cosas, pero después de estar aquí y ver lo inmaculado que está su armario, creo que roza un poco la obsesión.

Cuando atravesamos el umbral de su cuarto, me toma en brazos y me lleva por la habitación. Me toma un poco por sorpresa, pero el gesto hace que me sienta tan bien que no digo ni pío. Es tan fuerte y está tan bien definido, es una obra de arte encarnada, y su tacto es tan bueno como su aspecto. Cuando me deja en el suelo dentro del cuarto de baño, miro hacia su dormitorio y pronto llego a una conclusión. Tengo las plantas de los pies llenas de chocolate. Él no. No quería manchar la alfombra. Empieza a pasearse por el baño, colocándolo todo con sumo cuidado, las toallas y los geles, y no me dedica ni una mirada al pasar por mi lado, de vuelta al dormitorio, lo que hace que me sienta pequeña e incómoda. Frunzo el ceño para mis adentros y rodeo mi cuerpo desnudo con los brazos mientras espero en silencio admirando el inmenso aseo hasta que por fin vuelve. Abre el grifo de la ducha y comprueba la temperatura del agua. No tiene ningún reparo en estar desnudo, y no me extraña. No tiene nada de que avergonzarse.

—Las damas primero. —Hace un gesto con el brazo invitándome a entrar en la espaciosa ducha.

Vacilo un instante; sin embargo, consigo recomponerme y obedezco, desnuda y cubierta de chocolate. Levanto la vista hacia su rostro impasible al pasar por su lado. Su expresión es formal y fría, completamente distinta de la de hace cinco minutos.

—Gracias —murmuro mientras me sitúo bajo la lluvia caliente y miro inmediatamente hacia abajo para ver cómo el agua chocolateada se arremolina alrededor de mis pies.

Permanezco sola durante unos instantes, con la mirada fija en el suelo hasta que sus pies aparecen en mi campo de visión. Incluso eso lo tiene perfecto. Mis ojos empiezan a ascender por su cuerpo y a estudiar cada perfecto y definido centímetro, hasta que veo que se vierte un poco de jabón en la palma de la mano. Esas manos estarán sobre mí en cualquier momento, pero a juzgar por su expresión, ésta no va a ser la típica escena tórrida en la ducha. Está demasiado concentrado masajeando la espuma entre las manos.

Sin mediar palabra, se agacha delante de mí y empieza a frotarme el gel de ducha por los muslos, limpiándome lentamente el chocolate. No puedo hacer nada más que observar la escena en silencio, pero la ausencia de conversación está haciendo que me sienta violenta.

—¿A qué te dedicas? —pregunto intentando romper el incómodo silencio.

Se detiene un momento, pero pronto prosigue con su tarea.

—No creo que debamos entrar en detalles personales dado nuestro acuerdo, Livy. —No me mira. Decide permanecer concentrado en mi limpieza.

Ojalá no hubiera dicho nada, porque esas palabras no me han aliviado en absoluto. Al contrario, ahora me siento todavía peor. Quiero saber más acerca de él, pero tiene razón. No servirá de nada, y sólo hará que este momento sea más íntimo de lo que debería ser.

Continúa deslizando sus espléndidas manos por toda mi piel, sin decir nada y sin mirarme. Después de los momentos que hemos vivido hasta ahora esta noche, esto se me hace difícil y desagradable. Es como si fuésemos extraños. Bueno, es que lo somos, pero el hombre que tengo postrado de rodillas delante de mí es la única persona del mundo con la que me he abierto de verdad. Y no me refiero a mi pasado ni a mis problemas, sino a mi cuerpo y a mi vulnerabilidad. Ha hecho que me cuestione mi manera de ver la vida y a los hombres. Me ha infundido una falsa sensación de seguridad, y ahora se está comportando como si esto fuera un trato de negocios, y no es agradable.

Estoy perpleja, aunque no debería estarlo. Conocía el acuerdo, pero su ternura y el hecho de que no me haya cogido salvajemente quizá me hayan dado falsas esperanzas de que esto fuese algo más, lo cual es absurdo. Es un extraño; un extraño impredecible, taciturno e intimidante.

Mis vertiginosos pensamientos se ven interrumpidos cuando su mano llega a mis hombros. Sus firmes pulgares masajean mi piel de un modo delicioso. Ahora me está mirando, con un gesto serio y el pelo empapado. El peso del agua hace que sus rizos parezcan más largos. Acerca la cara y me besa suave pero dulcemente antes de continuar con la tarea de limpiarme todo el chocolate.

¿Qué ha sido eso?

¿Una tierna muestra de afecto? ¿Un gesto cariñoso? ¿Un instinto natural? ¿O sólo ha sido un beso amistoso? El calor de nuestras bocas unidas indicaba lo contrario, pero la expresión de su rostro no. Debería marcharme. No sé cómo pude pensar que lo de esta noche saldría bien. Debería haberlo pensado mejor, y entonces estoy segura de que habría rechazado su oferta. Yo no debería actuar de esta manera, y paso inmediatamente de la fascinación al resentimiento.

Estoy a punto de declararle mis intenciones de echarme atrás cuando dice:

—Dime cómo es posible que no te hayas acostado con ningún hombre en siete años —pregunta apartándome unos mechones de pelo mojado de la cara.

Suspiro y agacho la cabeza hasta que él me obliga a levantarla de nuevo.

—Pues... —¿Qué puedo decir?—. Es que...

—Continúa —me insiste con dulzura.

Esquivo su pregunta con facilidad al recordar su frase anterior.

—Dado nuestro «acuerdo», creía que no debíamos entrar en detalles personales.

Arruga la frente igual que yo. Parece avergonzado.

—Es verdad. —Me agarra del cuello con la mano por encima del pelo mojado y me saca de la ducha—. Perdóname.

Sigo con el ceño fruncido mientras me seca con una toalla. Después me vuelve a tomar de la nuca y me dirige hasta su inmensa cama de piel. Está hecha, y preciosa, con una colcha de terciopelo arrugado de color rojo intenso y cojines dorados colocados de manera minuciosa. Antes no había caído, pero sé que es imposible que estuviese así cuando me he levantado hace un rato, por lo que ha tenido que hacerla él. No quiero volver a deshacerla, pero Miller me libera y empieza a quitar los cojines y a colocarlos ordenadamente sobre un arcón que hay a los pies de la cama. Después retira la colcha y me hace un gesto para que me acueste.

Me acerco con cautela y empiezo a subirme lentamente a la enorme cama. Me siento como la princesa del chícharo. Me acurruco y observo cómo él se desliza a mi lado y ahueca su almohada antes de apoyar la cabeza y de rodearme la cintura con el brazo, atrayéndome hacia su cuerpo con delicadeza. Me pego al calor de su pecho de un modo reflejo, sabiendo que esto no está bien. Sé que no está bien, y más cuando me toma la mano y me besa los nudillos. Después se lleva mi palma a su pecho, coloca la mano sobre la mía y empieza a guiar mis caricias.

Estamos en silencio. Casi puedo oír mi mente repleta de interminables pensamientos esperanzadores. Y creo que también oigo los suyos, pero ahora hay una tensión invisible, y esa tensión invisible que hay entre nosotros está superando con creces todas las cosas fantásticas que han sucedido hasta ahora. Su corazón late a un ritmo constante bajo mi oreja, y de vez en cuando me aprieta la mano como un gesto reconfortante, aunque sé que no voy a dormirme, aunque mi cuerpo está exhausto y mi cerebro agotado.

De repente, Miller se mueve. Me aparta de su pecho y me coloca a un lado.

—No te muevas —susurra, y me besa en la frente antes de levantarse de la cama y ponerse los shorts.

Sale del dormitorio y yo me apoyo sobre los codos y observo cómo la puerta se cierra tras él. Deben de ser ya las primeras horas de la madrugada. ¿Qué está haciendo? La ausencia del incómodo silencio debería hacer que me sintiera mejor, y no es así. Estoy desnuda, me duele la entrepierna y me encuentro bien tapadita en la cama de un extraño, pero no puedo hacer otra cosa más que tumbarme de nuevo y mirar al techo con la única compañía de mis aciagos pensamientos. Miller hace que me sienta viva y maravillosa un momento, e incómoda e insuficiente al siguiente.

No sé cuánto tiempo paso así, pero cuando oigo unos cuantos golpes y una educada maldición ya no puedo aguantar más. Me deslizo hasta el borde de la cama, me llevo la sábana conmigo y recorro la habitación, salgo al pasillo y me acerco en silencio hacia el origen de la conmoción. Los ruidos y las maldiciones se vuelven cada vez más claros, hasta que me encuentro de pie en el umbral de la cocina, observando cómo Miller limpia las puertas de espejo del refrigerador.

Lo que debería dejarme boquiabierta de incredulidad son los movimientos frenéticos de su mano pasando el paño por la super-

146

ficie y, sin embargo, son los músculos de su espalda, perfectamente definidos, los que me dejan sin aliento y me obligan a agarrarme al marco de la puerta para no caerme al suelo. No puede ser real. Es una alucinación, un sueño o un espejismo. Estaría convencida de ello de no estar tan... dolorida.

—¡Qué puto desastre! —masculla entre dientes. Hunde la mano en un cubo lleno de agua jabonosa y escurre el paño—. ¿En qué carajos estaba pensando? ¡Mierda! —Estampa el trapo contra el espejo y continúa maldiciendo y frotando como un poseso.

—¿Va todo bien? —pregunto tímidamente, sonriendo para mí. A Miller le gusta tenerlo todo como él: perfecto.

Se vuelve, sorprendido pero con el ceño fruncido.

—¿Qué haces, que no estás en la cama? —Arroja el paño con rabia al interior del cubo—. Deberías estar descansando.

Me enrosco más la sábana alrededor del cuerpo, como si la estuviera utilizando a modo de escudo de protección. Está encabronado, pero ¿está encabronado conmigo o con el espejo sucio del refrigerador? Empiezo a retroceder, algo cautelosa.

—¡Mierda! —Agacha la cabeza avergonzado, la sacude levemente y se pasa la mano por el pelo con frustración—. Perdóname, por favor. —Levanta la vista y veo que su arrepentimiento es sincero—. No debería hablarte así. No ha estado bien.

—No, no ha estado bien —replico—. No he venido aquí para que me ladres.

—Es que... —Mira hacia el refrigerador y cierra los ojos con fuerza, como si le doliera ver las manchas. Después suspira y se acerca a mí, alargando las manos, como pidiéndome permiso para tocarme.

No sé si hago bien, pero asiento y veo que se relaja al instante. Sin perder un segundo, me agarra, me estrecha contra sí y hunde su nariz en mi pelo húmedo. La sensación me resulta demasiado reconfortante como para pasarla por alto. Cuando antes ha dicho que no conseguiría dormir, lo decía en serio. No se ha vuelto para ver el desastre cuando se lo he señalado, pero está claro que ha estado rondándole por la cabeza, atormentándolo.

—Lo siento —repite, y me besa el pelo.

—No te gusta el desorden. —No lo pregunto porque es evidente, y no voy a darle la oportunidad de insultarme negándolo.

—Me gusta tener la casa impecable —me corrige, y me da la vuelta y me empuja de nuevo hacia el dormitorio.

Cada paso que damos me recuerda el palaciego espacio en el que me encuentro.

—¿No tienes una asistenta? —pregunto, pensando que un hombre de negocios como él, que vive donde vive, viste como viste, y conduce el coche que conduce debería al menos tener un ama de llaves.

—No. —Me quita la sábana, me levanta y me mete en la cama—. Me gusta hacerlo yo.

—¿Te gusta limpiar? —espeto estupefacta. No puede ser verdad.

Sus labios se curvan en las comisuras, y el gesto hace que me sienta mucho mejor después de los hechos, las palabras y los sentimientos que han tenido lugar desde nuestros últimos momentos íntimos.

—Yo no diría que me gusta. —Se mete en la cama conmigo, tira de mí para pegarme a él y entrelazamos nuestras piernas desnudas—. Supongo que puedes considerarme un dios doméstico.

Ahora yo también sonrío, y mi mano decide ponerse las botas al tener acceso directo a su pecho descubierto.

—Jamás lo habría imaginado —digo cavilando.

—Deberías dejar de pensar tanto. La gente piensa demasiado las cosas, y las hace más importantes de lo que son en realidad —repone tranquilamente, casi con desdén, pero sé que tras sus palabras hay algo más. Estoy segura.

—¿Como qué?

—Nada en concreto. —Me da un beso en la cabeza—. Hablaba en general.

No hablaba en general para nada, pero decido callarme. Gracias a su cambio de humor ya no me siento incómoda, y dejo que la seguridad de su cuerpo me suma en un dulce sueño ligero. No tardo en cerrar los ojos lentamente y el último sonido que oigo es el de Miller tararcándome algo tierno e hipnotizante al oído.

Presa del pánico, abro los ojos y me incorporo en la cama. La habitación está completamente a oscuras. Me aparto el pelo salvaje de la cara. Me paro un momento a recordar y todo me vuelve a la cabeza..., ¿o acaso lo he soñado?

Palpo el colchón y no noto nada más que la suave ropa de cama y una almohada sin una cabeza encima.

—¿Miller? —susurro tímidamente, y entonces me llevo la mano al cuerpo y veo que no llevo nada puesto. Siempre duermo en ropa interior. No estoy soñando, y no sé si sentirme aliviada o asustada. Me obligo a salir de la cama y recorro la habitación a tientas pegada a la pared—. ¡Mierda! —maldigo cuando me golpeo la pantorrilla con un objeto duro. Me froto el golpe y continúo avanzando. Entonces me doy con algo en la cabeza. Un ruido interrumpe el silencio y forcejeo con algo que me ataca—. ¡Carajo! —No consigo agarrar lo que sea que me ha golpeado y lo dejo caer, haciendo una mueca cuando se estrella contra el suelo antes de frotarme la frente—. ¡Maldita sea!

Confío en que Miller aparezca de donde sea que se está escondiendo para ver qué ha pasado, pero después de quedarme de pie en silencio una eternidad esperando a que entre y le dé al interruptor que me bendiga con un poco de luz, sigo ciega. Continúo mi avance a tientas pegada a la pared en la oscuridad hasta que palpo algo que parece un interruptor. Lo conecto y la repentina invasión de luz artificial me ciega por un momento. Definitivamente, estoy sola, y desnuda. Veo la cómoda contra la que me he golpeado la pantorrilla y la lámpara de pie contra la que me he golpeado la cabeza, que ahora descansa sobre la cómoda, hecha mil pedazos. Corro hacia la cama, arranco las sábanas y me envuelvo con ellas mientras me dirijo hacia la puerta. Probablemente esté limpiando el refrigerador otra vez, pero cuando llego a la cocina, no encuentro a Miller limpiando. De hecho, no lo encuentro en ninguna parte. Ha desaparecido. Recorro su apartamento dos veces, abriendo y cerrando las puertas, al menos todas las que se abren. Hay una que no. Intento girar el pomo, pero no se mueve, de modo que doy unos golpecitos en la puerta y espero. Nada. Vuelvo a su dormitorio con el ceño fruncido. ¿Adónde ha ido?

Me siento en su lado de la cama y me pregunto qué debo hacer, por primera vez, soy plenamente consciente de lo estúpida que he sido. Estoy en un apartamento extraño, desnuda en mitad de la noche, después de haber mantenido unas imprudentes relaciones sexuales sin ataduras con un extraño.

La sensata y cuidadosa Livy ha hecho una estupidez digna de un premio. Me siento decepcionada conmigo misma.

Busco mi ropa, pero no la veo por ninguna parte.

—¡Carajo! —maldigo.

¿Dónde carambas la ha metido? De repente, me dejo guiar por la lógica y me hallo frente a la cómoda. Aparto la lámpara, abro el cajón y encuentro un montón de ropa de hombre perfectamente doblada. No me rindo. Abro el siguiente, y el siguiente, y el siguiente, hasta que me pongo de rodillas, abro el último cajón y encuentro mi ropa, perfectamente doblada también, con mis Converse perfectamente colocados al lado, con los cordones dentro de las zapatillas. Me echo a reír. Saco mis pertenencias del cajón y me visto a toda prisa.

Cuando estoy a punto de salir, veo una nota de papel sobre la cama. No puedo creer que me haya dejado una nota en la almohada, y debería marcharme sin leerla, pero soy demasiado curiosa. Miller despierta mi curiosidad, y eso no es bueno, porque todo el mundo sabe que la curiosidad mató al gato. Me odio por ello, pero corro hacia la nota y la tomo, cabreada incluso antes de leerla.

Livy:

He tenido que salir un momento. No tardaré, así que no te marches, por favor.

Si me necesitas, llámame. He guardado mi número en tu teléfono.

Un beso,

MILLER

Idiota de mí, suspiro al ver que se ha despedido con un beso. Entonces me pongo tremendamente furiosa. ¿Que ha tenido que salir un momento? ¿Quién tiene la necesidad de salir un momento en plena noche? Busco mi teléfono para ver qué hora es exactamente. Localizo mi bolsa y mi teléfono sobre la mesita de cristal del salón y, tras encenderlo y hacer caso omiso de las decenas de llamadas perdidas de Gregory y sus tres mensajes de texto advirtiéndome de que estaba en un lío, la pantalla me dice que son las tres de la mañana. ¿Las tres?

Hago girar repetidas veces el dispositivo en la mano mientras me dedico a pensar en qué habrá podido hacerlo salir a estas horas. ¿Una emergencia, tal vez? Es posible que le haya pasado algo a algún familiar. Quizá esté en algún hospital o recogiendo a alguna hermana borracha de alguna discoteca. ¿Tiene hermanas? Me vienen a la cabeza toda clase de motivos, pero cuando el teléfono empieza a sonar en mi mano, bajo la vista, veo su nombre en la pantalla y entonces dejo de pensar porque estoy a punto de descubrir qué ha pasado.

Contesto.

—¿Sí?

—Te has despertado.

—Pues sí, y tú no estás aquí. —Me siento en el sofá—. ¿Va todo bien?

—Sí, tranquila. —Habla en voz baja. Igual sí que está en un hospital—. No tardaré en volver. Relájate en la cama, ¿de acuerdo?

¿Que me relaje en la cama?

151

—Me voy a ir.

—¿Qué? —Ya no susurra.

—Tú no estás, así que no tiene sentido que me quede. —Esto no es veneración, es abandono.

—¡Pues claro que lo tiene! —difiere, y oigo de fondo que una puerta se cierra de golpe—. No te muevas de ahí —dice con desasosiego.

—Miller, ¿estás bien? —pregunto—. ¿Ha pasado algo?

—No, nada.

—Entonces ¿por qué has tenido que marcharte en plena noche?

—Por trabajo, Livy. Vuelve a la cama.

La palabra *trabajo* despierta un resentimiento injustificado en mí.

—¿Estás con alguna mujer?

—¿Qué te hace pensar eso?

Su pregunta transforma ese resentimiento en sospecha.

—Porque has dicho que es *por trabajo.* —He estado tan atontada con tanta veneración que me había olvidado de aquel pedazo de mujer de pelo negro.

—No, por favor. Vuelve a la cama.

Me dejo caer contra el respaldo del sofá.

—No tengo sueño. Esto no estaba en el trato, Miller. No quiero estar sola en un apartamento extraño.

Oigo mis palabras absurdas y me entran ganas de abofetearme. Claro, como si estuviera mejor en un apartamento extraño con un extraño que me hace perder toda la sensatez.

—El trato era de una noche, Olivia. Veinticuatro horas, y bastante molesto estoy ya por tener que perder unas pocas. Si no estás en esa cama cuando vuelva a casa, te juro que...

Me incorporo.

—¿Que qué? —pregunto oyendo su respiración agitada, presa del pánico, al otro lado de la línea.

—Que...

—¿Sí?

—Que...

—¿Que qué? —insisto con impaciencia, y me pongo de pie y recojo mi bolsa. ¿Me está amenazando?

—¡Que iré a buscarte y volveré a meterte en ella! —exclama.

Me echo a reír.

—¿Te estás oyendo?

—Sí —dice más calmado—. No es cortés incumplir un trato.

—No hemos firmado nada.

—No, lo hemos sellado cogiendo.

Dejo escapar un grito ahogado, frunzo el ceño y me quedo sin respiración al mismo tiempo.

—Creía que eras un caballero.

—¿Qué te ha hecho pensar eso?

Guardo silencio y medito mi respuesta. En nuestro primer encuentro nada sugería que fuese un caballero. Ni tampoco en los siguientes. Pero sus atenciones y sus modales desde que he llegado aquí sí lo han hecho. No ha habido sexo salvaje.

Entonces me doy cuenta de lo tremendamente estúpida que he sido y me horrorizo. Me ha seducido, y lo ha hecho de maravilla.

—No tengo ni idea, pero es evidente que me he equivocado. Gracias por los innumerables orgasmos.

Oigo cómo grita mi nombre mientras me aparto el teléfono de la oreja y cuelgo. Me sorprendo de mi propio descaro, pero Miller Hart despierta a la rebelde que hay en mí. Y eso es peligroso, pero fundamental a la hora de tratar con un hombre tan desconcertante. Me cuelgo la mochila del hombro, me dirijo hacia la puerta y rechazo la llamada entrante antes de apagar el teléfono.

Capítulo 9

No he dormido nada a pesar de encontrarme cómodamente en mi cama. Después de colarme como una ladrona profesional en mi casa, subí la escalera de puntillas, sorteando todos los tablones que crujen, y recorrí el descansillo a hurtadillas hasta hallarme segura en mi propia habitación. Luego me quedé aquí tumbada, en la oscuridad de lo que quedaba de noche, con la mirada perdida en el techo.

Ahora que los pájaros cantan, oigo a mi abuela trajinando por la cocina, y no me apetece nada enfrentarme al día de hoy. Tengo la mente plagada de imágenes, de pensamientos y de conclusiones, y no quiero malgastar espacio en mi cerebro con ellas. Sin embargo, por más que me esfuerzo no consigo quitármelo de la cabeza.

Me inclino sobre la mesilla de noche, desconecto el teléfono del cargador y me aventuro a encenderlo. Tengo otras cinco llamadas perdidas de Gregory, una de Miller y un mensaje en el buzón de voz. No quiero oír lo que ninguno de los dos tenga que decir, pero me torturo igualmente escuchando el puto mensaje. Es de mi preocupado amigo, no de Miller.

Olivia Taylor, tú y yo vamos a tener unas palabritas cuando consiga dar contigo. ¿En qué estás pensando, nena? ¡Por Dios! Creía que tú eras la más sensata de los dos. ¡Haz el favor de llamarme, o iré a ver a tu abuela y le contaré todos tus pecados! ¡Podría ser un violador, o un asesino con un hacha! ¿Cómo eres tan estúpida? ¡Estoy muy molesto!

154

Suena totalmente exasperado. ¡Qué dramático! Y sé que no va a decirle nada a mi abuela porque, como yo, sabe que, en lugar de poner el grito en el cielo, ella se alegrará. Su mensaje no son más que amenazas vacías. En parte tiene razón, pero es un exagerado y no lo ve con perspectiva.

En parte.

Un poco.

En absoluto.

Bueno, tiene toda la razón, y no sabe ni la mitad. Soy una idiota. Lo llamo antes de que le dé un ataque, y me responde inmediatamente. Por su voz diría que ya estaba al borde del infarto.

—¿Livy?

—Estoy viva. —Me dejo caer sobre la almohada—. Respira hondo, Gregory.

—¡No te burles de mí! Llevo toda la noche intentando averiguar dónde vive.

—Estás exagerando.

—¡Pues yo creo que no!

—Entonces ¿no lo has encontrado? —pregunto, tapándome un poco más con el edredón y acurrucándome en la cama.

—Bueno, no me diste muchos datos, ¿no? He buscado «Miller» en Google, pero lo único interesante que he encontrado es que significa molinero, y no creo que se dedique a moler trigo.

Me río para mis adentros.

—No sé a qué se dedica.

—Bueno, pues da igual, porque no vas a volver a verlo. ¿Qué ha pasado? ¿Te has acostado con él? ¿Dónde estás? ¡¿Es que te has vuelto loca?!

Dejo de reírme.

—No es asunto tuyo. No es asunto tuyo. Estoy en casa. Y, sí, me he vuelto loca.

—¡¿Que no es asunto mío?! —chilla—. Livy, llevo años rompiéndome la cabeza para intentar sacarte de esa burbuja en la que te has metido. Te he presentado a miles de hombres decentes, todos loquitos por ti, pero tú rechazabas de plano hasta considerar tomarte algo con ellos, o salir a cenar. Salir a cenar y a tomar algo con un hombre no te convierte en tu madre.

—¡Cállate! —silbo. La mención de mi madre hace que me hierva la sangre, y mi tono lo refleja.

—Lo siento, pero ¿qué tiene ese pendejo que te ha transformado en una idiota irresponsable e imprudente?

—El único pendejo que conozco eres tú —lo acuso tranquilamente, porque no sé qué otra cosa decir. He sido bastante imprudente, como mi mad...—. Y no es ningún criminal, ni ningún asesino. Es todo un caballero. —«A veces», añado para mis adentros.

—¿Qué ha pasado? Cuéntamelo.

—Me ha venerado —confieso. No va a parar de intentar sonsacarme, así que será mejor que se lo cuente. Lo hecho, hecho está. Ya no hay vuelta atrás.

—¿«Venerado»? —susurra Gregory, y me lo imagino dejando lo que sea que esté haciendo al otro lado del teléfono.

—Sí, ha dejado la vara demasiada alta para quien sea que llegue después. —Y es verdad. No se podrá comparar. Ningún hombre igualará su destreza, sus atenciones y su pasión. Estoy atrapada.

—¡Mierda! —sigue susurrando—. ¿Tan bueno es?

—Ni te lo imaginas, Gregory. Me siento estafada. Me prometió veinticuatro horas, y sólo han sido ocho. Y necesito desesperadamente cobrarm...

—¡¿Qué?! ¡Rebobina! ¡Rebobina, carajo! —grita, haciéndome dar un brinco en la cama—. ¡Rebobina! ¿Qué es eso de las veinticuatro horas? ¿Veinticuatro horas para qué?

—Para venerarme —me vuelvo hacia el otro lado y me paso el teléfono a la otra oreja—. Me ofreció ese tiempo porque era lo único que podía ofrecerme.

156

No puedo creer que esté contándole todo esto a Gregory. Esta historia se lleva las palmas, sobre todo teniendo en cuenta que es de mí de quien estamos hablando.

—Ni siquiera sé qué decir. —Si cierro los ojos imagino perfectamente la cara de estupefacción que debe de estar poniendo—. Tengo que verte. Voy para allá.

—¡No, no! —Me incorporo agitada—. Mi abuela no sabe que estoy aquí. He entrado a hurtadillas.

Gregory se echa a reír.

—Nena, siento ser yo quien te lo diga, pero tu abuela sabe perfectamente dónde estás.

—¿Cómo lo sabes?

—Porque ha sido ella la que me ha llamado para decirme que estabas en casa. —Detecto cierto tono de satisfacción en su voz.

Alzo la vista al cielo para que me dé fuerzas. Debería habérmelo imaginado.

—Entonces ¿por qué me has preguntado dónde estaba?

—Porque quería saber si mi alma gemela había adquirido la nueva costumbre de mentir, además de haberse vuelto totalmente idiota. Me alegro de confirmar que sólo ha sucedido lo último. Voy para allá.

Cuelga el teléfono, y en cuanto dejo el mío sobre la cama, oigo el familiar crujido del suelo, de modo que me escondo bajo las sábanas y contengo la respiración.

La puerta se abre, pero yo permanezco inmóvil como una estatua, escondida, con los ojos cerrados y sin respirar, aunque sé que no servirá de nada. Seguro que está deseando obtener una primicia, la muy chismosa.

Hay un silencio total, pero sé que está ahí, y entonces siento unas ligeras cosquillas en la planta del pie y doy una patada en el aire riéndome de manera incontrolada.

—¡Abuela! —exclamo.

Me quito el edredón de encima y me encuentro su rechoncha

figura a los pies de mi cama, cruzada de brazos y con una sucia sonrisa dibujada en la cara.

—No me mires así —le advierto.

—Tu jefe..., ¡sí, cómo no!

—Era mi jefe.

Se mofa y se sienta en el borde de la cama, cosa que me pone en alerta máxima.

—¿Por qué me cuentas mentirijillas?

—No te miento. —Mi respuesta es débil, y el hecho de que haya apartado la mirada de la suya delata mi culpabilidad.

—Livy, ¿por quién tomas a tu abuela? —Me da una palmada en el muslo por encima del edredón—. Puede que sea vieja, pero mis ojos y mis oídos funcionan perfectamente.

Le lanzo una mirada de reticencia y veo que está conteniendo una sonrisa burlona. Le alegraré el día si le confirmo lo que ya sabe.

—Sí, y tu mente chismosa también.

—¡No soy chismosa! —se defiende—. Sólo soy... una abuela preocupada.

Resoplo y tiro del edredón de debajo de su trasero. Me envuelvo con él y me escapo al cuarto de baño.

—No tienes de qué preocuparte.

—Me parece que sí, si mi dulce nietecita la ermitaña de repente sale hasta el amanecer.

Me encojo de vergüenza, acelero el paso y ella me sigue por el descansillo. La excusa del trabajo ya no va a funcionar, de modo que me muerdo la lengua y me apresuro a cerrar la puerta del baño al entrar, atisbando brevemente antes de hacerlo sus grises cejas enarcadas y sus finos labios formando una pícara sonrisa.

—¿Es tu novio? —pregunta a través de la puerta.

Abro el grifo de la ducha y suelto el edredón.

—No.

—¿Era tu novio?

—¡No!

—¿Están festejando?

—¿Qué?

—Saliendo. Que si están saliendo, querida.

—¡No!

—Entonces ¿es sólo sexo?

—¡Abuela! —exclamo mirando hacia la puerta sin poder creer lo que acabo de oír.

—Sólo pregunto.

—¡Pues no lo hagas!

Me meto en la ducha y doy gracias por el agua caliente, pero no por las imágenes de mi ducha anterior. Él invade cada rincón de mi cerebro, excepto la pequeña parte que en estos momentos está reservada para responder a las irracionales preguntas de mi abuela. Me echo un poco de champú en las manos y me dispongo a frotarme el pelo con la esperanza de eliminar así los recuerdos.

—¿Estás enamorada de él?

Me quedo congelada bajo el agua, con las manos quietas entre la espuma de mi cabeza.

—No digas tonterías. —Intento sonar desconcertada, pero lo único que consigo es exhalar un suspiro pensativo y silencioso.

No sé cuáles son mis sentimientos exactamente, porque ahora mismo están todos desordenados. Y no debería ser así, especialmente al saber que hay otra mujer. Pero no estoy enamorada de él. Me intriga, eso es todo. Me resulta fascinante.

Espero un nuevo disparo por parte de mi abuela y me quedo quieta mientras me planteo qué ocurrencia me va a soltar ahora. Pasa un rato, pero al final oigo el crujido distante del suelo de madera. Se ha ido, sin replicar a mi poco convincente respuesta a su última pregunta, lo cual es tremendamente extraño.

Gregory está supliendo el moderado interrogatorio de mi abuela. Lleva unas horas siguiéndome la corriente. Nos hemos subido al piso superior descubierto del autobús turístico y ha estado oyéndome hablar de por qué me gusta tanto Londres, pero cuando me lleva a la terraza de una cafetería de Oxford Street, sé que mi tiempo de evitarlo ha acabado.

—¿Café o agua? —pregunta cuando el camarero empieza a acercarse y me lanza su mirada libidinosa.

—Agua.

Paso del camarero y empiezo a juguetear con la servilleta, doblándola perfectamente demasiadas veces, hasta que ya no se puede doblar más.

Mi amigo mira al camarero de la misma manera que el camarero me mira a mí, con los ojos saltones y una enorme sonrisa en la cara.

—Un agua y un expreso, por favor, si es tan amable.

Sonrío a Gregory para convertir la escena en un continuo triángulo de sonrisas mientras el camarero anota nuestro pedido y se retira sin reparar en la señora de la mesa de al lado, que está haciéndole señales para llamar su atención. Está nublado y hay mucha humedad, de modo que los pantalones ceñidos se me están pegando a las piernas.

—¿Y bien? —comienza Gregory quitándome la servilleta de la mano. Me pongo a juguetear con el anillo—. Te prometió veinticuatro horas y sólo fueron ocho. —Va directo al grano, sin rodeos.

Hago un puchero y me detesto por ello.

—Eso dije, ¿verdad? —suspiro.

Unas horas distraída por la grandiosidad de mi querido Londres han conseguido que me lo quitara temporalmente de la cabeza. Pero ése es el problema; sólo temporalmente.

—¿Qué pasó?

—Tuvo que marcharse.

—¿Adónde?

—No lo sé. —Hablo sin mirarlo a la cara, como si la falta de contacto visual facilitara contarle la verdad. Y debe de estar funcionando, porque prosigo, ansiosa por conocer su opinión—. Me desperté a las tres de la mañana y se había ido. Me dejó una nota en la almohada para decirme que volvería; después me llamó, pero no me dijo dónde estaba, sólo que había tenido que irse por trabajo. Me enfadé un poco, y él también.

—¿Por qué se enfadó él?

—Porque le dije que me iba a marchar y que es de mala educación incumplir un trato. —Miro un momento a Gregory y veo que tiene los ojos marrones como platos—. No firmamos nada —termino, sin añadir que, según Miller, lo sellamos cogiendo.

—Me parece un pendejo —declara con desprecio—. ¡Un pendejo arrogante!

—No lo es —digo inmediatamente—. Bueno, puede que lo parezca al principio, pero no cuando me tenía entre sus brazos. De verdad que me veneraba. Dijo que iba a darme un sexo salvaje, pero luego...

—¡¿Qué?! —chilla Gregory inclinándose hacia adelante—. ¿En serio te dijo eso?

Me hundo en la silla, pensando que tal vez debería haberme reservado esa parte. No quiero que mi amigo odie a Miller, aunque yo sí que lo haga un poco.

—Sí, pero luego no lo hizo. Fue muy respetuoso y... —Hago una pausa para no decir semejante estupidez en estas circunstancias.

—¿Qué?

Sacudo la cabeza.

—Se comportó como un caballero.

Llegan nuestras bebidas e inmediatamente me vierto el agua en el vaso y le doy un buen trago mientras el camarero me come con los ojos y Gregory se lo come a él.

—Gracias. —Mi amigo sonríe al camarero para dejarle bien claro su interés, a pesar de la evidente preferencia sexual de éste.

—De nada. Que lo disfruten —dice el camarero sin apartar la vista de mí hasta que por fin se decide a atender a la mujer que vuelve a intentar captar su atención.

La expresión sonriente de Gregory pronto se torna en un ceño fruncido cuando me mira a mí.

—Livy, me dijiste que lo habías visto con una mujer, y sabes tan bien como yo que probablemente no sea ninguna socia. A mí me parece de todo menos un caballero.

—Ya lo sé —farfullo hoscamente al recordarlo, y siento una puñalada en el alma. Esa mujer es guapa, elegante, y probablemente tan rica y sofisticada como Miller. Ése es su mundo: mujeres esnobs, hoteles esnobs, actos esnob, ropa esnob, comida y bebida esnob. El mío es servir esa comida y bebida esnob a esa gente esnob. Tengo que olvidarme de él. Tengo que recordarme lo furiosa que estoy con él. Tengo que recordarme que sólo ha sido sexo—. No voy a volver a verlo. —Suspiro. Para mí no ha sido sólo sexo.

—Me alegro. —Gregory sonríe y le da un sorbo al expreso—. Te mereces todo el paquete, no sólo los restos de un hombre que te usa cuando le apetece. —Se acerca y me aprieta la mano para reconfortarme—. Creo que en el fondo sabes que no es bueno para ti.

Sonrío, porque sé que mi mejor amigo tiene toda la razón.

—Lo sé.

Gregory asiente, me guiña un ojo y se apoya de nuevo en el respaldo de su silla. En ese momento, mi teléfono empieza a sonar dentro de mi bolsa. Tomo la mochila de la silla de al lado y empiezo a buscarlo.

—Será mi abuela —protesto—. Me está volviendo loca.

Gregory se echa a reír y provoca que yo también sonría, pero dejo de hacerlo al instante cuando veo que no es mi abuela la que llama. Abro los ojos como platos y miro a Gregory.

Él también deja de reírse.

—¿Es él?

Asiento y miro de nuevo la pantalla, con el dedo planeando sobre el botón que me conectará con Miller.

—No le he devuelto la llamada.

—Sé inteligente, nena.

«Sé inteligente. Sé inteligente. Sé inteligente.» Respiro hondo y contesto.

—Hola.

—¿Olivia?

—Miller —respondo con un tono frío y calmado a pesar de que el ritmo cardíaco se me acelera.

Su manera pausada y contundente de pronunciar mi nombre hace que visualice perfectamente el lento movimiento de sus labios.

—Tenemos que continuar donde lo habíamos dejado. Tengo un compromiso esta noche, pero me aseguraré de estar libre mañana —dice con tono formal y firme haciendo que mi corazón se acelere un poco más, pero no de deseo, sino de irritación. ¿Qué soy?, ¿una transacción comercial?

—No, gracias.

—No era una pregunta, Livy. Te estoy informando de que vas a pasar conmigo el día de mañana.

—Es muy amable por tu parte, pero me temo que tengo planes. —Sueno vacilante, cuando lo que pretendía era sonar segura.

Soy consciente de que Gregory me está observando y escuchando atentamente, y me alegro, porque seguro que, de no estar aquí controlando la conversación, acabaría accediendo. El sonido de su voz suave, a pesar de que no denota ni una pizca de simpatía, me recuerda las cosas que sentí antes de la furia de ser abandonada.

—Cancélalos.

—No puedo.

—Por mí, puedes.

—No, no puedo. —Cuelgo antes de caer y apago el teléfono—. Hecho —declaro mientras lo tiro dentro de la bolsa.

—Buena chica. Sabes que es lo mejor. —Mi amigo me sonríe desde el otro lado de la mesa—. Termínate el agua y te acompaño a casa.

Nos despedimos en la esquina. Gregory va a casa a prepararse para salir esta noche, yo me encerraré en mi dormitorio para escapar de mi entrometida abuela. Introduzco la llave con cuidado en la cerradura. La puerta se abre y me encuentro con dos pares de ojos ancianos que me miran con interés: los de mi abuela, analizándome, y los de George, asomando por encima del hombro de ella con una sonrisa en la cara. Me imagino lo que habrá pasado en esta casa desde que me fui esta mañana y George llegó. Este hombre haría cualquier cosa por mi abuela, incluso escucharla cotorrear sin parar sobre su aburrida e introvertida nieta. Sólo que esta vez no soy aburrida. Y la alegría de George al enterarse de esta noticia se refleja en todo su rostro redondo.

—Tienes el teléfono apagado —me acusa mi abuela—. ¿Por qué?

Dejo caer los brazos a ambos lados del cuerpo y suspiro exageradamente. Paso por delante de ellos y me dirijo hacia la cocina.

—Me he quedado sin batería.

Se mofa de mi mentira y me sigue.

—Ha venido tu jefe.

Doy media vuelta horrorizada y la veo muy seria. George sigue sonriendo por detrás de su hombro.

—¿Mi jefe? —tanteo. El corazón se me sale del pecho.

—Sí, tu jefe de verdad. —Espera mi reacción y no la decepciono. Procuro no hacerlo, pero me pongo como un tomate, y mi cuerpo se relaja por completo de alivio—. Un *cockney* muy agradable.

—¿Qué quería? —digo recobrando la compostura.

—Dice que ha intentado llamarte. —Llena el hervidor de agua y le hace un gesto a George para que se siente. El anciano obedece sin demora y continúa sonriéndome—. Algo de una gala benéfica esta noche.

—¿Quiere que trabaje? —pregunto esperanzada. Saco mi teléfono y lo conecto.

—Sí. —Mi abuela continúa preparando el té, de espaldas a mí—. Le dije que quizá era demasiado después del turno tan largo que hiciste anoche.

La miro con el ceño fruncido, y sé que la sonrisa de George debe de haberse ampliado.

—Abuela, ya es suficiente —le advierto, apuñalando los botones de mi teléfono.

Ella no se vuelve ni tampoco me responde. Ya ha dicho lo que tenía que decir, y yo también.

Me llevo el aparato a la oreja y subo la escalera para refugiarme en el santuario de mi habitación. Del necesita que trabaje esta noche, y yo acepto de buen grado sin saber ni la hora ni el lugar. Haré lo que sea con tal de distraerme.

Cruzo la puerta de entrada del personal del hotel y enseguida me encuentro con Sylvie. Se me echa encima como un lobo, tal y como esperaba.

—¡Cuéntamelo todo!

Paso por su lado y me dirijo a la cocina.

—No hay nada que contar —digo quitándole importancia, reacia a confirmar que tenía razón. Del me ofrece un delantal. Lo acepto y empiezo a colocármelo—. Gracias.

Le pasa otro a Sylvie, que lo toma sin darle siquiera las gracias a nuestro jefe.

—¿Y bien? ¿Lo has mandado al demonio?

—Sí. —Asiento con convicción, probablemente porque en parte es verdad. Lo he rechazado. Empiezo a cargar con copas mi bandeja—. Así que deja ya de preocuparte, porque no tienes motivos.

—Vaya —dice complacida, y empieza a ayudarme—. Bueno, me alegro. Es un pendejo arrogante.

Ni lo niego ni lo confirmo. Decido cambiar de tema completamente. Se supone que quiero ocupar la mente con otras cosas.

—¿Saliste anoche?

—Sí, y todavía me encuentro fatal —admite mientras vierte el champán—. El cuerpo lleva pidiéndome comida chatarra todo el día, y creo que me he bebido unos dos litros de Coca-Cola normal.

—Y ¿eso es malo?

—Horrible. No voy a volver a beber en mi vida... hasta la semana que viene.

Me echo a reír.

—¿Qué es lo que peor...?

—¡Calla! El olor del champán me está revolviendo el estómago. —Hace como que le da una arcada y se tapa la nariz mientras sigue llenando copas. Ahora que me paro a observarla, me percato de que su moño oscuro, habitualmente brillante y alegre, parece un poco apagado, al igual que sus mejillas, normalmente sonrosadas—. Sí, lo sé, estoy hecha un asco.

Vuelvo a centrarme en la bandeja.

—La verdad es que sí —admito.

—Y me siento todavía peor.

Del aparece, tan alegre como siempre.

—Chicas, esta noche tenemos miembros del Parlamento y unos cuantos diplomáticos. Sé que no hace falta que se los diga, pero recuerden sus modales —dice mirando a Sylvie, y entonces arruga la frente—. Tienes un aspecto espantoso.

—Sí, ya lo sé. No te preocupes, no les echaré el aliento —responde, y exhala en la palma de la mano y se la huele.

Hago una mueca al ver su gesto de asco y observo cómo rebusca en el bolsillo y se mete un caramelo de menta en la boca.

—No hables a menos que sea estrictamente necesario —dice Del sacudiendo la cabeza a modo de desaprobación.

Nos deja a Sylvie y a mí terminando con el champán y pasando los canapés del recipiente a las bandejas.

—¿Lista? —pregunta mi compañera llevándose la bandeja al hombro.

—Tú primero.

—Genial. Vamos a darles de comer y de beber a esos elitistas —refunfuña sonriendo con dulzura a Del cuando éste le lanza una mirada de advertencia—. O ¿prefieres que los llame *esnobs*?

Nuestro jefe la señala reprimiendo una sonrisa cariñosa.

—No, preferiría contar con suficiente personal para no tener que recurrir a ti. Mueve el trasero.

—¡Sí, señor! —lo saluda ella muy formal. Da media vuelta y empieza a marchar.

Yo la sigo, riendo. Aunque no llego muy lejos. Y mi sonrisa desaparece al instante.

Me observa con rostro inexpresivo, y yo me quedo clavada en el sitio, temblando, con el pulso acelerado. Él, sin embargo, parece muy tranquilo. Lo único que me da alguna pista sobre lo que está pensando es su manera de analizarme detenidamente.

—No —susurro para mis adentros, intentando controlar la bandeja mientras retrocedo hacia la cocina.

Está con aquella mujer, que esta vez lleva un vestido de seda de color crema y luce un montón de diamantes. Tiene la mano pegada a su trasero, y lo mira con una sonrisa radiante. ¿Trabajo? Me pongo enferma, enferma de celos, de dolor, de deleite al ver lo guapísimo que está con ese traje de tres piezas de color gris topo. Su perfección desafía la realidad a todos los niveles.

—¿Livy? —La voz de preocupación de Del se cuela en mis oídos y siento cómo me apoya las manos en los hombros por detrás—. ¿Estás bien, querida?

—¿Perdón? —Aparto la mirada de la dolorosa visión al otro lado de la sala y me vuelvo hacia mi jefe. La expresión de su rostro refleja la preocupación de su tono.

—Dios mío, Livy, estás más blanca que la pared. —Me quita la bandeja y me toca la frente—. Y estás fría.

Tengo que marcharme. No puedo trabajar toda la noche cerca de Miller, y menos con ella pegada a él. No después de lo de anoche. Doy media vuelta, empiezo a mirar a todas partes y mi corazón no parece tener intenciones de relajarse.

—Creo que será mejor que me vaya —susurro lastimosamente.

—Sí, márchate. —Del me acompaña por la cocina y me entrega mi mochila—. Métete en la cama y suda la fiebre.

Asiento débilmente justo cuando Sylvie aparece echando humo por la cocina con una bandeja llena de copas vacías, con una mirada frenética y preocupada que se acentúa cuando localiza mi patética y sudorosa figura. Abre la boca para hablar, pero yo niego con la cabeza. No quiero que me descubra. ¿Qué pensaría Del si supiera que estoy así a causa de un hombre?

—Tendrás que esmerarte un poco más, Sylvie. Le he dicho a Livy que se vaya a casa. No se encuentra bien. —Del se vuelve y me empuja hacia la salida.

Miro por encima del hombro y le sonrío a Sylvie para disculparme, agradecida cuando hace un gesto con la mano indicándome que no pasa nada.

—¡Que te mejores! —exclama.

Salgo al callejón trasero del hotel, donde se reciben los suministros y el personal sale a fumar. Está anocheciendo, y el aire está cargado, como mi corazón. Busco un escalón apartado del ajetreo de las plataformas de carga y descarga, me siento y apoyo la cabeza en las rodillas, intentando tranquilizarme antes de volver a casa. Olvidar mis encuentros con Miller Hart y las sensaciones que viví cuando estuve con él sería mucho más sencillo si no volviera a verlo jamás, pero va a ser imposible si me topo con él en todas partes.

Regresar a mi encierro solitario parece ser mi mejor opción, pero ahora que he probado algo nuevo y atrayente, quiero más. No obstante, la pregunta importante, la pregunta que debería hacerme y considerar muy seriamente, es si quiero más sólo con Miller o si puedo revivir esas sensaciones apasionantes y estimulantes con otra persona, con un hombre que me quiera para algo más que para una noche, un hombre que haga que siempre esté bien, no que me seduzca para luego hacer que me sienta impropia y desgraciada.

Dudo que ese hombre exista.

Obligo a mi reticente cuerpo a levantarse y, al alzar la vista, me encuentro frente a frente con Miller Hart. Está a tan sólo unos centímetros de distancia, con las piernas separadas y las manos en los bolsillos. Su cara, inexpresiva, sigue sin decirme nada, pero eso no desluce en lo más mínimo su extraordinaria belleza. Quiero decir muchas cosas, pero hacerlo sólo provocará que iniciemos una conversación que casi con toda seguridad conseguirá que me hechice de nuevo. Lo más sensato que debería hacer ahora mismo es huir de su presencia. Y, decidida, empiezo a alejarme de él.

—¡Livy! —exclama, y sus pasos me siguen—. Livy, sólo es trabajo.

—No tienes que darme explicaciones —digo suavemente. Su lenguaje corporal no era el de una socia—. Deja de seguirme, por favor.

—Livy, te estoy hablando —me advierte.

—Y yo decido no escucharte. —Mis nervios hacen que mi tono sea tímido y débil, cuando lo que quiero es mostrarme segura, pero la energía que necesito para hacerlo la estoy empleando en caminar.

—Livy, me debes dieciséis horas.

Su osadía hace que me detenga un momento a medio paso, pero de inmediato continúo caminando.

—No te debo nada.

—Discrepo. —Se coloca delante de mí y me bloquea el paso, de modo que lo sorteo rápidamente, sin desviar la mirada de mi objetivo: la calle principal que tengo delante—. Livy. —Me agarra del brazo, pero yo lo sacudo y me lo quito de encima, en silencio pero firme—. ¿Dónde están tus putos modales?

—No pienso usarlos contigo.

—Pues deberías. —Me agarra de nuevo, esta vez con más fuerza, y me retiene en el sitio—. Accediste a pasar veinticuatro horas conmigo.

Me niego a mirarlo, y también a hablar. Tengo mucho que decir, pero mostrar mis emociones, físicamente y de modo audible, sería un tremendo error, de modo que permanezco quieta y callada mientras él observa mi indolente figura. Mi actitud hace que se sienta frustrado. La fuerza con la que me agarra de los brazos lo confirma, como la respiración agitada bajo su pecho trajeado. Me he escondido en mi caparazón y no pienso salir. Aquí estoy a salvo. A salvo de él.

Agacha la cara hasta mi línea de visión, de modo que yo bajo la mirada hasta el suelo para evitarla. Mirar sus cristalinos ojos azules haría que cediera al instante.

—Livy, cuando te hable, me gustaría que me mirases a la cara.

No lo hago. Hago caso omiso de su petición y me concentro en permanecer poco receptiva con la esperanza de que, aburrido, decida que no merece la pena el esfuerzo y me deje en paz. Necesito que me deje en paz. Ahí dentro hay una mujer preciosa, claramente interesada en él; ¿por qué pierde el tiempo aquí conmigo?

—Livy —susurra.

Cierro los ojos e imagino sus labios pronunciando mi nombre... lentamente.

—Mírame, por favor —me ordena con delicadeza.

Empiezo a negar con la cabeza en mi oscuridad privada mientras me esfuerzo por conservar puesto mi escudo protector, el escudo contra Miller.

—Deja que te vea, Olivia Taylor. —Se acerca a mí y pega el rostro contra mi cuello—. Concédeme ese tiempo contigo.

Quiero detenerlo, y al mismo tiempo no quiero. Deseo sentirme viva otra vez, pero no quiero volver a sentirme desolada. Lo deseo más de lo que pensaba.

—No he tenido suficiente. Necesito más. —Sus labios alcanzan mi mejilla y sus manos se deslizan por mi nuca, hundiendo los dedos en mi pelo y agarrándome—. Quiero ahogarme en ti, Livy. —Me besa, y la sensación me catapulta al instante a la noche anterior. Mi escudo se hace añicos. Un leve sollozo escapa de mis labios y cierro los ojos con fuerza para evitar que las lágrimas desciendan por mis mejillas—. Abre la boca —susurra.

Mi mandíbula se relaja al oír su orden y otorga libre acceso a mis sentidos. Su lengua se desliza lenta y suavemente a través de mis labios, trazando un dulce círculo en mi boca. Su cuerpo se pega contra el mío. No hay ni un solo centímetro de mi parte delantera que no lo esté rozando. Mi cuerpo se relaja. Inclino la cabeza para proporcionarle mejor acceso y mis manos se elevan por voluntad propia y ascienden por sus costados hasta posarse sobre sus hombros. Ha establecido un ritmo tierno y lento, y yo lo sigo, masajeando su lengua con la mía y renunciando a mi intención de hacer lo que debo.

—¿Ves qué fácil es? —dice apartándose lentamente y dándome un breve beso en los labios.

Asiento, porque es verdad, pero ahora que sus labios han liberado los míos, recupero ligeramente la sensatez.

—¿Quién era esa mujer? —pregunto al tiempo que retrocedo—. ¿Era éste el compromiso tan importante del que estabas hablando? ¿Una cita?

—Es trabajo, Livy. Sólo trabajo.

Retrocedo de nuevo.

—¿Y el trabajo implica que tenga la mano pegada a tu trasero? —No tengo ningún derecho a acusarlo de esta manera. Él ha jugado sus cartas.

Asiente, y empieza a fruncir el ceño ligeramente.

—En ocasiones tengo que aceptar un poco de familiaridad por el bien del negocio.

—¿Qué negocio?

171

—Ya hemos hablado de eso. No creo que sea buena idea entrar en temas personales.

—Nos hemos acostado. No hay nada más personal que eso —rebato.

—Me refiero a nivel emocional, Livy, no físico.

Sus palabras confirman lo que imaginaba. Malditas seamos las mujeres con nuestra profundidad. Y malditos sean los hombres con su superficialidad. Sólo sexo. Será mejor que lo recuerde. Estos sentimientos los provoca la lujuria, y nada más.

—No soy esa clase de persona, Miller. Yo no hago cosas así. —No estoy segura de a quién estoy tratando de convencer.

Él da un paso adelante, desliza la mano por detrás de mi cuello y me agarra como de costumbre.

—Tal vez sea eso lo que me fascina tanto.

—O igual te lo estás tomando como un desafío entretenido.

—En ese caso —me besa suavemente en la mejilla—, creo que podría decirse con toda seguridad que te he conquistado.

Tiene toda la razón. Me ha conquistado, y es el único hombre que lo ha conseguido.

—Tengo que marcharme.

Echo a andar, justo cuando su teléfono empieza a sonar desde su bolsillo. Lo saca, mira la pantalla y, después, a mí. Veo que lo destroza verme marchar.

—Deberías contestar —digo señalando su teléfono con la cara con la esperanza de que rechace la llamada y cumpla su amenaza de llevarme de nuevo a su cama.

Si logro escapar ahora, se acabó. Cerraré esta puerta para siempre, y hallaré las fuerzas para resistirme a él. Pero si me detiene y se viene conmigo, entonces me pasaré las próximas dieciséis horas siendo venerada de nuevo. Quiero hacer las dos cosas, pero su decisión decidirá por mí. La decisión de otra persona va a decidir mi destino. Y, por la expresión de su rostro, sé que él también lo sabe.

172

Se me encoge el corazón cuando veo que responde a la llamada, aunque sé que es lo mejor para mí.

—Voy para allá —añade en voz baja antes de colgar, y observa cómo alargo la distancia que nos separa.

Sonrío un poco antes de darle la espalda a Miller Hart, y empiezo a trazar un plan para erradicarlo por completo de mi mente.

Capítulo 10

Es lunes por la mañana y no me encuentro mejor. Ayer me pasé todo el día en la cama, regodeándome en mi autocompasión. Mi abuela asomaba de vez en cuando la cabeza por la puerta para comprobar cómo me encontraba. Nunca había fingido estar enferma, y ahora lo estoy compensando con creces. Mi abuela sospecha algo, pero por primera vez en la vida decide callar. Es una novedad que agradezco. Mi teléfono sólo ha sonado dos veces. Eran mis únicos dos amigos, que llamaban para interesarse por mí, aunque no les doy mucha conversación. Sé que ellos también sospechan algo, sobre todo Sylvie, después de haber visto mi reacción la otra noche. No soy muy buena actriz. De hecho, soy pésima. Ni yo misma me lo he tragado cuando les he dicho con voz poco convincente que estaba fatal, con fiebre y vómitos. Decido que necesito un día más para recuperarme y llamo a Del para informarlo.

—¿Livy? —oigo la voz de mi abuela a través de la puerta—. He preparado el desayuno. Baja, o llegarás tarde al trabajo.

—¡No voy a ir! —grito, intentando poner voz grave y débil.

Abre la puerta, entra con cautela y observa mi figura bajo la ropa de cama.

—¿Aún estás enferma? —pregunta.

—Estoy fatal —farfullo.

Murmura pensativamente, levanta mis pantalones de mezclilla tirados y los pliega como Dios manda.

—Voy a ir a comprar. ¿Quieres venir?

—No.

—Ay, Livy, vamos —suspira—. Así me ayudas a escoger una piña para la tarta tatín de George.

—¿Necesitas que te ayude a escoger una piña?

Refunfuña con frustración y tira de mi edredón, dejando expuesto mi cuerpo semidesnudo ante su vista y el ambiente matutino de mi dormitorio.

—Olivia Taylor, vas a salir de esa cama ahora mismo y vas a acompañarme a escoger una piña para la tarta tatín de George. ¡Arriba!

—Estoy enferma. —Intento taparme de nuevo, pero no lo consigo.

Me mira con determinación, lo que significa que no tengo nada que hacer.

—No soy idiota —dice señalándome con un dedo arrugado—. Tienes que recuperarte ahora mismo. No hay nada que resulte menos atractivo que una mujer regodeándose en la autocompasión, especialmente si es a causa de un hombre. ¡Que se vaya al diablo! ¡Así que levántate, arréglate y supéralo, hija mía! —Me agarra y me saca literalmente de la cama—. Mete ese trasero flaco bajo la ducha inmediatamente. Te vienes a comprar.

Luego sale toda sulfurada y cierra de un portazo, dejándome sin palabras y con los ojos como platos.

—No hacía falta ponerse así —les digo a las paredes mientras oigo cómo baja la escalera furibunda.

Nunca me había hablado así, pero también es cierto que nunca le había dado motivos. Siempre soy yo la que está encima de ella, pero desde luego no soy tan brusca en mis reprimendas como lo ha sido ella. Es curioso. Siempre es ella la que me insiste en que tengo que vivir un poco, y ahora que lo hago mira adónde me ha llevado. Todavía perpleja, y sin atreverme a refugiarme de nuevo en la cama, salgo con precaución al descansillo y me dirijo al cuarto de baño para ducharme.

—¿Vamos a ir a Harrods a comprar una piña? —pregunto, sosteniendo a mi abuela del codo mientras cruzamos la calle hacia el grandioso edificio de toldos verdes.

Ella levanta la mano en dirección a una furgoneta que viene hacia nosotras y ésta se detiene al instante, a pesar de que tiene prioridad de paso. Le dirijo un gesto de agradecimiento mientras ella continúa cruzando y tirando del carrito de la compra.

—Puede que también compre un poco de nata.

La alcanzo y abro la puerta de los grandes almacenes.

—Estás que tiras la casa por la ventana, ¿eh? —digo moviendo las cejas de manera sugerente, pero ella no me hace ni caso y se dirige hacia el área de alimentación.

—Sólo es una piña.

—Que podríamos haber comprado en el súper del barrio —le contesto para picarla.

—No habría sido lo mismo. Además, las de aquí tienen la forma perfecta, y una piel reluciente.

Intento ir a su paso, y todo el mundo se aparta al ver a la decidida anciana que avanza a toda prisa tirando del carrito.

—¡Pero si la piel se la vas a quitar!

—Es igual. ¡Ya hemos llegado! —Se detiene en la entrada del área de alimentación y yo observo cómo sus hombros se elevan y descienden acompañados de un suspiro de satisfacción—. ¡A la carnicería! —Sale disparada de nuevo—. Toma una cesta, Livy.

Resoplo, exasperada, tomo una cesta de la compra y me reúno con ella ante el mostrador de la carne.

—Creía que habíamos venido a por piña.

—Así es, sólo estoy mirando.

—¿Mirando carne?

—Ay, chiquilla. Esto no es simplemente carne.

Sigo su mirada de admiración hasta las piezas perfectamente expuestas de cerdo, ternera y cordero.

—Y ¿qué es, entonces?

—Pues... —arruga la frente— es carne esnob.

¿Qué quieres decir? ¿Que es carne que viste bien? —Intento no echarme a reír mientras señalo un filete—. ¿O que esa vaca cagaba en un retrete en lugar de hacerlo en el campo?

Indignada, me mira furiosa.

—¡No puedes usar ese lenguaje en Harrods! —Se vuelve hacia todas partes para ver si alguien nos está observando, y así es. La anciana que tiene al lado me mira con cara de reprobación—. Pero ¿qué te pasa? —Mi abuela se arregla el sombrero y me lanza una mirada de advertencia.

Sigo conteniendo la sonrisa.

—¿Dónde están las piñas?

—Allí —señala, y yo sigo la dirección de su dedo hasta otro mostrador en el que se expone ordenadamente la fruta más apetitosa que he visto en mi vida.

Es fruta común y corriente: manzanas, peras y demás, pero son las más bonitas que he visto jamás. Tanto es así que pego la cara al cristal del mostrador para comprobar que son de verdad. Son de colores muy vivos, y tienen una piel muy lustrosa. Da pena tener que comérselas.

—¡Ay, mira qué piña! —exclama emocionada, y lo hago. Su entusiasmo está justificado. Es una piña fantástica—. Ay, Livy.

—Abuela, es demasiado bonita como para descuartizarla y echarla en una tarta. —Me acerco a la supermodelo de las piñas—. ¡Y cuesta quince libras!

Me llevo la mano a la boca y mi abuela me da una palmada en el hombro.

—¿Quieres hacer el favor de callarte? —susurra entre dientes—. Debería haberte dejado en casa.

—Lo siento, pero ¿quince libras, abuela? No irás a...

—Claro que sí. —Se pone toda tiesa y empieza a atraer la atención del dependiente con un movimiento de la mano que ya lo quisiera la reina de Inglaterra—. Desearía una piña —le dice, toda esnob.

—Sí, señora.

La miro sin poder creérmelo.

—¿Es preciso poner ese tono de esnob estirada para comprar en Harrods?

Me mira de soslayo.

—No tengo ni la menor idea de a qué te refieres.

Me echo a reír.

—¡Pues a eso! A ese tono. ¡Por favor, abuela!

Se acerca discretamente.

—¡No estoy hablando como una esnob estirada!

Sonrío.

—Claro que sí. Hablas como si fueras la reina de Inglaterra pero con problemas respiratorios.

El dependiente le pasa la piña con delicadeza por encima del mostrador y ella la toma y la coloca con cuidado en la cesta que sostengo.

—Uy, deposítala con mimo —susurro con sorna.

—Todavía estoy a tiempo de darte esos azotes —me amenaza mi abuela haciéndome reír todavía más.

—¿Quieres hacerlo aquí mismo? —digo muy seria—. Podrías abrillantarme el trasero de paso, para que haga juego con tu preciosa piña —le suelto aguantándome la risa.

—¡Cállate! —me riñe—. ¡Y ten cuidado con la piña!

Estoy a punto de desternillarme cuando veo que el ceño fruncido desaparece del rostro de mi abuela y se pone muy digna antes de volverme hacia el caballero que la ha atendido.

—¿Le importaría recordarme dónde puedo encontrar la nata?

Empiezo a partirme de risa en plena área de alimentación de Harrods al ver los movimientos de mano de mi abuela y al oír su tono esnob y falso. ¿«Recordarle»? ¡Si no ha comprado nata en Harrods en toda su vida!

—Por supuesto, señora.

El dependiente nos indica el último pasillo, donde se encuentran los refrigeradores con todos los productos lácteos selectos. Mi abuela se pone tiesa y sonríe y asiente amablemente a todo el que pasa, y yo me parto, sujetándome la barriga de la risa.

Continúo riéndome al verla leer el dorso de todos los botes de nata de la estantería mientras murmura para sí. En vez de fijarse tanto en los ingredientes debería mirar el precio. Decido que tengo que recobrar la compostura antes de que mi abuela me pegue, de modo que empiezo a respirar hondo y espero a que seleccione la nata, pero mis hombros se niegan a permitírmelo, y no puedo evitar mirar la piña perfecta y reluciente y recordar por qué me estoy partiendo.

Doy un respingo cuando siento un aliento cálido en la oreja, y me giro, riéndome todavía, hasta que veo quién lo exhala.

—Estás tremendamente preciosa cuando te ríes —dice él tranquilamente.

Dejo de hacerlo de inmediato y retrocedo, pero debería haberme quedado en el sitio, porque, al hacerlo, choco con mi abuela, lo que provoca que reniegue un poco más y que se dé la vuelta.

—¿Qué pasa? —protesta, hasta que se percata de mi compañía—. Ay, Dios...

—Hola. —Miller acorta la distancia, se acerca demasiado y extiende la mano—. Usted debe de ser la abuela de Livy. Me ha hablado mucho de usted.

«Trágame, tierra.» Va a disfrutar de lo lindo con esto.

—Así es —contesta ella, usando todavía ese tono esnob—. ¿Y tú eres el jefe de Livy? —pregunta aceptando la mano de Miller y lanzándome una mirada interrogativa.

—Me parece que sabe perfectamente que no soy el jefe de Olivia, señora...

—¡Taylor! —exclama prácticamente chillando, encantada de que le haya confirmado sus sospechas.

—Soy Miller Hart. Es un placer, señora Taylor. —Le besa el dorso de la mano. ¡No puedo creer que le haya besado la puta mano!

Mi abuela empieza a reírse como una colegiala, y el ritmo de mi corazón alcanza una velocidad vertiginosa y noto que está a punto de salírseme del pecho. Lleva puesto un traje gris de tres piezas, con camisa blanca y corbata gris... en Harrods.

—¿De compras? —logro articular.

Me observa atentamente mientras suelta la arrugada mano de mi abuela y me muestra dos bolsas portatrajes.

—Sólo he venido a recoger unos trajes nuevos y una risa encantadora me ha llamado la atención.

Hago como que no oigo el cumplido.

—¿Es que no tienes suficientes trajes? —pregunto, recordando las hileras e hileras de sacos y pantalones a juego y de chalecos que cubrían las tres paredes de su vestidor. Nunca lo he visto usar el mismo dos veces.

—Nunca se tienen suficientes trajes, Livy.

—¡Estoy de acuerdo! —gorjea mi abuela—. Qué gusto da ver a un joven tan bien vestido. No como esos chicos que llevan los pantalones a la mitad del trasero, con los calzoncillos por fuera para que todo el mundo los vea. No lo entiendo.

—Coincido —responde Miller.

Es evidente que encuentra divertidísima esta situación. Asiente con aire pensativo y me mira a los ojos mientras yo pienso en lo ridículo que suena que se haya referido a él como *joven*. No es que no lo sea, pero su imagen hace que parezca un hombre más sabio, con más experiencia en la vida. Aparenta ser mayor de lo que es, aunque lleva los veintinueve años estupendamente.

—Esa piña tiene un aspecto delicioso —dice indicando la cesta que tengo en la mano.

—¡Justo lo que yo he pensado! —exclama mi abuela encantada, conviniendo con él de nuevo—. Vale todo lo que cuesta.

—Sin duda —responde Miller—. La comida aquí es sublime. Debería probar el caviar. —Alarga el brazo hacia una estantería cercana, coge un tarro y se lo muestra a mi abuela—. Es excepcional.

No puedo hacer nada más que observar estupefacta cómo mi abuela inspecciona el tarro y asiente mientras charlan en el área de alimentación de Harrods. Quiero acurrucarme en un rincón hasta desaparecer.

—Bueno, y ¿cómo se conocieron mi encantadora nieta y tú?

—*Encantadora* es la palabra perfecta para describirla, ¿no le parece? —pregunta Miller, dejando el tarro en su sitio y girándolo para que la etiqueta quede mirando al frente. Pero no se detiene ahí. También ordena los tarros que están al lado del que acaba de colocar.

—Es un encanto. —Mi abuela me da un codazo discreto mientras Miller continúa ordenando la estantería.

—Sí que lo es. —Me mira, y yo siento que me empieza a arder la cara bajo su intensa mirada—. Y prepara el mejor café de Londres.

—¿Ah, sí? —espeto. Será mentiroso. Me está ofendiendo de una manera encantadora.

—Sí. Me quedé muy decepcionado cuando pasé hoy por allí y me dijeron que estabas enferma.

Me pongo como un tomate.

—Ya me encuentro mejor.

—Me alegro. Tu compañera no es tan simpática como tú.

Sus palabras tienen doble sentido. Está jugando, y está consiguiendo encabronarme muchísimo. ¿Simpática o fácil? Si mi abuela no estuviera aquí, le haría exactamente esa pregunta, pero está, y tengo que alejarla, a ella y a mí misma, de esta situación dolorosamente complicada.

La tomo del brazo.

—Abuela, será mejor que nos vayamos.

—¿Tú crees?

—Sí. —Intento tirar de ella hacia adelante, pero es un peso muerto—. Me alegro de verte. —Sonrío forzadamente a Miller y tiro de ella con más fuerza—. Vamos, abuela.

—¿Querrías cenar conmigo esta noche? —pregunta Miller con un tono urgente que probablemente sólo detecto yo.

Dejo de intentar mover a mi inamovible abuela y le lanzo una mirada interrogativa. Está intentando recuperar el tiempo perdido y está usando a mi abuela en su beneficio, el muy cabrón.

—No, gracias. —Siento que ella me dirige una fulminante mirada de desconcierto.

—Ha sido muy amable por su parte invitarte.

—No suelo hacerlo —interviene Miller tranquilamente, como si pretendiera que le diera las gracias por ello.

Sin embargo, sólo consigue que mi irritación aumente mientras me esfuerzo en recordar por qué me juré no volver a verlo jamás. Es difícil cuando mi mente obstinada se empeña en mostrarme un torrente de imágenes de nuestros cuerpos desnudos entrelazados y en reproducir las reconfortantes palabras que intercambiamos.

—¡¿Lo ves?! —me chilla mi abuela al oído, obligándome a hacer una mueca de dolor. El tono esnob ha desaparecido y ha sido sustituido por uno de desesperación. Compone una estúpida sonrisa y se vuelve hacia Miller—. Acepta encantada.

—No, no acepto, pero gracias. —Intento apartar a mi enervante abuela de mi enervante enemigo, y la muy testaruda se niega a ceder—. Vamos —le ruego.

—Me encantaría que lo reconsideraras. —La suave voz ronca de Miller interrumpe mi batalla con la figura inmóvil de mi abuela y oigo cómo ésta suspira embelesada mirando al hombre terriblemente atractivo que me ha acorralado.

Pero entonces su mirada ensoñadora se transforma en una de confusión. Sigo la dirección de sus ojos y veo lo que ha originado ese cambio tan repentino en su expresión. Una mano con una manicura perfecta descansa sobre el hombro de Miller con una corbata rosada de seda pendiendo de ella.

—Ésta le irá perfectamente. —La suavidad de su voz me resulta familiar. No necesito ver su despampanante rostro para confirmar a quién pertenece esa mano, de modo que desvío la mirada de la corbata de seda a los ojos de Miller. Su mandíbula se tensa y su alta figura se queda quieta—. ¿Qué te parece? —pregunta ella.

—No está mal —responde Miller en voz baja sin apartar la mirada de mí.

Mi abuela guarda silencio, yo guardo silencio, y Miller dice muy poco, pero entonces la mujer se asoma por detrás de él acariciando la corbata y el silencio se ve interrumpido.

—¿A usted qué le parece? —le pregunta a mi abuela, quien asiente, sin mirar siquiera la corbata, con la vista fija en esta hermosa mujer que acaba de salir de ninguna parte—. ¿Y a ti? —me pregunta directamente a mí mientras juguetea con la cruz de diamantes incrustados que siempre lleva colgada en su delicado cuello. Detecto una mirada amenazante a través de las capas de caro maquillaje. Está marcando su territorio. No es ninguna socia.

—Es preciosa —susurro.

Dejo caer la cesta al suelo y decido abandonar a mi abuela para poder retirarme. No voy a aguantar ningún chantaje delante de mi anciana abuela, y no pienso permitir que las miradas de esa mujer tan perfecta me hagan sentir inferior. Allá adonde voy, aparece. Esto es insoportable.

Recorro con el cuerpo entumecido los numerosos departamentos hasta que logro salir del encierro de los inmensos almacenes y respiro un poco de aire fresco. Apoyo la espalda contra la pared. Estoy enfadada, triste, irritada. Soy un amasijo de emociones encontradas y de pensamientos confusos. Mi corazón y mi ce-

rebro jamás habían estado tan en desacuerdo ni batallado con tanta furia.

Hasta ahora.

Hyde Park es como un bálsamo. Me siento en el césped con un
sándwich y una lata de Coca-Cola y veo la vida pasar durante unas
horas. Pienso en la suerte que tiene la gente que camina a mi alrededor de tener un lugar tan bonito por el que vagar. Después,
cuento al menos unas veinte razas de perro diferentes en menos de
veinte minutos y pienso en la suerte que tienen de contar con un
espacio tan maravilloso por el que pasear. Los niños gritan, las ma-
dres charlan y ríen, los corredores hacen ejercicio. Me siento mejor, como si algo familiar y deseado hubiese conseguido eliminar
algo extraño e indeseado.

Indeseado, indeseado..., completamente deseado.

Suspiro, me levanto del suelo, me cuelgo la mochila del hombro y tiro la basura a la papelera.

Entonces me dispongo a recorrer el familiar camino hacia casa.

Para cuando llego a la puerta de casa, mi abuela está histérica.
Muy histérica. Me siento culpable, aunque debería estar bastante
cabreada con ella.

—¡Dios mío! —Se abalanza sobre mí sin dejarme siquiera que
cuelgue la bolsa en el perchero del recibidor—. Livy, estaba muy
preocupada. ¡Son las siete de la noche!

La abrazo también. La culpabilidad está ganando terreno.

—Tengo veinticuatro años —suspiro.

—No te marches así, Olivia. Mi corazón no está para estos dis-
gustos.

Ahora me siento tremendamente culpable.

—Me he ido de picnic al parque.

—¡Pero te fuiste sin más! —Se aparta y me sostiene a cierta distancia—. Ha sido muy grosero por tu parte, Livy. —Por su repentino enfado, veo que el pánico previo ha desaparecido por completo.

—No quería cenar con él.

—¿Por qué no? Parece todo un caballero.

Decido ahorrarme el resoplido sarcástico. No pensaría eso si conociera todos los detalles.

—Estaba con otra mujer.

—¡Es su socia! —exclama con entusiasmo, casi emocionada al poder aclarar el malentendido—. Es una mujer muy agradable.

No puedo creer que se haya tragado eso. Es demasiado inocente. Los socios no van por ahí a comprar corbatas juntos.

—¿Podemos dejarlo en paz? —Cuelgo mi mochila y paso por su lado en dirección a la cocina. Nada más entrar percibo un aroma delicioso—. ¿Qué estás cocinando? —pregunto, y veo que George está a la mesa—. Hola, George —saludo, y me siento a su lado.

—No apagues el teléfono celular, Livy —me regaña él suavemente—. Llevo horas aguantando cómo Josephine te llamaba sin parar y maldecía mientras cocinaba.

—¿Qué es? —pregunto de nuevo.

—Solomillo Wellington —anuncia orgullosa mi abuela sentándose también—. Con patatas gratinadas y zanahorias baby al vapor.

Miro a George confundida, pero él se encoge de hombros y coge su periódico.

—¿Solomillo Wellington? —insisto.

—Exacto. —No le da la menor importancia a mi tono interrogatorio. ¿Qué ha sido del guisado o del pollo asado?—. He pensado en hacer algo diferente. Espero que tengas hambre.

—Un poco —admito—. ¿Eso es vino? —pregunto al ver dos botellas de vino tinto y dos de vino blanco sobre la encimera.

—¡Ah, sí! —Mi abuela corre al otro lado de la cocina, toma las

185

botellas de vino blanco y las mete rápidamente en el refrigerador antes de abrir el tinto—. Éstas tienen que airearse.

Me vuelvo en mi silla y miro a George con la esperanza de que me explique algo, pero está claro que mi abuela le ha ordenado que se esté sentadito y calladito. Sabe que lo estoy mirando. Lo sé porque mueve los ojos demasiado deprisa como para estar leyendo de verdad. Le doy un golpe en la rodilla con la mía, pero él finge no darse cuenta descaradamente. El compañero de mi abuela decide apartar las piernas a un lado para evitar otro de mis golpes.

—Abuela... —El timbre de la puerta me interrumpe y me vuelvo hacia el pasillo.

—Ah, ése debe de ser Gregory. —Abre el horno y pincha con una varilla larga de metal un enorme bloque de carne hojaldrado—. ¿Puedes abrir, Livy?

—¿Has invitado a Gregory? —pregunto apartando mi silla de la mesa.

—¡Sí! Mira toda esta comida. —Saca la varilla de la carne y tuerce los labios al comprobar la temperatura que marca el dial—. Ya casi está —afirma.

Dejo a mi abuela y a George en la cocina y corro por el pasillo para abrirle la puerta a Gregory, con la esperanza de que mi abuela no haya estado ya chismorreando con él.

—¿Estamos celebrando algo especial y no me he enterado? —pregunto mientras abro la puerta de golpe.

La sonrisa se me borra de la cara de inmediato.

Capítulo 11

—¿Qué chingados estás haciendo aquí? —pregunto iracunda.

—Me ha invitado tu abuela. —Miller lleva un ramo de flores en los brazos y una bolsa de Harrods—. ¿Puedo pasar?

—No, no puedes. —Salgo y cierro la puerta para que mi abuela no oiga nuestra conversación—. ¿Qué crees que estás haciendo?

Mi estado de alteración no parece turbarlo lo más mínimo.

—Ser cortés y aceptar una invitación a cenar —dice muy serio—. Soy una persona con buenos modales.

—No. —Me acerco a él y mi estupefacción y exasperación rozan la furia. Esa maldita conspiradora...—. Lo que no tienes es vergüenza. Esto tiene que parar. Yo no quiero pasar veinticuatro horas contigo.

—¿Quieres pasar más?

Su pregunta me agarra desprevenida y retrocedo con sorpresa.

—¡No! —«¿Cuánto más?»

—Vaya... —Parece inseguro, y es la primera vez que lo veo así.

Me pongo derecha y entrecierro los ojos de manera inquisitiva.

—¿Y tú? —Susurro la pregunta con el corazón en un puño, mi mente empieza a girar a toda velocidad.

Su inseguridad se transforma en frustración en un nanosegundo y hace que me pregunte si está frustrado conmigo o consigo mismo. Espero que sea lo segundo.

—Quedamos en dejar de lado lo personal.

—No, esa parte del trato la decidiste tú.

Levanta la vista, desconcertado.

—Lo sé.

—Y ¿sigue vigente? —pregunto, intentando desesperadamente parecer fuerte y segura de mí misma cuando en realidad me estoy derrumbando por dentro. Me preparo para su respuesta.

—Sigue vigente. —Su voz es firme, pero su expresión no. Aunque eso no me basta para hacerme ilusiones.

—Entonces, esto se ha terminado.

Doy media vuelta sobre mis Converse y obligo a mi cuerpo abatido a cruzar la puerta. Una vez dentro, me encuentro con mi abuela.

—Era un vendedor —digo cortándole el paso.

Mi plan no funcionará, lo sé. Ella lo ha invitado, y sabía perfectamente quién era desde el momento en que ha sonado el timbre.

Opongo poca resistencia cuando me aparta de su camino y dejo que abra la puerta. Miller se está alejando lentamente de la casa.

—¡Miller! —grita ella—. ¿Adónde crees que vas?

Él se vuelve y me mira. Por más que intento materializar una mirada amenazante en mi rostro, no sucede. Permanecemos mirándonos el uno al otro durante una eternidad, hasta que saluda a mi abuela con la cabeza.

—Le agradezco muchísimo la invitación, señora Taylor, pero...

—¡Ah, no! —Mi abuela no le da la oportunidad de darle excusas. Recorre el sendero, sin que la intimide lo más mínimo su alta y poderosa figura, lo agarra del codo y lo guía hasta casa—. He preparado una cena de rechupete, y vas a quedarte. —Empuja a Miller hacia el recibidor, que resulta demasiado estrecho para tres personas—. Dale tu saco a Livy.

Mi abuela nos deja para volver a la cocina y empieza a ladrarle órdenes a George.

—Si quieres que me marche, me iré —dice él—. No quiero que te sientas incómoda. —No hace ademán de soltar las cosas que lleva en las manos, ni de quitarse el saco—. Tu abuela es una mujer de armas tomar.

—Sí, lo es —contesto—. Y tú siempre haces que me sienta incómoda.

—Vente a casa conmigo y me pondré unos shorts.

Abro unos ojos como platos al recordarlo con el pecho desnudo y los pies descalzos.

—Eso no hizo que me sintiera cómoda —señalo. Ya lo sabe.

—Pero lo que te hice después de quitarme la ropa, sí. —Su mechón rebelde hace acto de aparición, como para reforzar sus palabras, haciéndolas más sugerentes.

Me vuelvo al instante.

—Eso no va a volver a pasar.

—No digas cosas que no sientes, Livy —replica con voz suave.

Lo miro a los ojos y él se acerca. Las flores que sostiene rozan la parte delantera de mi vestido de tarde.

—Estás utilizando a mi abuela contra mí —exhalo.

—No me has dejado elección.

Entonces se agacha y pega sus labios a los míos, lo que envía una deliciosa oleada de calor a mi sexo que iguala la temperatura de su boca sobre la mía.

—Estás jugando sucio.

—Nunca he dicho que jugara siguiendo las reglas, Livy. Y, de todos modos, todas mis reglas fueron anuladas en el momento en que puse las manos sobre ti.

—¿Qué reglas?

—Las he olvidado.

Toma mi boca suavemente y empuja más las flores contra mi pecho. El celofán que las envuelve cruje sonoramente, pero estoy demasiado extasiada como para que me importe que el ruido atraiga la atención de mi curiosa abuela. Mis sentidos están saturados, me hierve la sangre, y de repente recuerdo todas esas increíbles cosas que Miller me hace sentir.

—Siénteme —gime contra mi boca.

Sin pensarlo, mi mano se desliza lentamente entre nuestros cuerpos, más allá de las flores y de la bolsa de Harrods, hasta que mis nudillos rozan su miembro largo y duro. El profundo gruñido que emite me envalentona, y giro la mano para sentirlo, acariciarlo y apretarlo por encima del pantalón.

—Eso lo provocas tú —dice con los dientes apretados—. Y, mientras sigas haciéndolo, estás obligada a remediarlo.

—No pasaría si no me vieras —contesto, y le muerdo el labio, sin reparar en su arrogante declaración.

—Livy, se me pone dura sólo de pensar en ti. Verte hace que me duela. Esta noche te vienes a casa conmigo, y no acepto un no por respuesta. —Su boca se pega con fuerza a la mía.

—Esa mujer estaba contigo otra vez.

—¿Cuántas veces tenemos que hablar de eso?

—¿Con qué frecuencia vas a comprar ropa con tus socias? —pregunto pegada a sus labios implacables.

Se aparta, jadeando y con el pelo revuelto. Sus ojos azules acabarán conmigo.

—¿Por qué no confías en mí?

—Eres demasiado reservado —susurro—. No quiero que tengas ese control sobre mí.

Se inclina y me besa la frente con ternura, con cariño. Sus palabras no coinciden con sus acciones. Me resulta muy confuso.

—No es control si tú aceptas, mi niña.

Sería tremendamente estúpido por mi parte confiar en este hombre. Ya no es sólo por la mujer; mi conciencia parece bastante dispuesta a pasarla por alto. Es mi destino. Mi corazón. Me estoy enamorando de él demasiado y demasiado rápido.

Se aparta, echa un vistazo a su entrepierna, se coloca el miembro en su sitio y recobra la compostura.

—Tengo que enfrentarme a una dulce ancianita de esta manera, y todo por tu culpa. —Levanta sus ojos casi traviesos hasta los míos y me deja fuera de juego una vez más. Ésa es otra expresión de Miller Hart que me resulta ajena—. ¿Preparada? —pregunta, y desliza la mano por mi nuca, me da la vuelta y me dirige hacia la cocina.

No, no creo estar preparada, pero digo que sí de todas formas, consciente de lo que voy a encontrarme en la cocina. Y no me equivoco. Mi abuela sonríe con suficiencia y a George se le salen los ojos de las órbitas al ver a Miller guiándome. Señalo con la mano al hombre que sufre a mi abuela.

—Miller, éste es George, el amigo de mi abuela.

—Un placer. —Miller descarga las flores y la bolsa en lugar de soltarme a mí, acepta la mano que le ofrece George y le da un firme y masculino apretón—. Lleva puesta una camisa muy elegante, George —dice señalando con un gesto la camisa de rayas del anciano.

—Sí, yo también lo creo —coincide George pasándose la mano por el pecho.

No sé cómo no me he dado cuenta antes, pero George se ha puesto sus mejores galas, que normalmente suele reservar para ir al bingo o a la iglesia. Mi abuela es de lo que no hay. La observo y veo que lleva puesto su vestido de botones de flores, que también suele reservar para los domingos. Miro mi propia ropa y veo que voy hecha un desastre, con el vestido de tarde arrugado y mis Converse rosa intenso, y de repente me siento incómoda vestida así.

—Voy un momento arriba al cuarto de baño —digo.

Sin embargo, no voy a ir a ninguna parte hasta que Miller me suelte, y no parece tener mucha prisa por hacerlo. Al contrario, recoge el ramo, una masa de rosas amarillas, y se las entrega a mi abuela, seguidas de la bolsa de Harrods.

—Son sólo unos detalles para agradecerle su hospitalidad.

—¡Vaya! —Mi abuela hunde la nariz en el ramo y, a continuación, la cabeza en la bolsa—. ¡Anda, caviar! ¡Mira, George! —Deja las rosas sobre la mesa y le muestra a George el minúsculo tarro—. Setenta libras por esta cosita —susurra, pero no entiendo por qué, porque estamos a sólo unos centímetros de distancia y yo la oigo perfectamente. Qué vergüenza. Su refinamiento ha pasado a la historia, al igual que su decoro.

—¿Setenta libras? —George casi se atraganta—. ¿Por unas huevas de pescado? ¡Que Dios nos agarre confesados!

Deseo que me trague la tierra, y entonces siento que Miller empieza a masajearme la nuca por encima del pelo.

—Voy un momento al baño —repito, y me quito de encima su mano.

—Miller, no deberías haberte molestado. —Mi abuela saca entonces de la bolsa una botella de Dom Pérignon y se la enseña a George con la boca abierta.

—Ha sido un placer.

—Livy —me llama mi abuela, y me vuelvo de nuevo hacia la mesa—. ¿Te has ofrecido a guardarle el saco a Miller?

Lo miro con aire cansado, le ofrezco una sonrisa exageradamente empalagosa y digo:

—¿Desea que le guarde el saco, caballero? —Evito la reverencia, y detecto un divertido brillo en sus ojos.

—Por favor. —Se quita la prenda y me la entrega. Yo me maravillo al ver su pecho cubierto por la camisa y el chaleco. Sabe que lo estoy mirando, imaginando su torso desnudo. Se inclina y acerca la boca a mi oreja—: No me mires así, Livy —me advierte—. Bastante me cuesta contenerme ya.

—No puedo evitarlo —respondo sinceramente en voz baja.

Me marcho de la cocina y me abanico la cara antes de colocar su saco sobre mi chamarra en el perchero. La aliso bien y subo la escalera, entro en mi cuarto y corro como una posesa. Me desnudo, me echo desodorante, me cambio de ropa y me retoco el maquillaje. Me miro en el espejo y pienso en lo lejos que estoy de la socia de Miller. Pero ésta soy yo. Si funciona con mis Converse, tiene probabilidades, y mi vestido camisero blanco, estampado con capullos de rosa roja, va con mis Converse rojo cereza perfectamente. Hay otra mujer, y lo que más me preocupa es mi capacidad para pasar por alto la obviedad de la situación. Lo deseo. No sólo ha minado mi sentido común, sino también mi racionalidad.

Me doy un buen bofetón mental, me aliso la masa de pelo rubio y corro abajo, preocupada de repente por lo que mi abuela y George puedan estar contándole a Miller.

No están en la cocina. Retrocedo y me dirijo al salón, pero éste también está vacío. Entonces oigo voces en el comedor; el comedor, que sólo se usa para ocasiones muy especiales. La última vez que comimos ahí fue cuando cumplí la mayoría de edad, hace ya más de tres años. A ese tipo de ocasiones especiales me refiero. Me dirijo a la puerta de roble teñido, me asomo y veo la enorme mesa de caoba que preside la habitación dispuesta de una manera preciosa, con toda la vajilla Royal Doulton de mi abuela, las copas de vino de cristal tallado y la cubertería de plata.

Y ha sentado al enemigo de mi corazón presidiendo la mesa, donde nadie ha tenido el placer de sentarse antes. Ése era el lugar que ocupaba mi abuelo, y ni siquiera George ha tenido el honor.

—Aquí la tenemos. —Miller se levanta y aparta la silla vacía que hay a su izquierda—. Ven, siéntate.

Me acerco lenta y pensativamente, sin hacer caso de la cara de alegría de mi abuela, y tomo asiento.

—Gracias —digo mientras Miller me acerca a la mesa antes de volver a sentarse a mi lado.

—Te has cambiado —observa, y gira el plato que tiene delante unos milímetros en el sentido de las agujas del reloj.

—El otro estaba muy arrugado.

—Estás preciosa —sonríe, y casi me desmayo al ver ese encantador hoyuelo que raras veces aparece.

—Gracias —exhalo.

—De nada.

No me quita los ojos de encima, y aunque yo también lo miro fijamente, sé que mi abuela y George nos están observando.

—¿Vino? —pregunta mi abuela interrumpiendo nuestro momento. Miller aparta los ojos de los míos y yo siento un instantáneo rencor hacia mi abuela.

—Por favor, permítame. —Miller se incorpora y yo levanto la vista al tiempo que lo sigo.

Mis ojos parecen elevarse eternamente, hasta que su cuerpo está por fin totalmente derecho. No se inclina por encima de la mesa para alcanzar el vino. No. La rodea, saca la botella de la cubitera y permanece a la derecha de mi abuela para servirlo.

—Muchísimas gracias —dice ella, y le lanza a George una mirada de entusiasmo con los ojos abiertos como platos.

Después vuelve sus ojos azul marino hacia mí. Se está emocionando demasiado, tal y como imaginaba, y eso me preocupa en los breves momentos en los que aparto la vista de Miller. Como en éste, que mi abuela me mira sonriente, entusiasmada con la presencia de nuestro invitado y con sus magníficos modales.

Miller rodea de nuevo la mesa, también le llena la copa a George y después llega hasta mí. No me pregunta si quiero un poco; me sirve directamente, a pesar de que sabe que he rechazado educadamente toda clase de alcohol cada vez que me lo ha ofrecido. No voy a fingir que no lo sabe. Es demasiado listo..., demasiado listo.

—Bien. —George se levanta cuando Miller toma asiento—. Haré los honores. —Toma el cuchillo de trinchar y empieza a rebanar con maestría la obra de arte de mi abuela—. Josephine, esto tiene un aspecto espectacular.

—Cierto —coincide Miller.

Bebe un trago de vino y coloca de nuevo la copa sobre la mesa, apoyando la base del cristal en la palma de su mano, y sosteniéndola entre los dedos índice y corazón.

Observo su mano detenidamente, me concentro en ella, y aguardo. Ahí está. Es un movimiento minúsculo, pero hace girar la copa un pelín a la derecha. Probablemente nadie se haya percatado excepto yo. Sonrío, levanto la vista y veo que está mirando cómo lo observo.

Ladea la cabeza y me mira con recelo pero con un intenso brillo en los ojos.

—¿Qué pasa? —dice, y sus palabras desvían mi atención hacia sus labios.

El muy cabrón se los lame, y el gesto me impulsa a tomar mi copa y a dar un sorbo. Lo que sea con tal de distraerme. Cuando trago, me doy cuenta de lo que he hecho, y el extraño sabor hace que me estremezca mientras el líquido desciende por mi garganta. Dejo la copa en la mesa demasiado bruscamente, y sé que Miller acaba de mirarme con curiosidad.

Una porción de solomillo Wellington aterriza entonces en mi plato.

—Échate patatas y zanahorias, Livy —dice mi abuela mientras sostiene su plato para que George le sirva una porción de pastel de hojaldre—. A ver si engordas un poco.

Me pongo unas pocas zanahorias y patatas en el plato y después le sirvo a Miller.

—No necesito engordar.

—No pasaría nada si engordases unos kilos —declara Miller, y lo miro indignada justo cuando George termina de llenar su plato de carne—. Sólo era una observación.

—Gracias, Miller —dice mi abuela con suficiencia mientras levanta su copa para celebrar que están de acuerdo—. Siempre ha estado muy flaca.

—Soy delgada, no flaca —replico.

Le lanzo a Miller una mirada de advertencia y percibo una leve sonrisa en su rostro. En un infantil impulso de vengarme, alargo discretamente la mano y, como quien no quiere la cosa, empiezo a hacer girar su copa de vino por el tallo y la muevo unos milímetros hacia mí.

—¿Te gusta? —pregunto señalando con la cara el bocado de carne que tiene ensartado en el tenedor.

—Está delicioso —confirma. Apoya su cuchillo en el plato perfectamente en paralelo con el borde de la mesa, pone la mano sobre la mía, me la aparta lentamente y recoloca la copa en su sitio. Recoge de nuevo el cuchillo y sigue cenando—. El mejor solomillo Wellington que he probado en mi vida, señora Taylor.

—¡Tonterías! —Mi abuela se pone colorada, cosa rara en ella, pero el enemigo de mi corazón se está ganando, también, el suyo—. Ha sido facilísimo.

—Pues no lo parecía —refunfuña George—. Has estado toda la tarde de los nervios, Josephine.

—¡No es verdad!

Empiezo a picotear las zanahorias y a masticar lentamente mientras oigo discutir a mi abuela y a George y, con la otra mano, muevo la copa de Miller otra vez. Él me mira con el rabillo del ojo, coloca el cuchillo sobre el plato de nuevo, reclama su copa y la pone donde tiene que estar. Estoy conteniendo la risa. Es maniático hasta para comer. Corta la comida en trozos perfectos y se asegura de que todos los dientes del tenedor estén ensartados en cada trozo en un ángulo perfecto antes de llevárselo a la boca. Mastica muy despacio. Todo lo hace de una manera tremendamente estudiada, y resulta cautivador. Mi mano repta por la mesa de nuevo. Me intriga esa necesidad obsesiva de tenerlo todo ordenado, pero esta vez no logro alcanzar la copa. Miller intercepta mi mano a medio camino y me la sostiene, haciendo que parezca un acto de amor. Me la sostiene firmemente, aunque sólo la persona que está recibiendo el apretón se da cuenta. Y esa persona resulto ser yo. Es un apretón severo, un apretón de advertencia. Me está riñendo.

—¿A qué te dedicas, Miller? —pregunta mi abuela para mi satisfacción.

Eso, ¿a qué se dedica Miller Hart? Dudo que a mi dulce abuelita le diga que no quiere entrar en temas personales cuando está presidiendo su mesa.

—No quiero aburrirla con eso, señora Taylor. Resulta tedioso.

Me equivocaba. No le ha dado largas directamente, pero ha sabido esquivar el tema.

—A mí me gustaría saberlo —insisto en un ataque de valentía.

El apretón de su mano se intensifica. Pestañea lentamente y después levanta la vista poco a poco.

—No me gusta mezclar los negocios con el placer, Livy, ya lo sabes.

—Eso es algo muy sensato —farfulla George con la boca llena mientras señala a Miller con el tenedor—. Yo me he guiado siempre por ese principio.

La mirada de Miller y sus palabras anulan mi arrojo. No soy más que una operación comercial para él, un trato, un acuerdo o un convenio. El nombre es lo de menos, el significado no varía. De modo que, técnicamente, las palabras de Miller no son más que un montón de mierda.

Doblo la mano que me está atrapando y él afloja al tiempo que levanta las cejas.

—Deberías comer —dice—. Está delicioso.

Libero mi mano, obedezco su orden y continúo cenando, aunque no me siento en absoluto cómoda. Miller no debería haber aceptado la invitación de mi abuela. Esto entra dentro de lo personal. Está invadiendo mi intimidad, mi seguridad. Fue él quien dejó clara su intención de que esto fuese sólo algo físico, pero aquí está, colándose en mi mundo, un mundo pequeño, pero mío al fin y al cabo. Y eso sobrepasa los límites de lo físico.

Justo mientras pienso eso, siento que me roza la rodilla con la pierna y salgo de mis divagaciones para volver a la mesa. Lo miro al tiempo que intento comer, veo cómo mira a mi abuela y escucha con atención cómo habla sin parar. No sé qué le está contando, porque lo único que oigo es la reproducción en bucle de las palabras de Miller: «Y, mientras sigas haciéndolo, estás obligada a remediarlo... Todas mis reglas fueron anuladas en el momento en que puse las manos sobre ti...».

¿Qué reglas?, y ¿durante cuánto tiempo le haré *eso*? Quiero causar un efecto en él. Quiero hacer que su cuerpo me responda del mismo modo que el mío responde al suyo. Una vez superado el impedimento moral que intentaba alejarme de su potencia, todo resulta muy fácil, demasiado fácil..., alarmantemente fácil.

—Esto estaba de rechupete, Josephine —declara George, y el ruido de sus cubiertos contra el plato interrumpe el lejano murmullo de la conversación. Regreso al presente, donde sigue Miller, y mi abuela mira con el ceño fruncido a su amigo por su torpeza—. Lo siento —dice el anciano tímidamente.

—Si me disculpan... —Miller coloca sus cubiertos con cuidado en el plato vacío y se limpia la boca con unos toquecitos de su servilleta bordada—. ¿Le importa que use su cuarto de baño?

—¡Por supuesto que no! —exclama mi abuela—. Es la puerta que está nada más subir la escalera.

—Gracias. —Se levanta, dobla la servilleta y la coloca junto a su plato. Después arrima la silla a la mesa y abandona el comedor.

Los ojos de mi abuela siguen a Miller mientras sale de la habitación.

—Qué bizcochitos tiene —murmura en cuanto desaparece de nuestra vista.

—¡Abuela! —exclamo, muerta de vergüenza.

—Duros, perfectos... Livy, tienes que cenar con ese hombre.

—¡Abuela, compórtate! —Miro mi plato y veo que apenas he tocado la carne. Soy incapaz de comer. Me siento como si estuviera en trance—. Yo recojo la mesa —digo, y estiro el brazo para retirar el plato de Miller.

—Yo te ayudo. —George hace ademán de levantarse, pero apoyo la mano en su hombro y presiono ligeramente para indicarle que se quede sentado.

—Tranquilo, George. Ya lo hago yo.

No insiste. Se queda sentado y empieza a rellenar las copas de vino.

—¡Trae la tarta de piña! —exclama mi abuela.

Con un montón de platos apilados, me dirijo a la cocina, ansiosa por escapar de la persistente presencia de Miller, incluso a pesar de que ya no está en el comedor. No he contestado que no cuando me ha dicho que me iré con él a su casa esta noche, y debería haberlo hecho. ¿Qué voy a contarle a mi abuela? Es imposible negar el hecho de que él es la causa de mis recientes cambios de humor. Nunca había tenido semejante cacao mental. El control se me escapa de las manos, nada tiene sentido, y no estoy acostumbrada a estas sensaciones. Pero lo que más me desconcierta de todo es el hombre que es la causa de mi descarrilamiento. Un hombre atractivo e insondable que anuncia sufrimiento a todos los niveles.

Físico.

Sin sentimientos.

Sin emociones.

Sólo una noche.

Veinticuatro horas de las cuales todavía le debo dieciséis, el doble de lo que ya he experimentado. El doble de sensaciones y deseos..., el doble de dolor una vez hayan pasado.

—Casi puedo oírte pensar.

Doy un respingo y me vuelvo, todavía con la pila de platos en la mano.

—Qué susto me has dado —exhalo mientras coloco la vajilla sobre la encimera.

—Discúlpame —dice con sinceridad acercándose a mí. Retrocedo sin pretenderlo—. ¿Estás rumiando demasiado las cosas otra vez?

—Yo lo llamo ser prudente.

—¿Prudente? —pregunta ya delante de mí—. Yo no lo llamaría así.

Lo miro, aunque intento por todos los medios evitar sus ojos.

—¿Ah, no?

—No. —Me agarra suavemente de la barbilla y me anima a mirarlo—. Yo lo llamo ser tonta.

Nuestros ojos conectan, al igual que nuestros labios cuando posa los suyos sobre los míos. Evitar a Miller Hart no tendría nada de tonto.

—No consigo interpretarte —digo en voz baja, pero mis palabras no hacen que se aparte preocupado.

—No quiero que me interpretes, Livy. Quiero ahogarme en el placer que me proporcionas.

Me fundo con él, a pesar de que sus palabras no han hecho sino ratificar lo que yo ya sabía. Yo también quiero ahogarme en el placer que él me proporciona, pero no quiero sentir lo que sentiré después. No podré soportarlo.

—Estás haciendo esto muy difícil.

Su brazo me rodea la cintura y asciende hasta que alcanza mi nuca.

—No, lo estoy haciendo muy simple. Rumiar las cosas es lo que las complica, y tú lo estás haciendo. —Me besa en la mejilla y hunde la nariz en mi cuello—. Deja que te lleve a la cama.

—Si lo hago, estaré en una posición en la que me juré no estar jamás.

—¿Cuál?

Empieza a besarme delicadamente el cuello, y lo hace porque sabe que tengo sentimientos encontrados. Es muy listo. Está confundiendo mis sentidos y, peor todavía, mi mente.

—A merced de un hombre.

Advierto que sus labios se detienen un instante; no me lo estoy imaginando. Se aparta del refugio de mi cuello y me observa pensativamente. Pasa mucho tiempo, el suficiente como para que mi mente se entretenga reviviendo las caricias que me ha regalado, los besos que hemos compartido y la pasión que hemos creado entre los dos. Es como si lo estuviera viendo todo en sus ojos, y hace que me pregunte si él también estará reviviendo esos momentos. Finalmente, eleva la mano y me acaricia la mejilla con suavidad utilizando los nudillos.

—Livy, si hay alguien a merced de alguien aquí, ése soy yo. —Desvía la mirada hacia mis labios y se aproxima de nuevo, sin que yo haga nada para detenerlo.

Yo no veo a un hombre a mi merced. Veo a un hombre que quiere algo y que parece estar dispuesto a todo para conseguirlo.

—Deberíamos volver a la mesa. —Intento separarme de él apartando la cara.

—No hasta que me digas que vas a venir conmigo. —De repente, me levanta del suelo y me sienta sobre la encimera. Apoya las manos sobre mis muslos, se inclina hacia mí y me mira, esperando a que acceda—. Dilo.

—No quiero.

—Claro que quieres. —Pega su nariz a la mía—. Jamás habías querido algo tanto en toda tu vida.

Tiene razón, pero eso no hace que sea algo inteligente.

—Estás muy seguro de ti mismo.

Mueve la cabeza y una leve sonrisa asoma a sus labios, y alarga la mano para rozarme el labio inferior con su pulgar.

—Puede que estés intentando convencernos a los dos con palabras, pero todo lo demás me indica lo contrario. —Se mete el dedo en la boca, lo chupa y me lo pasa por el cuello, sobre el pecho, y desciende hasta mi estómago para desaparecer por debajo de mi vestido y entre mis piernas. La mandíbula y mi espalda se tensan, mi sexo empieza a latir, ansiando su tacto. Mi cuerpo me traiciona a todos los niveles, y lo sabe—. Creo que aquí encontraré calor. —Acerca el dedo unos milímetros al vértice de mis muslos y yo echo la cabeza hacia adelante hasta pegarla a su frente—. Y creo que aquí encontraré humedad —susurra, y desliza el dedo por dentro de mis pantis, extendiendo esa humedad—. Creo que, si te lo meto, tus ansiosos músculos se aferrarán a él y no lo soltarán jamás.

—Hazlo. —Las palabras brotan de mi boca sin pensar, mis manos se elevan y se agarran de sus brazos—. Hazlo, por favor.

—Haré lo que quieras que haga, pero lo haré en mi cama. —Me besa con fuerza en los labios. Después aparta la mano y me baja el dobladillo del vestido—. Soy una persona con educación. No voy a faltarle al respeto a tu abuela tomándote aquí. ¿Crees que podrás controlarte mientras nos comemos la tarta de piña?

—¿Que si puedo controlarme yo? —susurro casi sin aliento, mirando hacia su entrepierna. No necesito verlo para saber que está ahí. Está duro y se está restregando contra mi pierna.

—A mí me cuesta, créeme. —Se la recoloca y me baja de la encimera. Después me echa el pelo sobre los hombros—. A ver a qué velocidad soy capaz de comer tarta de piña. ¿Quieres prepararte un neceser o algo para pasar la noche?

No, la verdad es que no quiero. Lo que quiero es que se olvide de su educación. Intento en vano recobrar la compostura, pero todo el calor que siento entre las piernas me sube al rostro al pensar en tener que mirar a la cara a mi abuela y a George.

—Guardaré algunas cosas después del postre.

—Como prefieras.

Me agarra de la nuca y me saca de la cocina. La calidez de su mano intensifica mi deseo. Necesito tenerlo. Necesito a este hombre enigmático que un momento se conduce de una manera tan correcta y al siguiente contradice toda su caballerosidad. Es un fraude, eso es lo que es.

Un actor.

Un presuntuoso disfrazado de caballero.

Lo que lo convierte en el peor enemigo que mi corazón podría haber encontrado.

—¡Aquí están! —Mi abuela aplaude y se levanta—. ¿Y la tarta de piña?

—¡Ay! —Hago ademán de girar sobre mis talones, pero entonces me doy cuenta de que, con Miller agarrándome todavía con fuerza de la nuca, no voy a ir a ninguna parte.

—Bueno, da igual —dice mi abuela haciendo un gesto con la mano en dirección a mi silla vacía—. Siéntate, ya la traigo yo.

Miller prácticamente me sienta sobre la silla y me acerca a la mesa, casi como si tuviera la compulsión de colocarme de esa manera, del mismo modo que lo hace con todo lo que toca.

—¿Estás cómoda?

—Sí, gracias.

—De nada. —Toma asiento a mi lado y lo ordena todo en su sitio antes de tomar su copa de vino recientemente descolocada y de dar un lento sorbo.

—¡Vaya! ¡Tarta de piña! —George se frota las manos y se relame—. ¡Mi preferida! Miller, prepárate para morir de placer.

—¿Sabes, George? Hemos comprado la piña en Harrods. —No debería estar contándole esto. Mi abuela me va a matar, pero ella no es la única que sabe hacer de casamentera—. Ha pagado quince libras por ella, y eso ha sido antes de que invitara a Miller a cenar.

George abre la boca con sorpresa, pero después una sonrisa pensativa que me enternece profundamente se dibuja en su rostro.

—Tu abuela sabe cómo mimar a un hombre. Es una mujer maravillosa, Livy. Una mujer maravillosa.

—Lo es —coincido en voz baja. Es terriblemente fastidiosa, pero es maravillosa.

—¡Tarta tatín de piña! —exclama ella con orgullo entrando con la bandeja de plata en las manos. La coloca en el centro de la mesa y todo el mundo alarga el cuello para admirar su obra de arte—. Es la que mejor me ha salido hasta la fecha. ¿Quieres probarla, Miller? —pregunta.

—Me encantaría, señora Taylor.

—Está tan rica que te la tragarás en un santiamén —digo como quien no quiere la cosa, y tomo la cuchara y miro a Miller.

Él acepta el cuenco que le pasa mi abuela, lo coloca sobre la mesa y lo gira unos milímetros en el sentido de las agujas del reloj.

—No me cabe la menor duda.

No me mira, y tampoco empieza a comer. Se espera educadamente a que mi abuela sirva a todo el mundo, se siente y tome su cuchara. Sus modales no le permiten cumplir su sugerencia de que iba a comérsela rápidamente. No puede evitarlo.

Entonces, levanta la cuchara, la hunde en la tarta y separa un pedazo. La recoge con una precisión perfecta y se la mete en la boca. Mis ojos siguen su cuchara desde el cuenco hasta sus labios mientras la mía permanece suspendida delante de mí. Todo su ser es como un imán tremendamente potente para mi mirada, y empiezo a dejar de intentar resistirme a él. Por lo visto, mis ojos lo ansían tanto como mi cuerpo.

—¿Estás bien? —pregunta al observar que sigo mirándolo mientras da otro bocado. Ni siquiera saber que se ha dado cuenta de que lo estoy mirando embobada consigue que deje de hacerlo.

—Sí, perfectamente. Estaba pensando que nunca había visto a nadie comerse las tartas de mi abuela tan despacio.

Me sorprendo de mi propia insinuación, y el hecho de que Miller empiece a toser y se lleve la mano a la boca es un indicativo de que él también se ha sorprendido. Me alegro. Tengo la sensación de que voy a tener que igualar su aplomo si voy a dedicarle otras dieciséis horas, así que más me vale ir empezando ya.

—¿Estás bien? —El tono de preocupación de mi abuela casi me rompe los tímpanos. Estoy segura de que también se reflejará en su rostro, pero no la miro para comprobarlo, porque ver a Miller alterado es una novedad demasiado emocionante como para perdérsela.

Termina de masticar, deja la cuchara y se limpia la boca.

—Discúlpame. —Toma su copa y me observa mientras la eleva hasta sus labios—. Las cosas deliciosas hay que saborearlas despacio, Livy.

Bebe un trago de vino, y yo siento cómo su pie repta por mi pierna por debajo de la mesa. Me sorprendo a mí misma cuando le regalo una sonrisa secreta y mantengo la compostura.

—La verdad es que está deliciosa, abuela —digo imitando a Miller. Después me llevo una cucharada a la boca, mastico lentamente, trago lentamente y me relamo lentamente. Y sé que mi descaro tiene el efecto deseado, porque noto que su furiosa mirada azul me abrasa la piel—. ¿Te ha gustado, George?

—¡Y que lo digas! —El anciano se acomoda sobre el respaldo de su silla y se frota la barriga con cara de satisfacción—. Creo que voy a tener que desabrocharme el botón del pantalón.

—¡George! —exclama mi abuela, y le da una palmada en el brazo—. Estamos a la mesa.

—Normalmente no te importa —gruñe él.

—Sí, pero hoy tenemos un invitado.

—Ésta es su casa, señora Taylor —interviene Miller—. Y yo he tenido el privilegio de ser invitado a ella. Ha sido el mejor solomillo Wellington que he tenido el placer de degustar en toda mi vida.

—¡Uy! —Mi abuela hace un gesto con la mano para quitarle importancia—. Eres demasiado amable, Miller.

Lo que es es un adulador.

—¿Estaba más bueno que mi café? —No paro de soltarle indirectas a diestro y siniestro, pero no puedo evitarlo.

—Tu café no se parecía a nada que hubiera probado antes —responde tranquilamente, y me mira con las cejas levantadas—. Espero que tengas uno preparado para mí mañana por la tarde para cuando me pase.

Sacudo la cabeza con una sonrisa divertida, disfrutando de nuestro intercambio privado.

—Un americano, con cuatro expresos, dos de azúcar y lleno hasta la mitad.

—Lo estoy deseando. —Insinúa ligeramente la sonrisa que tanto ansío ver de nuevo. Esa que sólo he visto unas pocas veces desde que lo conozco—. Señora Taylor, ¿tiene alguna objeción en que le pida a Olivia que venga a tomar algo a mi casa?

Me quedo pasmada con su seguridad, y ¿por qué no me lo ha preguntado a mí? De todos modos, mi abuela jamás se negaría. No, probablemente se pondrá a buscar desesperadamente un lencería en mi cajón de la ropa interior para metérmela en mi mochila cuando salga. Y buscará en vano.

—Me encantaría —contesto, evitando así que otro tome la decisión por mí. Ya soy mayorcita. Tomo mis propias decisiones. Soy dueña de mi propio destino.

—Es muy caballeroso por tu parte el haber preguntado. —La emoción de mi abuela es evidente, pero me parte el alma. Se está haciendo ilusiones basándose en lo poco que sabe del hombre que hay sentado a su mesa. Si supiera toda la historia le daría algo—. Ya recogeremos esto nosotros, ¡ustedes márchense y diviértanse!

Antes de que pueda dejar siquiera la cuchara sobre la mesa, Miller retira mi silla y me encuentro de pie y en camino hacia el lado de la mesa donde están mi abuela y George.

—Señora Taylor, gracias.

—¡No hay de qué! —Mi abuela se levanta y deja que Miller le dé un beso en ambas mejillas mientras ella me hace un gesto abriendo los ojos como platos—. Ha sido una velada fantástica.

—Coincido —responde él, ofreciendo su mano libre a George—. Ha sido un placer conocerlo, George.

—Igualmente. —George se levanta, se sitúa junto a mi abuela y aprovecha la oportunidad, ahora que está de buen humor, de pasarle el brazo alrededor de la cintura—. Una noche estupenda. —Acepta la mano de Miller.

Suplico para mis adentros que se den prisa con las cortesías de despedida. La cena ha sido un proceso terriblemente largo de insinuaciones y tocamientos secretos. El deseo acumulado que siento me resulta extraño y bastante perturbador, pero la acuciante necesidad de liberarlo está bloqueando toda mi inteligencia, y tengo mucha inteligencia que bloquear. Soy una mujer lista..., excepto cuando Miller anda cerca.

Siento cómo el relajante masaje de sus dedos en mi nuca fulmina esa inteligencia. No voy a intentar buscarla porque hace tiempo que me ha abandonado, dejándome vulnerable y desesperada.

Beso a mi abuela y a George y dejo que Miller me guíe para salir del salón. No me suelta para tomar su saco del perchero. Después descuelga mi chamarra también.

—¿Quieres tomar algo?

—No —me apresuro a responder. No quiero retrasar aún más las cosas.

No discute. Abre la puerta de casa y me empuja hacia adelante. Abre su coche, me coloca en el asiento, cierra y se dirige a su puerta rápidamente para subirse. Arranca el motor y se aleja suavemente del bordillo. Miro hacia mi casa y veo que las cortinas se mueven. Me imagino la conversación que estarán teniendo mi abuela y George en estos momentos, pero ese pensamiento se disipa en cuanto *Enjoy the Silence* de Depeche Mode suena a través de los altavoces, y frunzo el ceño al recordar que él me dijo que hiciera precisamente eso.

—Has sido una niña muy mala durante la cena, Livy.

Me vuelvo hacia él. «¿Mala? ¿Yo?»

—Has sido tú quien me ha acorralado en la cocina —le recuerdo.

—Estaba asegurando mis perspectivas para la noche.

—¿Es eso lo que soy? ¿Una perspectiva?

—No, tú eres un resultado predecible —dice con la vista en la calzada y el semblante muy serio. ¿Es consciente de lo que me está diciendo?

—Haces que parezca una puta. —Aprieto los dientes y los puños, y mi deseo desaparece en un segundo al pronunciar esas palabras. Puede que me haya saltado todas mis reglas en las últimas semanas, pero no soy, ni seré nunca, una puta—. Llévame a casa, por favor.

Gira a la izquierda, y lo hace con tal brusquedad que me obliga a agarrarme a la puerta. De repente estamos circulando por un callejón repleto de plataformas de carga y descarga para los establecimientos que hay a ambos lados. Es oscuro, tenebroso y no hay ni un alma.

—Tú eres mi resultado predecible, Livy. Sólo mío, de nadie más. —Se detiene, a continuación se desabrocha el cinturón, después el mío, me levanta de mi asiento dentro del coche y me coloca sobre su regazo.

—¿Qué estás haciendo? —pregunto desconcertada. La canción hace que me estremezca mientras continúa invadiendo mis oídos al tiempo que Miller invade todos mis demás sentidos.

La vista.

El olfato.

El tacto.

Y, pronto, el gusto.

Mueve el asiento hacia atrás para tener más espacio para levantarme el vestido hasta la cintura.

—Estoy haciendo lo que me has estado suplicando que haga durante toda la cena.

—No estaba suplicando nada. —Mi voz se ha transformado en un ronco susurro. No la reconozco.

—Livy, claro que suplicabas. Levanta un poco —ordena tomándome de las caderas para animarme a hacerlo.

No opongo resistencia. Me apoyo en mis rodillas y me elevo.

—Creía que querías esperar a meterme en tu cama.

—Y lo habría hecho si no hubieses estado tentándome y torturándome sin parar durante la última hora. No soy de piedra. —Un condón aparece de ninguna parte. Lo sostiene entre los dientes mientras se desabrocha los pantalones—. Sé que esto es muy cutre, pero de verdad que no puedo aguantar más.

Libera su miembro, duro y dispuesto, y se apresura a abrir el envoltorio con los dientes y a colocárselo. Me he quedado sin aliento. Tengo las manos apoyadas en el respaldo del asiento, a ambos lados de su cabeza, y estoy totalmente extasiada mirando cómo se lo enfunda. Oleadas de calor me apuñalan en el vientre y descienden hasta mi entrepierna. Le ruego mentalmente que se dé prisa. He perdido el control y mi impaciencia es evidente, y más después de levantar la mirada y encontrarme de frente con sus ojos azules nublados y sus labios entreabiertos y húmedos.

Aparta a un lado mis pantis de algodón y se guía hasta mi abertura, rozando el interior de mi muslo y haciéndome exhalar.

—Baja despacio —susurra, colocando ahora la mano en mi cadera.

Intento resistir la tentación de bajar de golpe y empiezo a descender centímetro a centímetro, dejando escapar todo el aire de mis pulmones. Echo la cabeza atrás y hundo los dedos en la piel del asiento detrás de él.

—¡Miller!

—¡Carajo! —gruñe. Noto que le tiemblan las caderas—. Jamás había sentido nada igual. No te muevas.

Estoy completamente dentro de él. Siento la punta de su erección en lo más hondo de mi ser y estoy temblando como una hoja. Son temblores incontrolables. Mi cuerpo está vivo, desesperado por entrar en acción y seguir obteniendo placer.

—Muévete. —Bajo la cabeza y veo a Miller apoyado en el respaldo mirando nuestros regazos unidos. Su cabello, ondulado y revuelto, me suplica que lo toque. Y lo hago. Hundo los dedos en sus rizos y jugueteo con ellos, acariciándolo y tirando—. Muévete, por favor.

—Haré todo lo que me pidas, Livy. —Se aferra a mis caderas y se hunde profundamente, obligándome a proferir un gemido grave y sensual—. Carajo, me encanta ese sonido.

—No puedo evitarlo.

—No quiero que lo hagas —dice trazando firmes círculos con la cadera y haciéndome gemir otra vez—. Podría seguir escuchándolo durante el resto de mis días.

Ardo de deseo. Hasta el amor lo hace de una manera precisa, cada rotación, cada círculo, y cada vez que me agarra realiza un movimiento perfectamente ejecutado, y me va excitando cada vez más. No puede hacer nada mal.

—Lo quiero todo —exhalo, y me refiero a mucho más que al mero movimiento. Quiero sentirme así siempre, y no estoy segura de que pueda hacerlo con ningún otro hombre—. Bésame —ruego mientras él me desliza de nuevo hacia arriba y me guía hacia abajo, haciendo rotar las caderas y agarrándome con firmeza. Estoy perdiendo la cabeza. Mis manos se aferran con más fuerza a su pelo, y mis rodillas a su cintura.

Levanta la vista, me agarra de la nuca y tira de mí hacia adelante lentamente, sin prisa ni impaciencia. No sé cómo lo hace.

—Me has descolocado, Olivia Taylor —murmura entre dientes reclamando mis labios con delicadeza—. Estás haciendo que me replantee todo lo que creía saber.

Quiero asentir, porque yo siento lo mismo, pero estoy demasiado ocupada deleitándome en las atenciones y la veneración de sus suaves labios. No obstante, creo que su declaración sólo puede significar algo positivo. Tal vez no me deje marchar cuando nuestro tiempo se agote. Espero que no lo haga, porque me he entregado a él de nuevo, a pesar de que sé que no debería hacerlo. Sin embargo, rechazar a Miller Hart es algo que no puedo hacer... o simplemente no quiero.

—¿Lo sientes, Livy? —pregunta entre tentadores y delicados círculos que traza con la lengua—. ¿No te parece que esto es algo diferente?

—Sí.

Le muerdo los labios y hundo la lengua en su boca de nuevo, gimiendo y presionando mi cuerpo contra él, sintiendo punzadas en el centro de placer de mi sexo, señal de que mi orgasmo se acerca a pasos agigantados. Lo beso con desesperación cuando la necesidad de alcanzarlo acaba con mi determinación de seguir el ritmo pausado que él nos impone.

—Cálmate —gruñe—. Despacio.

Lo intento, pero su sexo está empezando a vibrar dentro de mí, hinchándose, palpitando y penetrándome con fuerza. Empiezo a negar con la cabeza contra sus labios.

—Esto es demasiado bueno.

—Oye. —Rompe nuestro beso, pero mantiene el movimiento de su cuerpo dentro del mío, tomando el control por completo para evitar que acelere las cosas—. Saboréalo.

Cierro los ojos y dejo caer la cabeza hacia atrás mientras intento reunir las fuerzas necesarias para seguir sus pautas. No comprendo cómo puede tener tanto autocontrol. Cada centímetro de su cuerpo emana la misma desesperación que el mío: sus ojos arden, su cuerpo tiembla, su sexo late y su rostro está empapado en sudor. No obstante, parece resultarle increíblemente fácil tolerar el doloroso placer que nos inflige a ambos.

—Carajo, ojalá te tuviese en mi cama —se lamenta—. No escondas tu preciosa cara de mí, Livy. Muéstramela.

Mi cuerpo empieza a sufrir los espasmos de un orgasmo que ya no podría retrasar más ni aunque quisiera. Levanto la mano y la apoyo contra la ventanilla, pero pronto empieza a deslizarse a causa de la condensación que se ha acumulado en el cristal y no ayuda a estabilizarme.

—¡Livy! —Me agarra del pelo y tira de mi cabeza hacia adelante. La situación es frenética, pero su ritmo sigue siendo lento y preciso—. ¡Cuando te diga que me mires, mírame! —Golpea con la cadera y yo tomo aire, ensordecida por el sonido de la sangre que me sube a la cabeza y que distorsiona la música que nos envuelve—. Ahí viene.

—Más rápido, por favor —suplico—. Deja que pase.

—Está pasando.

Me agarra con más fuerza y me acerca de nuevo hasta su boca, besándome mientras estallo y forcejeo con las mangas de su camisa. Mi mundo se colapsa. Todas mis terminaciones nerviosas laten con furia y emito un gruñido de satisfacción largo y gutural en su boca. Miller palpita dentro de mí.

—Con dieciséis horas más no voy a tener suficiente.

Arrastro mis labios cansados por su barba de dos días hasta pegarlos a su cuello. El cuerpo y la cabeza me pesan.

—¿Te has parado a pensar en lo que me estás haciendo? —pregunta en voz baja—. Pareces tener la impresión de que para mí todo esto es muy fácil.

Permanezco con la cara oculta en su cuello. Me resulta más fácil compartir mis pensamientos si no lo miro a la cara.

—Me estoy rindiendo a ti. Estoy haciendo lo que me has pedido que haga —digo con un hilo de voz, mezcla de agotamiento y timidez.

—Livy, no voy a fingir que sé lo que está pasando. —Me saca de mi refugio y coge mis mejillas calientes entre sus manos. Su expresión es seria y la confusión que refleja es incuestionable—. Pero está pasando, y creo que ninguno de los dos puede detenerlo.

—¿Vas a alejarte de mí? —Me siento idiota por hacerle esa pregunta a un hombre al que hace tan poco tiempo que conozco, pero algo nos está empujando a estar juntos, y no es sólo su persistencia. Es algo invisible, poderoso y obstinado.

Respira profundamente y me acoge en su pecho para darme «lo que más le gusta». Sus fuertes brazos me rodean con facilidad y me llevan al lugar donde más segura me siento del mundo.

—Voy a llevarte a casa y a venerarte.

No es una respuesta, pero tampoco es un sí. Esto es especial, estoy segura. Llevo mucho tiempo evitando esos sentimientos, y me ha resultado increíblemente fácil hacerlo, pero soy incapaz de evitar enamorarme de Miller Hart y, aunque no acabo de entenderlo del todo, quiero esto. Quiero descubrirme a mí misma. Pero, sobre todo, quiero descubrirlo a él. En todos los sentidos. Los datos que me ha ido proporcionando hasta ahora me han irritado o me han enfurecido, pero sé que detrás de este caballero de medio tiempo hay mucho más.

Y quiero saberlo todo.

Me aparto de su pecho, me levanto lentamente de su regazo y su semierección queda libre en el proceso. Me siento incompleta al instante. Me acomodo en el asiento del pasajero y miro por la ventanilla hacia el oscuro callejón lleno de escombros mientras él se arregla la ropa a mi lado y la música se va apagando hasta desaparecer. Una pequeña parte de mi mente me incita a marcharme ahora antes de que él tenga la oportunidad de hacer eso mismo, pero me cuesta poco acallarla. No voy a ir a ninguna parte a menos que me obligue a hacerlo. Sólo hay una cosa en esta vida que estaba decidida a hacer, y era evitar hallarme en esta situación. Y ahora que me encuentro en ella, estoy resuelta a quedarme aquí, sean cuales sean las consecuencias para mi pobre corazón.

Capítulo 12

Esta vez tengo la resistencia suficiente como para llegar hasta el séptimo piso antes de que Miller me suba en brazos el resto de la escalera. No me extraña que tenga el físico de un dios mitológico.

—¿Quieres tomar algo? —Vuelve a su actitud sarcástica y formal, pero sus modales siguen intactos. Me abre la puerta y entro, advirtiendo inmediatamente un enorme ramo de flores frescas sobre la mesa redonda.

—No, gracias. —Rodeo la mesa lentamente, cruzo el umbral hasta el salón y observo los cuadros que adornan las paredes.

—¿Agua?

—No.

—Siéntate, por favor. —Señala el sofá—. Voy a colgar esto —dice sosteniendo nuestros abrigos.

—Bueno.

La situación es tensa. Nuestras palabras sinceras han causado una fricción de la que quiero deshacerme. Entonces oigo una música tranquila. Miro a mi alrededor y me pregunto de dónde procede mientras asimilo la calma del ritmo y de los suaves tonos de la voz masculina. La reconozco. Es *Let Her Go* de Passenger. Empiezo a darle vueltas a la cabeza.

Miller regresa, sin el chaleco y la corbata, con el cuello de la camisa desabrochado. Vierte un poco de líquido oscuro en un vaso y, esta vez, me fijo en la etiqueta. Es whisky. Se sienta en la mesita de café que tengo delante y bebe lentamente, pero entonces frunce el ceño mirando el vaso, vacía su alcohólico contenido en su garganta y lo deja sobre la mesa.

Como imaginaba que haría, retoca su posición, y después une las manos y me mira con aire pensativo. Su mirada me pone en alerta de inmediato.

—¿Por qué no bebes, Livy?

Tenía motivos para estarlo. Sigue insistiendo en que no quiere hablar de cosas personales, pero no tiene ningún reparo en preguntarme cosas personales o en invadir mi espacio personal, como mi casa, o mi mesa del comedor. Sin embargo, no digo nada, porque lo que quiero es precisamente que esto se vuelva muy personal. No quiero compartir con él sólo mi cuerpo.

—No me fío de mí misma.

Levanta las cejas sorprendido.

—¿Cómo que no te fías de ti misma?

Me pongo nerviosa y empiezo a mirar toda la habitación, a pesar de mi deseo de compartir esto con él. Me cuesta reunir el valor para formar las palabras que durante tanto tiempo me he negado a pronunciar.

—Livy, ¿cuántas veces tengo que repetírtelo? Mírame a la cara cuando te hablo. Y responde cuando te haga una pregunta. —Me toma de la barbilla con delicadeza y me obliga a mirarlo—. ¿Por qué no te fías de ti misma?

—Soy una persona muy diferente cuando tengo alcohol en el cuerpo.

—No sé si me gusta cómo suena eso. —No era necesario que me lo dijera. Sus ojos me lo dicen todo.

Siento que me ruborizo. Seguramente él también lo note en las puntas de sus dedos.

—No me sienta bien.

—Prosigue —me ordena ásperamente con los labios fruncidos.

—Da igual. —Intento apartar la cara de sus manos.

De repente ya no me apetece tanto compartir una parte de mi

vida personal, y su reacción ha sido lo que me ha hecho cambiar de parecer. No necesito sentirme todavía más avergonzada.

—Eso era una pregunta, Livy.

—No, era una orden —respondo a la defensiva, y consigo liberar mi rostro—. Y he decidido no proseguir.

—Estás siendo esquiva.

—Y tú entrometido.

Retrocede ligeramente ante mis palabras, pero se recompone.

—Voy a volver a ser intrusivo y voy a sugerir que las únicas veces en las que practicaste sexo en el pasado fueron cuando estabas ebria.

Me pongo como un tomate.

—Tu intuición es correcta —mascullo—. ¿Es todo, o quieres que te describa con pelos y señales con quién, cómo, cuándo y dónde?

—Esa insolencia sobra.

—Contigo es necesaria, Miller.

Me mira y entrecierra sus brillantes ojos azules, pero no me reprende por mis malos modales.

—Quiero que me lo cuentes todo.

—No, no quieres.

—Lo de tu madre. —Esas palabras me ponen tensa al instante y, por la expresión de su rostro, veo que se ha dado cuenta—. Cuando me vi obligado a esconderme en tu habitación, tu abuela mencionó el pasado de tu madre.

—Olvídalo.

—No.

—Era prostituta. —Las palabras salen de mi boca automáticamente, tomándome por sorpresa, y observo a Miller para evaluar su reacción.

Hace ademán de hablar, pero se ha quedado mudo. Sé que no se lo esperaba, pero ojalá dijera algo..., lo que fuera. No lo hace, pero yo sí.

—Me abandonó. Me dejó en casa de mis abuelos para entregarse a una vida de sexo, alcohol y regalos caros.

Me observa con atención. Estoy desesperada por saber qué estará pensando. Sé que no puede ser nada bueno.

—Dime qué le sucedió.

—Ya te lo he dicho.

Mueve su vaso de nuevo y vuelve a mirarme a mí.

—Lo único que me has dicho es que aceptaba dinero a cambio de... entretenimiento.

—Y eso es lo único que hay.

—¿Dónde está ahora?

—Probablemente muerta —escupo con rabia—. Lo cierto es que me da igual.

—¿Muerta? —exclama mostrando más emoción. Estoy empezando a obtener reacciones por su parte a diestro y siniestro.

—Seguramente —digo encogiéndome de hombros—. Buscaba algo imposible. Todos los hombres con los que estaba acababan enamorándose de ella, pero nadie era nunca lo bastante bueno, ni siquiera yo.

Su expresión se suaviza y me mira con compasión.

—¿Qué te hace pensar que ha muerto?

Respiro profundamente para ganar confianza, dispuesta a contar algo que me he negado a contarle a nadie.

—Cayó en las manos del hombre equivocado demasiadas veces, y tengo una cuenta corriente en el banco cargada de años de «ganancias» que nadie ha tocado desde que se largó. Tenía seis años, pero recuerdo que mis abuelos discutían constantemente por ella. —En mi mente se agolpan de pronto las imágenes de la angustia de mi abuelo y el llanto de mi abuela—. Solía desaparecer durante días, aunque esa vez ya no volvió. Mi abuelo llamó a la policía a los tres días. Investigaron, interrogaron a su novio de turno y a los muchos hombres que habían estado con ella antes que él, pero con su historial decidieron cerrar el caso. Yo era una

niña pequeña, no entendía lo que pasaba, y cuando cumplí diecisiete años encontré su diario. En él lo contaba todo... con pelos y
señales.

—Yo...

No sabe qué decir, de modo que continúo. Siento una especie
de alivio al descargarlo todo, aunque eso signifique alejarlo de mí.

—No quiero ser como mi madre. No quiero beber ni coger sin
sentir nada. Es degradante y no tiene sentido. —Me doy cuenta de
lo que he dicho en el mismo instante en que sale de mis labios,
pero no le he dado a Miller ningún motivo para pensar que no hay
sentimientos por mi parte—. Ella prefirió ese estilo de vida a su
familia.

Me sorprendo a mí misma hablando con fuerza y con firmeza,
aunque oírlo en voz alta por primera vez me causa un dolor físico.

Miller hincha las mejillas y deja escapar el aire. Después coge el
vaso vacío y lo mira con el ceño fruncido.

—¿Sorprendido? —pregunto, pensando que no me vendría
mal que se pusiera uno de esos shorts.

Me mira como si fuera tonta, después se levanta y se acerca de
nuevo al mueble bar, llena su vaso de whisky, esta vez hasta la mitad, no sólo los dos dedos que suele echarse. Y entonces me sorprende llenando otro vaso antes de volver a sentarse delante de mí
y tendérmelo.

—Bebe.

Miro estupefacta el vaso que me coloca debajo de la nariz.

—Te he dicho...

—Olivia, puedes beber sin necesidad de hacerlo hasta perder el
sentido.

Alargo la mano y tomo el vaso.

—Gracias.

—De nada —gruñe prácticamente antes de dar un trago—. ¿Y
tu padre?

Tengo que contenerme para no soltar una carcajada y, en lugar de hacerlo, me encojo de hombros. Él exhala por encima de su vaso.

—¿No lo sabes?

Niego con la cabeza.

—Odio a tu madre.

—¿Qué? —pregunto, desconcertada, pensando que tal vez lo haya oído mal.

—La odio —repite como si escupiera veneno.

—Yo también.

—Bien. Entonces los dos odiamos a tu madre. Me alegro de que hayamos aclarado eso.

No sé muy bien qué decir, de modo que permanezco en silencio, observando cómo se sume en sus pensamientos y toma aire de vez en cuando como si fuera a decir algo, pero acabara echándose atrás. No tiene nada que decir. No es una historia agradable, y ninguna palabra de aliento la puede cambiar. Ésa es mi historia. No puedo cambiar quién era mi madre, ni lo que hizo, como tampoco el hecho de haber permitido que afectara tanto a mi vida.

Por fin se anima a hablar, pero no esperaba que fuera a preguntarme eso.

—Entonces ¿soy el primer amante que has tenido estando sobria?

Asiento y apoyo la espalda en el respaldo del sofá, poniendo espacio entre nosotros, pero me resulta imposible apartar la mirada de él.

—Y ¿te gusta?

Qué pregunta tan absurda.

—Me da miedo.

—¿Miedo?

—Me asusta lo que me haces sentir. No soy yo misma cuando estoy contigo —susurro. Estoy mostrándole poco a poco todas mis cartas.

Deja el vaso con cuidado sobre la mesa y se arrodilla delante de mí.

—Hago que te sientas viva. —Desliza las manos alrededor de mi cintura y tira de mí hacia adelante hasta que nuestras caras están próximas y nuestro aliento se funde en el pequeño espacio que separa nuestras bocas—. No soy un hombre dulce y tierno, Olivia —dice como si estuviera intentando hacer que me sintiera mejor al compartir una parte de él conmigo—. Las mujeres sólo me quieren por una cosa, y es porque no les he dado ningún motivo para que esperen nada más.

Un millón de palabras me vienen a los labios, todas desesperadas por formar una frase y escupirla de mi boca, pero no quiero ser impulsiva.

—No esperan nada más que el mejor sexo salvaje de su vida —digo tranquilamente.

—Exacto.

Me quita el vaso, me toma las manos y me las coloca sobre sus hombros.

—Eso me prometiste —le recuerdo.

Sus párpados descienden lentamente.

—No creo que pueda cumplir esa promesa.

—¿Qué quieres decir? —pregunto. Quiero confirmar que no estoy imaginándome las cosas, o que no lo está diciendo por compasión. Deja caer los hombros ligeramente exhalando con cansancio, pero continúa con la mirada baja y en silencio—. Es de buena educación contestar cuando alguien te hace una pregunta —farfullo, lo que provoca que levante la cabeza sorprendido.

No me amilano. Quiero que me confirme qué está pasando.

—Estoy diciendo que quiero venerarte —declara.

Acto seguido inclina la cabeza, se acerca y atrapa mis labios mientras se levanta y me lleva consigo. Ahora es él quien está siendo esquivo, pero no voy a forzarlo. Puedo esperar y, entretanto, me venerará.

Me sorprende ver que se tumba boca arriba en el sofá y me coloca entre sus piernas abiertas, de manera que quedo a horcajadas sobre él. Todavía conservamos la ropa puesta, y no intenta quitármela. Parece contentarse con besarme hasta la saciedad. Su oscura barba incipiente me rasca la piel, en contrapunto con el sutil movimiento de sus labios, pero estoy en la gloria más absoluta y apenas siento la molestia. Con Miller, las cosas pasan de manera natural. Él me guía y yo lo sigo. No necesito pensar, simplemente actúo, que es lo que me lleva a desabrocharle la camisa para sentir la calidez de su piel bajo mis manos. Gimo alrededor de sus labios y noto la primera chispa de su calor mezclado con el mío mientras mis manos se deslizan por su vientre y ascienden y descienden lentamente por sus abdominales definidos.

—Ahí está ese sonido tan dulce otra vez —mascula al tiempo que recoge mi masa de pelo rubio que cae alrededor de su cabeza—. Es adictivo... Tú eres adictiva.

Su placer me estimula. Mi boca visita cada rincón de su magnífico rostro hasta que llego a su cuello y absorbo su embriagadora esencia masculina.

—Hueles tan bien...

Desciendo por su pecho. Actúo sin pensar y sin obedecer instrucciones. Sus pezones están erectos. Acerco la lengua y empiezo a lamerlos en círculos y a chuparlos, haciendo que se retuerza y gima debajo de mí. Sus sonidos de placer me incitan más todavía, y su miembro erecto empujando contra mi vientre me recuerda adónde quiero llegar. Quiero saborearlo. Quiero sentirlo en mi boca.

—Mierda, Livy. ¿Qué haces? —Se incorpora ligeramente y me mira. Después se agarra la cabeza con las manos—. No tienes por qué hacer eso.

—Quiero hacerlo. —Paso la mano por encima de sus pantalones, agarro el cierre y se lo bajo de un tirón mientras veo cómo me mira.

—No, por favor, da igual, Livy.

—Quiero hacerlo.

Me mira con vacilación y veo cómo sus manos aprietan con más fuerza su cabeza mientras vuelve a dejarse caer sobre el cojín.

—Ten cuidado.

Sonrío para mis adentros, segura de mí misma, disfrutando de su vulnerabilidad y de lo bien que me siento en estos momentos. No ha salido huyendo después de escuchar mi vergonzoso pasado. Le desabrocho el botón y tiro de los pantalones. Después me incorporo sobre mis rodillas para librarme de ellos y lo dejo con un bóxer negro y ajustado. Le queda tan bien que me da pena quitárselo, pero lo que esconde debajo me anima. Tiro sus pantalones al suelo y meto los dedos por el elástico para deslizar lentamente la prenda interior por sus fuertes muslos, mirándolo a la cara y centrándome después en su verga, gruesa y dura, que descansa sobre su vientre. Mi lengua escapa involuntariamente de mi boca y lame mi labio inferior mientras lo admiro en toda su magnífica masculinidad. No me intimida su sólida erección. Me excita.

Tiro el bóxer al suelo junto a los pantalones, me agacho y me pongo cómoda, con las manos apoyadas en su cintura y la nariz prácticamente descansando en la parte inferior de su pene. Lo observo, veo cómo da pequeñas sacudidas, y mi boca se abre y exhala el calor de mi aliento sobre él. Miller eleva las caderas lentamente, empujando hacia mí, y el gesto me obliga a dejar escapar de nuevo el aire de mis pulmones.

—Carajo, Livy, siento el calor de tu aliento. —Levanta la cabeza y me mira con ojos sedientos—. ¿Estás bien?

—Lo siento, es que... —Vuelvo a bajar la mirada.

—Tranquila —dice con aceptación.

Hace que me sienta estúpida y, con esas palabras, mi lengua sale de mi boca y saboreo por primera vez a Miller Hart. Siguiendo mis instintos, lamo delicadamente toda su longitud y me pongo de rodillas mientras lo hago. Jamás había probado nada igual.

—Caraajjoo.

Apoya la cabeza en el cojín y se lleva las manos a la cara, lo que interpreto como una buena señal, de modo que lo agarro con la mano y tiro de él. Al hacerlo, veo que una perla de líquido blanco asoma por la punta. La lamo y percibo un sabor realmente delicioso.

Tomo un poco de aire, esforzándome por conservar la confianza en mí misma. Es tan grande y tan larga... No me cabrá entera en la boca. Mi seguridad se está desvaneciendo, pero estoy desesperada por no parecer una auténtica idiota. Maldigo para mis adentros, odiando mi vacilación, y me la meto en la boca, descendiendo hasta que me golpea contra la garganta.

—¡Carajo! —Levanta las caderas, empujando más contra mí. Me provoca una arcada y me retiro rápidamente—. ¡Lo siento! —exclama en un alarido contenido—. Mierda, Livy, lo siento.

Frustrada conmigo misma, me apresuro a volver a introducirlo en mi boca, esta vez sólo hasta la mitad. Chupo mientras asciendo y vuelvo a bajar de nuevo. Me sorprende la suavidad de su miembro. Su calor y su rigidez por debajo de la tersura de su piel resultan agradables.

Comienzo a trabajar a un ritmo cómodo. Sus gemidos de placer me animan y mi mano recorre libremente su pecho, sus muslos y su vientre.

—Livy, para ya. —Los músculos de su estómago se tensan y él se incorpora, levantando también las rodillas, dejándome arrodillada entre sus piernas abiertas, con la cabeza en su regazo—. Para.

—Me agarra del pelo y me guía suavemente hacia arriba y hacia abajo, despacio, pacientemente. Me pide que pare, pero al mismo tiempo parece animarme a seguir—. Mierda —dice sin aliento mientras aparta la mano de mi cabeza. Empieza a bajarme la cremallera del vestido lentamente a lo largo de mi columna—. Levanta —me ordena tirando del dobladillo.

Me siento un poco engañada, pero hago lo que me dice y lo libero de mi boca, levantando el trasero de las plantas de mis pies y elevando los brazos. Me quita el vestido mientras lo miro, adorando su pelo revuelto, desgreñado, con los rizos más marcados a causa de su estado de excitación. Desaparece de mi vista durante los breves instantes en los que me quita el vestido y éste me tapa la cara. Lo deja caer al suelo de manera despreocupada y alarga los brazos por detrás de mi espalda para desabrocharme el sujetador. Luego desliza los tirantes y lo deja caer. Me agarra con delicadeza de las caderas y se inclina hacia adelante para pegar los labios a mi vientre. Bajo los brazos y empiezo a deslizarle la camisa por los hombros, ansiosa por tenerlo desnudo del todo y por sentirlo en su totalidad, y me lo concede, separando las manos de mi cuerpo de una en una para permitir que le quite lo que le queda de ropa, pero sin despegar la boca de mi estómago y mordisqueando ociosamente mi cadera.

—Tienes una piel exquisita, Livy. —Su voz es grave y gutural—. Toda tú eres exquisita.

Hundo las manos en su pelo y miro la parte trasera de su cabeza mientras él se entretiene ahora en mi ombligo. Como siempre, lo hace de manera lenta, suave y precisa, consiguiendo que mi cuerpo vibre y obligándome a cerrar los ojos como si estuviera soñando. Nada en nuestros actos de intimidad sugiere que esto sea sólo sexo, ni una sola cosa. Puede que no sea una experta en relaciones sexuales, pero sé que esto es más que sexo. Tiene que serlo.

Me quedo tranquilamente arrodillada ante su cuerpo sentado y dejo que disfrute todo el tiempo que quiera. Siento sus manos por todas partes, apretándome el trasero, ascendiendo delicadamente por mi columna y descendiendo de nuevo hasta la parte trasera de mis muslos. Noto cómo sus pulgares se cuelan por el elástico de mis pantis y tiran de ellas hacia abajo hasta que las tengo a la altura de las rodillas. Al bajar la cabeza y abrir los ojos, lo encuentro mirándome. Sus ojos arden de deseo, entornados como si sus oscuras pestañas pesaran demasiado y le costara abrirlos del todo.

—¿Y si cierro la puerta con llave y nos quedamos aquí para

siempre? —sugiere con un leve susurro, animándome a mover una pierna cada vez para que pueda quitarme las pantis—. Olvídate de lo que hay al otro lado de esa puerta y quédate aquí conmigo.

Vuelvo a mi posición arrodillada y apoyo el trasero en los talones.

—Para siempre es mucho más tiempo que una noche.

Tuerce los labios y alarga la mano para pasarme el pulgar por el pezón. Bajo la mirada y recuerdo lo pequeños que son mis pechos, aunque a él no parece importarle lo más mínimo.

—Pues que lo sea —musita, centrando la atención en trazar círculos con el pulgar alrededor de la oscura areola que rodea mi pezón erecto—. Era un trato absurdo.

Mi corazón se detiene durante un instante demasiado largo y me siento tan aliviada que creo que voy a salir volando.

—No firmamos nada —le recuerdo—. Y desde luego no lo hemos sellado «cogiendo».

Creo perder la razón cuando sonríe en mi pecho y levanta sus ojos azules para mirarme.

—Coincido. —Alarga los brazos y tira de mí hacia abajo hasta que estamos nariz con nariz. No puedo evitar la sonrisita que se dibuja en mi rostro tras oír esas palabras y verle la cara—. Creo que todavía no te he penetrado poco a poco lo suficiente.

—Coincido. —Mi sonrisa se intensifica. Ambos sabemos que estoy más que penetrada. Esto es un reconocimiento y un acuerdo mutuo e implícito. A ambos nos ha tomado por sorpresa esta fascinación recíproca—. ¿Quieres penetrarme un poco más ahora? —pregunto inocentemente mientras me incorporo, separo las piernas y me coloco sobre su regazo.

Él me ayuda, guiando mis piernas alrededor de su espalda antes de sostenerme del trasero con las palmas y tirar de mí.

—Creo que tengo el deber de hacerlo. —Me da un beso en los labios—. Y yo siempre cumplo con mi deber, Olivia Taylor.

—Bien —exhalo, y me pego a sus labios y cruzo los dedos de mis manos por detrás de su cuello.

—Mmm —suspira mientras se pone de pie y me levanta pegándome a su cuerpo como si no pesara nada.

Se dirige hacia su habitación y, cuando entramos, me lleva directamente a la cama, donde se arrodilla. Avanza de rodillas antes de volverse y apoyar la espalda contra la cabecera, conmigo en su regazo.

Se inclina sobre la mesilla de noche y abre el cajón superior. Saca un preservativo y me lo da.

—Pónmelo tú.

Me detesto a mí misma porque me he quedado rígida. No tengo ni la menor idea de cómo se colocan.

—Da igual, hazlo tú —digo intentando que mi miedo parezca desinterés.

—Pero quiero que lo hagas tú. —Me empuja para que me aparte un poco, expone su rígida longitud y se la sostiene verticalmente antes de pasarme el condón—. Tómalo.

Lo miro y él asiente para infundirme seguridad, de modo que alargo la mano y lo tomo.

—Sácalo —ordena—. Apóyalo en la punta y ve desenrollándolo hacia abajo con delicadeza.

Es evidente que vacilo al rasgar con cuidado el envoltorio y extraer el condón, jugueteando con él entre los dedos. Me reprendo severamente a mí misma, respiro hondo y sigo sus instrucciones. Apoyo el aro en la gruesa cabeza de su erección.

—Pellizca la punta —exhala tumbado boca arriba mientras observa la operación atentamente.

Pinzo el extremo entre el dedo y el pulgar y uso la otra mano para deslizar el preservativo por su miembro hasta que ya no da más de sí.

De nuevo, lamento tener que cubrir su sexo.

—No tiene ningún misterio. —Sonríe al ver mi cara de concentración y vuelve a colocarme sobre su regazo, tan hacia adelante que puede levantar las rodillas un poco por detrás de mí.

Me insta a incorporarme y acerca su erección a mi abertura. Ambos jadeamos conforme desciendo de nuevo. Me veo sumida al instante en un éxtasis absoluto, contengo el aliento y me agarro de sus hombros. Gimoteo mientras él da sacudidas dentro de mí. Yo estoy arriba, y sé que sólo habrá movimiento cuando yo lo permita, pero todavía no puedo moverme. Me siento completamente llena, pero entonces estira las piernas y se hunde todavía más en mi interior.

—¡Carajo! —exclamo, y estiro los brazos rígidos contra él, con la barbilla pegada a mi pecho.

—Tú tienes el control, Livy —exhala—. Si te duele, ve más despacio.

—No me duele. —Meneo las caderas para demostrarlo—. ¡Carajo!

Unas abrasadoras oleadas de placer me invaden, la fricción roza mi punto más sensible justo en el sitio adecuado. Meneo de nuevo las caderas, trazando círculos con ellas.

—Me encanta. —Relajo los brazos y me agarro a su rostro, cogiéndole las mejillas entre las palmas mientras muevo las caderas una y otra vez.

Me impulso hacia adelante, pegamos nuestras frentes y la pasión de nuestras miradas se enfrenta.

—Esto debe de ser el cielo —susurra—. No tiene otra explicación. Pellízcame.

No lo pellizco. Asciendo y desciendo aferrándome a él con firmeza para dejarle bien claro que soy real. Mi determinación estimula mi confianza. La presión que siento mientras él me llena me hace perder la razón y me traslada a placenteros lugares que no sabía que existían. Ése es el efecto que tiene en mí y, a juzgar por los gemidos que escapan de sus labios, yo tengo el mismo en él. Me aparto sin dejar de moverme y de apretarlo con mis músculos para ver su rostro. Tiene el pelo alborotado. Húmedos mechones cubren su frente, y el sudor ha definido los suaves rizos de su nuca. Me encanta.

Me observa con los labios ligeramente entreabiertos y las sienes empapadas.

—¿En qué estás pensando? —me pregunta desplazando las manos a mis muslos—. Dime en qué piensas.

—Estoy pensando que sólo te quedan trece horas. —Los músculos de mi vagina se aferran firmemente a todo su miembro mientras hablo. Actúo de manera calculadora, pero estoy totalmente desinhibida.

Entorna los ojos y hace un leve puchero, y entonces el muy cabrón empuja hacia arriba, acabando en un segundo con mi arrogancia.

—Llevas aquí una hora como mucho. Me quedan quince.

—La cena ha durado dos horas —gruño. Se me empieza a nublar la mente, pero sigo moviéndome sin parar. El exquisito calor que se extiende por cada milímetro de mi piel me anuncia que ya llega.

—La cena no cuenta. —Desplaza la mano a mi pelo, me lo peina con los dedos y encuentra mi nuca bajo los mechones húmedos y salvajes—. Durante la cena no podía tocarte.

—¡Te estás inventando las normas sobre la marcha! —exclamo—. ¡Miller!

—¿Vas a venirte, Livy?

—¡Sí! Por favor, no me digas que no estás listo todavía —suplico apretando las piernas contra sus costados.

—Carajo, siempre estoy listo para ti. —Se incorpora y va directo a mi cuello, atacándolo con la boca, besándolo y mordiéndolo—. Déjate llevar.

Y lo hago. Todos mis músculos se contraen. Grito. Echo la cabeza atrás, dejándola relajada libremente mientras tiemblo a su alrededor, con la mente hecha un amasijo de pensamientos alborotados.

—¡Carajo! —grita, sorprendiéndome, incluso a pesar de mi estado de arrobamiento—. Livy, noto tus contracciones.

Guía mi cuerpo extasiado hacia él. Soy incapaz de responder, excepto por los músculos que continúan aferrándose a Miller dentro de mí con avaricia.

Alcanza el orgasmo con un sonoro gruñido y un incontrolado movimiento de caderas. Yo me limito a dejarlo hacer, confiando en que me sostenga.

—No tienes ni idea de lo que me haces sentir, Olivia Taylor. No tienes ni idea. Deja que te vea la cara. —Me ayuda a levantar la cabeza, pero no la mantengo erguida mucho tiempo. Mi pecho se desploma hacia adelante y lo obliga a apoyarse de nuevo contra la cabecera de la cama. Pero no se queja. Deja que me refugie en su cuello y permite que recupere el aliento—. ¿Estás bien? —pregunta con algo de sorna.

Soy incapaz de hablar, de modo que asiento. Acaricio sus bíceps mientras él me pasa la mano por la espalda. El único sonido que se oye es el de nuestra respiración agitada, principalmente la mía. Pero es cómodo. Es natural.

—¿Tienes sed?

Niego con la cabeza y me acurruco más en él, contenta de quedarme justo donde estoy y agradecida de que me lo permita.

—¿Te has quedado sin habla?

Asiento, pero entonces noto que se agita debajo de mí. Se está riendo, y necesito desesperadamente verle la cara, de modo que vuelvo a la vida, me despego de su pecho e introduzco su rostro en mi campo de visión. Está serio, y tiene los ojos abiertos como platos.

—¿Qué pasa? —pregunta preocupado, analizando mi expresión.

Hago acopio de todo el aire que tengo en los pulmones y lo uso para formar una frase:

—Te estabas riendo de mí.

—No me estaba riendo de ti. —Se pone a la defensiva, claramente pensando que me siento insultada, pero no es así. Estoy encantada, pero enfadada por habérmelo perdido.

—No es eso lo que quería decir. Nunca te he visto ni oído reír.

De repente, parece incómodo.

—Igual es porque no tengo muchos motivos para hacerlo.

Frunzo el ceño. Tengo la impresión de que Miller Hart no ríe muy a menudo. Apenas sonríe tampoco.

—Eres demasiado serio —digo, y suena más como una acusación que como una simple observación, que es lo que pretendía que fuera.

—La vida es seria.

—¿No te ríes en el bar con tus amigos? —pregunto, intentando imaginarme a Miller bebiéndose una cerveza en algún local de mala muerte. La verdad es que no lo veo.

—No frecuento mucho los bares. —Parece que mi pregunta lo haya ofendido.

—Y ¿qué hay de tus amigos? —insisto. La verdad es que me cuesta imaginarme a Miller riendo y bromeando con nadie, ya sea en un bar o en cualquier otro sitio.

—Me temo que estamos entrando en terreno personal —me suelta, y casi me atraganto al oírlo. ¿Después de todo lo que le he contado yo?

—Tú me has presionado para que te explique algo muy personal, y lo he hecho. Cuando alguien te hace una pregunta, es de buena educación responder.

—No, estoy en mi derecho de...

Lo corto poniendo los ojos en blanco dramáticamente y no consigo evitar que mi mano traviesa se deslice hasta su axila. Me observa con recelo. Sus ojos siguen mi mano hasta que empiezo a hacerle cosquillas.

Ni siquiera se inmuta. Sólo levanta las cejas con arrogancia.

—Me temo que no. —Su expresión seria pero presuntuosa no hace sino que insista en mi empeño, de modo que deslizo los dedos por su clavícula hasta su barbilla cubierta por su barba incipiente y lo ataco con dedos juguetones, sin ningún efecto. Se encoge de hombros—. No tengo cosquillas.

—Todo el mundo tiene en alguna parte.

—Yo no.

Entorno los ojos, mis dedos reptan hasta su estómago y se hunden ligeramente en la zona dura y musculada de su abdomen. Permanece impasible a mi estrategia. Suspiro.

—¿En los pies?

Niega con la cabeza despacio, y suspiro más profundamente.

—Ojalá te expresaras un poco más.

Vuelvo a subir a su altura y me acomodo a su lado, apoyando la cabeza en un codo flexionado mientras él imita mi postura.

—Creo que me expreso perfectamente. —Acerca la mano, toma un mechón de mi pelo rubio y empieza a enroscárselo en los dedos—. Me encanta tu pelo —dice mirando cómo juguetea lentamente con él.

—Es rebelde e incontrolable.

—Es perfecto. No te lo cortes nunca. —Apoya la mano en mi nuca y me acerca más a él para que sólo unos centímetros separen nuestros rostros.

No sé muy bien adónde mirar, si a los ojos o a los labios.

Elijo los labios.

—Me encanta tu boca —confieso, y me acerco un poco para posar la mía sobre ella. Mi confianza va en aumento, y cada vez me resulta más fácil expresarme con este hombre inexpresivo.

—A mi boca le encanta tu cuerpo —farfulla, atrayéndome hacia sí un poco más.

—A mi cuerpo le encantan tus manos —respondo, dejándome llevar por el relajado movimiento de su lengua.

—A mis manos les encanta cómo reaccionas a ellas.

Murmuro mientras desliza esas manos por mi vientre, hasta la cadera y por mis muslos. La suavidad de sus palmas desafía a su masculinidad. Son limpias, tersas y sin callosidades, lo que denota que nunca ha tenido que trabajar con las manos. Siempre viste trajes, siempre va impecable, y sus modales son asimismo impecables, incluida su temperamental arrogancia. Todo en Miller resulta inexplicable pero increíblemente seductor, y esa invisible atracción que me empuja constantemente hacia él es confusa y extraña, aunque es imposible resistirse a ella. Y en este momento, mientras me venera, me siente y me toma con tanta delicadeza, llego a la conclusión de que Miller Hart sí que se expresa. Se está expresando en este mismo momento. Es su manera de hacerlo. Puede que no ría o no sonría mucho, o que su rostro no sea muy expresivo a la hora de hablar o de decirme qué está pensando, pero todo su físico me transmite su estado emocional. Y no creo estar confundiéndolo por sentimientos, no sólo fascinación.

Me enfado un poco cuando interrumpe nuestro beso, se aparta, me mira en silencio y me coloca de nuevo contra su pecho.

—Duerme un poco, mi niña —susurra hundiendo la nariz en mis rebeldes rizos rubios.

No estoy acostumbrada a dormirme envuelta por un hombre, pero mientras siento su relajada respiración en mi oreja y lo oigo tararear esa suave melodía me sumerjo en un estado de sueño con demasiada facilidad, y sonrío para mis adentros cuando noto que se aparta de mí y se levanta de la cama.

Va a ordenar la casa.

Capítulo 13

Está de pie en la entrada de su dormitorio, vestido con el pantalón de su traje y arreglándose la corbata mientras yo envuelvo mi cuerpo desnudo con los brazos como para protegerme. Me taparía con las sábanas, pero su lado de la cama está hecho y no quiero estropearlo. Tiene el pelo húmedo y no se ha afeitado y, aunque muestra un aspecto magnífico, me duele que no esté todavía en la cama conmigo.

—¿Desayunas conmigo? —pregunta deshaciéndose el nudo de la corbata y empezando de cero.

—Claro —respondo en voz baja, detestando la incomodidad que lo aleja de mí.

Me sorprende habermc despertado a la luz del día. Cuando me dormí anoche, estaba segura de que sólo pasarían unas horas, las justas para recuperarnos, antes de que Miller me despertara para volver a venerarme... Mejor dicho, esperaba que me despertara. Me siento decepcionada pero estoy intentando que no se note.

No sé por qué miro por la habitación buscando mi ropa, porque sé que no estará en ningún lugar a la vista.

—¿Y mi ropa?

—Dúchate. Prepararé el desayuno. —Se acerca al vestidor y aparece unos momentos después, abrochándose el chaleco—. Tengo que marcharme dentro de media hora. Tu ropa está en el último cajón.

Me siento incómoda y me pregunto qué ha cambiado. Está más

cerrado que nunca. ¿Se habrá pasado toda la noche pensando, asimilando todo lo que le he contado?

—Bien —contesto, porque no se me ocurre qué otra cosa más decir.

Apenas me mira. Me siento sucia y despreciable, algo que llevo años intentando evitar.

Sin decir ni una palabra más, toma el saco de su traje del vestidor y me deja en su dormitorio; me siento menospreciada y confundida. Quiero alejarme desesperadamente de este desasosiego pero, al mismo tiempo, no quiero. Deseo quedarme y conseguir que se abra de nuevo, que me vea a mí, no a la hija ilegítima de una puta, pero por lo visto no tengo mucho que hacer. Tiene que marcharse dentro de treinta minutos, y yo necesito ducharme antes de desayunar con él, lo cual limita mi tiempo todavía más.

Me levanto de la cama, desnuda, y corro hacia el cuarto de baño para ducharme. Utilizo su gel y me froto con intensidad, como si de ese modo pudiera retenerlo conmigo. Me enjuago a regañadientes, salgo de la ducha, agarro una de las toallas limpias y perfectamente dobladas que hay en la estantería y me seco en un tiempo récord antes de vestirme a toda prisa.

Recorro el apartamento y lo encuentro delante del espejo del recibidor, peleándose de nuevo con la corbata.

—La corbata está bien.

—No, está torcida —gruñe, y se la quita de un tirón—. ¡Mierda!

Observo cómo pasa por delante de mí en dirección a la cocina. Lo sigo divertida, y no debería sorprenderme encontrármelo delante de una tabla de planchar, pero lo hago. Coloca la corbata encima de ella y, con absoluta concentración, desliza la plancha por la seda azul. Después desenchufa la plancha y se coloca la corbata alrededor del cuello. Guarda la tabla y la plancha, y acto seguido vuelve al espejo y empieza a anudársela de nuevo minuciosamente, como si yo no estuviera ahí.

—Mejor —afirma. Se baja el cuello de la camisa y me mira.

—La tienes torcida.

Frunce el ceño y se vuelve de nuevo hacia el espejo. La menea un poco.

—Está perfecta.

—Sí, está perfecta, Miller —mascullo dirigiéndome hacia la cocina.

Me maravillo ante la selección de panes, mermeladas y fruta, pero no tengo hambre. Tengo un nudo de ansiedad en el estómago, y su actitud tan formal no ayuda.

—¿Qué quieres comer? —pregunta mientras se sienta.

—Sólo un poco de melón, por favor.

Asiente, toma un bol, echa un poco de fruta en él con una cuchara y me pasa un tenedor.

—¿Café?

—No, gracias. —Agarro el tenedor y el bol y los coloco sobre la mesa de la manera más ordenada que puedo.

—¿Jugo de naranja? Está recién exprimido.

—Sí, gracias.

Me sirve a mí un poco de jugo y él se sirve del recipiente de cristal de la cafetera.

—El otro día olvidé darte las gracias por romperme la lámpara —dice levantando su taza lentamente y observándome mientras bebe.

Siento cómo me ruborizo bajo su mirada acusatoria, y bajo la vista hacia el cuenco.

—Estaba oscuro. No veía nada.

—Te perdono.

Levanto la mirada con una pequeña carcajada.

—Vaya, gracias. Y yo te perdono por dejarme a oscuras.

—Deberías haberte quedado en la cama —responde, y se apoya cómodamente en el respaldo de su silla—. Vaya destrozo hiciste.

—Lo siento. La próxima vez que me abandones en mitad de la noche, me aseguraré de tener mis gafas de visión nocturna a mano.

Levanta las cejas con sorpresa, pero sé que no es por mi sarcasmo.

—¿Que te *abandoné*?

Me encojo con una mueca y aparto la mirada de él. Debería pensar antes de hablar, especialmente en presencia de Miller Hart.

—No quería decir eso.

—Eso espero. Te dejé durmiendo. No te abandoné. —Continúa comiéndose su pan francés y deja esas palabras indeseables flotando en el incómodo silencio que nos rodea. Indeseables para mí, al menos—. Termínatelo y te acerco a casa.

—¿Por qué esperas eso? —pregunto algo airada de repente—. ¿Para que no te meta en el mismo saco que a mi patética madre?

—¿Patética?

—Sí. Débil, egoísta.

Parpadea estupefacto y se revuelve en la silla.

—Tenemos un trato de veinticuatro horas —dispara.

Aprieto los dientes y me inclino hacia adelante. Veo con absoluta claridad que estoy consiguiendo enfurecer a este hombre normalmente impasible con mi acusación. Aunque no tengo muy claro si está enfadado conmigo o consigo mismo.

—¿Qué fue lo de anoche? Lo del coche y lo de después. ¿Estabas fingiendo? ¡Eres patético!

Los ojos de Miller se ensombrecen y vislumbro en ellos un destello de ira.

—No me presiones, niña. No deberías jugar con mi temperamento. Teníamos un trato y sólo me estaba asegurando de que se cumpliera.

Se me parte el corazón en mil dolorosos pedazos al recordar al hombre tan diferente que estaba conmigo anoche. Un hombre abierto. Un hombre cariñoso. No sé quién es el hombre que tengo delante ahora. Nunca había visto a Miller Hart perdiendo los papeles. Lo he visto nervioso, y lo he visto maldecir, principalmente cuando algo no está perfecto como él quiere, pero la mirada que veo en sus ojos ahora mismo me indica que no he visto nada. Eso, junto con su severa advertencia, también me indica que es mejor que no lo vea.

De repente me levanto —parece que mi cuerpo ha reaccionado antes que mi cerebro— y me marcho. Salgo de su apartamento y empiezo a bajar la escalera hasta el vestíbulo. El portero me saluda con la cabeza cuando paso y, al respirar el aire fresco de la mañana, dejo escapar un profundo suspiro. El olor y el sonido de Londres no hacen que me sienta mejor.

—Estaba hablando contigo —oigo que dice Miller furioso tras de mí, pero eso no hace que recupere mis modales y me vuelva para reconocer su presencia—. Livy, estaba hablando contigo.

—Y ¿qué es lo que has dicho? —inquiero.

Aparece en mi línea de visión y se planta delante de mí para observarme detenidamente.

—No me gusta repetirme.

—Y a mí no me gustan tus cambios de humor.

—Yo no tengo cambios de humor.

—Claro que sí. No sé por dónde acercarme. Un minuto eres dulce y atento, y al siguiente eres frío y cortante.

Medita mis palabras, y pasa un rato bastante largo en el que nos miramos fijamente, hasta que por fin se decide a pronunciarse.

—Esto se está volviendo demasiado personal.

Respiro profundamente y retengo el aire, tratando con todas mis fuerzas de no gritarle. Sabía que esto iba a pasar desde el momento en que he abierto los ojos esta mañana. Pero eso no hace que me duela menos.

—¿Esto tiene algo que ver con tu socia? ¿O es por mí y mi sórdida historia?

No contesta, sino que se limita a mirarme en silencio.

—No debería haberme abierto tanto a ti —susurro en voz baja.

—Probablemente no —coincide sin vacilar.

Su respuesta me apuñala en el alma y me obligo a marcharme antes de que estallen mis emociones. No pienso llorar delante de él. Me pongo los auriculares, selecciono el modo aleatorio en el iPod y me río para mis adentros cuando *Unfinished Sympathy* de Massive Attack inunda mis oídos y me acompaña todo el camino de vuelta a casa.

—Sigues teniendo mal aspecto, Livy —dice Del mientras me examina con ojos de preocupación—. Quizá deberías irte a casa.

—No.

No me resulta nada fácil, pero fuerzo una sonrisa para tranquilizarlo. Mi abuela está en casa, y necesito distraerme, no un interrogatorio. Estaba toda sonriente cuando he entrado por la puerta esta mañana, hasta que me ha visto la cara. Entonces han empezado las preguntas, pero me he escapado rápidamente a mi dormitorio, dejando a la mujer paseándose en el descansillo fuera de mi habitación, lanzando sus preguntas contra la puerta, sin que yo respondiera a ninguna. No debería enfadarme con mi abuela; debería centrar todo mi enfado en Miller, pero si ella no se hubiera inmiscuido y no lo hubiera invitado a cenar, lo de anoche no habría pasado y ahora yo no estaría en este estado.

—Me encuentro mucho mejor, de verdad.

Huyo a la cocina para esquivar a Sylvie, que está en la caja. Lleva toda la mañana intentando sacarme información. Por suerte para mí, tenemos mucho trabajo, así que de momento he logrado eludir sus interrogatorios y he estado ocupada limpiando las mesas y sirviendo cafés.

Durante la pausa para el almuerzo, acepto el sándwich de atún con mayonesa que me ofrece Paul, pero decido comérmelo mientras hago otras cosas, porque sé que si salgo a descansar enseguida vendrá Sylvie a buscar respuestas. Sé que es muy ruin de mi parte, pero ya me duele la cabeza de pensar constantemente en él, y hablar de ello sólo hará que me eche a llorar. Me niego a llorar por un hombre, y menos por un hombre que puede llegar a ser tan frío.

—¿Te gusta? —pregunta Paul sonriendo mientras echa unas hojas de lechuga en el escurridor.

—Mmm. —Mastico y trago. Después, me limpio la boca de mayonesa—. Está delicioso —digo con total sinceridad mirando hacia la otra mitad que me queda por comer—. Tiene algo diferente.

—Sí, pero no me preguntes qué es, porque no te lo voy a decir.

—¿Es una receta familiar secreta?

—Exacto. Del jamás me despedirá mientras el crujiente de atún siga siendo el sándwich más vendido, y yo soy el único que sabe prepararlo. —Me guiña un ojo y distribuye la lechuga entre las rebanadas de pan de semillas cubiertas con la receta secreta de Paul—. Aquí tienes. Son para la mesa cuatro.

—Bien. —Empujo la puerta de vaivén de la cocina con la espalda, sorteo a Sylvie y me dirijo a la mesa cuatro—. Dos crujientes de atún con pan de semillas —digo deslizando los platos sobre la mesa—. Buen provecho.

Los dos hombres de negocios me dan las gracias, me marcho y me topo con Sylvie en la cocina cuando vuelvo a cruzar la puerta. Tiene las manos en las caderas. No es buena señal.

—No tienes mejor aspecto, pero tú no estás enferma —espeta apartándose ligeramente para dejarme pasar—. ¿Qué te pasa?

—Nada —respondo demasiado a la defensiva, y me reprendo al instante por ello—. Estoy bien.

—Sé que te siguió.

—¿Qué? —Tenso los hombros.

Sé perfectamente a qué se refiere Sylvie, pero no quiero entrar en esa conversación. Estoy demasiado sensible, y hablar de él sólo empeorará las cosas.

—Cuando estuviste a punto de desmayarte y Del te mandó a casa, te siguió. Iba a ir a buscarte, pero tenía que trabajar. ¿Qué pasó?

Sigo sin mirarla a la cara, y me tomo mi tiempo para vaciar el lavavajillas. Podría marcharme, pero para eso tendría que enfrentarme a ella, y no creo que me dejara pasar.

—No pasó nada. Me fui.

—Bueno, me lo imaginé al ver que volvía con cara de pocos amigos, y ayer se presentó en la cafetería.

¿Estaba enfadado? La idea me alegra, por estúpido que sea.

—Pues ahí tienes tu respuesta —digo como si nada mientras tomo una bandeja, pero retrasando mi regreso al salón del establecimiento. Todavía no ha terminado, y sigue cortándome el paso.

—Estaba otra vez con esa mujer.

—Lo sé.

—Estaba encima de él todo el tiempo.

Se me forma un nudo en la garganta.

—Lo sé.

—Pero era evidente que él tenía la mente en otra parte.

Me vuelvo y, por fin, la miro, y me encuentro con la expresión que me había estado temiendo: los ojos achinados y sus labios rosa intenso fruncidos.

—¿Por qué me cuentas todo esto? —pregunto.

Se encoge de hombros y su cabello corto y negro roza sus hombros.

—Te va a traer problemas.

—Ya lo sé —mascullo—. ¿Por qué crees que me marché? No soy idiota. —Debería abofetearme a mí misma por lo tremendamente inapropiado de mi comentario. Soy muy idiota.

—Estás deprimida. —Sylvie me atraviesa con su mirada inquisitiva, y con toda la razón del mundo.

—No lo estoy —respondo en un tono poco convincente—. ¿Me permites volver al trabajo?

Suspira y se aparta de mi camino.

—Eres demasiado inocente, Livy. Un hombre como ése se te comerá viva.

Cierro los ojos y respiro hondo mientras paso al lado de Sylvie. No es necesario que le cuente lo de la cena familiar, y desearía desde el fondo de mi corazón que no hubiera nada que contar.

Mi semana no mejora. Mi abuela ha vuelto a Harrods dos veces con la excusa de que George dice que su tarta de piña estaba deliciosa y que quería volver a prepararla... dos veces. Sus esperanzas secretas de toparse con Miller en el improbable caso de que estuviera allí comprando más trajes no tenía nada que ver con su compulsión de gastarse treinta libras en dos piñas. He evitado a Gregory a toda costa después de que me dejara un mensaje con voz tensa avisándome de que mi abuela se lo había contado todo y que opina que soy imbécil. Todo eso ya lo sé.

Me salto el desayuno y me escapo por la puerta para evitar a mi abuela. Estoy deseando que termine mi jornada del viernes. Tengo planes de perderme en la grandeza de Londres este fin de semana, y me muero de ganas. Es justo lo que necesito.

Camino por la calle con mi vestido largo de punto rozándome los tobillos y la calidez del sol matinal templando mi rostro. Como siempre, mi pelo hace lo que le da la gana, y hoy está más rizado que de costumbre porque cuando me acosté aún lo tenía mojado.

—¡Livy!

Sin pensarlo, acelero el paso, aunque sé que no voy a llegar muy lejos. Parece molesto.

—¡Nena, será mejor que te detengas ahora mismo o tendrás un grave problema!

Me detengo al instante, sabiendo perfectamente que ya lo tengo, y espero a que me alcance.

—¡Buenos días! —Mi saludo, exageradamente entusiasta, no va a funcionar y, cuando llega delante de mí, con su atractivo rostro distorsionado por su descontento, no puedo evitar mirarlo con el ceño fruncido también—. ¿Qué pasa? —le ladro, y retrocede aturdido.

Estoy molesta con mi mejor amigo, aunque no tengo ningún derecho a estarlo. Es viernes, pero lleva puestos unos pantalones de mezclilla rotos, una camiseta ajustada y una gorra de beisbol. ¿Dónde está su uniforme de jardinero?

—¡A mí no me hables así! —me contesta de inmediato—. ¿Qué ha pasado con lo de mantenerte alejada de él?

—¡Lo intenté! —chillo—. ¡Lo intenté con todas mis fuerzas! ¡Pero nos encontramos con él en Harrods y mi abuela lo invitó a cenar!

Gregory se queda más pasmado todavía ante mi inusual arranque de furia, pero sus cinceladas facciones se relajan.

—No hacía falta que te fueras con él —señala suavemente—. Y, desde luego, no tenías por qué quedarte a dormir en su casa.

—Bueno, pues lo hice, y ojalá no lo hubiera hecho.

—Ay, Livy. —Se acerca y me envuelve en sus brazos—. Deberías haber respondido a mis llamadas.

—¿Para que pudieras echarme bronca? —farfullo contra su camiseta—. Ya sé que soy una idiota. No hace falta que nadie me lo confirme.

—Casi me muero al ver que tu abuela estaba tan emocionada —dice con un suspiro—. Mierda, Livy, ya la veía comprándose un sombrero para la ceremonia.

Me río porque, de no hacerlo, me echaría a llorar.

—Calla, Gregory. No voy a poder aguantar mucho más. Sólo estuvo cenando con nosotros durante un par de horas. Ella estaba encantada, y ahora no entiende nada y se pregunta por qué no salgo con él.

—Vaya chupavergas.

—Ya te he dicho que el único chupavergas que conozco eres tú.

Siento que se ríe ligeramente pero, cuando me aparta de su pecho, su expresión es seria.

—¿Por qué te fuiste con él? —pregunta.

—No puedo rechazarlo cuando está conmigo. —Suspiro hoscamente—. Esas cosas pasan.

—Y ¿no lo has visto en toda la semana?

—No.

Enarca su ceja rubia.

—¿Por qué no?

Maldita sea, me gustaría decirle que me marché por mi propia voluntad, pero Gregory se daría cuenta de que miento en un santiamén.

—Primero fue maravilloso, y después horrible. Un momento era dulce, y al siguiente un pendejo. —Me preparo—. Le conté lo de mi madre.

Veo la sorpresa reflejada en el rostro de Gregory, y también veo que se siente un poco dolido. Sabe que yo jamás hablo de ella, ni siquiera con él, y sé que le gustaría que lo hiciera. Se recompone y se obliga a transformar el dolor de su rostro en desprecio.

—Chupavergas —escupe—. Vaya pendejo. Tienes que ser fuerte, nena. Una cosa tan dulce como tú acabará hecha polvo con un hombre como ése.

Abro las aletas de mis fosas nasales y me muerdo la lengua para evitar que mi respuesta natural a esa frase salga de mi boca. No lo consigo.

—Carajo, que se jodan todos —protesto, y mi amigo retrocede sobresaltado.

Lo aparto de mi camino y echo a andar por la calle sulfurada.

—¿Ves? Eso es lo que quiero. Que saques tu lado guarro.

—¡Vete a la mierda! —grito, sorprendiéndome a mí misma con mi lenguaje vulgar.

—¡Eso es! ¡Sigue así, zorra malhablada!

Lanzo un grito ahogado de indignación, me vuelvo y lo veo sonriendo de oreja a oreja.

—¡Pendejo!

—¡Arpía!

—¡Mamón!

Sigue riéndose.

—¡Perra!

—¡Maricón!

—¡Puta!

Me paro horrorizada.

—¡Yo no soy ninguna puta!

Palidece al instante, dándose cuenta de su error.

—Mierda, Livy, perdóname.

—¡Ni te molestes! —Me largo furiosa. Me hierve la sangre de rabia ante su insensible comentario—. ¡Y ni se te ocurra seguirme, Gregory!

—¡Carajo, no lo decía en serio! ¡Lo siento! —Me levanta en brazos para evitar que me marche—. Se me ha escapado una palabra estúpida.

Continúa caminando conmigo en brazos. Alargo la mano, le tiro del pelo y le espeto:

—Idiota.

Sonriendo, agacha la cabeza y me besa en la mejilla.

—El domingo pasado tuve una cita.

—¿Otra? —Pongo los ojos en blanco y me aferro con más fuerza a sus hombros—. ¿Quién es el afortunado esta vez?

—En realidad fue nuestra cuarta cita. Se llama Ben. —El rostro de Gregory se torna pensativo y soñador y hace que preste más atención. Hacía años que no lo veía así.

—Y... —lo animo a continuar, preguntándome cómo es posible que haya salido cuatro veces con el mismo tipo sin decirme nada. Pero no puedo reprochárselo. No después de haberle estado ocultando lo mío.

—Es lindo. A lo mejor te lo presento.

—¿En serio?

—Sí, en serio. Trabaja como organizador de eventos autónomo. Le he hablado mucho de ti y quiere conocerte.

—¿Sí? —Ladeo la cabeza y él sonríe tímidamente—. Ahhhh... —exhalo.

—Sí, ahhhh.

—¿Benjamin?

—¡No! —Me mira en broma con recelo y continúa caminando con paso regular por la calle conmigo todavía rebotando en sus brazos—. Sólo Ben.

—Benjamin y Gregory —susurro con aire pensativo—. Suena bien.

—Ben y Greg suena mucho mejor. ¿Por qué insistes en llamarme Gregory? Ni siquiera tu abuela lo hace. Suena a marica —regruñe.

—¡Es que eres una marica! —Me echo a reír, y él me hunde los dientes en el cuello para castigarme por mi insolencia—. ¡Para!

—Venga. —Me deja en el suelo y me toma del brazo—. Te acompaño al trabajo.

—¿Hoy no trabajas?

—No. He terminado mi último proyecto antes de tiempo y tengo cita para cortarme el pelo.

—¿Ah, sí? —Le sonrío—. ¿Todo el día libre para ir a cortarte el pelo?

—Cállate. Ya te he dicho que he terminado el proyecto antes de tiempo.

Sonrío de nuevo y me pregunto por qué he estado rehuyendo a mi adorado Gregory toda la semana. Ya me siento mil veces mejor.

Capítulo 14

En el trabajo nadie me pregunta si estoy bien; salta a la vista que sí. ¿O acaso mi alegría los ha dejado sin habla? Qué más da. Gregory me ha subido la moral. Debería haberlo visto antes.

—¡Camarera! —grita Paul para que me acerque con la bandeja y él pueda llenármela—. ¿Por qué estás tan contenta hoy?

Sonríe y deposita un crujiente de atún en mi bandeja.

Sylvie deja un montón de platos vacíos y se acerca a nosotros.

—No preguntes, Paul. Disfrútalo.

—Es viernes —digo encogiéndome de hombros.

Me doy media vuelta y salgo de la cocina con gracia. Al acercarme a la mesa me encuentro con una deslumbrante sonrisa, cortesía de Luke, don Ojos Como Platos. Mi buen humor no me permite ser maleducada, así que le devuelvo la sonrisa.

—¿Crujiente de atún?

—Para mí —contesta, y se lo deslizo sobre la mesa—. Hoy estás especialmente encantadora.

Pongo los ojos en blanco pero sin perder la sonrisa.

—Gracias. ¿Qué te sirvo de beber?

—Nada, así está bien.

Se reclina en su asiento y sus amables y cálidos ojos marrones no se apartan de mí.

—Sigo esperando una cita.

—¿Ah, sí? —Me sonrojo un poco y, para ocultarlo, me pongo a limpiar la mesa de al lado.

—¿Me permites que te invite a salir?

Paso el paño con furia. La mano me va a tantas revoluciones como la cabeza.

—Sí —respondo sin ser consciente de que lo he dicho en voz alta hasta que me oigo decirlo.

—¿En serio? —Parece tan sorprendido como yo.

Dejé la mesa reluciente pero sigo pasando el paño con esmero. ¿Acabo de aceptar una cita con él?

—Sí —confirmo sin salir de mi asombro.

—¡Genial!

Intento que dejen de arderme las mejillas y me vuelvo para mirar a... mi cita. Ahora sí que sonríe de verdad y está anotando su número de teléfono en una servilleta. Eso me trae recuerdos no deseados que rápidamente procuro olvidar. Puedo salir una noche con Luke. En realidad, necesito salir una noche con Luke.

—¿Cuándo te queda bien?

—¿Esta noche?

Me mira esperanzado y me ofrece la servilleta.

La tomo sin hacer caso de mis dudas. No puedo seguir como hasta ahora, y menos aún después de mis encuentros con Miller Hart. Necesito empezar a vivir, olvidarlo, olvidar a mi madre. Comenzar a vivir con sensatez.

—Esta noche. ¿Dónde y a qué hora?

—¿En la puerta de Selfridges a las ocho? Hay un pequeño bar al bajar la calle que te encantará.

—Genial, nos vemos esta noche entonces.

Recojo mi bandeja y dejo a Luke con una sonrisa en la boca que no se le borra ni al darle el primer mordisco a su bocadillo.

—No irás a plantarme, ¿verdad? —me dice con la boca llena cuando ya me he ido.

Esa tontería me hace pensar en los buenos modales y...

—Claro que no —le aseguro con una sonrisa.

Tiene la boca llena de bocadillo, cosa que me incentiva aún

247

más. Es posible que no juegue en la misma liga que Miller Hart, pero es lindo y su actitud despreocupada y su falta de modales me dan aún más razones para aceptar su oferta.

Cuando cruzo la puerta de la cocina los labios rosa de Sylvie me sonríen con picardía.

—¡Estoy muy orgullosa de ti!

—¡No sigas, por favor!

—No, lo digo en serio. Es muy lindo y muy normal.

Me ayuda a descargar la bandeja y no puedo evitar sonreír al mirarla.

—Piensa que es un nuevo comienzo.

Frunzo el ceño y me pregunto si eso es lo que debo hacer. Conozco a Sylvie desde hace poco, pero es como si la conociera de toda la vida.

—Es sólo una cita, Sylvie.

—Lo sé, pero también sé que Olivia Taylor no sale nunca con nadie. Es justo lo que necesitas.

—Lo que necesito es que dejes de darle tanta importancia.

Me echo a reír. Sé que se refiere a que lo que necesito es olvidarme de alguien, pero estoy llegando a la conclusión de que ya he pasado página. Ese alguien no tiene nombre. Ese alguien ni siquiera existe. Hace mucho que olvidé a ese alguien.

—Bien, bien. —Sylvie se aparta sin dejar de sonreír, la mar de contenta—. ¿Qué vas a ponerte?

Palidezco sólo de pensarlo.

—Dios mío, ¿qué voy a ponerme?

Tengo el armario lleno de Converse de todos los colores, montañas de pantalones de mezclilla y un sinfín de vestidos de flores, pero todos son vaporosos y femeninos; no hay nada ajustado y sexy.

—Que no cunda el pánico. —Me toma por los hombros y me mira muy seria—. Iremos de compras al salir de trabajar. Sólo tendremos una hora, pero seguro que se me ocurrirá algo.

Miro los pantalones de mezclilla negros ajustados de Sylvie y sus botas con estoperoles y me pregunto si de verdad debería salir de compras con ella. Tengo una idea.

—¡No, no te preocupes! —Me libero de las manos de mi amiga y corro a buscar el teléfono en mi mochila—. Gregory no trabaja hoy. Él me llevará de compras.

Ni siquiera me paro a pensar que es posible que haya herido los sentimientos de Sylvie hasta que suelta un suspiro de alivio y se marcha molesta.

—¡Gracias a Dios! —exclama dejándose caer contra la encimera—. Por ti habría sido capaz de soportar ir a Topshop, Livy, pero habría sido un infierno.

Frunce el ceño.

—¿Gregory? ¿Es un chico?

—Sí, mi mejor amigo. Tiene muy buen gusto para la ropa.

No acaba de fiarse.

—Es gay, ¿no?

—Sólo en un ochenta por ciento. —Corro hacia la puerta de la cocina, salgo al callejón y marco el número de Gregory mientras camino de un lado a otro.

—¡Hola, muñeca!

—Tengo una cita esta noche —respondo a toda prisa—, y no tengo nada que ponerme. ¡Tienes que ayudarme!

—¿Con él? —me espeta—. ¡Nada de salir con ese cabrón!

—¡No, no, no! ¡Es con don Ojos Como Platos!

—¿Quién?

—Luke. Un chico que lleva semanas pidiéndome que salga con él. Mira, por qué no. —Me encojo de hombros y casi puedo oír a Gregory emocionarse.

Empieza a hablar y su tono confirma mis sospechas.

—¡Ay, Dios mío! —dice con un gritito agudo—. ¡Dios mío, Dios mío, Dios mío! ¿A qué hora sales de trabajar?

—A las cinco, y he quedado con Luke a las ocho.

—¿Sólo tenemos tres horas para comprarte la ropa y arreglarte? ¡Eso sí que es todo un reto! Pero lo conseguiremos. Te recojo a las cinco.

—Vale. —Cuelgo y me apresuro a volver a la cocina antes de que Del se percate de mi ausencia. Vamos a tener que ir a toda velocidad, pero tengo fe en Gregory. Tiene un gusto impecable.

En cuanto Del se marcha corro a por mi mochila y mi chamarra de mezclilla. Le doy a Sylvie un beso en la mejilla, me despido de Paul con la mano y los dejo muertos de la risa en la cocina.

—¡Buena suerte! —oigo decir a Sylvie.

—¡Gracias!

Salgo a la calle y veo que Gregory me está esperando en la acera de enfrente. Mueve los brazos para indicarme que me dé prisa.

—Tenemos tres horas para vestirte, acicalarte y entregarte a tu cita. Ésa es mi misión, y he decidido cumplirla.

Me sonríe y me pasa el brazo por la cintura para guiarme a toda velocidad a Oxford Street.

—Te veo contenta.

—Lo estoy —admito para mi sorpresa. Me apetece tener una cita—. Bonito peinado.

—Gracias —dice pasándose los dedos por el pelo con una sonrisa contagiosa.

—¿No es un poco triste que nunca haya tenido una cita?

—Una tragedia.

Le doy un codazo.

—Tú has salido suficiente por los dos.

—Lo cual también es una tragedia. Pero es posible que pronto me convierta en hombre de un solo hombre.

—¿No lo eras ya? —pregunto mientras cruzo los dedos para que nadie lo trate mal.

Es guapísimo, y lo lógico es que siempre tuviera la sartén por el mango en una relación pero es demasiado bueno, cosa que le ha salido cara en el pasado. Cuando está soltero va de flor en flor, pero siempre es fiel cuando tiene pareja.

—Uno no puede negarse, Livy. —Lo dice muy decidido, pero tiene esa mirada que grita a los cuatro vientos que está enamoradísimo.

Estoy medio muerta para cuando llegamos a casa. Me he gastado hasta el último penique que he ganado desde que empecé a trabajar para Del y tengo tres conjuntos (los tres son muy cortos y ninguno de mi estilo) y dos pares de zapatos (que no son Converse). Esta noche sólo podré ponerme un par de zapatos, y en cuanto a los vestidos... No sé en qué estaba pensando.

Llevo una toalla enrollada y estoy delante del armario inspeccionando mis tres vestidos nuevos.

—Ponte el negro —sugiere Gregory con un suspiro mientras desliza la mano por el vestido corto y ajustado—, con los zapatos de punta y tacón de aguja.

Sólo de mirar los vestidos me mareo, así que me centro en los zapatos. Hace muchísimo tiempo que no me pongo tacones.

—Me dan miedo —susurro.

—Bobadas —dice con un respingo que ignora mi preocupación.

Luego se acerca a la cama y toma la lencería elegante que me ha obligado a comprar. Hemos perdido veinte minutos en La Senza discutiendo sobre conjuntos de encaje. Ahora mismo tiene uno de ellos en las manos. La verdad es que tiene razón. No puedo ponerme ropa interior de algodón blanco con esta clase de vestidos.

—Uno puede ser un ochenta por ciento gay, pero una mujer con lencería sexy... —Me pasa el conjunto—. Pruébatelo.

Permanezco con la boca cerrada por miedo a soltar algo inapropiado y me pongo las pantis mientras mantengo la toalla en su sitio. Lo del sostén no es tan fácil y al final tengo que ponerme de espaldas a Gregory, al que no parece importarle tener que verme desnuda.

Se echa a reír cuando me ve pelear con el sostén, y yo gruño para mis adentros. No me gusta lo bien que se lo está pasando mientras yo meto mi vergüenza de pecho en las copas. Miro hacia abajo y me sorprendo al ver algo que se asemeja a un escote.

—¿Lo ves? —dice Gregory arrancándome la toalla—. Los sostenes con relleno son el mejor invento de la humanidad.

—¡Gregory! —Me cubro el pecho con las manos. Estoy desnuda y soy pudorosa, pero él se acerca para verme de frente.

Entorna los ojos y recorre mi figura menuda con la mirada.

—¡Madre mía, Livy!

—¡Déjalo ya! —Intento, en vano, recuperar la toalla pero no tiene intenciones de devolvérmela—. ¡Dámela!

—Estás para comerte —declara con la boca y los ojos muy abiertos.

—¡Pero ¿tú no eras gay?!

—Aun así, admiro las curvas de una mujer, y tú tienes unas cuantas, muñeca.

Tira la toalla encima de la cama.

—Si no eres capaz de estar delante de mí en ropa interior, ¿qué pasará cuando haya otro hombre?

—No es más que una cita, sólo eso. —Agarro el secador de pelo para escapar de la mirada de Gregory—. ¿Te importaría dejar de mirarme?

—Perdona.

Intenta volver al mundo real y enchufa un extraño aparato para el pelo: una plancha, creo.

—¿Qué vas a beber?

La pregunta me toma por sorpresa. No lo he pensado. He aceptado una cita, me estoy preparando para una cita y voy a acudir a dicha cita, ¿acaso no es bastante? Ni siquiera se me había ocurrido pararme a pensar qué voy a beber ni de qué voy a hablar durante la misma.

—¡Agua! —grito para que se me oiga pese al secador.

Retrocede con cara de asco.

—¡No puedes ir a una cita y beber agua!

Le lanzo una mirada asesina que él ignora por completo.

—No necesito el alcohol.

Se desploma derrotado en mi cama.

—Livy, tómate una copa de vino.

—Oye, ya es bastante que vaya a salir con un hombre. No me presiones para que beba.

Echo la cabeza hacia abajo y mi pelo rubio lo cubre todo.

—Un pasito detrás de otro, Gregory —añado pensando que necesito mantener la cabeza fría y el alcohol no ayudaría. Aunque tampoco es que me hiciera falta beber para perder la cabeza en compañía de Miller Ha...

Me incorporo de nuevo con la esperanza de sacudirme su recuerdo de encima. Funciona, pero no tiene nada que ver con haber levantado la cabeza, sino con que Gregory me está mirando boquiabierto.

—¡Perdona! —exclama, y finge estar muy ocupado desenvolviendo mis zapatos.

Dejo el secador y miro con recelo la plancha, que echa humo sobre una alfombrilla en la alfombra. Parece peligrosa.

—Creo que voy a dejarme el pelo tal cual.

—No —replica él con pesar—. Siempre he querido verte con el pelo suave y liso.

—No va a reconocerme —protesto—. Vas a embutirme en ese vestido y a calzarme los tacones y encima quieres plancharme el pelo.

Empiezo a ponerme hidratante E45 en la cara.

—Me ha pedido que salga con él, no que me convierta en el objeto sofisticado que estás intentando crear.

—Nunca serás un objeto sofisticado —responde—. Vas a ser

tú misma pero mejorada. Creo que deberías dejarme a mí tomar las decisiones.

Se levanta, toma el vestido y lo saca de la percha.

—Y ¿cómo sabes tú lo que un hombre quiere de una mujer?

—Porque he salido con mujeres.

—No en los últimos dos años y pico —recalco recordando todas y cada una de las ocasiones, y que siempre ha sido después de que hubiera roto con un hombre.

Se encoge de hombros con despreocupación y me acerca el vestido.

—¿No estábamos hablando de ti? Pues calla y mete ese cuerpecito en este exquisito vestido. —Sube y baja las cejas con descaro y, de mala gana, lo dejo ponerme el vestido por la cabeza y deslizarlo por mi cuerpo—. Ya está.

Da un paso atrás y me da un buen repaso mientras me meto en los tacones asesinos de pies.

Me miro. El vestido abraza todas las curvas que no tengo y mis pies están en un ángulo ridículo. Estabilidad cero.

—No estoy segura —digo sintiendo que me he pasado con el modelito. Gregory no responde, lo miro y veo que se ha quedado estupefacto—. ¿Estoy ridícula?

Cierra la boca con un chasquido y parece que se pega un bofetón mental para volver al mundo de los vivos.

—Eh..., no... Es que... —Se echa a reír—. Carajo, se me ha puesto dura.

Me pongo como un tomate.

—¡Gregory! —le espeto.

—¡Lo siento! —Se recoloca la entrepierna y me doy la vuelta para no verlo. Casi me caigo por culpa de los malditos tacones.

Oigo a Gregory suspirar.

—¡Livy!

—¡Mierda! —Me tuerzo el tobillo, se me cae el zapato y comienzo a dar saltitos como un canguro—. ¡Mierda, qué dolor!

—Ay, Señor. —Gregory está descompuesto detrás de mí. El muy canalla—. ¿Te encuentras bien?

—¡No!

Me quito el otro zapato de un puntapié.

—¡No pienso ponérmelos!

—Mujer, no seas así. Prometo contenerme.

—¡Se supone que eres gay! —exclamo recogiendo un zapato y agitándolo sobre mi cabeza—. No puedo andar con esto.

—¡Si ni siquiera lo has intentado!

—Póntelos tú y luego me dices lo fácil que es.

Le tiro el zapato, él se ríe y lo atrapa al vuelo.

—Livy, eso me convertiría en una *drag queen*.

—¡Me parece perfecto!

Mi amigo pierde el control y se derrumba sobre mi cama desternillándose.

—¡Me has hecho llorar de la risa!

—Cretino —gruño quitándome el vestido de un tirón—. ¿Dónde están mis Converse?

—Olvídalo.

Levanta la cabeza y ve que ya no llevo puestos ni los zapatos ni el vestido.

—¡No! ¡Pero si estabas fabulosa!

Recorre mi cuerpo semidesnudo con la mirada.

—Sí, pero no podía andar —mascullo dando zancadas hacia mi armario.

Este enojo es razón suficiente para mantener mi aburrido estilo de vida. Últimamente me ha caído un aluvión de situaciones nuevas y me he sentido furiosa, molesta, enfadada e inútil la mayor parte del tiempo. ¿Por qué me empeño en hacerme esto a mí misma?

Tiro de un vestido de gasa de color crema, me lo pongo y caigo en la cuenta de que llevo ropa interior negra y se me transparenta todo. Empiezo a desvestirme de nuevo y le digo a Gregory que hunda la cabeza en la almohada para que pueda desnudarme en paz y deprisa. Cuando he terminado, llevo puesta mi ropa interior de algodón blanco de siempre, mi vestido de color crema, mi chamarra de mezclilla y mis Converse azul marino. Ya me siento mucho mejor.

—Lista —proclamo difuminando un poco de rubor en mis mejillas y poniéndome un poco de brillo de labios rosa.

—Qué pena de compras —murmura Gregory levantándose de la cama y acercándose a mí—. Estás preciosa.

—¿Verdad que sí?

—Sí, porque siempre estás preciosa, pero parecías menos fácil con el vestido negro. Te habría dado poder, habrías ganado confianza en ti misma.

—Me gusta ser como soy —contraataco preguntándome si lo que digo es cierto.

Lo cierto es que ya no lo sé. Hace semanas que no pienso con claridad. Y eso es porque estoy pensando en cosas que no había pensado nunca y obligando a mi cuerpo a hacer cosas que nunca había imaginado.

—Sólo quiero que expreses quién eres un poco más, como has hecho antes. —Me sonríe y me alisa el pelo.

—¿Quieres verme enfadada? —Porque así es como me siento. De mal humor. Irritada. Bajo presión.

—No, quiero que se vea ese brío que escondes. Sé que lo llevas dentro.

—El brío es peligroso.

Lo aparto y transfiero mis cosas de la mochila a una bolsa cruzada un poco más apropiada.

—Vámonos antes de que me arrepienta —murmuro haciendo caso omiso de sus gruñidos de desaprobación mientras camino hacia el descansillo.

Doy las gracias a los dioses de las Converse cuando bajo la escalera con mis cómodos y estables zapatos planos, pero la sonrisa se me borra de la cara en cuanto veo a mi abuela más allá dando vueltas arriba y abajo. George se aparta de su camino cada vez que ella da media vuelta y se pega a la pared para que no le pase por encima.

—¡Ahí está! —dice George, aliviado al ver que ya no corre peligro de llevarse un pisotón—. Y está preciosa.

Me detengo en el último peldaño y mi abuela me inspecciona de arriba abajo; luego se fija en que llevo a Gregory pegado a la espalda.

—Dijiste que llevaría tacones —dice con incredulidad—. Dijiste que se pondría un bonito vestido negro y tacones a juego.

—Lo he intentado —gruñe Gregory en voz baja, y vuelvo la cabeza para lanzarle una mirada inquisitiva. Él me la devuelve—. Es imposible resistir los interrogatorios de tu abuela.

Suspiro de frustración, bajo el último peldaño y paso junto a mi abuela deseando escapar del barullo.

—Adiós.

—¡Que te diviertas! —dice ella—. ¿Éste vale más que ese tal Miller?

—¡Mucho más! —le garantiza Gregory con seguridad, cosa que me hace andar aún más deprisa. Y ¿él cómo lo sabe? No conoce a ninguno de los dos.

—¿Lo ves? —George se ríe—. ¿Qué hay de mi tarta tatín de piña?

Sigo andando en línea recta, mientras doy las gracias por llevar zapatos planos, y estoy deseosa de acudir a mi cita para poder estar lejos de casa y de mi abuela. Es terrible pensar así pero, Señor, ¡dame fuerzas! La vida tranquila era fácil, más o menos, excepto cuando se me caía algún sermón por mi vida de reclusión. Ahora es una ristra constante de preguntas e interrogatorios. Es un horror.

—¡Livy!

Gregory me alcanza al final de la calle.

—Estás muy linda.

—No intentes hacer que me sienta mejor. Estoy bien, y no es gracias a ti.

—Hoy estás gruñona.

—Tampoco gracias a ti. —Dejo escapar un gritito cuando mis pies dejan de tocar el asfalto—. ¿Quieres dejarlo ya?

—Insolente. Yo te quiero incluso cuando no eres una pesada.

—Te lo mereces. Suéltame.

Me deja de nuevo en el suelo y me alisa el vestido.

—Yo voy en dirección contraria. Que sepas que te quiero y que ya te dejo en paz. —Me pellizca la mejilla—. Sé buena.

—Qué tonterías me dices precisamente a mí. —Le doy un pequeño puñetazo en el hombro para intentar que las cosas entre nosotros vuelvan a la normalidad.

—Normalmente sí, pero mi mejor amiga ha desarrollado un gen bastante idiota estas últimas semanas —replica devolviéndome el puñetazo en el hombro.

Tiene razón pero también he conseguido perder dicho gen, así que ya no tiene por qué preocuparse, y yo tampoco.

—Tengo una cita, eso es todo.

—Un beso de buenas noches tampoco te haría daño, pero nada de meterse mano hasta que yo haya podido conocerlo.

Me toma por los hombros y me da la vuelta.

—Vamos, no llegues tarde.

—Te llamo luego —digo mientras echo a andar.

—Sólo si no tienes nada entre manos.

Vuelvo la cabeza para ponerle mala cara, pero él finge no darse cuenta.

Cuando llego a Selfridges son las ocho menos diez. Oxford Street sigue bulliciosa, pese a la hora, así que me apoyo en el cristal del escaparate y observo el ir y venir. Intento parecer relajada. No lo consigo.

Cinco minutos después decido que es hora de juguetear con el móvil para parecer mucho más tranquila. Lo saco del bolso y empiezo a escribirle un mensaje a Gregory para pasar el rato.

¿Cuánto tiempo debo esperarlo?

Pulso «Enviar» y el teléfono empieza a sonar al instante. El nombre de Gregory aparece en la pantalla.

—Hola —respondo, agradecida de que me haya llamado porque estar hablando por teléfono todavía te hace parecer más relajada.

—¿Aún no ha llegado?

—No, pero todavía no son las ocho.

—¡Eso da igual! Mierda, debería haber hecho que llegases tarde. Es la regla número uno.

—¿Qué? —Me cambio de postura y me apoyo con el hombro contra el cristal del escaparate.

—La mujer siempre tiene que llegar tarde. Todo el mundo lo sabe. —Mi amigo no parece contento.

Sonrío a la multitud de extraños que caminan apresuradamente por la acera.

—Y ¿qué pasa cuando los que han quedado son hombres? ¿Quién tiene que llegar tarde entonces?

—Qué graciosa eres, muñeca. Qué graciosa.

—Es una pregunta razonable.

—Deja de darle la vuelta a la conversación para que hablemos de mí. ¿Ha llegado ya?

Echo la vista atrás y miro alrededor, pero no veo a Luke.

—No. ¿Cuánto debo esperarlo?

—Ya me cae mal —masculla Gregory—. Dos imbéciles en dos semanas. ¡Estás que ardes!

Me río para mis adentros. Estoy de acuerdo con mi amigo, el ofendido, aunque no se lo voy a decir.

—Gracias.

Apoyo la espalda contra el escaparate y suspiro.

—No has respondido a mi pregunta. ¿Cuánto tiempo debo...?

La lengua se me vuelve de trapo al ver pasar un coche. Lo sigo con la cabeza mientras avanza por Oxford Street. Debe de haber miles de Mercedes negros en Londres; ¿por qué este me llama tanto la atención? ¿Será por las ventanillas obscuras? ¿La placa de AMG en el alerón?

—¿Livy? —Gregory me devuelve a la realidad—. ¿Livy, estás ahí?

—Sí —digo observando cómo el Mercedes hace un giro prohibido antes de volver hacia mí.

—¿Ha llegado ya? —pregunta mi amigo.

—¡Sí! —grito—. Te dejo.

—Más vale tarde que nunca. Diviértete.

—Claro. —Apenas consigo pronunciar las palabras porque tengo un nudo en la garganta.

Cuelgo a toda prisa y miro hacia otro lado, como si no lo hubiera visto. ¿Debería marcharme? ¿Y si Luke aparece y yo no estoy? No se puede aparcar en Oxford Street, así que no puede detenerse. Suponiendo que sea él. Es posible que no sea él. Mierda, sé que es él. Me aparto del escaparate y sopeso mis opciones, pero antes de que mi cerebro pueda tomar una decisión mis pies se ponen en movimiento y me llevan lejos de mi fuente de pesar. Camino con decisión, respirando hondo, concentrándome en mantener el paso.

Cierro los ojos cuando el coche pasa lentamente junto a mí y sólo los abro cuando un hombre de negocios con poca paciencia me empuja a un lado y me abochorna en público por no mirar por dónde voy. Ni siquiera logro reunir fuerzas para disculparme. Sigo andando y veo que el coche se ha detenido. Dejo de andar. La puerta del conductor se abre. Su cuerpo fluye fuera del vehículo como el mercurio, se pone de pie, cierra la puerta y se abotona el saco del traje gris. La camisa y la corbata negra realzan sus rizos oscuros, y lleva barba de dos días. Está magnífico. Me ha conquistado y ni siquiera lo tengo cerca. ¿Qué querrá? ¿Por qué se habrá parado?

Obligo a mi mente a pensar con racionalidad y me pongo en acción. Vuelvo a echar a andar en dirección contraria. Pies, ¿para qué los quiero?

—¡Livy!

Oigo sus pasos, que se acercan a mí, el latido de zapatos caros contra el asfalto, incluso entre el bullicio de Londres.

—¡Livy, espera!

La sorpresa que ha puesto mis pies en movimiento se transforma en enfado cuando lo oigo gritar mi nombre, como si le debiera algo. Me detengo para enfrentarme a él, más decidida que otra cosa, y nuestras miradas se encuentran.

Derrapa en sus zapatos finos y se alisa el saco. Se queda mirándome, sin hablar.

Yo no voy a abrir la boca porque no tengo nada que decirle y, de hecho, espero que él tampoco diga nada porque así no tendré que ver esos labios moviéndose lentamente y escuchar la suavidad de su voz. Estoy mucho más segura cuando se queda quieto y no dice nada... Al menos, mucho más segura que cuando me acaricia o me habla.

Nada segura.

Da un paso adelante, como si adivinara mis pensamientos.

—¿A quién estabas esperando?

No le contesto, sino que me limito a sostenerle la mirada.

—Te he hecho una pregunta, Livy.

Da otro paso adelante y registro su proximidad como una amenaza. No obstante, no me muevo un palmo, aunque sé que debería echar a correr.

—Sabes que odio tener que repetirme. Respóndeme, por favor.

—Tengo una cita. —Intento parecer fría y distante, pero no estoy muy segura de haberlo conseguido. Me siento demasiado encabronada.

—¿Con un hombre? —me pregunta, y casi puedo ver cómo se le eriza el vello de la nuca.

—Sí, con un hombre.

Normalmente su rostro se muestra impasible, pero de repente es un manantial de emoción. Salta a la vista que no le ha hecho ni pizca de gracia. Ahora tengo más confianza en mí misma. No quiero sentir la pequeña punzada de esperanza que mariposea en mi estómago, pero es innegable que está ahí.

—¿Eso es todo? —digo con voz firme.

—¿Estás saliendo con alguien?

—Sí —me limito a contestar. Porque es verdad y, como si fuera una señal, entonces oigo mi nombre.

—¿Livy?

Luke aparece a mi lado.

—Hola. —Me acerco y lo beso en la mejilla—. ¿Nos vamos?

Mira a Miller, que se ha quedado rígido y en silencio al verme saludar a Luke.

—Hola. —Luke le ofrece la mano a Miller, y me sorprende que él la acepte y se la estreche. Sus modales son intachables.

—Hola. Miller Hart. —Saluda con la cabeza, tiene la mandíbula tensa, y mi cita titubea un poco cuando Miller le suelta la mano y se arregla el inmaculado saco.

No me estoy imaginando el sutil subir y bajar de su pecho ni la sombra de ira que oscurece su mirada. Casi puedo oír un tictac en su interior, como una bomba a punto de estallar. Está enfadado, y me preocupa que tenga la mirada asesina clavada en Luke.

—Luke Mason —responde él después de haberle estrechado la mano—. Encantado de conocerte. ¿Eres amigo de Livy?

—No, sólo un conocido —intercedo, ansiosa por apartar a Luke de esa furia que casi se puede tocar—. Vámonos.

—Genial.

Luke me ofrece el brazo y lo entrelazo con el mío para que me lleve lejos de la espantosa situación.

—He pensado que podríamos ir a The Lion, está muy cerca de aquí, a la vuelta de la esquina —comenta mirando hacia atrás por encima del hombro.

—Bien —contesto sin poder evitar hacer lo mismo.

Casi desearía no haberlo hecho. Miller sigue ahí de pie, mirando cómo me voy con otro hombre. Con el rostro petrificado y el cuerpo rígido.

No tardamos en rodear la esquina y, cuando Luke me mira, me invade la culpa. No sé por qué. Es una cita, nada más. ¿Me siento culpable porque Luke no se ha dado cuenta de nada o porque es evidente que Miller se ha quedado turbado?

—Qué tipo más raro —musita Luke.

Asiento con un murmullo y él me mira.

—Estás preciosa. Perdona que haya llegado un poco tarde. Debería haberme bajado del taxi y haber subido al metro.

—No te preocupes, lo importante es que has venido.

Sonríe y es una sonrisa muy linda, que todavía hace más dulce su amable semblante.

—Mira, ya hemos llegado. —Señala hacia adelante—. Me han hablado muy bien de este sitio.

—¿Es nuevo? —pregunto.

—No, sólo lo han reformado. No es ni una vinoteca ni el típico bar londinense.

Mira a un lado y a otro de la calle y cruzamos tomados del brazo.

—Aunque me encantan los bares de toda la vida.

Sonrío. Me resulta muy fácil imaginarme a Luke en un bar de barrio, bebiéndose una cerveza y riéndose con sus amigos. Es normal, un chico normal, la clase de chico que debería interesarme ahora que todo indica que empiezo a dedicarles tiempo a los hombres.

Me abre la puerta y me conduce a una mesa al fondo del bar, en una especie de entrepiso.

—¿Qué te apetece beber? —pregunta haciéndome un gesto para que me siente.

Ahí está la dichosa pregunta. Antes me he sentido perfectamente cómoda diciéndole a Gregory que pediría agua, pero ahora me siento estúpida.

—Vino —digo a toda velocidad para no tener tiempo de convencerme de que es una idea pésima. Además, creo que necesito un trago. Maldito Miller Hart.

—¿Blanco, tinto o rosado?

—Blanco, por favor. —Intento que parezca que no le doy importancia y que estoy muy cómoda en este ambiente, pero lo cierto es que haber vuelto a ver a Miller me tiene hecha un flan. Tiemblo sólo de pensar en la cara que ha puesto al ver a Luke.

—Blanco, pues. —Me sonríe y se marcha hacia la barra.

Me deja sola en la mesa, como a un pez fuera del agua. Hay bastante gente, casi todos son hombres con traje que parecen haber venido aquí nada más salir de la oficina. Hablan y ríen en voz alta, prueba de que ya llevan un buen rato en el bar, igual que los nudos de corbata flojos y los sacos en los respaldos de las sillas.

Me gusta la decoración, pero no el ruido. ¿La primera cita no debería ser en un sitio silencioso para poder charlar mientras se come algo?

—Aquí tienes.

Una copa de vino blanco aparece ante mí y, por instinto, echo atrás la silla en vez de agarrarla y darle las gracias a Luke. Él se sienta enfrente de mí, con una cerveza en la mano, y le da un trago. Hace un gesto de disfrute antes de dejarla sobre la mesa.

—Me alegro de que aceptaras tomarte una copa conmigo. Estaba a punto de desistir.

—Yo también me alegro.

Sonríe.

—Háblame de ti.

Me obligo a entrelazar los dedos y a dejar las manos encima de la mesa, donde me dedico a darle vueltas a mi anillo y a pegarme una fuerte patada mental en el trasero. Por supuesto que va a preguntarme cosas. Es lo que la gente normal hace en las citas; lo raro son las proposiciones indecentes. Respiro hondo, aprieto los dientes y le cuento algo de mí a un desconocido, cosa que no he hecho nunca y que jamás pensé que haría.

—Hace poco que trabajo en la cafetería. Antes de eso me dedicaba a cuidar de mi abuela —explico. No es mucho, pero por algo se empieza.

—No habrá muerto... —dice incómodo.

—No —me río—. Está vivita y coleando.

Luke también se ríe.

—Qué alivio. Por un momento pensé que había metido la pata. ¿Por qué estabas cuidándola?

No es fácil responder a esa pregunta; la respuesta es demasiado complicada.

—Estuvo enferma un tiempo, eso es todo. —Me muero de la vergüenza, pero al menos he compartido un poco de información con él.

—Lo siento.

—No te preocupes. Ahora ya está bien —digo pensando que a la abuela le encantaría oírme decir eso.

—Y ¿qué haces para divertirte?

No sé qué decir, y se me nota. La verdad es que no hago nada. No tengo una legión de amigas, no tengo vida social, no tengo aficiones y, como nunca me he puesto en una situación en la que alguien quisiera saberlo, nunca me había parado a pensar lo sola y aislada que estoy. Siempre lo he sabido —era a lo que aspiraba—, pero ahora, cuando quiero parecer una persona interesante, me he quedado muda. No tengo nada que aportar a la conversación. No tengo nada que ofrecer como amiga o como pareja.

Me entra el pánico.

—Voy al gimnasio, salgo con mis amigos.

—Yo voy al gimnasio por lo menos tres días a la semana. ¿A cuál vas tú?

Esto va a peor. Mis mentiras sólo obtienen más preguntas, lo que implica más mentiras. No es el mejor comienzo de una bonita amistad. Le doy un sorbo al vino, una maniobra desesperada para comprar más tiempo mientras intento recordar con rapidez el nombre de algún gimnasio de la zona. No se me ocurre ninguno.

—El que hay en Mayfair.

—¿Virgin?

Resulta evidente que me siento aliviada al ver que él mismo ha encontrado la respuesta.

—Sí, Virgin.

—¡Yo voy a ése! ¿Cómo es que nunca te he visto?

Esto es una tortura.

—Suelo ir muy temprano. —Tengo que cambiar de tema porque no quiero contarle más mentiras—. ¿Y tú? ¿Qué sueles hacer?

Acepta mi solicitud de información y se lanza a ofrecerme un informe detallado de su persona y de su vida. En tan sólo media hora descubro muchísimas cosas sobre Luke. Tiene mucho que contar, y no dudo de que todo es verdad y tan interesante como parece, al contrario que mis penosos intentos por hablar de mí y de mi vida. Es corredor de Bolsa y comparte piso con un amigo, Charlie, desde que rompió con su novia hace cuatro años, aunque está buscando su propio apartamento. Tiene veinticinco años, casi la misma edad que yo, y es un chico muy simpático, estable y sensato. Me gusta.

—¿Ningún exnovio del que deba preocuparme? —pregunta tomando su cerveza.

Disfruto escuchándolo. Estoy totalmente concentrada en lo que me dice y de vez en cuando contribuyo con una opinión o una idea, pero Luke lleva la voz cantante, y por mí perfecto.

Hasta ahora.

—No. —Niego con la cabeza y le doy otro sorbo a mi vino.

—Tiene que haber alguien. —Se ríe—. Una chica tan guapa como tú...

—He estado cuidando de mi abuela, no tenía tiempo para esas cosas.

Se echa hacia atrás en su silla.

—¡Vaya! ¡Eso sí que es una sorpresa!

He pasado de estar tan a gusto a sentirme muy incómoda ahora que el tema de conversación vuelvo a ser yo.

—No es para tanto —digo tímidamente mientras jugueteo con mi copa.

Por la expresión de su cara sé que se muere de curiosidad, pero no me presiona.

—De acuerdo —sonríe—. Voy a por otra. ¿Lo mismo?

—Sí, gracias.

Asiente pensativo. Seguro que está preguntándose qué hace perdiendo el tiempo con una camarera recelosa y ambigua. Se dirige a la barra, esquivando gente para poder llegar a su destino. Suspiro y me desplomo contra el respaldo de la silla mientras le doy vueltas a la copa de vino y me echo bronca por... por todo. Por cómo me organizo la vida, mis prioridades, el camino que he tomado... Es evidente que tengo mucho en lo que pensar. No sé ni por dónde empezar.

Casi me caigo de la silla del susto cuando siento un aliento tibio en mi oído y una mano firme en la nuca.

—Ven conmigo.

Me tenso al contacto de su piel y mis ojos vuelan hacia el bar en busca de Luke. No lo veo, pero eso no significa que él no pueda verme a mí.

—Levántate, Livy.

—Pero ¿qué estás haciendo? —pregunto ignorando el calor que su mano inyecta en la piel de mi nuca.

Me toma del brazo con la otra mano y tira de mí para ponerme de pie, luego me empuja en dirección a la puerta trasera del bar.

No tengo ni puta idea de qué estoy haciendo, pero parece ser que soy incapaz de contenerme.

—Miller, por favor.

—¿Por favor, qué?

—Que pares, por favor —le suplico en voz baja cuando debería estar resistiéndome con todas mis fuerzas y abofeteándolo con ganas—. Estoy con alguien.

—No me digas eso —masculla, y estoy segura de que, si pudiera verle la cara, ésta sería de enfado. Pero no se la veo, porque lo tengo detrás y porque la mano en la nuca me impide volver la cabeza.

Continúa empujándome y no me queda más alternativa que andar a toda prisa para seguir el ritmo de sus zancadas largas y decididas.

Abre la puerta de la salida de incendios con un golpe seco, me da la vuelta y me empuja contra la pared, con su cuerpo firme contra el mío.

—¿Vas a acostarte con él? —pregunta con el gesto torcido y mirada penetrante. Sigue enfadado.

Por supuesto que no, pero ¿y a él qué le importa?

—No es asunto tuyo —replico.

Levanto la barbilla desafiante, consciente de que lo estoy provocando. Podría haber dicho que no, pero siento demasiada curiosidad por saber qué va a hacer al respecto. No voy a ponerme de rodillas para complacerlo ni a decirle lo que quiere oír.

Ya me gustaría.

Me gustaría jurarle que, si él me adorara para siempre, yo jamás volvería a mirar a otro hombre. Su cuerpo se aprieta contra el mío, su mirada ardiente me quema y de su boca entreabierta manan bocanadas de aire cálido que despiertan todas esas sensaciones indescriptibles. Empiezo a temblar debajo de él.

Lo deseo.

Acerca sus labios a mi boca.

—Te he hecho una pregunta.

—Y yo he decidido no responderla —susurro apretándome

contra la pared—. He tenido que soportar verte salir con otras mujeres más de una vez.

—Te lo he explicado mil veces. Sabes lo mucho que odio repetirme.

—Entonces, tal vez deberías explicarte mejor —contraataco.

—¿Lo que he visto en la mesa era una copa de vino?

—No es asunto tuyo.

—Ahora lo es. —Se aprieta contra mí y se me escapa un gemido—. Estabas planeando acostarte con él, y no voy a permitirlo.

Aparto la cabeza. El deseo se esfuma y empiezo a encabronarme.

—No puedes impedírmelo. —No sé ni lo que digo.

—Todavía me debes cuatro horas, Livy.

Como un resorte, levanto la cabeza para mirarlo.

—¿Esperas que te dedique otras cuatro horas para que luego puedas ignorarme? Compartí algo contigo. Me hiciste sentir a salvo.

Aprieta los labios y veo que le cuesta respirar, como si tuviera que controlarse.

—Conmigo estás a salvo —ruge—. Y sí, espero que me des más. Quiero el tiempo que me debes.

—Pues no vas a conseguirlo —proclamo muy ufana, asqueada ante sus exigencias absurdas—. ¿De verdad crees que te debo algo?

—Vas a venir a casa conmigo.

—Ni lo sueñes —replico, aunque en realidad estoy luchando contra el impulso de gritarle que sí—. Y no has respondido a mi pregunta.

—He decidido no responderla. —Se inclina sobre mí hasta que nuestras bocas están a la misma altura—. Deja que te saboree de nuevo.

El deseo se abre camino.

—No.

—Deja que te lleve a mi cama.

Niego con la cabeza desesperadamente y cierro los ojos con fuerza. Quiero que lo haga, pero sé que sería un error monumental.

—No, no para que luego me eches.

Siento el calor de su boca que se cierne sobre la mía, pero no aparto la cara.

Espero.

Dejo que suceda.

Y cuando sus labios suaves y húmedos rozan los míos, me relajo y me abro a él con un gemido grave. Mis manos encuentran sus hombros, mi cabeza se echa hacia atrás para entregar mi boca por completo. Pierdo la conciencia. Mi inteligencia ha vuelto a esfumarse.

—Saltan chispas —murmura—, cargas eléctricas de alto voltaje que creamos nosotros.

Me muerde los labios.

—No nos arrebates eso.

Me besa la cara, sigue por el cuello y me mordisquea el lóbulo de la oreja.

—Por favor.

—¿Sólo cuatro horas? —susurro.

—No le des tantas vueltas.

—No le doy tantas vueltas. Apenas soy capaz de pensar cuando te tengo cerca.

—Eso me gusta.

Me rodea el cuello con las manos y me levanta la cara. Es tan guapo que ni siquiera puedo moverme.

—Deja que suceda.

—Ya lo he hecho, más de una vez, y luego te vuelves frío y distante conmigo. ¿Vas a volver a hacer lo mismo?

—Nadie sabe lo que va a ocurrir en el futuro, Livy.

Sus labios se mueven despacio y capturan toda mi atención.

—Esa respuesta no me convence —murmuro—. Sí puedes decirme lo que va a pasar, porque está bajo tu control.

Estoy molesta porque le he mostrado mis cartas. Le he dejado claro que quiero más de lo que está dispuesto a darme.

—De verdad que no.

Se acerca para besarme y me obligo a apartar la cara. Lo dejo compuesto y sin nada que besar más que mi mejilla.

—Déjame saborear tu boca, Livy.

Tengo que resistirme, y su vaga respuesta me da las fuerzas que necesito.

—Ya te he dado demasiado.

Si caigo ahora, no habrá quien me levante. Si acepto lo que hay le estaré concediendo el poder de darme la espalda en cuanto haya conseguido lo que quiere, y nunca tendré motivos para reprochárselo porque se lo habré permitido... otra vez.

—¿Tú crees? ¿Y tú ya has tenido suficiente, Livy?

—De sobra. —Le doy un empujón—. Más que suficiente, Miller.

Maldice y se pasa la mano por el pelo.

—No voy a dejar que te vayas a casa con ese hombre.

—Y ¿cómo piensas impedírmelo? —le pregunto con calma.

No me quiere, pero tampoco quiere que sea de otro hombre. No lo entiendo, y no voy a permitir que me engatuse de nuevo sólo para dejarme tirada después.

—No te hará sentir lo mismo que yo.

—¿Te refieres al hecho de sentirme usada? Porque tú me haces sentir como un pañuelo de papel. Nunca me había expuesto emocionalmente a un hombre antes y lo hice contigo. Tengo mucho de lo que arrepentirme en la vida, Miller, pero tú encabezas la lista.

—No digas cosas que no sientes. —Me acaricia la mejilla con los nudillos—. ¿Cómo puedes arrepentirte de algo tan hermoso?

—Fácilmente. —Le aparto la mano de mi cara y se la coloco al costado—. Es fácil arrepentirse cuando sé que nunca volveré a tenerlo.

Me alejo de la pared y echo a andar procurando no tocarlo. Me voy a casa.

—Puedes volver a disfrutarlo —me dice—. Podemos volver a disfrutarlo, Olivia.

—¿Sólo cuatro horas? —respondo cerrando los ojos con rabia—. No vale la pena.

Sigo andando, pero no siento los pies y apenas soy consciente de que he dejado plantado a Luke en el bar. Seguramente se estará preguntando adónde he ido, pero no puedo volver adentro y fingir que estoy de buen humor, no cuando siento que estoy hecha añicos. Le envío un mensaje de texto con una pobre excusa: que mi abuela no se encuentra bien. Luego me arrastro a casa.

Capítulo 15

—¿Qué tal te fue? —pregunta Gregory cuando lo llamo al día siguiente. Ni «Hola», ni «¿Cómo estás?».

—Es guapo —confieso—, pero no creo que volvamos a vernos.

—¿Por qué será que no me sorprende? —gruñe.

Oigo barullo de fondo.

—¿Dónde estás?

Hay un largo silencio y, tras varios ruidos más, oigo una puerta que se cierra.

—Anoche salí con Ben —susurra.

—¿Ah, sí? —Sonrío y me pego el teléfono a la oreja—. ¿Para darte una alegría?

—No ha sido eso. Salimos y luego nos tomamos un café en su apartamento.

—Y el desayuno...

—Sí, y el desayuno. —Se nota que lo dice sonriente—. Oye, ¿te acuerdas de que dije que Ben quería conocerte?

—Me acuerdo.

—Bueno, pues esta noche inauguran un club. Ben lleva semanas preparándolo y me ha invitado. Quiere que vengas.

—¿Yo? A un club?

—Sí, ven. Será divertido. Es un sitio megafino, se llama Ice. Di que sí, por favor.

Su tono suplicante no me ablandará. No se me ocurre nada peor que ir a un club en Londres. Suelen estar abarrotados.

—Creo que paso, Gregory. —Niego con la cabeza.

—¡Pero muñeca! —protesta. Indudablemente está haciendo pucheros—. Seguro que consigue que te olvides de todo un rato.

—Y ¿qué te hace pensar que necesito olvidarme de todo un rato? Estoy bien.

Casi gruñe.

—Suficiente, Livy. No pienso aceptar un no por respuesta. Vienes y punto. Y nada de Converse.

—Entonces paso de ir. No pienso volver a tocar esos taconazos.

—Vas a venir y te pondrás los tacones. Tienes mucho que ofrecerle al mundo, Livy. No voy a consentir que pierdas más el tiempo. Esto no es una sesión de prácticas. Tienes una vida, muñeca. Una nada más. Esta noche vas a venir y vas a ponerte guapa. Si tienes que pasarte el día en casa con los tacones puestos para practicar, que así sea. Te recojo a las ocho, y más te vale estar arreglada para cuando llegue.

Cuelga y me deja con la palabra en la boca. Nunca, jamás, me había hablado así. Estoy sorprendida, pero me pregunto si es la patada en el trasero que me hacía falta desde hace tiempo.

He desperdiciado demasiados años, he pasado mucho tiempo fingiendo estar contenta con mi vida enclaustrada. Se acabó. Miller Hart ha causado un torbellino emocional al que no estoy acostumbrada, pero también me ha hecho darme cuenta de que tengo mucho que ofrecerle al mundo. No voy ni a encerrarme ni a esconderme más por miedo a ser vulnerable, por miedo a convertirme en mi madre.

Salto de la cama, me pongo los zapatos negros con tacón de aguja y empiezo a andar por la habitación. Tengo que concentrarme para caminar erguida, con la cabeza alta, y no mirando al suelo, al ángulo ridículo de mis tobillos. Mientras tanto, busco en Google gimnasios que estén por mi zona (y que no sean el Virgin) y llamo para ir a hacer una prueba el martes por la tarde. Luego me atrevo con la escalera, con cuidado, intentando mantener una buena postura y ser elegante. No se me da mal del todo.

Avanzo por el pasillo y sonrío al pisar el suelo de madera de la cocina. He llegado hasta aquí sin tambalearme, sin tropezar y sin resbalarme.

Mi abuela se asoma al oír los tacones contra el suelo, boquiabierta.

—¿Qué te parece? —pregunto dando vueltas para que las dos veamos que no me caigo—. Aunque así no, me los pondré con un vestido —añado al darme cuenta de que llevo los pantalones cortos del pijama.

—Ay, Livy.

Se lleva el paño de cocina al pecho con un suspiro.

—Recuerdo cuando yo me pasaba el día brincando de aquí para allá con los tacones puestos como si fueran zapatos planos. Mis juanetes son la prueba.

—No creo que yo vaya a brincar mucho, abuela.

—¿Has vuelto a quedar con ese chico tan agradable?

Me mira esperanzada y se sienta junto a la mesa de la cocina.

No sé si se refiere a Miller, a quien conoce, o a Luke, al que no conoce.

—Esta noche tengo una cita con dos hombres.

—¿Con dos? —Abre sus ojos azul marino sorprendida—. Livy, cariño, sé que siempre te digo que tienes que vivir un poco, pero no...

—Tranquila. —Levanto la vista al techo pensando que debería haberlo entendido, pero hay que tener en cuenta que la aburrida e introvertida de su nieta ha salido más veces en una semana que en toda su vida—. He quedado con Gregory y su nuevo novio.

—¡Qué bien! —exclama contenta, pero enseguida frunce el arrugado ceño—. No irás a uno de esos bares para gays, ¿no?

Me echo a reír.

—No, es un sitio nuevo en el centro. Lo inauguran esta noche y el novio de Gregory ha organizado la fiesta. Él es quien me ha invitado.

Por su expresión sé que está encantada, pero aun así va a darme un poco más la lata.

—¡Tus uñas!

Lo ha dicho de tal manera que casi me caigo de los tacones.

—¿Qué?

—Tienes que pintarte las uñas.

Miro mis uñas, cortas, limpias y sin pintar.

—¿De qué color?

—¿Qué vas a ponerte?

Y me pregunto si hay muchas jóvenes de veinticuatro años que pidan consejo a sus abuelas sobre estos temas.

—Gregory me hizo comprar un vestido negro, pero es un poco corto y estoy segura de que necesito una talla más. Es muy ajustado.

—¡Tonterías!

Se nota que está entusiasmada por mi noche de fiesta.

—¡Tengo un esmalte rojo como las cabinas de teléfono!

Desaparece de la cocina y sube la escalera más rápido que nunca. Regresa al instante con un frasco de esmalte rojo en sus manos venosas.

—Lo reservo para ocasiones especiales —dice sentándome en una silla y tomando la de al lado.

Miro cómo se toma su tiempo para cubrir con pulcritud cada uña y luego me mueve las manos para que circule el aire y se sequen mejor. Se echa hacia atrás en su asiento, inclina la cabeza, mira mis uñas y vuelve a moverme las manos para verlas desde distintos ángulos. Luego me las acerco para verlas mejor.

—Es muy... rojo.

—Tiene mucha clase. Las uñas rojas con un vestido negro siempre son un acierto.

Su mente parece vagar, y le sonrío con cariño. Me vienen a la cabeza un sinfín de recuerdos de la infancia con ella y mi abuelo.

—Abuela, ¿te acuerdas cuando el abuelo nos llevó al Dorchester por tu cumpleaños?

Yo tenía diez años y la opulencia me impresionaba muchísimo. El abuelo se puso un traje y la abuela uno de falda y saco. A mí me regalaron un vestido sin mangas azul marino con lunares blancos. Al abuelo le encantaba ver a las mujeres de su vida de azul. Decía que, así, nuestros impresionantes ojos parecían el fondo infinito de los zafiros.

Mi abuela deja escapar un profundo suspiro y se obliga a sonreír. Sé que lo que de verdad le apetece es echarse a llorar.

—Aquel día te pinté las uñas por primera vez. A tu abuelo no le gustó.

Le devuelvo la sonrisa. Me acuerdo de que la regañó.

—Y aún le gustó menos cuando me pintaste un poco los labios con tu labial rojo —señalo.

Se echa a reír.

—Era un hombre de principios y de costumbres. No entendía qué necesidad tenían las mujeres de echarse menjujes en la cara, por eso le costaba tanto llevarse bien con tu mad... —No termina la frase y, en vez de ello, se apresura a enroscar el tapón del esmalte.

—No pasa nada. —Le agarro la mano y le doy un pequeño apretón—. Me acuerdo.

Tal vez yo no fuera más que una niña, pero recuerdo los gritos, los portazos, y haber visto al abuelo con la cabeza entre las manos más de una vez. Entonces no lo entendía, pero la madurez ha hecho que todo cobre sentido, aunque duela. Eso y el diario que encontré.

—Era demasiado hermosa y se dejaba llevar con facilidad.

—Lo sé.

Estoy de acuerdo, aunque no creo que se dejara llevar con facilidad. He llegado a la conclusión de que eso es lo que la abuela se dice a sí misma para poder vivir con su pérdida. Sin embargo, prefiero dejar las cosas así.

—Livy...

Mueve la mano bajo la mía con cuidado para no estropearme el esmalte y luego me la aprieta con fuerza, para infundirme confianza.

—Te pareces a tu madre en todo menos en eso. —Se da golpecitos en la sien con el índice—. No temas convertirte en ella. Lo único que conseguirías sería malgastar también tu vida.

—Lo sé. —Lo reconozco.

Tengo mis razones para evitar repetir la vida de mi madre, pero el recuerdo de la pena que les causó a mis abuelos es el último clavo del ataúd.

—Te has negado, Livy. Sé que yo también te di muchos quebraderos de cabeza tras la muerte de tu abuelo, pero ahora estoy bien, hace tiempo que estoy bien, cariño.

Enarca sus cejas grises, desesperada por hacérmelo entender.

—Nunca me recuperaré de haberlos perdido a los dos, pero sobreviviré. No has vivido ni la mitad de lo que puede ofrecerte la vida, Olivia. Eras una niña muy alegre y fuiste una adolescente muy vivaracha hasta que descubriste... —Se detiene, y sé que es porque es incapaz de decirlo en voz alta. Se refiere al diario, a la vívida narración de las aventuras de mi madre.

—Así he permanecido a salvo —susurro.

—Pero no es sano, cariño. —Levanta mi mano y la besa con dulzura.

—Empiezo a darme cuenta.

Tomo aire para infundirme valor.

—Aquel hombre, el que vino a cenar —no sé por qué no puedo pronunciar su nombre—, despertó algo en mí, abuela. No vamos a llegar a nada, pero me alegra haberlo conocido porque me ha hecho darme cuenta de lo que puede ser la vida si yo le doy la oportunidad.

No doy más detalles y tampoco confieso que, si de mí dependiera, tendría con él lo que fuera... Sólo que no me deja. No es por el sexo, sino por la conexión, la sensación de encontrarme segura, como en un refugio. No se parece a nada que yo haya intentado lograr por mí misma. No tiene sentido, la verdad. Miller Hart es irracional, difícil y temperamental, pero entre rabieta y rabieta pasamos momentos de una felicidad y una calma indescriptibles. Ya quisiera volver a sentirme así con otro hombre. No creo que eso suceda jamás.

La abuela me observa pensativa, sin soltarme la mano.

—¿Por qué no van a llegar a nada?

Estoy siendo sincera y ella debe de haberlo notado. No tiene un pelo de tonta.

—Porque creo que no está disponible.

—Ay, Livy —suspira—. No decidimos de quién nos enamoramos. Ven aquí.

Se levanta y me da un fuerte abrazo. La tensión y la incertidumbre se esfuman de mi cuerpo.

—Tenemos que ver lo positivo de todo lo que nos ocurre en la vida. Yo veo muchas cosas buenas en tu encuentro con el señor Hart, cariño.

Asiento con la cara hundida en su hombro, pero me pregunto si estaré en condiciones de aprovechar esas supuestas oportunidades. Ya me ha fastidiado una cita. Si voy a seguir resistiéndome a los avances de Miller Hart, necesitaré mantener mi fuerza de voluntad y desarrollar la resiliencia. El descaro y el brío por el que son famosas las chicas Taylor no abundan en mí, pero procuraré encontrarlos. Sé que los llevo dentro. Últimamente han hecho acto de presencia de vez en cuando, sólo tengo que agarrarlos por el pescuezo y no dejarlos escapar nunca.

Parpadeo cuando la abuela me planta una cámara de fotos delante de las narices y me ciega con el flash.

—Abuela, compórtate —protesto tirando del dobladillo de mi ridículo vestido.

Me he pasado veinte minutos delante del espejo deliberando sobre mi total transformación. Me he pasado todo el día, todo el santo día, depilándome con la cera, depilándome las cejas, maquillando, difuminando y alisando. Estoy agotada.

—¡Mira, George! —La abuela hace un par de fotos más—. ¡Mira qué brío!

Pongo los ojos en blanco en dirección a un George que es todo sonrisas y le doy otro tirón al bajo del vestido.

—Para ya.

Aparto la cámara de mi cara sintiéndome como una adolescente la noche del baile de graduación. Era inevitable, pero todo el alboroto que está haciendo mi abuela no hace sino que me sienta aún más consciente de mi aspecto.

—¡Estás espectacular, Livy! —George se ríe y le quita la cámara a la abuela sin hacer caso de su mirada de indignación—. Deja a la pobre muchacha en paz, Josephine.

—Gracias, George —digo dándole el enésimo tirón al bajo del vestido.

—Deja de darle tirones al dobladillo —me regaña la abuela al tiempo que me da un manotazo—. Camina derecha, con la barbilla bien alta. Si sigues retocándote, parecerá que estás incómoda y que te sientes fuera de lugar.

—Por Dios, ya me voy.

Tomo mi bolso de mano, que no es más pequeño porque no debe de haberlos, y me dirijo a la puerta desesperada por escapar de las reacciones exageradas que despierta mi... apariencia mejorada. Cierro la puerta con más fuerza de la que pretendía y taconeo en dirección a la acera. Oigo a la abuela gritándole a George. Sonrío, enderezo la espalda, me coloco el bolso bajo el brazo, me resisto a la tentación de darle otro tirón al bajo del vestido y echo a andar.

Sólo he dado unos pasos cuando veo a Gregory a lo lejos, andando hacia mí. Se detiene a media zancada y sé que si estuviera más cerca lo vería entrecerrar los ojos. Por raro que parezca, su reacción no me hace sentir consciente de mi aspecto. Me hace sentir osada, así que levanto la barbilla e intento imitar lo mejor que puedo a una modelo de pasarela. No sé si lo hago bien, pero Gregory sonríe de oreja a oreja y me dedica un silbido.

—¡Chica guapa! —Se detiene, separa las piernas y abre los brazos para recibirme—. Voy a tener que espantarlos como si fueran moscas.

Ni siquiera me sonrojo. Me doy una vuelta perfecta antes de arrojarme a sus brazos.

—Llevo todo el día practicando.

—Se nota.

Se separa de mí y me inspecciona de arriba abajo. Luego me acaricia el pelo y sonríe.

—Liso y sedoso. Estás aún más guapa que de costumbre. ¡Con un demonio, qué piernas!

Me miro las piernas y aprecio curvas en las que no había reparado nunca.

—Me veo bien —confieso.

Me rodea con el brazo y me atrae hacia su costado.

—Deberías, porque estás increíble. ¿Ibas a irte sin mí? —pregunta mientras me conduce hacia la calle principal para tomar un taxi.

—No, es que no aguantaba ni un minuto más en casa.

—Ya me imagino.

—Te veo muy arreglado —digo dándole un tironcito a la manga de su camisa rosa—. ¿A quién intentas impresionar?

Está conteniendo una sonrisa, y no puedo evitar reírme.

—No me hace falta impresionar a nadie, Livy —señala arrogantemente—. ¿Me prometes una cosa?

—¿Qué?

—Esta noche tienes que llamarme Greg.

Sonrío aún más y le rodeo la cintura con el brazo.

—Yo te llamaré Greg si tú me llamas *preciosa*.

Se echa a reír.

—¿Preciosa?

—Sí, muñeca, bonita, mi niña... —Me doy cuenta de mi metida de pata al instante.

—¿Quién te llama *mi niña*?

—Eso no importa. —Pongo fin al interrogatorio antes de que empiece, y también a la dirección que están tomando mis pensamientos—. Lo que quiero decir es que ya no soy una chiquilla.

—Está bien. Te llamaré *preciosa*. —Me besa en la frente—. No sabes lo contento que estoy en este momento.

—¿Porque vas a ver a Benjamin?

—Se llama Ben. —Me da un pequeño codazo—. Y no, no es por Ben. Es por ti.

Miro a mi querido amigo y sonrío.

—Yo también estoy contenta.

Capítulo 16

Sufro mi primera situación embarazosa con el vestido. Gregory baja con elegancia del taxi mientras que yo tengo que pensar cuál es el mejor modo de salir sin enseñarle a todo el mundo las pantis negros de encaje. Me sujeto el bajo del vestido con ambas manos, pero entonces se me cae el bolso.

—Mierda —maldigo al recogerlo.

—Lo de bajar del taxi no lo has practicado, ¿no? —bromea Gregory extendiendo una mano para sujetarme el bolso y ofreciéndome la otra para ayudarme a ponerme en pie—. De lado. Tienes que salir de lado.

Le paso el bolso, le tomo la mano y, siguiendo sus instrucciones, pongo el pie derecho fuera del taxi. Sorprendentemente, me resulta bastante sencillo salir así, sin tener que agacharme ni haberle enseñado a nadie las pantis.

—Gracias.

—Elegante como un cisne.

Me guiña un ojo y me coloca el bolso bajo el brazo.

—¿Lista?

Respiro hondo para infundirme seguridad.

—Lista.

Miro el edificio, las luces azules que ascienden por la fachada de cristal y la alfombra roja que cubre la acera. Hay cientos de personas esperando poder entrar.

Es impresionante. Entre las puertas de cristal se oye la melodía de *Blurred Lines* de Robin Thicke, y haces de luz azul aparecen y desaparecen de forma intermitente. Hay porteros que mantienen el orden y tachan nombres de una lista antes de dejar entrar a nadie.

Gregory me lleva hacia el inicio de la cola y toda la gente que está esperando nos mira mal.

—Gregory, hay fila —susurro bastante alto cuando llegamos junto al portero que tiene la lista.

—Greg Macy y Olivia Taylor, nos ha puesto en la lista Ben White —dice mi amigo con seguridad mientras yo me achico bajo las miradas asesinas de la multitud que hace cola.

El portero pasa las páginas en busca de los nombres, gruñe y retira el cordón que une los dos postes de metal de la entrada.

—Hay champán en el primer piso, al fondo a la izquierda. El señor White estará allí, en la zona vip.

—Gracias —responde Gregory, y tira de mí para empujarme por la puerta—. La zona vip —me susurra al oído—. Y acabas de llamarme Gregory, *preciosa*.

—Se me escapó.

Hay varias plantas y a todas se accede por escaleras de cristal iluminadas por luces azules. Hay gente muy bien vestida por todas partes, pegada a las balaustradas. No se ven ni botellas de cerveza ni tarros, sólo champán. Detrás de cada barra (por ahora he visto tres) hay cajas y más cajas de botellas de champán. Nunca lo he probado, pero me parece que lo probaré en breve.

—Por aquí.

Gregory me conduce hacia arriba, y mi parte práctica no para de pensar en lo duro que sería caerse por esas escaleras de cristal. Mis tacones resuenan con suavidad. Los miro y descubro, admirada, que muevo el trasero un poco más.

—¿Estás haciéndolo a propósito? —Gregory se ríe y me da una palmada en el trasero—. Muévelo con gracia, muñeca.

Me vuelvo y lo regaño con una sonrisa.

—*Preciosa* —digo levantando la barbilla con un gesto que hace que mi amigo se parta de la risa.

—La verdad es que sí.

Llegamos a lo alto de la escalera y seguimos hacia la izquierda, en dirección a la barra donde el portero nos ha dicho que se sirve el champán, aunque por lo que he podido ver todas las barras sirven champán.

—¿Qué te apetece beber?

—Una Coca-Cola —digo con naturalidad, aunque no miro a mi escandalizado amigo a la cara.

Él hace un gesto de desaprobación pero no dice nada, sino que se inclina sobre la barra y pide dos copas de champán. El club ya está lleno hasta los topes, y aún hay varios cientos de personas haciendo cola fuera. Gregory no bromeaba al decir que era un sitio fino a más no poder, y su nombre, Ice, refleja el ambiente a la perfección. Si no se hallara lleno de cuerpos emanando calor, creo que estaría helada hasta los huesos.

—Gracias.

Acepto la copa que me ofrece y me la acerco a la nariz. Huele un poco amargo. La fresa que flota dentro hace que me olvide del perfume que invade mis fosas nasales y me transporta a un lugar al que no quería volver.

Fresas, británicas, porque son más dulces.

Chocolate, con al menos un ochenta por ciento de cacao, para que sea amargo.

Champán para unir los sabores.

Me sobresalto cuando Gregory me propina un pequeño codazo.

—¿Te encuentras bien?

—Sí. —Parpadeo para olvidarme de dulces y amargos y del recuerdo de la lengua ardiente de Miller, de su boca que se mueve a cámara lenta, y de su cuerpo duro y caliente—. Qué sitio tan fino.

Entonces levanto la copa y me lanzo a probar mi primer sorbo de champán.

—Qué rico —digo tras sentir el líquido burbujeante deslizándose por mi garganta como si fuera pura seda.

—Es increíble que nunca hayas probado el champán. —Gregory niega con la cabeza y se lleva la copa a los labios—. Es una bebida celestial.

—Lo es. —Muevo la copa en el aire para agitarlo—. Entonces ¿Ben te ha puesto en la lista?

—Pues claro. —No se da cuenta de que estoy bromeando—. No voy a hacer cola como un borrego.

—Eres un esnob —me río—. ¿Puedo comerme la fresa?

—Sí, pero no metas los dedos en la copa. Sé una señorita.

—Entonces ¿cómo la saco? —Frunzo el ceño y miro la copa alargada y estrecha. No creo que me quepan los dedos dentro, pero no me atrevo a comprobarlo.

—Tienes que inclinarla.

Gregory me lo muestra. Inclina la copa, se la lleva a la boca y toma la fresa que se desliza hasta sus labios.

—Es mejor si primero te bebes el champán —añade mientras la mastica.

—Tienes una boca muy grande.

Bebo otro sorbo. No estoy lista para terminarme la copa de un trago. Hace tanto que no bebo que seguro que se me sube a la cabeza enseguida.

—Tú no lo sabes bien, muñeca.

Arrugo la nariz, disgustada.

—Tampoco me interesa comprobarlo, Gregory —contraataco, y me gano una sonrisa y una mirada ofendida.

—¡Que me llames Greg!

—¡Y tú a mí *preciosa*! —Le doy con el trasero en la cadera—. ¿Dónde está Benjamin?

Me muero por conocer al hombre que ha conquistado a mi Gregory.

—Ben está ahí. —Señala discretamente con la copa, pero hay tanta gente y tantos hombres que no tengo ni idea de cuál puede ser.

—¿Cuál de todos es?

—Ahí, en la zona vip. Traje negro, pelo rubio.

Vuelvo a mirar al grupo de hombres que hablan en la zona reservada junto a la barra. Se ríen y, de vez en cuando, se dan palmadas en la espalda. Son chicos de ciudad. Luego veo a un hombre fornido. Se le notan los músculos pese al traje. Qué sorpresa. No es para nada el tipo de hombre con el que suele salir Gregory, aunque hace mucho que no conozco a ninguna de sus parejas.

—Está... —Intento encontrar las palabras adecuadas para describirlo. Corpulento. Musculoso...—. Se lo ve fuerte.

—Le encanta hacer deporte.

Gregory sonríe sólo con mirar a Ben.

—Igual que a ti —añado.

Mi amigo tiene un físico del que puede sentirse orgulloso, pero Ben es... gigantesco, aunque no llega al punto de resultar repulsivo, sino más bien atractivo.

—Soy un simple aficionado comparado con Ben. Hablamos todos los días, preciosa.

—¿No vas a ir a saludarlo?

—No. —Casi suelta una carcajada—. No voy detrás de él, Livy.

—Pero si ya están saliendo juntos. Te ha invitado a venir y te ha puesto en la lista.

—Sí, él es el que va detrás de mí.

—¿Se lo estás poniendo difícil?

—Hay que tratarlos mal, ya sabes. —Roza con el dedo la base de mi copa—. Ahora ya puedes tomarte la fresa.

Ni me había dado cuenta. Ya casi me he bebido mi primera copa de champán. La inclino y le hinco los dientes a la fruta.

—Deliciosa. —«Igual que las...»

—¿Otra?

No aguarda mi respuesta. Me toma de la mano y me lleva a la barra, que es enorme y de cristal, en la que hay expuestas botellas de champán cubiertas de hielo.

—Dos más —le dice al camarero, que no tarda en retirar nuestras copas vacías y en servirnos otras dos llenas hasta arriba.

—¿No hay que pagar?

—Es la inauguración. Es gratis, pero no te emociones.

—Descuida.

—Nos ha visto. —Gregory se pone un poco nervioso y mira hacia el otro lado de la barra. Ben viene hacia nosotros con una sonrisa deslumbrante—. Recuerda que tienes que llamarme Greg, preciosa.

—Que sí —digo sin poder apartar la vista del gigante que se acerca.

—Greg —saluda con formalidad cuando llega junto a nosotros—, me alegro de que hayas podido venir.

Le ofrece la mano y Gregory se la estrecha con firmeza.

—Yo también me alegro de verte —responde mi amigo soltando la mano de Ben y metiéndose la suya en el bolsillo—. Te presento a Livy.

No puedo evitar fruncir el ceño. Estoy confusa.

—Hola.

—La famosa Livy. —Ben se agacha un poco para poder darme un beso en la mejilla—. Gracias por haber venido.

Se aparta y por fin puedo verlo de cerca sin que me distraigan ni su formalidad ni sus músculos. Es guapo, con aspecto de tipo duro.

—Gracias a ti por haberme invitado.

—El placer es mío. —Le da a Gregory una palmada en el hombro—. Me gustaría poder quedarme un rato a charlar con ustedes, pero tengo que hablar con un millón de personas. ¿Nos vemos luego?

—Por supuesto —asiente mi amigo.

—Genial. —Ben me sonríe con afecto—. Ha sido un placer conocerte, Livy.

—Lo mismo digo —respondo mirando a un hombre y a otro antes de que Ben desaparezca entre la multitud.

¡No ha salido del armario! —exclamo entonces al tiempo que me vuelvo para poder mirar a Gregory a la cara—. ¡Nadie sabe que es gay!

—¡Baja la voz! Está esperando el momento oportuno.

Estoy atónita. Gregory ha llevado abiertamente su sexualidad desde que salió del armario cuando estábamos en el instituto y siempre se ha burlado de quienes no son sinceros consigo mismos.

—Las veces que se han visto no han salido de casa, ¿verdad?

Gregory no me mira, y se empieza a notar que está nervioso. Se lo ve muy muy incómodo.

—No —responde en voz baja.

El corazón se me encoge en el pecho por mi mejor amigo. No es muy distinto de una mujer que sale con un hombre casado que constantemente le repite que va a dejar a su esposa por ella. De repente tengo muy claro el papel que represento esta noche. ¡Qué cabrón!

—¿Cuántos años tiene? —inquiero.

—Veintisiete.

—Y ¿desde cuándo lo sabe? —insisto, aunque no me está gustando lo que oigo.

—Dice que desde siempre.

Con eso está todo dicho. Si lo sabe desde siempre y todavía no ha hecho pública su verdadera condición sexual, ¿qué le hace pensar a Gregory que va a hacerlo ahora? Sin embargo, no digo nada porque, a juzgar por la cara de mi amigo, él ya se ha hecho la misma pregunta. Gregory no es afeminado y tampoco siente la necesidad de hacer evidentes sus preferencias sexuales, pero tampoco se avergüenza de ser quien es. Sólo he pasado un minuto con Ben, pero me basta para saber que no es el caso. Cuando lo busco al otro lado de la barra y lo encuentro saludando más efusivamente de lo necesario a una mujer, mis sospechas quedan más que confirmadas.

Gregory también lo está viendo y, para intentar distraerlo, muevo la copa delante de sus narices con la intención de que me traiga otra.

—¿Otra?

—Es que entra muy bien. —Me dispongo a darle mi copa vacía cuando caigo en la cuenta de que he dejado la fresa—. Espera. —Inclino la copa y tomo la fruta. Luego se la doy.

Mientras Gregory va a por bebida, paseo por la galería de cristal y observo a los hombres de aspecto impecable y a las mujeres bien vestidas que hay en la planta de abajo. Este sitio es muy elegante, un club de lujo reservado únicamente para la élite londinense. Debería sentirme muy incómoda sólo de pensarlo, pero no es así. Me alegro de haber venido porque, como Ben evita a Gregory en público, mi amigo se habría pasado la noche solo como un pez fuera del agua.

—Aquí tienes. —Una copa alta aparece por encima de mi hombro—. ¿Qué estás mirando?

—A toda esa gente rica —digo. Me vuelvo y apoyo el trasero en la barandilla de cristal—. ¿Es un club privado?

Mi amigo se ríe.

—¿A ti qué te parece?

Asiento.

—Y ¿Ben ha organizado la fiesta de inauguración?

—Sí, es muy famoso en su profesión. —Apoya los codos en una mesa alta cercana—. ¿Lo has notado?

Miro alrededor.

—¿Qué?

—Que te están mirando. —Señala con la cabeza a un grupo de hombres que no nos quitan los ojos de encima ni se molestan en disimular su interés, a pesar de que voy acompañada. Gregory bien podría ser mi novio.

Les doy la espalda, pero mi amigo sigue mirándolos, aunque por razones muy distintas.

—Deja de babear —digo antes de tomarme otro sorbo de champán.

—Perdona. —Vuelve a centrarse en mí—. ¿Vamos a explorar un poco?

—Buena idea.

—Vámonos. —Yergue la espalda y posa la mano en mi cintura para guiarme.

Mientras subimos el primer tramo de escalones miro al piso de abajo y veo que Ben se ha ido. Me pregunto si ése es el motivo de nuestro paseo.

—Hay una terraza —comenta Gregory.

—Y ¿por qué vamos arriba?

—Porque está en la azotea.

Me conduce hacia la izquierda y luego subimos otro tramo de escalones. Hay una pared de cristal y, a lo lejos, Londres de noche en todo su esplendor.

—¡Vaya! ¡Mira eso!

—¿Impresionante?

Eso es quedarse corto.

—¿Dejarías de ser mi amigo si tomo fotos? —Estoy lista para darle mi copa y buscar el teléfono en el bolso de mano.

—Sí, te retiraría el saludo. Hay que hacer lo que hace todo el mundo: beber y disfrutar de las vistas.

No me sirve, yo quiero hacer fotos por si me falla la memoria y olvido algún detalle de lo que estoy viendo. Estoy acostumbrada a la arquitectura y a la grandiosidad de Londres, pero nunca lo había visto así.

—¿Cómo conociste a Ben? —pregunto apartando la mirada de las fascinantes vistas.

Gregory señala alrededor como diciendo «¿Tú qué crees?» y, por primera vez, me fijo en el jardín que nos rodea. Trago saliva.

—¿Lo has hecho tú?

—Sí. —Se le hincha el pecho como a un pavo—. Lo he diseñado y lo he plantado y podado de principio a fin. Es mi mejor trabajo hasta la fecha.

—Es increíble —musito intentando procesar todos los pequeños pero importantes detalles; los delicados toques que hace que cobre vida.

Las paredes se componen de jardines colgantes, frondosos, con diminutas hojas de verde intenso que reflejan las luces azules. Los setos están podados en círculos perfectos y tienen luces entrelazadas entre las ramas.

—¿El césped es de verdad? —digo al notar que no se me hunden los tacones.

—No, es artificial, pero está tan bien logrado que nadie lo notaría.

—Es verdad. Me encanta el mobiliario.

—Sí. El tema era el hielo, como ya te habrás dado cuenta. No estaba muy seguro de cómo crear un espacio al aire libre rico y funcional con ese concepto, pero he quedado satisfecho.

—Como tiene que ser. —Me pongo de puntillas y lo beso en la mejilla—. Es fantástico, igual que tú.

—¡Para ya! —se ríe—. Me estoy sonrojando.

Me río con él y luego vuelvo a mirar alrededor para intentar memorizarlo todo, pero mis ojos no llegan al exterior porque se topan primero con Ben. Está pegado a la boca de una mujer. Compongo una mueca e intento hacer algo, pero lo único que se me ocurre es beberme el champán de un trago y plantarle la copa vacía a Gregory en la cara.

—¿Otra? —me pregunta incrédulo—. Tómatelo con calma, Livy.

—Estoy bien —le aseguro agarrándolo por el codo, pero no se mueve y sé que es porque ha visto lo que yo no quería que viera—. ¿Greg?

Me mira lentamente y veo tanta pena en sus ojos que no tiene sentido ser delicada, así que tiro de él hasta que se mueve.

—Vamos por otra copa.

—Sí, vámonos. —Le cuesta pronunciar las palabras.

Retira el brazo y me toma de la mano. Me lleva con decisión a la barra, y pide dos copas de champán. No nos hemos ausentado mucho tiempo, pero el ambiente se ha caldeado bastante y la gente ha empezado a bailar con las copas en la mano. La música está más alta y el champán comienza a correr a discreción. Y encima es gratis. Daft Punk y Pharrell Williams retumban en los altavoces.

—De un trago.

Esta vez no me entrega una copa, sino un chupito. Lo miro sorprendida.

—Por favor —suplica.

Mi reticencia salta a la vista. Ya me he tomado unas cuantas copas de champán y estoy bien, pero eso no significa que deba empezar a echarme chupitos al gaznate.

—Greg...

—Vamos, mujer. No dejaré que te pase nada, Livy —me asegura y, aunque sea una estupidez, acepto el vaso, brindo con mi amigo y me bebo el contenido de un trago.

Me arde la garganta al instante y me acuerdo de todas las veces que he bebido antes.

Dejo el vaso con fuerza encima de la barra, tomo la copa y me bebo el champán, que es mucho más agradable.

—Estaba asqueroso.

—Era tequila, pero has olvidado echarle sal y limón.

Me enseña un salero y una rodaja de limón y me muestra cómo se hace. Primero se lame el dorso de la mano, echa un poco de sal, la chupa, se bebe el tequila y le hinca los dientes al limón.

—Así está mucho mejor.

—Deberías haberme avisado —me quejo sin saber cómo quitarme el sabor a rancio de la boca.

293

—No me has dado tiempo. —Se echa a reír—. Vamos por otro.

Pide otra ronda y esta vez sigo el ejemplo de Gregory.

Me estremezco ante la intensidad del sabor, pero luego me estremezco aún más al oír los compases familiares de la canción que empieza a sonar. Miro a mi amigo extasiada.

—*Carte blanche* —le susurro.

Acuden a mi mente recuerdos de Gregory intentando recrear una discoteca en mi habitación todas y cada una de las veces que me he negado a salir de noche con él.

—Muy apropiado —confirma, y una sonrisa aparece en su cara—. ¡Veracocha! ¡Es nuestra canción, muñeca!

Vaciamos otra copa de champán. Me toma de la mano y me lleva a la pista de baile. No pongo pretextos; no me atrevería. Gregory está sonriendo y, después de lo que acabamos de ver, es lo mejor que podría pasar.

Nos abre paso entre la multitud hasta que estamos rodeados de gente bailando que aprecian el clásico tanto como nosotros. Caen rayos azules que cruzan las caras de la gente e intensifican mi buen humor. Los dos nos entregamos a la música con los brazos en alto, los cuerpos en movimiento, saltando, bailando y riéndonos sin parar. Esto es nuevo y me encanta. Me lo estoy pasando fenomenal.

Gregory me aprieta contra su pecho y me pega la boca a la oreja para que pueda oírlo pese al ruido y a los gritos.

—Seguro que antes de tres minutos se te acerca algún tipo.

—Estoy bailando con un hombre —me río—. Tendría que ser un arrogante engreído.

—¡Por favor! Se nota que no somos pareja.

Estoy a punto de discrepar, pero entonces veo que Ben se aproxima por detrás de Gregory, sonriendo y saludando a gente por la pista de baile. Quiero sacar a mi amigo de aquí, pero también quiero ver cómo va a acabar esto. Ben no sabe que antes lo hemos visto, y me pregunto qué piensa hacer Gregory al respecto. Me separo de él pero no dejo de sonreír para que siga mirándome.

Ben se acerca y estudia el cuerpo de mi amigo con discreción, sin dejar de saludar a la gente, sin dejar de sonreír. Cuando pasa junto a él, busca un contacto físico que no deja lugar a dudas. Le desliza la mano por la cintura en un gesto sutil que en apariencia es para abrirse paso sin que ninguno de los dos se caiga pero que, por la mirada de deseo de Ben y el brusco cambio en el lenguaje corporal de Gregory, que ha pasado de relajado y fluido a tenso e incómodo, es otra cosa. ¿Lo apartará, le lanzará una mirada asesina?

No. Se relaja en cuanto ve que es Ben y vuelve a bailar con tranquilidad cuando la canción baja el ritmo antes de la explosión final, que hace las delicias de todos los que ocupan la pista de baile. Es una locura. Estamos en un triángulo. Por un lado, Ben y Gregory, que bailan sonrientes pese a que las chispas que saltan entre ambos son palpables. No se tocan, ni siquiera se miran, pero están ahí y son evidentes. Ben se la está jugando.

Gregory se me acerca, todo sonriente.

—Hay un hombre que está a punto de abrazarte.

—¿Sí?

Me dispongo a volver la cabeza para mirar, pero entonces Gregory me agarra por los hombros.

—Confía en mí. Deja que te abrace.

Se abanica la cara, me suelta y me tenso de pies a cabeza, preparándome para lo que va a pasar. Gregory tiene muy buen gusto para los hombres, pero ¿acaso no tengo derecho a opinar sobre quién me abraza? ¿O tal vez debería dejar que ocurriera, sin perder el control, pero permitir que me abrace?

Lo primero que noto son sus caderas contra mi trasero. Luego su mano deslizándose sobre mi vientre. Mis movimientos encajan a la perfección con los suyos y mi mano se posa sobre la de él en mi ombligo, sin pensar. Gregory sonríe como un loco pero no tengo deseos de darme la vuelta y ver quién es mi compañero de baile porque, probablemente a causa del alcohol, me gusta cómo me siento. Me siento bien, estoy cómoda. Es perfecto.

Cierro los ojos y noto su aliento cálido en el oído.

—Mi niña, me tienes alucinado.

Capítulo 17

De pronto soy consciente de las chispas que saltan por todas partes. Trago saliva y abro los ojos. Trato de volverme pero no lo consigo. Su cadera está clavada en mi trasero y me sujeta con firmeza, la misma que noto bajo sus pantalones. Me ha entrado el pánico y todos los sentimientos que provoca en mí me atacan por los cuatro costados.

—No intentes escapar —susurra—. Esta vez no te lo permitiré.

—Suéltame, Miller.

—Ni muerto.

Me recoge el pelo a un lado y no tarda ni un segundo en empezar a besarme el cuello, como si estuviera inyectando fuego en mi piel, directo en vena.

—Ese vestido es muy corto.

—¿Y? —jadeo clavándole las uñas en el antebrazo.

—Me gusta. —Su mano se desliza por mi cadera, hasta mi trasero y de ahí al bajo del vestido—. Porque eso significa que puedo hacer esto.

Me besa el cuello, mete la mano por debajo del vestido y un dedo atraviesa el elástico de mis pantis. Echo el trasero atrás con un pequeño grito y me encuentro con su entrepierna. Me muerde en el cuello.

—Estás empapada.

—Para —le suplico sintiendo que el raciocinio me abandona.

—No.

—Para, para, por favor. Para, para...

—No. —Mueve la cadera en círculos, con seguridad—. No, Livy.

Su dedo me penetra y compongo una mueca de placer y desesperación. Mis músculos internos se aferran a él. Ladeo la cabeza, lo dejo hacer. Mi mano agarra con fuerza la que él tiene sobre mi vientre, la cambia de postura para entrelazar sus dedos con los míos. No va a soltarme. Sé que estoy fracasando y, a pesar de la desesperación de mi deseo, busco a Gregory para que me ayude. Ha desaparecido.

Igual que Ben.

Estoy encabronada. Gregory me había prometido que no iba a dejar que me pasara nada y se ha largado de repente. Ha dejado que ocurriera algo y precisamente con el peor hombre posible. Intento librarme del abrazo de Miller, me revuelvo hasta que no tiene más remedio que soltarme o tirarme al suelo a la fuerza. Me doy la vuelta con todo el pelo en la cara. Va tan arreglado como siempre, sólo que no lleva el saco y se ha arremangado la camisa, cosa que no es para nada su estilo de siempre. Es demasiado informal, aunque lleva el chaleco abrochado y va bien peinado. Sus penetrantes ojos azules se me clavan en la piel, acusándome.

—He dicho que no —mascullo—. No quiero que me toques, y no voy a darte cuatro horas, ni ahora ni nunca.

—Eso ya lo veremos —responde seguro de sí mismo mientras da un paso hacia mí—. Puedes decir que no todo lo que quieras, Olivia Taylor, pero tu cuerpo... —Con un dedo me acaricia el pecho y el estómago, y tengo que tomar aire para controlar los escalofríos— siempre me dice que sí.

Mis piernas empiezan a moverse antes de que mi cerebro haya enviado instrucciones, lo que me lleva a la conclusión de que es un instinto natural. El de huir. He de escapar antes de que pierda la cabeza y mi integridad y lo deje volver a tirarme como una colilla. Antes incluso de que pueda darme cuenta ya estoy en la barra.

Pido una copa y me la bebo de un trago en cuanto el camarero me la sirve.

Ahora tengo a Miller delante. Su mandíbula está tensa y saluda al camarero, que está detrás de mí. Entonces, como por arte de magia, por encima de mi hombro aparece el vaso que la mano de Miller estaba esperando. Me quedo embobada viendo cómo sus labios beben lentamente. No me quita los ojos de encima, como si supiera el efecto que su boca tiene en mí. Me fascina. Me cautiva. Luego se pasa la lengua por los labios y, sin saber qué otra cosa hacer pero sabiendo que voy a besarlo si no me muevo, echo a correr, esta vez escaleras arriba, hacia la galería de cristal, en busca de Gregory. Necesito encontrarlo aunque sea como una patada en el trasero.

Estoy tan ocupada mirando hacia abajo en busca de mi amigo que no sé por dónde ando y tropiezo con alguien. El pecho anguloso me resulta demasiado familiar.

—Livy, ¿qué estás haciendo? —me pregunta, cansado, como si yo estuviera librando una batalla perdida. Me temo que así es.

—Estoy intentando mantenerme lejos de ti —digo con calma.

Tensa la barbilla, molesto.

—Muérete, por favor.

—No, Livy —pronuncia muy despacio. Sabe que no puedo apartar los ojos de sus labios—. ¿Cuánto has bebido esta noche?

—No es asunto tuyo.

—Lo es porque estás en mi club.

La mandíbula me llega al suelo pero él permanece impertérrito.

—¿Este bar es tuyo?

—Sí, y es responsabilidad mía asegurarme de que mis clientes no pierden la compostura. —Se me acerca—. Tú la estás perdiendo, Livy.

—Pues échame —lo desafío—. Haz que me acompañen a la puerta. Me importa un bledo.

Me mira furibundo.

—El único lugar al que te van a acompañar es a mi cama.

Ahora soy yo la que se acerca a él, tanto que creo que voy a besarlo. Tengo que hacer un esfuerzo sobrehumano para frenarme, como si estuviera contrarrestando la atracción de un potente imán. Él está pensando lo mismo. Tiene los labios entreabiertos y su mirada es puro deseo.

—Vete al infierno —le digo despacio y con calma, casi en un susurro.

Me sorprende lo fría que mantengo la cabeza, aunque eso no se lo voy a decir. Me mira estupefacto y yo le devuelvo una mirada serena. No me echo atrás, sino que le doy un trago largo y lento a mi copa. Me la arrebata al instante.

—Creo que ya es suficiente.

—Tienes razón, es suficiente: ya no te aguanto más.

Doy media vuelta y me alejo de él. Mi misión consiste en encontrar a Gregory, rescatarlo del problema en el que se haya metido y escapar de esta trampa mortal.

—¡Livy! —lo oigo vociferar a mis espaldas.

No le hago caso y sigo caminando. Bajo una escalera, doblo unas cuantas esquinas y acabo en los servicios con Miller pegado a mis talones mientras me paseo tranquilamente por su club.

—¡¿Qué estás haciendo?! —me grita por encima de la música—. ¿Livy?

Lo ignoro y pienso si queda algún sitio en el que no haya buscado a Gregory. He mirado en todas partes, excepto en...

No lo pienso dos veces antes de abrir de golpe el baño de discapacitados. No hasta que oigo el sonido metálico de la puerta al abrirse y veo a Gregory inclinado sobre el lavabo con los pantalones por los tobillos. Ben, que lo tiene agarrado por las caderas, embiste hacia adelante entre gruñidos. Ninguno parece haberse percatado de mi presencia, ni del volumen de la música. Están entregados a la pasión que los une. Me llevo la mano a la boca, atónita, me voy por donde he venido y me doy de bruces contra el pecho de Miller, que vuelve a meterme en el baño y cierra la puerta con un golpetazo que saca a Ben y a Gregory de su euforia privada. Bueno, ahora ya no lo es y, mientras los dos recuperan la compostura, el miedo, la vergüenza y la incomodidad podrían cortarse con un cuchillo. Hay que ver lo rápido que se han vestido.

Me vuelvo hacia Miller.

—Deberíamos irnos. —Le pongo las manos en el pecho y lo empujo.

Sin embargo, él no aparta la mirada de Gregory y de Ben. Frunce el ceño y aprieta la mandíbula.

—En mi despacho tengo un cheque para ti por el trabajo de la terraza, Greg.

—Señor Hart —asiente Gregory, rojo como un tomate.

—Y otro para ti. —Miller mira a Ben, que quiere morirse en el sitio.

Me siento fatal por los dos, y odio a Miller por hacerlos sentir tan insignificantes.

—Les agradecería que no usen los baños de mi establecimiento como burdel. Es un club selecto, privado. Deben mostrar un mínimo de respeto.

Casi me atraganto. ¿Él habla de respeto? Si me acaba de meter la mano bajo el vestido en mitad de la pista de baile. Tengo que irme de aquí antes de que cante las cuarenta a cualquiera de los tres, porque a los tres me gustaría decirles un par de cosas. Me marcho, aturdida por todo lo que ha ocurrido en tan poco tiempo. Estoy algo mareada por el alcohol, y la sensación de pérdida de control empieza a ser preocupante.

Me tambaleo por el pasillo y un tipo se me acerca. Su mirada lujuriosa recorre mi cuerpo. Conozco esa mirada y no me gusta. Me roza al pasar y sonríe.

—Te he estado observando —susurra con los ojos brillantes por el deseo.

Tendría que seguir caminando, pero un aluvión de imágenes asalta mi mente y no puedo moverme. Mi cerebro no está preparado para procesarlas ni para dar las instrucciones necesarias para que yo salga corriendo, así que me hace ver las cosas que he estado ocultando en el lugar más remoto de mi memoria durante años.

El tipo gruñe y me empuja contra la pared. Me quedo petrificada. No puedo hacer nada. Su boca se abalanza sobre la mía y los malos recuerdos se multiplican, pero antes de que tenga oportunidad de reunir las fuerzas físicas y mentales para deshacerme de él, desaparece y yo me quedo pegada a la pared respirando con dificultad, observando cómo Miller mantiene sujeto al hombre, que no para de forcejear.

—Pero ¿qué demonios...? ¡Quítame las manos de encima! —grita el tipo.

Miller saca tranquilamente el teléfono de su bolsillo y pulsa un botón.

—Aseos del primer piso.

El tipo sigue forcejeando, pero Miller lo domina con un esfuerzo mínimo. Me mira fijamente, impasible. Aunque está furioso. Lo veo en el brillo de sus ojos azules. Hay rabia, ira en caliente, y no me hace sentir nada cómoda. Echo a andar titubeante hacia un extremo del pasillo cuando dos porteros descomunales entran como una estampida de elefantes. Miro hacia atrás para valorar la situación. Miller les entrega al tipo y se alisa la camisa y el chaleco. Me mira. Mueve la cabeza y viene hacia mí. Un mechón rebelde le cae sobre la frente. Sé que no iré muy lejos, pero tengo que llegar a la barra. Necesito otro trago. Me doy prisa, consigo pedir otra copa de champán y bebérmela antes de que me la arranquen vacía de las manos. Con una mano en mi nuca, me aleja de la barra. Tengo que andar a toda prisa para no caerme.

—¡No voy a darte cuatro horas! —grito desesperada.

—¡No las quiero! —ruge él entonces sin dejar de empujarme de mala manera.

Es como recibir un millón de puñaladas.

La gente asiente, sonríe y se dirige a Miller mientras él me empuja por el club, pero no se detiene a darle conversación a nadie, ni siquiera saluda. No puedo confirmarlo porque no le veo la cara, pero el modo en que lo miran las personas que dejamos atrás lo dice todo. Me tiene agarrada por la fuerza de la nuca y no parece que vaya a soltarme a pesar de que debe de ser consciente de que me hace daño. Me lleva hacia la entrada del bar. A través del brillo azul de las puertas de cristal veo a gente que todavía espera para entrar.

Entonces, algo me llama la atención y vuelvo a mirar. Es la socia de Miller. Está observando boquiabierta la forma en que él me trata. Tiene la copa en los labios, a punto de beber, pero está hipnotizada con lo que ve. A pesar de mi estado de embriaguez, por primera vez me paro a pensar qué irá contando Miller por ahí de mí.

—¡Livy! —Es Gregory, e intento volver la cabeza pero me es imposible.

—¡Camina! —me ordena.

—¡Livy!

Miller se detiene y se vuelve, arrastrándome consigo.

—Viene conmigo.

—No. —Gregory niega con la cabeza, se acerca y me mira—. ¿El que odia tu café? —pregunta, y asiento.

La cara de mi amigo es la viva imagen de la culpabilidad. Me ha metido en la boca del lobo y él se ha largado a retozar con Ben.

—Miller —contesto confirmando las sospechas de Gregory pero preguntándome cómo es que no lo sabe si ha estado trabajando para él.

—Puedes quedarte y tomarte una copa —le dice Miller con calma—, o puedo llamar a seguridad. Tú eliges.

Las palabras de Miller, aunque pronunciadas en tono conciliador, son una amenaza. No me cabe duda de que la cumplirá.

—Si me voy, Livy se viene conmigo.

—No —responde Miller al instante—. Tu amante te va a pedir que seas sensato y que dejes que me la lleve.

Ben aparece entonces detrás de Gregory, lívido y nervioso.

—¿Qué vas a hacer? —le pregunta a Miller.

—Eso depende de tu decisión. Me voy con Olivia a mi despacho y ustedes dos van a volver a la barra a tomarse una copa. Invito yo.

Gregory y Ben intercambian una mirada y luego nos miran a Miller y a mí. No saben qué hacer. Me toca hablar a mí.

—Estoy bien. Vayan a tomarse una copa.

—No. —Gregory da un paso adelante—. No después de todo lo que me has contado, Livy.

—Estoy bien —repito lentamente antes de mirar a Miller y hacerle un gesto para que nos vayamos.

Él afloja un poco la mano. Se le está pasando el enfado. Sus dedos me masajean el cuello. Ya apenas puedo sentirlo.

—¿Miller?

Entonces miro a la izquierda y veo a la mujer. Nos ha seguido y, por la forma en que se muerde los labios de color rojo cereza, sé que me ha reconocido a pesar del cambio de imagen. Miller la mira sin inmutarse. Esto es muy incómodo. La tensión entre los cinco podría cortarse con un cuchillo. Me siento como una intrusa, pero eso no impide que le permita a Miller conducirme lejos de la desagradable compañía.

Permanece en silencio mientras bajamos la escalera y atravesamos un laberinto de pasillos. Finalmente llegamos a una puerta y maldice mientras introduce el código en el teclado numérico. Espero que me suelte en cuanto se cierre la puerta, pero en vez de eso me lleva a una mesa blanca y me da la vuelta. Me apoya contra la mesa, me separa las piernas y se abalanza sobre mí. Me agarra la cara entre las manos y cubre mi boca con la suya. Su lengua no pide permiso y comienza a acariciarme el interior de la boca. Me gustaría preguntarle qué demonios está haciendo, pero sé que quiero saborear este momento. Lo que no me apetece en absoluto es tener que escuchar el sermón que me va a echar en cuanto termine el beso. Que dure. Lo acepto. Con este beso acepto todo lo que ha hecho esta noche y antes de esta noche, que haya jugado con mi corazón, que me lo haya llenado para después dejarlo vacío otra vez..., un simple músculo dolorido en mi pecho.

Gime y mis manos ascienden por su espalda hasta llegar a la nuca. Lo aprieto contra mí.

—No voy a dejar que me lo hagas de nuevo —musito contra sus labios.

Su boca no abandona la mía, y no intento detenerlo pese a mis palabras.

—No creo que importe si me dejas o no, Livy. —Acerca la entrepierna a mis muslos y la fricción me vuelve loca. Me estremezco y busco la fuerza de voluntad que necesito para pararlo—. Está pasando. —Me muerde el labio, lo chupa y me mira. Me aparta el pelo de la cara—. Ya lo hemos aceptado. No hay forma de pararlo.

—Puedo pararlo igual que has hecho tú muchas veces —susurro—. Debería hacerlo.

—No, no deberías. No voy a permitir que lo hagas, y yo tampoco debería haberlo parado nunca. —Sus ojos recorren mi cara y me besa con ternura—. ¿Qué le ha pasado a mi niña?

—Tú —lo acuso—. Tú eres lo que me ha pasado.

Me ha vuelto imprudente y descerebrada. Me hace sentir viva pero también me chupa esa vida a la misma velocidad. Estoy jugando a ser la abogada del diablo con este hombre disfrazado de caballero, y me odio por no ser más fuerte, por no detenerlo. ¿Cuántas veces puedo hacerme esto a mí misma, y cuántas veces me lo va a hacer él?

—Esto no me gusta —dice mientras me agarra la mano que tengo en su espalda y mira el esmalte de uñas rojo—. Y esto, tampoco —añade pasándome el dedo por los labios sin dejar de mirarme—. Quiero a mi Livy de siempre.

—¿*Tu* Livy?

El cerebro me va a mil revoluciones por minuto y se me acelera el pulso. Quiere a la Livy de siempre para poder volver a dejarla tirada como una colilla. ¿No es eso?

—No soy tuya —replico.

—Te equivocas. Eres toda mía. —Se pega a mí y me agarra la mano con fuerza hasta que me sienta sobre la mesa—. Voy a salir del despacho para decirle a tu amigo que vienes a casa conmigo. Querrá hablar contigo, así que, cuando te llame, contesta el teléfono.

—¿Te acompaño? —Bajo de la mesa y de inmediato vuelve a sentarme en ella.

—No. Tú vas a meterte en ese cuarto de baño de ahí y vas a quitarte toda esa mierda de la cara.

Retrocedo pero él ni siquiera se inmuta.

—¿Vas a salir y a decirle a esa mujer que me voy a casa contigo? —lo digo encabronada, y me observa detenidamente.

—Sí —contesta sin más.

¿Sólo eso? No tengo nada que añadir porque la embriaguez me impide pensar con claridad y, para cuando ha terminado de estudiar mi cara de pasmo, se marcha y cierra la puerta al salir. Oigo el chasquido de un cerrojo. Bajo de la mesa, corro hacia la puerta y tiro de la manija, consciente de que estoy perdiendo el tiempo. Me ha encerrado con llave.

No voy al baño. Voy a la vitrina donde guarda las bebidas. Veo una botella de champán en una cubitera y dos copas en un ángulo perfecto. Eso es obra de Miller. En cambio, la huella de labial rojo en el borde de una de ellas no lo es. Tiemblo de pura rabia, tomo una copa, la lleno de champán, me lo bebo, vuelvo a llenarla y me lo vuelvo a beber, demasiado rápido. Estoy borracha y no me hace falta más alcohol, pero mi autocontrol se está esfumando.

Tal y como ha dicho Miller, el teléfono empieza a sonar en mi bolso de mano. Está encima de la mesa. Lo agarro y busco el teléfono. Veo el nombre de Gregory en la pantalla.

—¿Diga? —Intento parecer fría y calmada, pero lo que quiero es gritar y desahogarme.

—¿Vas a irte con él?

—Estoy bien. —No hay por qué preocuparlo más, y de ninguna manera voy a irme con Miller—. ¿No sabías cómo se llamaba?

—No —suspira—. Para mí era el cabrón estirado del señor Hart.

—¡Pero si en la pista de baile me has dicho que lo dejara abrazarme!

—¡Porque está buenísimo!

—O porque querías largarte a pasarlo bien con Ben.

—Era un baile, nada más. No habría dejado que pasara de ahí.

—¡Pero lo has hecho!

—No tengo excusa —musita—. Estoy pedo pero, aun así, soy un caso perdido, ¿no? Es el pendejo pomposo que odia tu café y del que estás enamorada.

—¡No es un pendejo! —No sé lo que digo. Se me ocurren cosas mucho peores que llamar a Miller, y es todas y cada una de ellas.

—No me gusta esto, Livy —refunfuña Gregory.

—A mí tampoco me gusta por lo que he tenido que pasar antes, Gregory.

Se hace un momento de silencio.

—Eres preciosa —me contesta apagado—. Por favor, recuérdalo si vas a darle un minuto más de tu tiempo, Livy.

—Lo haré —lo tranquilizo—. Estaré bien. Te llamaré. ¿Cómo se encuentra Ben?

—Sigue lívido. —Se ríe y todo parece mejor—. Pero sobrevivirá.

—Vale. Mañana hablamos.

—Que no se te olvide. Ten cuidado.

Respiro hondo, cuelgo y me dejo caer en el borde de la mesa de Miller, que está libre de papeles, bolígrafos, computadora y material de oficina. Sólo hay un teléfono perfectamente colocado. La silla está metida debajo de la mesa, impecablemente derecha. La precisión con la que está todo dispuesto es lo que más me llama la atención. Igual que en su casa. Hay un sitio para cada cosa.

307

Excepto para mí.

Y ¿tiene un club?

Vuelvo a la realidad al oír una llave en la cerradura. Ha vuelto, y parece satisfecho hasta que ve mi cara.

—Te he pedido que hicieras algo.

—¿Vas a obligarme si me niego? —lo reto. Es el alcohol, que me infunde valor.

La pregunta parece confundirlo.

—Nunca te obligaría a hacer nada que no quisieras hacer, Livy.

—Me has obligado a venir aquí —señalo.

—Yo no te he obligado. Podrías haberte resistido, podrías haberte soltado si de verdad hubieras querido.

Se pasa la mano por el pelo, respira hondo, se acerca a mí, me abre las piernas y se mete entre ellas. Sus dedos me acarician la barbilla y acerca mi cara a la suya, pero está un poco borrosa. Parpadeo, frustrada por no poder admirar en condiciones sus hermosas facciones.

—Estás borracha —dice con dulzura.

—Es culpa tuya —replico arrastrando las palabras.

—Te pido disculpas.

—¿Le has hablado a tu novia de mí?

—No es mi novia, Livy. Pero sí, le he hablado de ti.

La sola idea me mata, pero si ha sentido la necesidad de hablarle de mí es que son más que socios de negocios.

—¿Es tu exnovia?

—¡Por Dios, no!

—Entonces ¿por qué has tenido que hablarle de mí? ¿Por qué soy asunto suyo?

—¡No lo eres!

Lo he sacado de quicio. Me da igual. Me encanta poder ver algo más que su cara seria y perfecta.

—¿Por qué sigues haciendo esto? —pregunto apartándolo—. Eres tierno, dulce, cariñoso... y luego frío y cruel.

—No soy fr...

—Sí que lo eres —lo interrumpo, y me da igual si me regaña por mi falta de modales.

No ha sido muy educado por su parte arrastrarme a la fuerza por el club y, aun así, lo ha hecho. Y tiene razón: podría haber protestado un poco más.

Pero no lo he hecho.

—¿Vas a cogerme por fin? —le pregunto insolente y calmada.

Retrocede con cara de asco.

—Estás borracha —me espeta—. No voy a tocarte ni un pelo estando borracha.

—¿Por qué?

Pega su cara a la mía con la mandíbula tensa.

—Porque nunca me conformaría con menos que con adorarte, por eso.

Me mira con determinación.

—Nunca seré una noche de borrachera, Livy. Te acordarás de cada una de las veces que hayas sido mía. Cada instante quedará grabado en esta mente tuya para siempre. —Me apoya el índice en la sien—. Cada beso, cada caricia, cada palabra.

Se me acelera el pulso. Es demasiado tarde pero lo digo igualmente:

—No quiero que sea así.

Ya tiene residencia permanente en mi cabeza.

—Mala suerte, porque así es como va a ser.

—No tiene por qué —replico, y al instante me pregunto de dónde han salido esas palabras tan contundentes y si de verdad siento lo que he dicho.

—Será así. Tiene que serlo.

—¿Por qué?

Empiezo a oscilar ligeramente, y debe de haberlo notado porque me toma del brazo para que no me caiga.

—¡Estoy bien! —digo con insolencia y arrastrando las palabras—. ¡Y no has contestado a mi pregunta!

Cierra los ojos, los abre despacio y me mata con dos rayos azules de sinceridad.

—Porque así es como es para mí.

Trago saliva y deseo que mi estado de embriaguez no me esté haciendo imaginar cosas. No sé qué responder, ahora mismo no, puede que ni siquiera estando sobria.

—Me deseas. —Aun borracha, quiero oírlo pronunciar esas palabras.

Toma aire y se toma su tiempo para quemarme los ojos con su mirada.

—Te deseo —confirma despacio, con claridad—. Dame lo que es mío.

Le rodeo el cuello con los brazos y lo atraigo hacia mí. Le doy lo que es suyo.

Un abrazo.

El corazón se me va a salir del pecho.

Me abraza durante una eternidad, acariciándome la espalda y el pelo con los dedos. Voy a quedarme dormida. Suspira varias veces en mi cuello, me besa sin parar y me estrecha entre sus brazos.

—¿Puedo llevarte conmigo a mi cama? —me pregunta en voz baja.

—¿Cuatro horas?

—Creo que sabes que te quiero conmigo mucho más que cuatro horas, Olivia Taylor.

Acto seguido, me pone la mano en el trasero para tomarme en brazos y bajarme de la mesa.

—Ojalá no te hubieras embadurnado la cara.

—Es maquillaje. No me la he embadurnado: he acentuado mis rasgos.

—Mi niña, eres una belleza pura y natural. —Da media vuelta y echa a andar hacia la puerta, pero primero se detiene junto a la vitrina de las bebidas para ordenar las copas de champán—. Me gustaría que siguieras siéndolo.

—Quieres que sea tímida y piadosa.

Niega con la cabeza y abre la puerta del despacho. Como de costumbre, me pone la mano en la nuca para que eche a andar.

—No, es que no quiero que te comportes de un modo tan temerario ni le des a probar tus labios a otro hombre.

—No lo he hecho a propósito. —Me tambaleo y Miller me toma del brazo para estabilizarme.

—Debes tener más cuidado —me advierte.

Tiene razón. Lo sé pese a lo ebria que estoy, por lo que no dejo que mi insolencia de borracha haga acto de presencia.

Recorremos el pasillo y subimos la escalera de vuelta al club. Empiezo a notar de verdad el atracón de alcohol que me he puesto. Veo a la gente doble o borrosa, se mueven a cámara lenta, y la música estridente hace que me sangren los oídos. Me tambaleo sobre los tacones y noto que Miller me mira.

—Livy, ¿te encuentras bien?

Trato de asentir, pero mi cabeza no hace exactamente lo que le digo, así que más bien parece que intento volverme. Entonces choco contra una pared.

—Me encuentro...

De repente se me llena la boca de saliva y se me revuelve el estómago.

—Ay, no... Livy...

Me toma en brazos y echa a correr de vuelta a su despacho, pero no lo suficientemente deprisa. Vomito por todo el pasillo... Y encima de Miller.

—¡Mierda! —maldice.

Vomito un poco más mientras me mete en su despacho.

—Estoy algo mareada —balbuceo.

—Pero ¿qué diablos has bebido? —pregunta intentando acomodarme en el retrete de su cuarto de baño.

311

—Tequila. —Me río nerviosa—. Pero no lo he hecho bien, se me ha olvidado echarle sal y limón, así que hemos tenido que repetir... ¡Uy!

Me resbalo de la taza del retrete y aterrizo en el suelo.

—¡Ay!

—Por Dios bendito —refunfuña recogiéndome del suelo mientras mi cabeza se balancea sobre mis hombros y él intenta quitarse el chaleco y la camisa salpicados de vómito.

—Livy, ¿cuántos tragos te has tomado?

—Dos —respondo.

Mi trasero se posa de nuevo en el retrete.

—Y me he servido champán —digo arrastrando las palabras—, pero no he usado la copa manchada de labial. Eres tan tonto que ni siquiera te has dado cuenta de que quiere hacer mucho más que negocios contigo.

—¿Qué mosca te ha picado?...

Me pesa mucho la cabeza, pero la levanto e intento enfocar lo que tengo delante, que es una obra maestra, un torso suave y desnudo.

—Tú, Miller Hart. —Llevo las manos a sus pectorales y me tomo mi tiempo acariciándolo. Estaré borracha, pero sé apreciar lo que tengo delante y es muy agradable—. Tú eres lo que me pasa. —Alzo la mirada, cosa que me cuesta lo mío, y veo que está observando cómo lo acaricio—. Te me has metido en la sangre y ahora no consigo librarme de ti.

Se acuclilla delante de mí y me acaricia la mejilla, la desliza hacia mi nuca y atrae mi cara hacia la suya.

—Cómo me gustaría que no estuvieras tan borracha.

—A mí también. —Tengo que reconocerlo, no podría con él estando tan peda como estoy. Y me gustaría poder recordarlo. Quiero recordar todos los momentos íntimos, incluso éste—. Si se me olvida cómo me estás mirando en este momento o lo que me has dicho antes en tu despacho, prométeme que me lo recordarás.

Sonríe.

—¡Y eso también! —Me falta tiempo para decirlo—. Prométeme que me sonreirás así la próxima vez que te vea.

Sus sonrisas son poco frecuentes y preciosas, y lo odio por regalarme una precisamente ahora, cuando lo más probable es que la olvide.

Suelta un quejido y creo que cierra los ojos. ¿O los he cerrado yo? No estoy segura.

—Olivia Taylor, cuando te despiertes por la mañana, voy a disfrutar de lo que me has privado de hacerte esta noche.

—Te has privado tú solito —contesto—. Pero recuérdamelo primero —murmuro mientras me atrae hacia sí para darme «lo que más le gusta»—. Regálame una sonrisa.

—Olivia Taylor, si te tengo a ti, estaré sonriente el resto de mi vida.

Capítulo 18

Tengo el cerebro hecho papilla, y en mi oscuridad me pregunto en qué año estamos. Ha pasado mucho tiempo, pero sé cómo me voy a sentir en cuanto abra los ojos. Tengo la boca seca, el cuerpo de goma y los latidos sordos en mi cabeza se van a transformar en un golpeteo incesante cuando me incorpore de la almohada.

Lo mejor que puedo hacer es seguir durmiendo. Me pongo de lado en busca de un sitio fresco, me hundo en la almohada y suspiro de felicidad por lo cómoda que es esta postura. Entonces oigo un tarareo suave, hipnótico e inconfundible.

Miller.

No pego un brinco porque mi cuerpo no me lo permite, pero abro los ojos y me encuentro una sonriente mirada azul. Frunzo el ceño y le miro la boca. Sí, está sonriendo, y es como la luz del sol en un día gris, disipa las nubes y hace que todo sea perfecto. Luminoso. Real. Pero ¿por qué está tan contento y cómo he llegado yo aquí?

—¿Qué he hecho que sea tan divertido? —digo con voz ronca. Tengo la garganta de papel de lija.

—No has hecho nada divertido.

—Entonces ¿por qué sonríes así?

—Porque me hiciste prometértelo —dice dándome un besito juguetón en la punta de la nariz—. Si te hago una promesa, Livy, la cumplo.

Me acerca a su lado de la cama y me da «lo que más le gusta». Me abraza con fuerza y hunde la cara en mi cuello.

—Porque nunca me conformaría con menos que con adorarte. Siempre —susurra—. Nunca seré una noche de borrachera, Livy. Te acordarás de cada una de las veces que hayas sido mía. Cada instante quedará grabado en esta mente tuya para siempre.

Me besa en el cuello con dulzura y me estrecha un poco más fuerte.

—Cada beso, cada caricia, cada palabra. Porque así es como es para mí.

El aliento se me queda atrapado en la garganta. Sus palabras me llenan de pura felicidad que resplandece pese a lo mareada que estoy. Pero frunzo el ceño. Es como si lo que ha dicho formara parte de una conversación secreta que yo me he perdido.

—Menos mal que cumplo mis promesas. —Emerge de mi cuello y estudia mi cara con detenimiento—. Anoche me decepcionaste.

Su tono acusatorio resucita un recuerdo borroso... y otro hombre... y grandes cantidades de alcohol.

—Fue culpa tuya —replico con calma.

Ahora es él quien frunce el ceño, sorprendido.

—No recuerdo haberte pedido que dejaras que otro hombre te besara.

—Yo no lo dejé, y tampoco recuerdo haber accedido a que me trajeras aquí.

—No espero que recuerdes gran cosa. —Me muerde la nariz—. Me vomitaste encima, vomitaste en mi nuevo club y te caíste, más de una vez. Tuve que parar el coche en dos ocasiones para que pudieras devolver y, aun así, te las arreglaste para hacerlo en mi Mercedes.

Me besa la nariz mientras yo me concentro en componer una mueca de horror. Qué vergüenza.

—Luego decoraste el vestíbulo del edificio con más vómito, y también el suelo de mi cocina.

—Lo siento —susurro.

Seguro que le dio un ataque, con lo requetelimpio que es.

—Te perdono.

Se sienta y me coloca en su regazo.

—Mi niña dulce y pura anoche se transformó en la niña de *El exorcista*.

Otro recuerdo.

«Mi Livy.»

—Culpa tuya —repito porque sé que no tengo otra defensa, excepto admitir que fue culpa mía, y en parte lo es.

—Si tú lo dices.

Se levanta y me pone de pie, aunque mis piernas ahora mismo no responden.

—¿Prefieres las buenas o las malas noticias?

Intento enfocarlo, enfadada porque mi visión borrosa posborrachera no me permite disfrutar de él.

—No lo sé.

—Empezaremos por las malas. —Me recoge el pelo y me lo peina en la espalda—. Sólo llevabas un vestido y lo cubriste de vómito, así que ahora no tienes ropa.

Me miro y descubro que estoy desnuda. Ni siquiera llevo pantis, y no creo que también vomitara en ellas.

—Eran muy bonitas, pero te prefiero desnuda.

Me mira como si me entendiera.

—Has lavado mi ropa, ¿verdad?

—Sí. Tus encantadoras pantis nuevas están en el cajón. Sin embargo, el vestido estaba muy sucio y he tenido que ponerlo en remojo.

—¿Y las buenas noticias? —pregunto avergonzada por lo que ha dicho de mi ropa interior nueva y porque me haya recordado la vomitera de anoche.

—La buena noticia es que no vas a necesitar ropa porque hoy somos brócolis.

—¿Perdón? ¿Que somos brócolis?

—Sí, vegetales.

Sonrío divertida.

—¿Vamos a vegetar como el brócoli?

—No, no has entendido nada. —Niega con la cabeza—. Vamos a espatarrarnos como el brócoli.

—¿Somos vegetales?

—Sí —suspira exasperado—. Vamos a vegetar todo el día, por eso somos brócolis.

—Yo quiero ser una zanahoria.

—No puedes ser una zanahoria.

—O un nabo. ¿Qué te parece un nabo?

—Livy... —me advierte.

—No, olvídalo. Definitivamente quiero ser una col de Bruselas.

Niega con la cabeza en señal de desaprobación.

—Vamos a flojear todo el día.

—Yo quiero vegetar. —Sonrío, pero no cede ni un milímetro—. Bien, me espatarraré como el brócoli contigo. —Me rindo—. Seré lo que tú quieras.

—¿Qué tal un poco menos irritante?

Tengo una resaca de campeonato y sigo algo confusa sobre cómo he llegado aquí, pero me ha sonreído y me ha dicho cosas bonitas y ahora quiere pasar el día conmigo. Ya no me importa si sonríe o no, ni que no me siga la corriente cuando me da por jugar con él. Es demasiado serio y no veo ni rastro de sentido del humor y, a pesar de su forma de ser tan cortante, me resulta tremendamente cautivador. No puedo estar sin él. Es fascinante y adictivo, y cuando mira el reloj me acuerdo de otra cosa...

«Creo que sabes que te quiero conmigo mucho más que cuatro horas.»

Me quedo petrificada. ¿Cuánto más? ¿Volverá a las andadas? Otra imagen emerge entonces en mi mente confusa... La de unos labios rojo cereza y una cara horrorizada. Es bonita, bien conservada y con clase. Posee todo lo necesario para atraer a un hombre como Miller.

317

—¿Te encuentras bien? —Su tono de preocupación me saca de mi ensimismamiento.

Asiento.

—Perdona que vomitara por todas partes. —Lo digo de corazón, y pienso que una mujer como la socia de Miller no haría algo tan asqueroso.

—Ya te he perdonado. —Me toma de la nuca y me lleva al cuarto de baño—. Anoche intenté lavarte los dientes, pero no había forma de que te estuvieras quieta.

Menos mal que no recuerdo ni la mitad de lo que pasó anoche. Lo poco que recuerdo no me gusta para nada; para empezar, el hecho de haber encontrado a Gregory y a Ben...

—Tengo que llamar a Gregory.

—No. —Me pasa un cepillo de dientes—. Sabe dónde estás y que estás bien.

—¿Se ha fiado de ti? —pregunto sorprendida al recordar su tenso intercambio de palabras.

—No veo por qué tengo que darle explicaciones al hombre que te animó a comportarte como una descerebrada.

Echa pasta de dientes en mi cepillo y luego la guarda en el armario de espejo gigante que cuelga sobre el lavabo.

—Pero se las he dado a tu abuela.

—¿Has llamado a mi abuela? —inquiero.

¿Qué quiere decir con que le ha dado explicaciones? ¿Le ha explicado por qué es tan voluble, que está jugando con mi corazón y con mi cordura?

—Sí.

Toma mi mano y me la lleva a la boca para que me cepille los dientes.

—Hemos tenido una charla muy agradable.

Me meto el cepillo en la boca y lo muevo en círculos para no hacerle más preguntas sobre la conversación, pero es obvio que mi cara refleja que me muero de curiosidad por saber de qué han hablado.

—Me ha preguntado si estaba casado.

Abro unos ojos como platos.

—Y, tras aclarar ese punto, me ha contado un par de cosas.

Dejo de mover el cepillo. ¿Qué le habrá contado mi abuela?

—¿Qué te ha dicho? —Esa pregunta, para la que preferiría no recibir respuesta, se las ha arreglado para salir de mi boca llena de pasta de dientes.

—Han mencionado a tu madre y le he dicho que eso ya me lo habías contado. —Me observa y me tenso: me siento expuesta—. Luego me ha dicho que desapareciste durante una temporada.

El corazón me late en el pecho, nervioso e inquieto. Estoy molesta. Mi abuela no tiene por qué contarle mi vida a nadie, y menos aún a un hombre al que sólo ha visto un par de veces. Es mi vida, me corresponde a mí hablar de ella, y sólo si quiero hacerlo. Y no quiero. Esa parte no quiero explicársela a nadie, nunca. Escupo la pasta de dientes y me enjuago la boca para intentar escapar de su mirada inquisitiva.

—¿Adónde vas? —pregunta al verme salir del baño—. Livy, espera un momento.

—¿Dónde está mi ropa?

No me molesto en esperar a que me responda. Voy directamente a los cajones, me arrodillo y abro el de abajo, en el que encuentro mi bolso de mano, mis pantis y mis zapatos.

Me alcanza y cierra el cajón con el pie. Me levanta. Mantengo la cabeza baja. El pelo me tapa la cara, es el escondite perfecto hasta que me lo aparta y me levanta la barbilla. Ahí está de nuevo esa mirada inquisitiva.

—¿Por qué te escondes de mí?

No digo nada porque no tengo respuesta. Me mira preocupado y con pena, y lo odio. Al mencionar a mi madre y mi desaparición, todo lo que pasó anoche me ha venido a la memoria. Todos los detalles, cada copa, cada gesto... Todo.

Cuando comprende que no voy a contestarle, me toma en brazos y me lleva a la cama. Me deposita en ella con gentileza y se quita el bóxer.

—Nunca te obligaría a hacer nada que no quisieras hacer, Livy.

Me besa la cadera, y el lento movimiento de su boca sobre mi piel ahuyenta todos mis pesares.

—Tienes que entenderlo. No voy a irme a ninguna parte, y tú tampoco.

Está intentando infundirme seguridad, pero ya le he contado bastante.

Cierro los ojos y dejo que me lleve a ese maravilloso lugar en el que la angustia, la tortura y el pasado no existen. El reino de Miller.

Siento cómo sus labios ascienden por mi cuerpo, dejando tras de sí una senda ardiente.

—Necesito darme un baño —suplico.

No quiero que pare, pero tampoco me gusta la idea de que adore mi cuerpo con resaca.

—Te bañé anoche, Livy.

Llega a mi boca y les dedica un momento a mis labios antes de mirarme otra vez.

—Te lavé, le devolví a tu cara la belleza que amo y disfruté con cada momento.

Se me corta la respiración al oír «la belleza que amo», y me da muchísima rabia habérmelo perdido. Cuidó de mí a pesar de mi horrible comportamiento de anoche.

Me acaricia el cabello y veo que las mechas lisas y sedosas han desaparecido, y mis rizos indomables han vuelto a su sitio. Se lleva mi pelo a la cara y aspira hondo. Luego me toma la mano y me muestra mis uñas sin esmalte rojo.

—Una belleza pura y virginal.

—¿Me secaste el pelo y me quitaste el esmalte de uñas? ¿Tienes quitaesmalte en casa?

Sonríe.

—Paré en un veinticuatro horas.

Se pone de rodillas y se estira hacia la mesilla de noche para tomar un condón.

—Necesitábamos comprar más de éstos.

El hecho de pensar en Miller buscando quitaesmalte por los pasillos de una tienda me hace sonreír.

—¿Quitaesmalte y condones?

Sin embargo, es evidente que a él no le hace tanta gracia como a mí.

—¿Comenzamos? —pregunta rasgando el envoltorio con los dientes.

—Por favor —suspiro, y me da igual si ha sonado a súplica. Ya no tenemos un límite de tiempo, no hay prisa, pero lo deseo con desesperación.

Se agarra el miembro duro con una mano y se pone el condón con la otra. Luego me tumba boca abajo y cubre mi cuerpo con el suyo.

—Por detrás —susurra apartando mi pierna y abriéndome a él—. ¿Estás cómoda?

—Sí.

—¿Contenta?

—Sí.

—¿Cómo te hago sentir, Livy?

Desciende por mi espalda, me da un mordisco en el trasero y lo masajea mientas lo lame y lo mordisquea.

—Dímelo.

—Viva. —La palabra sale deprisa y estiro el cuello cuando vuelve a ascender por mi cuerpo y se hunde en mí sin hacer el menor ruido. Entonces, grito—: ¡Miller!

—Shhh, deja que te saboree.

Me tapa la boca a besos sin mover el resto del cuerpo. Apoyo la mejilla en la almohada para atrapar sus labios, con más fuerza de la necesaria.

—Saboréalo, Livy. Sin prisas. —Reduce la velocidad y su ritmo sosegado calma mi frenética boca—. ¿Lo ves? Despacio.

—Te deseo. —Levanta el culo, impaciente—. Miller, por favor, te deseo.

—Y me tendrás. —Se retira, embiste y reprime un gemido contra mi boca—. Dime qué quieres, Livy. Lo que sea.

—Más rápido. —Le muerdo el labio.

Sé que es más fiero de lo que parece. Siempre insiste en hacerlo despacio, pero quiero sentir todo lo que tiene para darme. Quiero ver sus cambios de humor y su arrogancia cuando me hace suya. Me empuja al borde del abismo, me vuelve loca de deseo y él siempre mantiene la cabeza fría, no pierde el control.

—Ya te lo he dicho. Me gusta tomarme mi tiempo contigo.

—¿Por qué?

—Porque te mereces que te venere.

Sale de mí, se sienta sobre los talones, me agarra de las caderas y me levanta.

—¿Quieres una penetración más profunda?

Estoy de rodillas, todavía de espaldas a él.

—Vamos a ver si así podemos darte el gusto.

Vuelvo la cabeza. Está erguido, mirando hacia abajo. Sus abdominales perfectos y su torso musculoso me tienen jadeante.

—Levanta y acércate así como estás.

Me agarra por la cadera y me guía hacia él hasta que estoy de rodillas, montada sobre su regazo.

—Ahora baja despacio.

Cierro los ojos y me hundo en él. Gimo de placer cuando me empala. Se adentra en mí más y más con cada milímetro de mi descenso hasta que tengo que doblarme sobre las rodillas para poder respirar.

—Demasiado profunda —jadeo—. Es demasiado profunda.

—¿Duele?

Desliza las manos por mi vientre y toma con ellas mis senos.

—Un poco.

—Tómate tu tiempo, Livy. Dale tiempo a tu cuerpo para que me acepte.

—Si ya te acepta —protesto.

«Todo mi ser te acepta. Mi cuerpo, mi mente, mi corazón...»

—Tenemos todo el tiempo del mundo. No tengas prisa.

Me acaricia los pezones y me muerde en el hombro. Empiezan a temblarme las piernas y mis músculos se niegan a mantener la posición, así que me doblo hacia adelante un poco más. Contengo la respiración y mi cabeza se deja caer hacia atrás encima de su hombro. Una de sus manos abandona mi pecho, se cierra sobre mi garganta y me endereza.

—¿Cómo consigues estar tan quieto? —consigo decir en varias exhalaciones.

Quiero relajar las piernas y metérmela hasta el fondo, pero me da miedo que me duela.

—No quiero lastimarte.

Me acerca la cara a la mejilla y la muerde antes de besarla con dulzura.

—No te creas que no me cuesta. ¿Un poco más?

Asiento y me dejo caer otro poco.

—¡Dios! —Aprieto los dientes.

El persistente dolor punzante me nubla la mente. Escondo la cara en su cuello.

—Si pasamos de aquí, llegaremos a un nuevo mundo de placer.

—¿Por qué duele tanto?

—No quiero parecer arrogante pero... —Jadea y empieza a temblar—. Carajo, Livy.

—¡Miller! —Contengo la respiración y relajo los músculos de las piernas. Caigo doblada en su regazo con un grito de sorpresa—. ¡Mierda!

—¿Estás bien? Por Dios, Livy, dime que estás bien.

Estoy sudando y sigo temblando a pesar de que estoy relajada. No puedo controlarlo.

—Estoy bien. —Me hundo un poco más en su cuello.

—¿Te estoy lastimando?

—Sí... ¡No! —Saco la cara de su cuello y me toco el pelo con desesperación—. Dame un momento.

—¿Cuánto es un momento?

Aprieto los dientes y me levanto ligeramente, sólo unos milímetros, antes de dejarme caer de un modo menos controlado de lo que había planeado. Él ruge y yo grito.

—¡Miller, no puedo!

Me siento totalmente derrotada por la increíble combinación de dolor y placer. Quiero hacerme con la sensación de plenitud de mi entrepierna y llevarla al siguiente nivel, pero mis piernas carecen de la fuerza necesaria para conducirme hasta allí.

—No puedo hacerlo. —Me derrumbo contra su pecho con los brazos caídos. Me he quedado sin aliento sin haber hecho realmente nada.

—Calla —intenta calmarme—. ¿Quieres que lo haga yo?

—Por favor. —Me siento débil, como una inútil.

—Creo que no me he esmerado lo suficiente en acostumbrarte a mí, Olivia Taylor —dice, y hace girar su cadera lenta pero firmemente contra mi trasero. La penetración sigue siendo profunda, pero no provoca las punzadas que antes me causaban tanto malestar.

Es delicioso.

—¿Mejor? —pregunta con las manos en mis caderas.

Asiento con un suspiro y dejo que nos mantenga pegados, conectados, mientras mueve la pelvis en círculos una y otra vez.

—¿Qué tal?

—Perfecto —jadeo.

—¿Puedes levantarte un poco?

Sin decir nada, me elevo unos centímetros y siento cómo se desliza por mi interior.

—Tienes mucha paciencia conmigo —susurro preguntándome si ha sido igual de atento con todas las mujeres con las que se ha acostado.

—Tú me haces apreciar el sexo, Livy.

Siento que se levanta un poco y sus manos se deslizan de mis caderas a mis pechos, luego a mis hombros y por mis brazos. Me sujeta las manos. Entrelazamos los dedos, alza mis miembros laxos por detrás de su cabeza y los mantiene allí. Empuja con cuidado, se echa atrás y vuelve a la carga.

—Quiero saborearte.

Vuelvo la cara y encuentro su mirada. Hacía rato que no veía esos ojazos.

—Gracias. —No sé por qué he dicho eso, pero siento la necesidad de expresar en voz alta mi gratitud.

—¿Por qué me das las gracias?

La curiosidad le ilumina la cara mientras mantiene el rítmico vaivén de su cuerpo dentro del mío. Es divino. La ternura ha dado paso a un placer puro y hermoso.

—No lo sé —admito con sinceridad.

—Yo sí. —Suena seguro de sí mismo, y acompaña sus palabras con un beso lento y firme, exigente pero generoso—. Porque nunca te has sentido así.

Sus caderas se hunden y rotan en un ángulo preciso y exquisito y extraen de lo más profundo de mi ser un gemido grave rebosante de placer.

—Y yo tampoco. —Me besa brevemente—. Así que yo también te doy las gracias.

Empiezo a temblar.

—¡Ay, Dios! —Parezco asustada, desesperada.

—Deja las manos donde están —me ordena con ternura, y permite que las suyas descansen sobre mis pechos. Los masajea y con los pulgares traza círculos en las puntas de mis pezones que me llevan más allá del placer.

Estoy perdiendo el control de mis músculos, mi cuerpo se rinde entre espasmos. Gimo, y me acerco a su cara para localizar sus labios.

—Quiero saborearte. —Repito sus palabras y hundo la lengua en su boca. Acaricio, me retiro y vuelvo a entrar mientras él tortura mi cuerpo con su ritmo delicado, tan atento y meticuloso.

—¿Mi boca sabe tan bien como la tuya? —me pregunta.

—Mejor.

—Lo dudo mucho —afirma—. Necesito que te concentres, Livy.

Gime y separa nuestras bocas. Tiene el pelo empapado de sudor y le caen goterones por la cara.

—Voy a bajarte para que podamos terminar los dos, ¿de acuerdo?

Asiento y me besa. Retira mis manos de su cuello y me empuja levemente hacia abajo hasta que estoy a cuatro patas.

—¿Estás cómoda?

—Sí.

Cambio los brazos de postura. No me siento ni vulnerable ni incómoda. Estoy relajada. Se recoloca, separa las piernas y me agarra por las caderas. Mi mente, que se encuentra en el cielo, sube un poco más por las nubes. Respiro hondo y él se retira sin prisa. Luego vuelve a la carga, con decisión.

—¡Dios!

Una mano abandona mi cadera y con los dedos recorre mi espina dorsal en un ardiente tamborileo.

—Carajo, Livy, eres pura perfección.

Mis piernas ya no tienen que soportar el peso de mi cuerpo, pero ahora lo que me tiemblan son los brazos.

—Miller.

Me resisto a desplomarme e intento frenar los espasmos incontrolables.

Maldice y empuja, luego me agarra por el estómago y busca hasta que sus dedos se sumergen en mi carne palpitante. Grito, dejo caer la cabeza, mi pelo dibuja un abanico en las sábanas.

—Necesitas ayuda —dice con voz grave, como la arena—. Deja que suceda.

Desliza los dedos arriba y abajo por mi clítoris mientras sus caderas avanzan y retroceden y su mano libre sujeta con firmeza y ternura mi pecho. Tengo los sentidos desbordados, indefensa ante lo que mi cuerpo se esfuerza en alcanzar.

Una explosión.

La paz.

Llega muy deprisa. Mi cuello vuela hacia atrás con un grito ahogado y mis brazos ceden exhaustos.

—¡Ay, Dios! —exclama tirando de mí y penetrándome hasta el fondo. Suspira y nos mantiene conectados mientras se extinguen los restos de nuestro placer y murmura palabras ininteligibles.

No creo que haya terminado. Mi mente está en un coma de placer y no puedo pensar. Mi cuerpo está repleto. Es por la mañana. No voy a poder sobrevivir todo el día con la resistencia que tiene. Lo dejo que termine de moverse en mi interior, jadeante, e intento recuperar el aliento.

—Ven aquí, mi niña —susurra abrazándome con impaciencia.

—No puedo moverme —jadeo laxa.

—Sí, por mí vas a moverte.

No me deja en paz. Se impacienta aún más y levanta mi cuerpo y lo vuelve para tenerme de frente. Permito que me alce y me monte a horcajadas sobre él. Ladea la cabeza y recorre mi cuerpo con la mirada. Me acaricia los costados.

—Durante toda la noche me moría por tocarte.

—Podrías haberme metido mano.

—No. —Niega con la cabeza—. No me has entendido bien.

—¿Por? —No pierdo la oportunidad de acariciarle el pelo y de retorcer un mechón entre mis dedos.

—Quería acariciarte, no sobarte. —Me mira y frunzo el ceño.

No veo la diferencia.

—Cuando te toco siento un placer indescriptible, Livy. —Me besa entre los pechos—. Pero cuando te acaricio, acaricio tu alma. Eso va mucho más allá del placer.

Parpadea despacio y me mira a los ojos de nuevo. Descubro que no lo hace a propósito. Los movimientos lentos son parte de este hombre disfrazado de caballero. Él es así.

—Es como si sucediera algo muy poderoso —susurra—. Y el placer de hacerte el amor es un pequeño extra.

—Sigo asustada —admito. Y aún me estoy asustando más con las cosas que me está diciendo.

—Yo también te tengo un poco de miedo.

Separa con la mano nuestros pechos y traza círculos apenas imperceptibles alrededor de mi pezón.

Bajo la mirada y observo sus movimientos.

—No tengo miedo de ti, sino de lo que me haces.

—Te hago sentir como nadie, igual que tú a mí. Te llevo a lugares llenos de placer que ninguno de los dos podría imaginar, a lugares a los que tú me has llevado.

Toma un pecho entre los dientes y roza la punta del pezón. Echo la cabeza atrás y me quedo sin aire.

—Eso es lo que puedo hacerte, Olivia Taylor, y eso es lo que me haces tú a mí.

—Ya lo has hecho. —No reconozco mi propia voz, cargada de lujuria y de deseo.

De repente se mueve, me toma en brazos y me tumba boca arriba sobre el colchón. Me cubre con su cuerpo y mis brazos le rodean el cuello. Alzo la vista, pero hay tanto de maravilloso en él que mi mirada no sabe dónde posarse. El pelo húmedo le cae sobre la cara, la sombra le cubre la mandíbula, pero es el brillo de sus ojos lo que me cautiva. Siempre que me mira, me hipnotiza, me deja indefensa. Soy suya.

—Estás preciosa en mi cama —afirma—. Hecha un desastre, pero bueno.

—¿Estoy hecha un desastre? —pregunto dolida, pensando que debería haber dejado que me duchara, tal y como yo quería.

—No, no me has entendido. —Frunce el ceño frustrado porque

he malinterpretado sus palabras, pero las he oído perfectamente—. Mi cama es la que está hecha un desastre. Tú estás preciosa.

Mis labios esbozan una sonrisa en cuanto comprendo su contrariedad. Apuesto a que duerme quieto como un muerto, con las sábanas perfectamente dobladas a la altura de la cintura. Yo me muevo mucho durante la noche, lo sé por cómo está mi cama por las mañanas... Más o menos como la de Miller en este momento.

—¿Quieres que te haga la cama? —pregunto, aunque en el fondo espero que me diga que no.

Para ser sincera, me da miedo sólo de pensarlo. He visto la precisión con la que estira la colcha y coloca los almohadones de seda en el centro. Creo que guarda una regla en el cajón de la mesilla de noche para asegurarse de que las sábanas están a la misma distancia de la cabecera a ambos lados de la cama y de los almohadones.

Sabe que lo digo de broma, pese a que consigo no reírme. Su mirada pensativa me lo confirma.

—Como prefieras.

Besa mi cara de sorpresa y se levanta desnudo de la cama. Se queda de pie y se quita el condón antes de ir al cuarto de baño para tirarlo.

¿Para qué habré abierto la boca? Nunca haré la cama tan bien como él. Me siento en el borde y observo las sábanas revueltas. ¿Por dónde empiezo? Por las almohadas. Debería empezar por las almohadas. Agarro uno de los mullidos rectángulos y lo arreglo con esmero. Luego coloco otro junto a él y los dos que quedan encima. Aliso las sábanas con la palma de la mano. Satisfecha con el resultado, tomo dos esquinas de la colcha, levanto los brazos y consigo que vuele por los aires y aterrice perfectamente centrada en la cama. Estoy muy contenta con mi trabajo. Está correcto, pero no sé si lo bastante perfecto. Rodeo la cama, tiro de las esquinas y aliso las arrugas con las manos. Luego deposito los cojines sobre el arcón que hay a los pies, intentando recordar la posición exacta en la que se encontraban la última vez que estuve aquí.

Cuando he terminado, sonrío triunfante y doy un paso atrás para admirar mi obra. Es imposible que le ponga peros. Ha quedado espectacular.

—¿Satisfecha?

Vuelvo mi cuerpo desnudo. Ahí está Miller, con los brazos cruzados, apoyado en el marco de la puerta del cuarto de baño.

—Creo que me ha quedado muy bien.

Le echa un vistazo a la cama, se separa del marco de la puerta y se acerca despacio, pensativo. A él no le parece que haya quedado tan bien. Quiere empezar de cero, y mi lado infantil está deseando que lo haga para poder burlarme de él a gusto.

—Te mueres de ganas de deshacerla y hacerla otra vez, ¿verdad? —pregunto con los brazos cruzados, imitándolo.

Se encoge de hombros sin darle importancia y finge descaradamente que le parece bien.

—No está mal.

Sonrío.

—Está perfecta.

Sonríe y se marcha. Yo me quedo admirando su cama.

—Livy, dista mucho de estar perfecta.

Desaparece en el vestidor y lo sigo. Descubro a Miller poniéndose un bóxer negro.

Es difícil hablar con estas vistas.

—¿Por qué tienes que tenerlo todo en perfecto estado de revista? —Mi pregunta interrumpe sus movimientos fluidos.

No me mira, sino que se ajusta el elástico del bóxer en las caderas.

—Valoro lo que poseo —responde cortante y de mala gana. No me va a decir nada más al respecto—. ¿Desayunamos?

—No tengo nada que ponerme —le recuerdo.

Se toma su tiempo para examinar mi desnudez con los ojos brillantes.

—Yo te veo muy bien.

—Estoy desnuda.

Permanece impasible.

—Sí, y ya te he dicho que te veo muy bien.

A continuación se pone unos pantalones cortos negros y una camiseta gris, y no sé qué tiene este momento pero me pregunto si Miller Hart ha salido alguna vez de casa con algo que no sea un traje de tres piezas.

—Me sentiría mucho mejor si pudiera ponerme algo encima —replico en voz baja, enfadada conmigo misma por mi tono tímido e inseguro.

Se alisa la camiseta y me mira con atención. Cambio de postura, incómoda, porque él está vestido y yo no.

—Como prefieras —refunfuña, y corro a buscar algo que ponerme.

Rebusco entre las hileras de camisas y me impaciento porque sólo hay camisas de vestir. Tomo la manga de una de color azul y la descuelgo de un tirón, exasperada.

—Livy, ¿qué haces? —masculla mientras meto los brazos por las mangas de la camisa.

—Me tapo —replico, y aminoro la velocidad al comprobar que me mira horrorizado.

Exhala para calmarse, se me acerca y me quita la camisa.

—No con una camisa de quinientas libras.

Vuelvo a estar desnuda, mirando cómo inspecciona la prenda y trata de quitar pelusas imaginarias de la pechera. Intenta disimular lo mucho que le molesta no conseguir hacer desaparecer una arruga minúscula que le he hecho. No puedo echarme a reír. Está muy disgustado, cosa que es preocupante.

Pasa un buen rato en el que Miller batalla con la camisa y yo lo observo atónita. La sacude, le da tirones, la abotona y finalmente la echa al cesto de la ropa sucia.

—Ahora hay que lavarla —murmura yendo hacia un cajón y abriéndolo de un tirón.

Saca un montón de camisetas y las coloca sobre el mueble que hay en el centro del vestidor. Luego las va tomando una a una y empieza a formar otra pila al lado. Cuando ha terminado, toma la última camiseta y me la da. A continuación vuelve a guardar pulcramente la pila en el cajón.

No podría tenerme más fascinada. Hace tiempo que sé que no es simplemente un chico muy ordenado. Miller Hart padece un trastorno obsesivo-compulsivo.

—¿Te la vas a poner o qué? —inquiere molesto.

No digo ni pío. No sé qué decir. Me pongo la camiseta y me cubro el cuerpo con ella pensando que vive su vida con precisión militar y que es posible que mi presencia lo haya descolocado por completo. No obstante, sigue trayéndome a su casa, así que no debería preocuparme tanto.

—¿Te encuentras bien? —pregunto algo nerviosa, deseando que vuelva a arrojarme sobre la cama y a venerarme de nuevo.

—Perfectamente —mascula en un tono que indica justo lo contrario—. Voy a preparar el desayuno.

Sin más, me toma de la mano y me saca del dormitorio con decisión. No se me pasa por alto que Miller hace un esfuerzo desmedido por ignorar la cama. Se le tensa la mandíbula cuando la mira con el rabillo del ojo. Yo creo que me ha quedado muy bien.

—Siéntate, por favor —me ordena cuando llegamos a la cocina.

Aposento mi trasero desnudo en la silla fría.

—¿Qué quieres desayunar?

—Lo mismo que tú —digo con intención de que le resulte lo más fácil posible.

—Yo desayuno fruta y un yogur natural. ¿Te apetece?

Abre el refrigerador y saca varios recipientes de plástico que contienen distintos tipos de fruta pelada y cortada.

—Sí, por favor —contesto con un suspiro y rezando para que no volvamos a repetir el patrón habitual de frialdad y distanciamiento. Empieza a parecerse mucho.

—Como prefieras —dice en tono cortante mientras saca unos cuencos del armario, cucharas del cajón y yogur del refrigerador.

Lo observo en silencio. Coloca con absoluta precisión varios objetos delante de mí. En un momento exprime naranjas para hacer jugo, prepara café y se sienta frente a mí. No toco nada. No me atrevo. Lo ha dispuesto todo de tal manera que no me arriesgo a ponerlo de mal humor por haber movido cualquier cosa un milímetro.

—Adelante —dice señalando mi bol con la cabeza.

Memorizo la ubicación de la fuente de fruta para poder dejarla después exactamente de la misma manera. Tomo un poco con la cuchara y me la sirvo en mi cuenco. Luego vuelvo a dejar la fuente donde estaba, con cuidado. Todavía no he tomado mi cucharilla cuando se levanta para poner la fuente un poco más a la izquierda. Mi fascinación por Miller Hart va en aumento, y aunque estas manías son un tanto molestas también me resultan adorables. Está claro que soy yo la que vuelve loco a este caballero, yo y mi incapacidad para dejar las cosas justo como a él le gustan. No es nada personal. No creo que haya nadie en el mundo entero capaz de complacerlo en ese aspecto.

El silencio es muy incómodo, y sé exactamente por qué. Está comiendo, pero sé que está luchando contra el deseo de levantarse de la mesa y hacer la cama a su gusto. Quiero decirle que adelante, que lo haga, sobre todo si así se relaja, lo que significa que yo también podré relajarme. Sin embargo, no me da tiempo. Cierra los ojos, respira hondo y deja la cuchara en el bol.

—Si me disculpas, tengo que ir al baño.

Se levanta y lo sigo con la mirada hasta que sale por la puerta. Me gustaría ir con él y verlo en acción pero aprovecho la oportunidad para estudiar los objetos que hay sobre la mesa, a ver si soy capaz de discernir por qué su disposición actual le calma los nervios. Yo no veo nada.

Tarda cinco largos minutos en volver a la cocina y se le ve mucho más relajado. Yo también me relajo. Me he terminado el desayuno y me he bebido el jugo para no tener que cambiar nada de sitio..., excepto a mí misma, y me estoy dando cuenta de que también le pasa algo con mi forma de moverme y con el lugar donde me sitúo, como en su cama.

Se sienta a la mesa, toma una fresa con la cuchara y se la lleva a la boca. No puedo evitar quedarme embobada mirando cómo la mastica lentamente. Su boca me hipnotiza tanto como cuando me mira con sus ojos azules, y sé que ahora me está mirando, así que tengo una duda existencial: ¿le miro los ojos o la boca?

Decide por mí en cuanto empieza a hablar. Casi ni lo oigo porque estoy fascinada con sus labios.

—Tengo que pedirte algo —anuncia.

Tardo un rato en procesar sus palabras y, cuando lo consigo, lo miro a los ojos. Yo tenía razón: me está mirando.

—¿Qué quieres pedirme? —pregunto recelosa.

—No quiero que salgas con otros hombres.

Me observa detenidamente para ver mi reacción, pero seguro que mi cara no le dice nada porque no sé cómo reaccionar.

—Creo que, dado tu comportamiento de anoche, es una petición muy razonable.

Ahora sí que me cambia la expresión, y sé que he puesto cara de pasmada.

—Tú eres el culpable de mi comportamiento de anoche —replico.

—Es posible, pero no me siento cómodo sabiendo que te expones de esa manera.

—¿Que me exponga en general o que me exponga a otros hombres?

—Las dos cosas. Antes de conocerme no sentías la necesidad de hacerlo, así que no creo que te resulte difícil complacerme.

Se lleva otra cucharada de fruta a la boca, pero ahora ya no tengo ganas de mirarlo. Estoy estupefacta y sus ojos no expresan emoción alguna.

Está claro que cree que es perfectamente normal pedirme algo así. Ni siquiera sé cómo tomármelo. Acaba de venerarme en su cama, de decirme cosas que me han llegado al alma, y ahora parece que está cerrando un trato de negocios.

—Toda esa tontería de salir con otros... —continúa— tampoco puede repetirse.

Tengo que hacer un esfuerzo increíble para no soltar una sonora carcajada.

—¿Por qué me pides eso? —lo provoco. ¿Me está diciendo que quiere que seamos monógamos?

Se encoge de hombros.

—Ningún hombre va a hacerte sentir como yo, así que en el fondo es por tu bien.

Alucino con su arrogancia. Tiene razón, pero no voy a masajearle el ego.

—Miller. —Pongo los codos encima de la mesa y apoyo la barbilla en las manos—, ¿quieres explicarme exactamente a qué te refieres?

Su rostro perfecto muestra leves signos de preocupación.

—No quiero que nadie más te saboree —dice sin remordimientos—. Es posible que no te parezca razonable, pero es lo que quiero y me gustaría que me lo dieras.

—¿Y qué hay de ti? —pregunto en un susurro—. Sé lo de esa mujer.

—Ya me he encargado de ella.

«¿¿Cómo? ¿Que se ha encargado de ella? ¿Acaso tenía que encargarse de ella?»

—Y ¿se ha conformado?

—Sí.

—Pero ¿por qué te importa tanto si sólo es una socia de negocios?

—Como ya te dije anoche, no me importa, pero a ti sí, así que le he hablado de ti y se acabó.

Lo miro muy seria.

—No sé nada de ti.

—Sabes que tengo un club.

—Sí, pero solamente porque aterricé en él por pura casualidad. Podría haber esperado sentada a que me hablaras de su existencia y estoy segura de que, si de ti dependiera, nunca habría estado en él.

—Estabas en la lista de invitados, Livy. Si no hubiera querido que lo vieras, te habría tachado de ella.

Cierro la boca y repaso lo que recuerdo antes de que el champán y el tequila se apoderasen de mí.

—¿Estuviste observándome toda la noche?

—Sí.

—Estaba con Gregory.

—Sí.

—Y creíste que estaba saliendo con él.

—Sí.

—Y no te gustó.

—No.

Del mismo modo que no le gustó nada verme con Luke.

—Te pusiste celoso —le digo.

Entonces me pregunto en qué momento se dio cuenta de que Gregory es gay. Tal vez fuera en la pista de baile. O puede que en el servicio. Ha estado trabajando en Ice, pero mi amigo no es afeminado. Es un hombre muy guapo y las mujeres se mueren por sus huesos, igual que los gais.

—Mucho —confirma.

Yo tenía razón, y me alegro, pero quiero más que monosílabos.

—Y ¿qué gano yo? —pregunto a sabiendas de lo que me va a responder.

—Placer.

Me inclino sobre la mesa. El placer que proporciona Miller Hart es el premio gordo... o casi. Pero lo que yo quiero es que me

336

ame a todas horas, como cuando me tiene en su cama o me da «lo que más le gusta».

—¿Me estás pidiendo que me acueste sólo contigo?

—Sí.

Me parece bien pero, dadas las circunstancias que han propiciado esta conversación y el curso que está tomando, no sé si eso implica que Miller vaya a ser mío en exclusiva.

—Y ¿qué hay de ti?

—¿De mí?

—¡¿Quieres hacer el favor de juntar más de dos palabras?! —salto.

Miller se inclina a su vez sobre la mesa.

—Te pido que me perdones.

—Pide lo que te dé la gana —le espeto. Me hierve la sangre—. Pero no voy a concederte nada.

—Discrepo.

—¡Ya estás otra vez! —Empujo el bol tan lejos como puedo, éste choca contra la fuente de fruta y la desplaza—. ¡Ya estás pidiendo otra vez!

Sólo tiene ojos para los objetos que he descolocado encima de su mesa perfecta. Empieza a temblar y la rabia le enciende la cara. Me siento y tomo nota.

Con más calma de la que siente, permanece un momento en silencio poniéndolo todo en su sitio. Luego se levanta, rodea la mesa y yo lo sigo con la mirada hasta que lo pierdo de vista. Está detrás de mí, y me tenso cuando me apoya las manos sobre los hombros. Es como si me inyectara fuego a través de la tela de la camiseta y me quemara la piel.

—Tú sí que vas a pedir, mi niña, me vas a suplicar —dice, y acto seguido me mordisquea el lóbulo de la oreja—. Vas a acceder a lo que te pido porque ambos sabemos que te preguntas constantemente cómo vas a vivir sin mis atenciones.

Me masajea los hombros con los pulgares. Es una delicia.

—No finjas que soy la única que tiene necesidades. —Respiro intentando relajarme con sus caricias, pero sin darle a mi cuerpo el placer que tanto ansía.

Desde el principio ha dicho que no podía estar conmigo, pero la realidad es que tampoco puede estar sin mí.

Sus manos se alejan en un instante y noto que me levanta de la silla.

—Yo no finjo nada, Livy.

Echa a andar hacia adelante y me obliga a retroceder hasta que estoy contra la pared.

—Se trata también de mis necesidades. Por eso te hago esa propuesta, y por eso vas a aceptarla.

Mi mente se está portando de lujo y está evitando que el deseo se abra camino. Está ahí, pero también quiero respuestas.

—Haces que parezca una transacción de negocios.

—Trabajo mucho. Acabo exhausto mental y físicamente. Quiero tenerte para venerarte y disfrutarte cuando acabo.

—Creo que eso se llama una relación —susurro.

—Llámalo como quieras. Te quiero a mi disposición.

Estoy horrorizada, encantada... y nada segura. Para un hombre que habitualmente se expresa tan bien, tiene un modo muy curioso de escoger las palabras.

—Creo que lo llamaré *relación* —añado sólo para que sepa por dónde voy.

—Como prefieras.

Se abalanza sobre mi boca, me rodea la cintura con el brazo, me levanta y me oprime contra su pecho. Me sumerjo en el ritmo de su lengua, ladeo la cabeza y suspiro entre sus labios, pero mi cabeza sigue rumiando la conversación tan rara que acabamos de tener. ¿Miller es mi novio? ¿Soy su chica?

—Deja de darle tantas vueltas —murmura en mi boca, mientras se vuelve y me saca de la cocina.

—No lo hago.

—Lo estás haciendo.

—Es que me tienes hecha un lío. —Le rodeo la cintura con las piernas y el cuerpo con los brazos.

—Acéptame tal y como soy, Livy. —Deja mi boca y me estrecha contra su pecho.

—Pero ¿quién eres? —le susurro en el cuello, y le devuelvo el apretón.

—Soy un hombre cualquiera que ha conocido a una chica dulce y preciosa que me da más placer del que creía que era posible experimentar.

Me deja con cuidado en el sofá y se tumba a mi lado, con la cara muy cerca de la mía. Me acaricia lentamente el interior del muslo con la mano.

—Y no me refiero sólo al sexo —susurra, y yo trago saliva—. He dejado claras mis intenciones.

Roza el vello de mi entrepierna y desliza los dedos hacia el centro. Arqueo la espalda.

—Siempre está lista para recibirme —murmura acariciando mi intimidad húmeda e incandescente. La sensación se extiende por toda mi piel—. Siempre se excita conmigo.

Vuelvo la cabeza y pego mi frente a la suya.

—Y acepta que no puede evitarlo. Estamos hechos el uno para el otro. Encajamos a la perfección.

Me falla el aliento y se me tensan las piernas.

—Responde a mí de un modo inconsciente —prosigue, y me aparta con la frente—. Y sabe cómo me siento cuando me priva de verle la cara.

Me obligo a abrir los ojos y a no mover la cabeza. Empiezo a levantar y a bajar la pelvis de forma involuntaria al ritmo de sus caricias. Estoy mojada y palpitante. Se está tomando su tiempo, observando cómo me derrito entre sus dedos. Me he agarrado a su camiseta de algodón con dedos crispados y se la estoy dejando hecha una pena.

—Va a venirse —susurra dirigiendo la mirada al lugar en el que se mueve su mano.

Sacudo las piernas para intentar controlar la arremetida de presión que lucha por encontrar alivio. Entonces me mete un dedo y luego otro cuando grito y empiezo a temblar.

—Ahí lo tienes, Livy.

Me rindo, no puedo mantener los ojos abiertos. Echo atrás la cabeza y mascullo palabras sin sentido durante el clímax que arrasa con todo.

—Quiero verte la cara.

—No puedo —gimo.

—Vas a poder por mí, Livy. Deja que te vea.

Grito, desesperada, y levanto la cabeza.

—¡No puedes hacerme esto!

Me besa, pero con demasiada delicadeza para lo frenética que estoy.

—Puedo, lo estoy haciendo y siempre lo haré. Grita mi nombre.

Entonces me aprieta el clítoris con el pulgar y traza círculos firmes, mientras observa cómo lucho para lidiar con el placer que me provoca.

—¡Miller!

—Ése es el único nombre que vas a gritar en toda tu vida, Olivia Taylor.

Se cierne sobre mi boca y me besa hasta que me vengo mientras gime y aprieta el torso contra el mío para que su cuerpo absorba los temblores del mío.

—Te prometo que siempre te haré sentir así de especial.

Entonces lleva los dedos a mi boca y me acaricia suavemente los labios.

—Nadie más va a saborearte, Livy, sólo yo.

Su rostro está impasible, aunque ya empiezo a ser capaz de distinguir sus emociones por los cambios en su cautivadora mirada azul. Ahora mismo se siente superior, satisfecho..., victorioso. Le he confirmado el efecto que tiene en mí con mis gemidos roncos y el modo en que respondo a sus caricias.

Miller Hart es el dueño de mi cuerpo.

Y empieza a resultar más que evidente que también es el dueño de mi corazón.

Capítulo 19

Tengo frío en las piernas y el cuerpo entumecido. Miller no está conmigo en el sofá, pero se encuentra cerca porque oigo armarios que se abren y se cierran y ruido de platos. Ya sé dónde está y qué hace. Me desperezo con un gruñido feliz y sonrío al mirar al techo. Me siento para volver a contemplar las obras de arte que adornan las paredes del apartamento. Después de saltar de una a otra con la vista y repetir el recorrido un par de veces, me doy por vencida: soy incapaz de decidir cuál me gusta más. Todas me encantan, aunque parezcan distorsionadas y casi feas.

Sólo el sueño nubla mi mente. No hay ni rastro del alcohol, y aunque tengo el cuerpo dolorido, me encuentro de maravilla. Me levanto y voy a buscar a Miller. Está limpiando la encimera con un espray antibacterias.

—Hola.

Levanta la vista y se aparta el pelo de la cara con el dorso de la mano.

—Livy. —Dobla el paño y lo deja junto al fregadero—. ¿Te encuentras bien?

—Muy bien, Miller.

Asiente.

—Estupendo. He preparado la bañera. ¿Te apetecería bañarte conmigo?

Ha vuelto a ser todo un caballero. Me hace gracia.

—Me encantaría bañarme contigo.

Inclina la cabeza muerto de curiosidad y se acerca a mí.

—¿He dicho algo divertido? —me pregunta tomándome de la nuca.

—Me hacen gracia tus modales.

Lo dejo que me conduzca al dormitorio y de allí al baño, donde la bañera redonda gigante está llena de agua espumosa.

—¿Debería ofenderme? —Agarra el dobladillo de mi camiseta y tira hacia arriba para quitármela. Luego la dobla con cuidado y la deja en el cesto de la ropa sucia.

Me encojo de hombros.

—No, tienes unas costumbres encantadoras.

—¿Costumbres?

—Sí, tus costumbres.

No digo más. Sabe perfectamente a qué me refiero, y no es sólo a sus modales de caballero (cuando decide hacer gala de ellos).

—Mis costumbres... —musita quitándose la camiseta y doblándola con el mismo esmero que la mía—. Creo que sí que me ofende.

Se baja los pantalones por los muslos y también los pone con cuidado en el cesto de la ropa sucia.

—Tú primero —dice señalando la bañera. Es tan perfecto cuando está desnudo que me mareo—. ¿Necesitas ayuda?

Lo miro y veo petulancia en sus ojos. Me extiende la mano.

—Gracias. —La tomo y subo los peldaños de la bañera. Me meto dentro.

—¿Está bien el agua? —pregunta siguiendo mis pasos y sentándose en el otro extremo para que podamos vernos las caras. Tiene las piernas dobladas y las rodillas asoman por encima de la superficie.

—Sí.

Me recuesto y deslizo la planta de los pies por el suelo de la bañera hasta que los tengo metidos bajo su trasero. Arquea las cejas y me sonrojo.

—Perdona, es que resbala.

—No tienes por qué disculparte. —Me agarra los pies y los apoya en su pecho—. Tienes unos pies muy lindos.

—¿Muy lindos? —Tengo que contener la risa.

Nunca sé qué palabras va a utilizar ni en qué tono, pero siempre me producen algún efecto: me enojan, me hacen gracia, despiertan mi deseo o me dejan hecha un mar de dudas.

—Sí, muy lindos. —Me besa el dedo pequeño—. Quiero pedirte una cosa.

De pronto se me quitan las ganas de reírme. ¿Qué querrá pedirme ahora?

—¿Qué? —pregunto nerviosa.

—No me pongas esa cara, Livy.

Para él es fácil decirlo.

—No pongo cara de nada. Es que tengo curiosidad.

—Yo también.

Frunzo el ceño.

—¿Por qué tienes curiosidad?

—Por saber qué se siente al estar dentro de ti sin que ninguna barrera se interponga entre nosotros.

—Ah. —Respiro.

Me alcanza, tira de mí para que me ponga de rodillas y me lleva la mano a la firme erección de su entrepierna.

—Seguro que tú también tienes curiosidad.

«Bastante, la verdad.»

—Hablas como si fuéramos a estar juntos a largo plazo... —titubeo y me preparo para su respuesta.

—Ya te he dicho que quiero mucho más que las cuatro horas que me debes, que, por cierto, creo que ya han pasado.

Rodea su miembro con mi mano y con la suya la guía lentamente arriba y abajo bajo el agua. Empiezo a relajarme; después de lo que me ha dicho me he quedado en paz. El movimiento de su pecho cambia, sube y baja cada vez más deprisa. Es suave como el terciopelo, pero no puedo ver el movimiento de nuestras manos porque estamos sumergidos en litros y litros de agua. Sólo puedo ver la punta hinchada de su pene, así que alzo la vista y me deleito con su increíble boca ligeramente entreabierta.

—Tengo curiosidad —confieso acercándome más, de rodillas—. Pero no tomo anticonceptivos.

—Y ¿estás preparada para remediar eso y que así ambos podamos satisfacer nuestra curiosidad?

Asiento y lo dejo marcar el ritmo de mis caricias. Al tacto, es sublime: tersa, grande y dura.

A la vista también resulta sublime. Me infundo una dosis de confianza en mí misma y flexiono la mano hasta que Miller la suelta con el ceño fruncido y me deja encaramarme a su cuerpo.

—Livy, ¿qué haces? —me pregunta receloso, pero no me impide encontrar lo que busco y me acomodo en su regazo con su erección entre las piernas. Incluso me ayuda.

—Quiero sentirte.

El modo en que tiembla debajo de mí me inyecta otra dosis de confianza. Estoy perdiendo la cabeza y mi cuerpo actúa por su cuenta.

Niega con la cabeza y me besa con adoración. Es posible que lo esté tentando y atormentando, pero él es quien tiene el control.

—No puede ser, Livy.

—Por favor —suplico hundiendo la cara en su pelo—. Déjame hacerlo.

—Ay, Dios, me estás haciendo polvo.

Interpreto sus débiles palabras como una derrota y llevo la mano a nuestras partes sin dejar de besarlo.

—Yo sí que estoy hecha polvo. —Le muerdo la lengua con cuidado—. Tú me tienes hecha polvo.

Mi mano encuentra lo que busca y me recoloco para ponerlo justo donde lo quiero: a punto de entrar.

—No te he hecho polvo, Livy.

Noto su mano en mi muñeca, lista para impedir que cometa una locura.

—He despertado en ti un deseo que sólo yo puedo satisfacer. —Me aparta la mano y aprieta los labios en señal de advertencia—. Y, por lo visto, uno de los dos debe mantener la cabeza fría para que no nos metamos en un buen lío.

Estoy que reviento de deseo, pero está tan serio que vuelvo rápidamente a la realidad.

—Culpa tuya —mascullo avergonzada. Siento que me ha rechazado sin motivo.

—Si tú lo dices —dice poniendo los ojos en blanco. Es un gesto de exasperación, una muestra de emoción poco frecuente.

Para intentar olvidar lo insignificante que me siento y para distraer a Miller y que no me regañe más, empiezo a descender, ansiosa de saborearlo de nuevo. No llego muy lejos.

Me detiene, casi parece estar nervioso. Me levanta, me estrecha contra su pecho y se reclina en la pared de la bañera. Me acomoda a su gusto.

—Quiero que me des «lo que más me gusta».

A pesar de que me confunde su rechazo, asiento feliz y disfruto de su firme abrazo. Siento todo su cuerpo al tiempo que gozo con el sonido de su respiración y del agua que envuelve nuestros cuerpos con mimo.

—Yo también tengo algo que pedirte —susurro. Me siento valiente y cómoda pidiéndoselo.

—Aguarda. —Me besa en la mejilla húmeda—. Déjame disfrutar de «lo que más me gusta».

—Puedes disfrutarlo mientras te hablo —respondo con una sonrisa.

—Es probable, pero me gusta verte la cara cuando hablamos.

—Creo que los abrazos también empiezan a ser «lo que más me gusta» a mí.

Lo estrecho un poco más fuerte y nuestros cuerpos resbalan.

Me rodean la paz y la tranquilidad, y en momentos como éste quiero pegarme a él con pegamento.

—Espero que sólo conmigo.

—Sólo contigo —suspiro—. ¿Puedo pedirte ya lo que quiero?

De mala gana, me separa de su pecho y me sienta en su regazo.

—Dime qué quieres.

—Información. —Mi valor se esfuma al verle la boca torcida y la mandíbula tensa, pero reúno el suficiente para continuar—. Sobre tus costumbres.

—¿Mis costumbres? —Arquea las cejas, casi parece una advertencia.

Insisto con cuidado.

—Eres muy... —Me paro, necesito escoger bien las palabras— preciso.

—Querrás decir *ordenado*.

Va más allá de ordenado. Es obsesivo, pero me da la impresión de que éste es un tema delicado.

—Sí, ordenado —concedo—. Eres muuuy ordenado.

—Me aseguro de cuidar lo que es mío. —Me pellizca el pezón y pego un brinco—. Y ahora tú eres mía, Olivia Taylor.

—¿Ah, sí? —Sueno sorprendida, pero por dentro estoy en éxtasis. Quiero ser suya a todas horas, todos los días.

—Sí —se limita a decir. Me agarra la muñeca y tira de mí hasta que nuestros pechos están pegados de nuevo—. También eres un hábito.

—¿Soy un hábito?

—Un hábito adictivo. —Me besa en la nariz—. Un hábito que no pienso dejar.

No dudo en expresar mi opinión al respecto:

—De acuerdo.

—¿Quién te ha dicho que tienes elección?

—Me dijiste que nunca me ibas a obligar a hacer algo que no quisiera hacer —le recuerdo.

—Dije que nunca te iba a obligar a hacer algo que supiera que no querías hacer, y sé que quieres ser mi hábito. Por tanto, esta conversación no tiene sentido. ¿No te parece?

Lo miro enfurruñada, incapaz de darle la contestación que merece.

—Eres un arrogante.

—Y tú estás en apuros.

Me echo hacia atrás.

—¿Qué quieres decir? —inquiero. ¿Eso ha sido una advertencia?

—Hablemos de anoche —propone como si fuéramos a hablar de adónde vamos a salir a cenar.

Me pongo en guardia al instante. Me acurruco contra él y escondo la cara en su cuello.

—Ya hemos hablado de eso.

—No con detalle. No entiendo por qué te comportaste de un modo tan arriesgado, Livy, y me incomoda mucho. —Me saca de mi escondite para poder mirarme a la cara—. Mírame cuando te hablo.

Sigo con la cabeza gacha.

—No quiero hablar contigo.

—Mala suerte. —Se mueve para ponerse cómodo—. Explícate.

—Me emborraché, eso es todo —masculло apretando los dientes. No lo hago a propósito.

Levanto la vista y me encuentro unos ojos muy enfadados.

—Y deja de hablarme como si fuera una delincuente juvenil.

—Pues deja de comportarte como si lo fueras. —Lo dice muy en serio. Estoy pasmada.

—¿Sabes qué? —Lo aparto para poder salir de la bañera, y él no mueve un músculo para detenerme. Se queda ahí sentado, tan a gusto, sin darle la menor importancia a mi rabieta—. Puede que me hagas sentir increíble, que me digas unas cosas preciosas cuando me haces el amor, pero cuando te pones así eres... eres... eres...

—¿Soy qué, Livy?

—¡Eres un cabrón estirado! —espeto desesperada.

Ni se inmuta.

—Cuéntame por qué desapareciste. ¿Adónde fuiste?

El tono en el que me exige respuestas no hace sino enfurecerme aún más... Me desespera.

—Dijiste que nunca me harías hacer nada que no quisiera hacer.

—Que supiera que no querías hacer. Siento que mi niña lleva un gran peso sobre los hombros. —Me toma la mano—. Deja que yo te lo quite.

Miro su mano unos instantes. Mi cerebro trabaja a toda velocidad y sólo me preocupa una cosa: me dejará otra vez si se lo cuento.

—No puedes —espeto. Doy media vuelta con los pies descalzos y me marcho.

No puedo soportarlo. Miller Hart es una montaña rusa, me lleva del placer absoluto a la furia total, me hace sentir segura, tímida, nerviosa. De la dicha al dolor. Es como si tirara de mí en dos direcciones. Sé muy bien lo mal que lo pasé cuando me abandonó, pero al menos sólo sentía una única emoción consistente. Sabía qué terreno pisaba. Esta vez, yo tomaré la decisión.

Helada y empapada, abro el cajón de la cómoda y saco mis pantis, mi bolso de mano y mis zapatos. Deprisa, me meto en el vestidor y tomo la primera camisa que alcanzo. Me la echo sobre los hombros y dejo caer los zapatos al suelo. Me pongo las pantis y los tacones. Salgo del dormitorio y corro hacia abajo en dirección al vestíbulo, desesperada por ocultarme de sus insistentes preguntas y de su tono de desaprobación. Sé que anoche fui una imprudente. He cometido muchos errores, pero ninguno tan grande como el hombre al que acabo de dejar en la bañera. No sé en qué estaba pensando. Él no lo entendería nunca.

Vuelo hacia la puerta de su apartamento y me relajo cuando toco el pomo. Sin embargo, no puedo hacerlo girar. La puerta no está cerrada con llave, puedo marcharme cuando quiera, pero mis músculos ignoran las tímidas órdenes de mi cerebro. Y todo porque una orden mucho más poderosa las ahoga y me dice que vuelva arriba y le haga comprender.

Me miro la mano y le ordeno que abra. No lo hace. Ni lo hará. Apoyo la frente contra la puerta negra brillante, y cierro los ojos luchando con las órdenes contradictorias y pegando patadas al suelo con los tacones por la frustración. No puedo marcharme. Mi cuerpo y mi mente no están preparados para cruzar la puerta y dejar atrás al único hombre con el que he conectado. No es que yo haya dejado que ocurriera, es que era imposible evitarlo.

Consigo dar media vuelta hasta que estoy de espaldas a la puerta. Tengo a Miller delante. Está de pie en silencio, observándome, desnudo y chorreando.

—No eres capaz de marcharte.

—No —sollozo.

Me duele el corazón y me tiemblan las piernas, que se niegan a soportar el peso de mi cuerpo por más tiempo. Me deslizo hacia abajo con la espalda pegada a la puerta hasta que estoy sentada en el suelo. Mi ira se torna en lágrimas y lloro en silencio. Desaparecen mis últimos mecanismos de defensa. Dejo que mi desesperación se vierta en mis manos y mis barricadas se derrumban bajo la atenta mirada del enloquecedor Miller Hart. Parece que llevo así una eternidad, pero sé que apenas han sido unos segundos. Me toma en brazos y me lleva de vuelta a su cama. No dice una sola palabra. Me sienta en el borde, me quita los zapatos y las pantis y me levanta la camisa por encima de la cabeza. Me acerca a su pecho y me roza la mejilla con los labios.

—No llores, mi niña —susurra, y tira la camisa al suelo, cosa que no es propia de él. Luego me tumba con delicadeza sobre el colchón—. No llores, por favor.

Su súplica produce el efecto contrario y de mi interior fluye un nuevo mar de lágrimas que empapan su rostro desnudo cuando me estrecha contra sí y me besa la coronilla mientras tararea una melodía tranquilizadora. Funciona. Empiezo a calmarme y mis sollozos se tornan menos violentos bajo el calor de su cuerpo.

—No soy ninguna niña —susurro contra su pecho—. No paras de llamarme así, pero no deberías.

Deja de tararear y de besarme la coronilla. Está pensando en lo que acabo de decir.

—Eres una mujer... muy dulce e inocente, Livy.

—No es por lo de niña en sí —repongo—, sino porque implica inocencia y pureza.

Se tensa un poco antes de apartarme de su pecho. Estamos hablando y quiere poder mirarme a los ojos y, cuando los encuentra, me enjuga las mejillas con los pulgares y se me queda mirando con aire apenado. No quiero que sienta pena por mí. No lo merezco.

—Para mí eres mi niña, dulce e inocente.

—Te equivocas.

—No, eres mía, Livy —sentencia casi molesto.

—No me refiero a eso. —Suspiro y bajo la mirada, pero tengo que levantarla cuando me toma por la barbilla y me obliga a echar la cabeza atrás.

—Explícate.

—Quiero ser tuya —susurro, y sonríe.

Es esa sonrisa preciosa que veo tan pocas veces, y el corazón me hace un doble salto mortal en el pecho de felicidad, pero entonces recuerdo de qué estábamos hablando.

—De verdad que quiero ser tuya —afirmo.

—Me alegro de que haya quedado claro. —Me besa con ternura—. Pero tampoco es que tuvieras elección.

—Lo sé —concedo, consciente de que no es sólo porque él lo diga. He intentado marcharme y no he podido. Lo he intentado de verdad.

—Escúchame —me dice incorporándose y sentándome en su regazo—. No debería haberte presionado. Dije que no te obligaría a hacer nada que supiera que no querías hacer y lo mantengo pero, por favor, quiero que sepas que sufres en vano si crees que hay algo que vaya a hacerme cambiar de opinión sobre mi niña.

—¿Y si no es así?

—Nunca lo sabremos a menos que decidas contármelo y, si prefieres no hacerlo, por mí está bien. Sí, preferiría que confiaras en mí, pero no si te vas a poner triste, Livy. No soporto verte triste. Quiero que confíes en mí, y no cambiará para nada lo que siento por ti. Sólo quiero ayudarte.

Empieza a temblarme la barbilla.

—Tu madre... —dice en voz baja.

Asiento.

—Livy, tú no eres tu madre. No dejes que las malas decisiones de otros afecten tu vida.

—Podría haber acabado como ella —susurro. Me consume la vergüenza y bajo la mirada.

Miller me pega la cabeza contra su pecho, pero no abro los ojos porque no quiero ver su cara de desaprobación.

—Livy, estamos hablando.

—He dicho que ya basta.

—No, no lo has dicho. Mírame.

Me obligo a hacerlo. No hay ni rastro de desaprobación en su mirada. No hay nada. Ni siquiera en un momento como éste.

—Quería saber adónde había ido —digo.

Frunce el ceño.

—Me he perdido.

—Leí su diario. Leí sobre los lugares a los que iba y con quién. Leí sobre un hombre, un hombre llamado William. Su padrote.

Se limita a observarme. Sabe lo que voy a decir.

—Me metí en su mundo, Miller. Viví su vida.

—No. —Niega con la cabeza—. No.

—Sí, eso hice. ¿Qué tenía aquella vida que ella la prefería a ser mi madre, que hizo que me abandonara?

Lucho por contener las lágrimas que amenazan con reaparecer. No quiero derramar ni una sola lágrima más por esa mujer.

—Encontré la ginebra de la abuela y luego encontré a William. Lo engañé para que me aceptara y me buscara clientes. Los clientes de mi madre. Estuve con casi todos los hombres que aparecían en su diario.

—Para —susurra—. No sigas, por favor.

Me froto las mejillas húmedas.

—Lo único que encontré fue la humillación de dejar que un hombre hiciera lo que quisiera conmigo.

Hace una mueca.

—No digas eso, Livy.

—No había nada glamuroso ni atrayente en el sexo sin sentimientos.

—¡Livy, por favor! —grita apartándome, poniéndose de pie y dejándome sola y vulnerable en su cama.

Empieza a caminar por la habitación alterado, maldiciendo.

—No lo entiendo. Eres tan bonita y tan pura de corazón... Y me encanta.

—El alcohol ayudaba. Lo único que participaba era mi cuerpo. Pero no podía parar. No podía dejar de pensar que tenía que haber algo más, que estaba pasando algo por alto.

—¡No sigas! —grita. Se vuelve y me aplasta con una mirada iracunda que me hace dar un salto hacia atrás—. ¡Habría que pegarle un tiro a cualquier hombre que se haya conformado con menos que con adorarte!

Se pone en cuclillas y se lleva las manos a la cabeza.

—¡Carajo!

Todo mi ser se relaja: mi cuerpo, mi mente y mi corazón. Ya está, mi pasado sigue en mi presente y me ha obligado a rendir cuentas. Me mira. Siento cómo se me clavan sus ojos azules. Luego los cierra y respira hondo, pero no le doy tiempo a que me acribille con lo que piensa. Tengo muy claro lo que va a decir.

He arruinado la imagen que tenía de su niña dulce e inocente.

—Lo siento —digo lo más serena que puedo mientras me arrastro fuera de la cama—. Siento haber destrozado tu ideal.

Recojo la camisa del suelo y empiezo a vestirme. El dolor me revuelve el estómago y años de angustia y miseria. Me pongo las pantis y tomo los zapatos y mi bolso de mano y salgo de su dormitorio sabiendo que esta vez sí que seré capaz de marcharme. Y eso hago. El desprecio evidente que siente me ayuda a abrir la puerta con facilidad. Avanzo por el descansillo en dirección a la escalera, arrastrando los pies descalzos y el corazón roto.

—No te vayas, por favor. Perdóname por haberte gritado.

Su voz aterciopelada me detiene y me arranca el maltrecho corazón del pecho.

—No te sientas obligado, Miller.

—¿Obligado?

—Sí, obligado —digo mientras me dispongo a bajar los escalones.

Miller se siente culpable por haber reaccionado de un modo tan violento, y eso es lo último que necesito. Tampoco necesito su compasión. No sé si hay un término medio feliz entre ambas cosas, pero la comprensión y el apoyo serían de agradecer. Es más de lo que suelo concederme a mí misma.

—¡Livy!

Oigo sus pies descalzos por la escalera y cuando lo tengo enfrente apenas soy consciente de que lo único que lleva puesto es un bóxer negro.

—No sé cuántas veces tengo que pedírtelo —masculla—. Pero quiero que me mires a la cara cuando hablamos.

Me lo ordena porque no sabe qué otra cosa decir.

—Y ¿qué vas a decirme si te miro a la cara? —Lo pregunto porque no necesito ver su expresión de asco, ni de culpabilidad, ni de compasión.

—Si lo haces, lo sabrás.

Se agacha para ocupar mi campo de visión y levanto la cabeza. Su bello rostro carece de emoción y, aunque normalmente lo encuentro muy frustrante, ahora mismo supone un alivio. Ni desprecio ni ninguna de las emociones que no quiero ver.

—Sigues siendo mi hábito, Livy. No me pidas que te deje.

—Pero te doy asco —susurro obligándome a mantener un tono de voz calmado. No quiero echarme a llorar de nuevo delante de él.

—Siento asco de mí mismo —replica.

Dubitativo, me pone la mano en la nuca y me observa en busca de resistencia. No voy a resistirme. Nunca podría rechazarlo. Sé que mi expresión debe de ser tan difícil de interpretar como la suya, pero es porque no sé muy bien cómo me siento. Una parte de mí siente un gran alivio, pero hay una parte muy considerable que todavía se muere de vergüenza, y otra, la más grande, que empieza a darse cuenta de lo que Miller Hart supone para mí.

Un refugio.

Alguien con quien me encuentro a gusto.

Amor.

Me he enamorado. Este hombre tan hermoso me hace sentir mejor y más a salvo de lo que me he sentido nunca yo sola. Cuando no me está regañando o preguntándome si he olvidado mis modales, me colma de adoración. Incluso las cosas que me irritan de él me resultan reconfortantes de un modo absurdo. Estoy tan enamorada del falso caballero como del amante atento. Lo amo. Lo amo tal y como es.

Le tiemblan las comisuras de los labios pero es por los nervios. Hasta ahí llego.

—Odio pensar por lo que pasaste. Nunca deberías haber estado en semejante situación.

—Me puse yo solita en esa situación. Bebía para poder soportarlo, aunque el alcohol me dejara hecha una piltrafa. William me mandó a casa en cuanto supo quién era en realidad, pero yo estaba empeñada en hacerlo. Fui una imbécil.

Parpadea despacio, intentando absorber la bomba de mi realidad. La historia de mi madre. Y la mía.

—Por favor, vuelve adentro.

Asiento débilmente y veo que él suspira de alivio. Me pasa un brazo por los hombros y me estrecha contra su pecho. Caminamos despacio y en silencio, de vuelta a su apartamento.

Me siento en el sofá y dejo mi bolso y los zapatos debajo de la mesa. Él va al mueble bar y se sirve un líquido oscuro en un vaso liso. Se lo bebe de un trago y a continuación se sirve otro. Agarra con fuerza los bordes del mueble, con la cabeza caída entre los hombros. Está demasiado callado. Resulta incómodo. Necesito saber qué pasa por esa cabecita tan compleja.

Después de un largo y difícil silencio, agarra su bebida y se acerca a mi insignificante ser. Se sienta a la mesita de cristal, sobre la que deja y recoloca el vaso. Al cabo de un rato, suspira.

—Livy, no puedo disimular que esto me ha tomado completamente por sorpresa.

—Es verdad, se te nota.

—Eres tan... tan adorable, tan pura en el buen sentido. Eso me encanta de ti.

Frunzo el ceño.

—¿Porque así puedes tratarme como te da la gana?

—No, es sólo que...

—¿Qué, Miller? ¿Es sólo qué...?

—Eres diferente. Tu belleza empieza aquí. —Se inclina hacia mí y me pasa la palma de la mano por la mejilla. Me hipnotiza con su intensa mirada azul. Luego desciende por mi garganta en dirección a mi pecho—. Y llega hasta aquí. Muy adentro. Ilumina esos ojos de color zafiro, Olivia Taylor. Lo sé desde la primera vez que te vi. —Tengo un nudo de emociones en la garganta. Al decir lo de los ojos de color zafiro me han inundado recuerdos de mi abuelo—. Quiero que te entregues a mí por completo, Livy. Quiero ser tuyo. Tú eres mi perfección.

356

Me ha dejado de piedra, pero no digo nada. Que Miller diga que yo soy su perfección cuando él vive en un mundo absolutamente perfecto es... de locos.

Toma mis manos y me besa los nudillos.

—No me importa lo que sucediera hace años. —Arruga la frente y niega con la cabeza—. No, perdona. Sí me importa. Odio lo que hiciste. No entiendo por qué lo hiciste.

—Estaba perdida —susurro—. Después de que mi madre desapareciera, mi abuelo mantuvo todo unido. Combatió la tristeza de mi abuela durante años y disfrazó la pena que él mismo sentía. Luego murió. Durante todo ese tiempo mantuvo escondido el diario de mi madre. —Tomo aliento y continúo antes de que empiece a divagar o que Miller pierda la cabeza—: Mi madre escribió sobre todos esos hombres que la colmaban de regalos y atenciones. Pensé que tal vez yo también pudiera conseguirlo y, al mismo tiempo, encontrarla a ella.

—Tu abuela te quería.

—Mi abuela no estaba para nada ni para nadie cuando murió mi abuelo. Se pasaba las horas llorando y rezando en busca de respuestas. Ni siquiera se acordaba de que yo existía, de lo mal que lo estaba pasando.

Miller cierra los ojos, pero yo continúo a pesar de que le cuesta oírlo.

—Me marché y encontré a William. Estaba loco por mí.

Miller aprieta los dientes.

—No tardó en atar cabos y en mandarme a casa, pero yo volví. Para entonces ya sabía cómo funcionaba aquello. Estaba más decidida que nunca a tratar de descubrir cualquier cosa sobre mi madre. Nunca lo conseguí. Sólo sentía vergüenza cuando dejaba que alguno de aquellos hombres me poseyera.

—Livy, por favor. —Suelta aire muy despacio, intentando calmarse.

—William me llevó a casa y encontré a la abuela mucho peor que antes de marcharme. Estaba pasando por un infierno. Me sentí muy culpable y me di cuenta de que entonces me correspondía a mí cuidar de ella. Sólo nos teníamos la una a la otra. La abuela nunca ha sabido ni dónde estuve ni lo que hice, y no debe enterarse jamás.

Tengo los ojos llenos de lágrimas y a través de ellas veo unos enormes ojos azules con expresión estoica. Ya lo he dicho. No hay vuelta atrás.

Parece volver a la vida y me estrecha las manos entre las suyas.

—Prométeme que nunca más volverás a degradarte así. Te lo ruego.

No lo pienso dos veces.

—Te lo prometo.

Es la promesa más fácil que he hecho nunca. ¿Eso es todo lo que tiene que decir? No hay asco ni desprecio.

—Te lo prometo —repito—. Te lo prometo, te lo prometo, te lo pro...

Y no puedo decir nada más porque se me abalanza encima, me tumba de espaldas y me tapa la boca con sus besos hasta que, literalmente, veo las estrellas. Gime en mi cuello, me besa la mejilla y me mete la lengua en la boca. No me suelta.

—Te lo prometo —gimo—. Te lo prometo.

Forcejea con la camisa que llevo puesta y la abre de un tirón para tener acceso a mi cuerpo.

—Más te vale —me advierte muy serio deslizando los labios por mi cuello y hacia mi pecho.

Se lleva un pezón a la boca y chupa con fuerza. Arqueo la espalda y mis manos entran en acción. Aterrizan en sus hombros fuertes y le clavo las uñas. Luego siento sus dedos entre los muslos, me abre de piernas y su cabeza desciende. Me lleva al delirio con un lametón ardiente que da justo en el clavo, sube de nuevo por mi cuerpo y me hunde la lengua en la boca.

—Siempre a punto —musita.

—Dentro. Te quiero dentro de mí —le pido, desesperada porque borre de un plumazo la última hora de confesiones y angustia—. Por favor.

Gruñe y me besa con más fuerza.

—Preservativo.

—Ve por uno.

—¡Mierda! —ruge poniéndonos de pie.

Me toma en brazos y me carga sobre su hombro. Camina veloz hacia el dormitorio y me deja en la cama. Se quita el bóxer, saca un condón y se lo pone a toda velocidad.

Me impaciento. Quiero que se dé prisa antes de que pierda la poca cordura que me queda.

—¡Miller! —jadeo acariciándole el abdomen.

Me tumba boca arriba, pone las manos a los lados de mi cabeza y desciende hasta quedar sobre mí. Está sin aliento, con el pelo alborotado cayéndole sobre la cara y los ojos hambrientos.

—Todo se reduce a esto...

Mueve las caderas y se adentra en mi interior con un gemido ahogado. Permanece en lo más hondo de mí mientras intenta normalizar el ritmo de su respiración. Grito.

—Al placer...

Se retira y vuelve a entrar al tiempo que exhala. Me arranca otro grito de satisfacción.

—A esta sensación...

Sale otra vez de mí y vuelve a embestirme.

—A nosotros...

Marca un ritmo meticuloso, estable, preciso y perfecto.

—Y así es como será siempre.

—Así es como quiero que sea —digo con un hilo de voz mientras el vaivén de mis caderas recibe a su cuerpo.

Su mirada sonríe y, al igual que el sol cuando se abre paso entre los nubarrones negros de tormenta de un día nublado en Londres, su boca también dibuja una sonrisa de dientes blancos y perfectamente alineados. Le brillan los ojos. Me acepta. Me acepta tal y como soy.

—Me alegro de que lo hayamos aclarado. Aunque tampoco tenías elección.

—No quiero tener elección.

—Sabes que tiene sentido.

Entonces se reclina sobre los antebrazos, se acerca y pega su frente a la mía, nariz con nariz, sin dejar de mover las caderas una y otra vez. Este ritmo es una delicia. Mis manos le acarician lentamente la espalda y tengo los pies en alto, las piernas abiertas y las rodillas flexionadas. Su camisa está hecha bolas y se me pega al cuerpo.

—Tengo un hábito fascinante —dice Miller mirándome fijamente.

—Yo también.

—Es la mujer más bonita del mundo.

—El mío es difícil de entender —jadeo y levanto la cabeza para atrapar sus labios—. Va disfrazado.

—¿Disfrazado? —me pregunta con nuestras lenguas entrelazadas.

—Va disfrazado de caballero.

Se atraganta, sorprendido.

—Si no estuviera disfrutando tanto, te daría tu merecido por atrevida. Soy un caballero. —Se inclina hacia adelante y me muerde el labio—. ¡Carajo!

—¡Los caballeros no dicen groserías! —exclamo rodeándole la cintura con las piernas y estrechándolo con fuerza, mis pies contra su trasero duro como una piedra.

—¡Carajo!

—¡Dios, más rápido!

Le clavo las uñas en el cuello y lo beso con más fuerza.

—Saborea —protesta—. Voy a disfrutarte despacio.

Es posible que me esté disfrutando despacio, pero yo estoy perdiendo la cabeza deprisa. Su autocontrol escapa a mi comprensión. ¿Cómo lo hace?

—Tú también quieres ir más rápido —lo provoco tirándole de los mechones despeinados.

—Te equivocas. —Aparta la cabeza y le suelto el pelo—. No tenía prisa antes y tampoco la tengo ahora.

El brusco recordatorio de lo acontecido antes de este momento perfecto pone fin a mi táctica.

—Gracias por seguir conmigo —susurro.

—No me lo agradezcas a mí. No podría ser de ninguna otra manera.

Sale de repente y me da la vuelta. Echa mis caderas hacia adelante antes de deslizarse de nuevo dentro de mí. Hundo la cara en la almohada y muerdo el algodón mientras él continúa con la lenta y exquisita tortura, dentro y fuera. Me está destrozando los sentidos y mi cuerpo empieza a prepararse para el gran momento, un poco más cerca con cada embestida.

Cambia otra vez de postura. Me tumba boca arriba y se coloca mis piernas sobre los hombros. Está otra vez dentro, muy dentro de mí.

Está sudando, y sus ondas son una deliciosa maraña de humedad. Le brilla la barba.

—Me encanta cómo se mueve tu cuerpo.

Me permito mirar un instante su pecho, cuyos músculos se tensan con cada movimiento. Estoy a punto de explotar pero intento controlarme para poder disfrutarlo un poco más. Nuestras miradas se encuentran de nuevo y me derrito cuando me bendice con otra de sus increíbles sonrisas.

—Livy, te garantizo que no tienes unas vistas ni la mitad de bellas que las mías.

—En realidad te equivocas —jadeo muy seria mientras lo voy acariciando.

Es tan perfecto que casi me sangran los ojos de mirarlo.

—Es bueno que haya diversidad de opiniones, mi niña. —Mueve las caderas sabiendo lo que hace, y me resulta imposible discutir con él—. ¿Bien?

—¡Sí!

—Estoy de acuerdo. —Deja caer un hombro y mi pierna se desliza en su brazo para que pueda inclinar el torso—. Pon las manos sobre la cabeza.

—Quiero tocarte —protesto. Tengo las manos muy largas y se están dando un atracón de Miller.

—Ponte las manos sobre la cabeza, Livy. —Enfatiza su orden con una embestida potente que me obliga a echar la cabeza y las manos atrás.

A continuación se apoya en los codos, con las palmas de las manos bajo mis brazos, y me acaricia al ritmo que marcan sus caderas, su mirada azul salvaje de pasión.

—¿Estás bien, Livy?

Asiento, niego con la cabeza y luego vuelvo a asentir.

—¡Miller!

Con un gruñido acelera el ritmo.

—Livy, te voy a volver loca de placer a diario, así que ya puedes comenzar a aprender a controlarte.

Me tiembla la cabeza y mi cuerpo soporta un ataque incesante de placer. Empieza a ser demasiado.

—Por favor... —suplico mirándolo a los ojos triunfantes. Le encanta volverme loca. Vive para eso—. Lo estás haciendo a propósito.

Me suelta la otra pierna y me aprisiona con su cuerpo. No puedo resistirme, ni moverme, ni temblar. No puedo aguantar más. Voy a desmayarme.

—Por supuesto —asiente—. Si vieras lo mismo que yo, también intentarías alargarlo todo lo posible.

—¡No me tortures! —gimo levantando las caderas.

Me besa.

—No te estoy torturando, Livy. Te estoy enseñando cómo tiene que ser.

—Me estás volviendo loca —jadeo.

No necesito que me lo enseñe. Ya me lo ha enseñado todas las veces que me ha mostrado su devoción.

—Es la vista más maravillosa del mundo. —Me muerde el labio—. ¿Te gustaría venirte?

Asiento y lo agarro de los hombros. No me lo impide. Mis manos resbalan y lo beso hasta dejarlo seco. Mi lengua es insaciable y me lleva más y más alto..., hasta que sucede. Se sacude con un grito y yo gimo mientras mi cuerpo se arquea violentamente. Los dos empezamos a temblar y a estremecernos sin remedio. Estoy llena, saciada, y en cuanto dejo de sentir espasmos tengo el cuerpo totalmente relajado. No puedo moverme. No puedo hablar. No veo nada. Sigue estremeciéndose conmigo y sus caderas todavía se mueven en firmes círculos.

—¿Prefieres las buenas o las malas noticias? —exhala en mi cuello, pero soy incapaz de responderle.

Estoy sin aliento. No puedo pensar e intento encogerme de hombros, pero sólo me sale algo parecido a un espasmo.

—Empezaremos por las malas —dice cuando es obvio que no va a obtener respuesta—. La mala noticia es que no puedo moverme, Livy.

Si me quedaran fuerzas, sonreiría, pero no soy más que un montón de terminaciones nerviosas palpitantes. Así que gimo a modo de respuesta e intento darle un apretón. Muy flojito.

—La buena noticia es —jadea— que no tenemos que ir a ninguna parte, así que podemos quedarnos así para siempre. ¿Peso mucho?

Pesa mucho, pero no tengo ni fuerzas ni ganas de decírselo. Se encuentra encima de mí, cubriendo cada centímetro de mi cuerpo. Nuestras pieles están pegadas. Vuelvo a gemir y se me cierran los ojos de cansancio.

—¿Livy? —susurra muy bajito.

Gimo.

—Pese al pasado, sigues siendo mi niña. Nada cambiará eso.

Abro los ojos y reúno fuerzas para responderle.

—Soy una mujer, Miller.

Necesito que se dé cuenta de que no soy una niña. Soy una mujer, tengo necesidades, y una de esas necesidades —la más acuciante de todas— es Miller Hart.

Capítulo 20

Era inevitable que me abandonara. Sus actos, sus palabras y su consuelo eran demasiado buenos para ser verdad. Debería haberlo sabido por la culpa que inundaba su cara cuando me impidió que me marchara. Ojalá no hubiera venido a buscarme. Ojalá no hubiera dejado que su compasión lo obligara a consolarme. Ahora todo es mucho más duro. El vacío es constante, la agonía inacabable. Me duele todo: la cabeza de tanto pensar y el cuerpo de tanto echar de menos sus caricias. Hasta me duelen los ojos de no verlo. No sé cuánto tiempo ha pasado desde que me dejó. Días. Semanas. Meses. Puede que más.

No me atrevo a salir de mi oscuridad silenciosa. No me atrevo a mostrarle mi alma herida al mundo. Vivo aún más recluida que antes de conocer a Miller Hart.

Las lágrimas ruedan por mis mejillas. El rostro de mi madre se transforma en el mío y vuelvo la cara al recibir un bofetón de mi abuela.

—¿Livy?

—Déjame en paz —sollozo doblando mi cuerpo insensible y escondiendo mi rostro bañado en lágrimas en la almohada.

—Livy...

Unas manos tiran de mi cuerpo. Me resisto, no quiero ver a nadie. No quiero hacer nada.

—Livy, por favor.

—¡Suéltame! —grito revolviéndome como una culebra.

—¡Livy!

Estoy clavada en el colchón, con las manos a ambos lados de la cabeza.

—Livy, abre los ojos.

Me tiembla todo el cuerpo y cierro los ojos con fuerza. No estoy lista para hacerle frente al mundo. Aún no. Puede que nunca. Mis brazos vuelven a ser libres, pero alguien me sujeta la cabeza. Luego noto la suavidad de unos labios que me resultan familiares en mi boca y oigo la respiración lenta que tanto amo.

Abro los ojos e intento incorporarme. Estoy aturdida, desorientada y sudando. Tengo palpitaciones y no veo nada porque mi pelo rubio y despeinado me tapa la cara.

—¿Miller?

Me aparta el cabello de la cara y consigo enfocarlo poco a poco. Su bello rostro es la viva imagen de la preocupación.

—Estoy aquí, Livy.

Por fin soy consciente y me lanzo a sus brazos con tanta fuerza que lo tiro de espaldas contra la cama. Estoy demente pero viva. Aterrada pero tranquila.

Sólo ha sido un sueño.

Un sueño que me ha hecho sentir en carne viva cómo sería perderlo.

—Prométeme que no me abandonarás —murmuro—. Prométeme que no vas a irte a ninguna parte.

—Oye, ¿a qué viene esto?

—Prométemelo.

Hundo la cara en su cuello, no quiero dejarlo marchar. He tenido sueños otras veces. Me he despertado preguntándome si habían ocurrido de verdad, pero éste ha sido distinto. Éste era tan real que daba miedo. Todavía siento la opresión en el pecho y el pánico que me atenazaba, y eso que me está estrechando entre sus brazos.

Le cuesta, pero al final consigue sacarse mis uñas de la espalda y separarme de su cuerpo. Se sienta y me acomoda entre sus muslos.

Me acaricia el cuello dibujando círculos con las palmas de las manos y me ladea la cabeza hasta que nuestros ojos se encuentran. Los míos están bañados en lágrimas y los suyos son un mar de ternura.

—No soy tu madre —me dice muy convencido.

—Dolía muchísimo. —Estoy sollozando, intentando convencerme de que sólo ha sido una pesadilla. Una maldita pesadilla.

Se pone muy serio.

—Tu madre te abandonó, Livy. Claro que te dolió.

—No. —Niego con la cabeza entre sus manos—. Eso ya no me duele.

Este nuevo miedo ha borrado cualquier sentimiento de abandono que tuviera antes.

—Estoy mejor sin ella.

Parpadea y cierra los ojos al oír mis duras palabras. Me da igual.

—Estoy hablando de ti —susurro—. Tú me abandonabas. —Sé que sueno débil y necesitada, pero la desesperación es más fuerte que yo. Comparado con lo que siento ahora, superar el abandono de mi madre fue como si nada. Miller me ha mostrado lo que es estar a gusto con otra persona. Me ha aceptado—. Nunca nada me había dolido tanto.

—Livy...

—No —lo corto. Tiene que saberlo.

Me alejo de su espacio personal y me siento al otro lado de la cama, donde no pueda tocarme.

—Livy, ¿qué estás haciendo? —pregunta intentando alcanzarme—. Ven aquí.

—Tienes que saber una cosa —susurro nerviosa. Me niego a mirarlo a la cara.

—¿Hay más?

Retira la mano, como si fuera a morderle. Está receloso, actúa con cautela. No me inspira confianza. Lo he sorprendido más con mis secretos que él a mí con sus cambios de humor (de dominante a pasivo, de frío a cariñoso en un abrir y cerrar de ojos).

—Hay una cosa más —confieso, y lo oigo suspirar, preparándose para la siguiente bomba. Para él, es posible que sea la más terrible de todas.

—Me parece que esto es una conversación, Livy —dice en tono cortante e intimidatorio, ese que hace que o me burle de él o me achique como un insecto. Esta vez, me achico.

—Sigues resultándome fascinante —digo mirándolo—. Todas tus manías y tu perfeccionismo, el hecho de que estés siempre retocando cosas que ya están más que perfectas y la forma en que te gusta tenerlo todo dispuesto de cierta manera.

Me mira muy serio, con el ceño fruncido, y por un segundo tengo la impresión de que va a negarlo todo, pero no lo hace.

—Debes aceptarme tal y como soy, Livy.

—A eso me refiero.

—Explícate —exige bruscamente.

Me hago aún más pequeña.

—Me das órdenes —digo hecha un manojo de nervios—, y debería aterrarme o quizá deberían entrarme ganas de mandarte al diablo, pero...

—Creo que anoche me dijiste que me fuera al infierno.

—Culpa tuya.

—Es probable —concede con un gruñido, y pone esos ojos azules tan divinos en blanco—. Continúa.

Sonrío para mis adentros. Lo está haciendo. Está siendo brusco y estirado, pero es atractivo hasta cuando me pone de los nervios. Me siento a salvo con él.

—No sé si mi corazón podrá sobrevivir a ti —digo en voz baja observando su reacción—, pero quiero aceptarte tal y como eres.

No debería sorprenderme que permanezca impasible, y no me sorprende, pero sus ojos me dan una pista. Me dicen que ya sabe cómo me siento. Sería un estúpido si no lo supiera.

—Me he enamorado.

Su mirada azul acaricia mi alma. Es todo comprensión.

—¿Por qué estás en la otra punta de la cama, Livy? —me pregunta con voz ronca y segura.

Mis ojos recorren la distancia entre nuestros cuerpos. Nos separa un buen trozo de colchón. Quizá me haya pasado un poco al decidir que necesitaba distancia, pero no quería sentir cómo su cuerpo se ponía tenso al oírme decirlo. No lo he dicho, pero Miller es un hombre inteligente. He mostrado mis cartas y ahora están boca arriba para que todo el mundo las vea.

—No, no era...

—¿Por qué estás en la otra punta de la cama, Livy?

Nuestras miradas se encuentran. Me mira muy serio, como si le molestara mi distanciamiento, pero sigo viendo comprensión en sus ojos.

—Yo no...

—Ya me has hecho que me repita —me corta—. No me obligues a tener que decírtelo otra vez.

Tardo en reaccionar. Cuando estoy a punto de volver junto a él, decido no hacerlo porque no sé en qué estará pensando esa cabecita tan complicada.

—Le estás dando demasiadas vueltas, Livy —me advierte—. Quiero «lo que más me gusta».

Me muevo un centímetro, despacio, pero no me recibe con los brazos abiertos y ni viene por mí. Se limita a observarme impasible, a seguir mi mirada, que se acerca a sus ojos hasta que me acurruco en su regazo y lo rodeo titubeante con los brazos. Siento sus manos en mis caderas, me acarician la espalda. Hunde la cara en mi pelo y de repente somos como dos piezas de un rompecabezas que encajan perfectamente la una con la otra. Un abrazo perfecto. «Lo que más le gusta» a Miller empieza a ser «lo que más me gusta» a mí también. No hay nada como la sensación de paz y seguridad que me da con sus abrazos. Sus caricias me libran de la angustia y la desesperación.

—No sé si podría vivir sin ti. Siento que te has convertido en parte de mí, que sin ti no podría ni respirar. —No estoy exagerando.

La pesadilla ha sido demasiado real, y lo mal que lo he pasado es razón suficiente para sincerarme. Pero él está muy callado, demasiado. Siento los latidos de su corazón en mi pecho y late a un ritmo tranquilo, ni sorprendido ni acelerado. Eso es todo lo que siento. ¿Qué estará pensando? Probablemente que soy una ingenua y una tonta. Nunca antes me había sentido así, pero es un sentimiento intenso e incontrolable. No sé si tengo lo que hay que tener, y dudo mucho que Miller lo tenga.

—Di algo, por favor —suplico, y recalco mi petición con un pequeño apretón—. Lo que sea.

Me devuelve el apretón y sale del santuario de mi cuello. Toma aire y lo suelta despacio entre los labios. Yo también inspiro hondo, sólo que contengo la respiración.

Desliza las palmas de las manos por mi espalda hasta que llegan a mi pelo. Me peina con los dedos. Luego me mira a los ojos.

—Mi niña dulce y bonita se ha enamorado del lobo feroz.

Frunzo el ceño.

—No eres el lobo feroz —protesto. Lo otro no puedo negarlo. Tiene razón, y no me avergüenza: estoy enamorada de él—. Y creía que ya habíamos dejado claro que de dulce no tengo nada.

Quiero tocarle el pelo y besarle los labios, pero él parece abatido, casi como si lo preocupara saber que alguien lo quiere.

—Nada de eso. Eres mi niña y eres muy dulce, y esta conversación acaba aquí.

—Bueno. —Sucumbo de inmediato y sin oponer resistencia. Odio el tono cortante de su voz, pero en secreto me encanta lo que ha dicho. Soy suya.

Suspira y me da un beso casto.

—Debes de estar hambrienta. Deja que te prepare algo de comer.

Desenreda nuestros cuerpos y me pone de pie. Me examina con atención. Todavía llevo puesta su camisa, desabotonada, abierta, y está arrugada a más no poder.

—Mira cómo la has dejado —murmura.

Y, con eso, vuelve a ser el Miller Hart preciso y perfecto de siempre, como si no acabara de confesarle mi amor por él.

—Deberías comprar camisas que no necesiten ningún planchado —digo intentando estirarla.

—Ésas están hechas de tela barata.

Me aparta las manos y empieza a abotonarme la camisa. Incluso me coloca bien el cuello. Luego asiente con aprobación y me toma de la nuca.

Ya lleva puestos los pantalones cortos negros. Lo que significa que, mientras yo estaba teniendo una pesadilla, mi maniático y guapísimo Miller estaba poniendo la casa en orden.

—Siéntate, por favor —me dice cuando llegamos a la cocina. Me suelta la nuca—. ¿Qué te apetece comer?

Aposento el trasero en la silla. Está fría, y me acuerdo de que no llevo pantis.

—Lo que vayas a comer tú.

—Yo voy a prepararme una *bruschetta*. ¿Te apetece?

Saca un montón de recipientes del refrigerador y enciende la parrilla.

Está hablando de tomates, ¿no?

—Bien.

Apoyo las manos en el regazo para que pueda poner la mesa. Debería ofrecerme a ayudar, pero sé que no le gustaría nada. Aun así, lo hago. A lo mejor consigo hacerlo bien y Miller se lleva una sorpresa.

—Yo pongo la mesa —digo.

Me levanto y no se me escapa el modo en que se le tensan los hombros.

—No, por favor. Déjame mimarte. —Está utilizando el rollo ese de la adoración para evitar que le fastidie su perfección.

—No es molestia.

Ignoro su cara de preocupación y me dirijo al armario en el que guarda los platos mientras él empieza a echarles aceite de oliva a unas rebanadas de pan.

—¿Por qué no me dijiste que tenías un club? —le pregunto para distraerlo del miedo que le causa que su niña le estropee su mesa perfecta.

Saco dos platos del armario, vuelvo a la mesa y los coloco con esmero.

Noto su recelo. Mira los platos, me mira a mí y sigue con el aceite de oliva.

—Ya te lo he dicho: no me gusta mezclar los negocios con el placer.

—¿Nunca vas a hablar de trabajo conmigo? —pregunto mientras voy hacia los cajones.

—No, es agotador. —Dispone una bandeja llena de pan bajo la parrilla y comienza a limpiar una suciedad inexistente—. Cuando estoy contigo sólo quiero pensar en ti.

Vacilo al tomar dos cuchillos y dos tenedores.

—No me parece mal —sonrío.

—Como si tuvieras elección.

Sonrío aún más.

—No quiero poder elegir.

—Entonces esta conversación no tiene sentido, ¿no te parece?

—Tienes razón.

—Me alegro de que lo hayamos aclarado —dice muy serio sacando el pan tostado de la parrilla—. ¿Vino para beber?

Vacilo otra vez. Seguro que no lo he oído bien. ¿Después de todo lo que le he contado?

—Agua para mí. —Vuelvo hacia la mesa.

—¿Para acompañar una *bruschetta*? —dice asqueado—. No, vas a beber Chianti con la *bruschetta*. Hay una botella en el mueble bar, y las copas están en el armario de la izquierda. —Señala la sala de estar con un gesto de la cabeza mientras con una cuchara pone la mezcla de tomate cuidadosamente en las tostadas y las coloca en un plato blanco.

372

Pongo los cuchillos y los tenedores en la mesa lo mejor que puedo y a continuación me dirijo al mueble bar. Hay un montón de botellas de vino, dispuestas en perfecto orden, con las etiquetas hacia fuera. No me atrevo a tocarlas. Leo la etiqueta de todas las botellas pero no veo ninguna en la que diga Chianti. Frunzo el ceño y vuelvo a repasarlas todas. Están ordenadas de acuerdo con el tipo de bebida que contiene cada una. Es entonces cuando veo una cesta con una botella regordeta en su interior. Me acerco. En la etiqueta dice Chianti.

—¡Lotería! —sonrío.

Saco la botella de la cesta y abro el armario de la izquierda para sacar dos copas. Brillan como espejos bajo la luz artificial de la habitación, y admiro cómo ésta se refleja en el intrincado diseño del cristal tallado. Agarro un par y vuelvo a la cocina.

—Chianti y dos copas —proclamo levantando las manos, pero freno en seco al ver que he perdido el tiempo poniendo la mesa.

Miller está doblando las servilletas limpias en triángulos perfectos y colocándolas a la izquierda de los cubiertos.

Frunzo el ceño y él me lo frunce a mí. No tengo ni idea de por qué. Estudia la botella, luego las copas y, exasperado a más no poder, me las quita de las manos. Consternada, contemplo cómo vuelve a meter la botella en la cesta y a guardar las copas en su sitio. He leído la etiqueta. Decía Chianti. Y, puede que no sea una experta en vinos, pero las copas eran de vino.

Arrugo aún más la frente cuando lo veo sacar dos copas del mismo armario, luego agarra el vino con la cesta y vuelve a la cocina.

—¿No vas a sentarte? —me pregunta empujándome hacia la mesa.

Me siento a modo de respuesta y observo cómo coloca las copas a la derecha de los tenedores. Luego pone la cesta del vino entre los dos. No está satisfecho con la disposición de los elementos, así que lo retoca todo y luego me sirve unos dedos de vino en mi copa.

—¿Qué he hecho mal? —inquiero aún con el ceño fruncido.

—El Chianti se conserva en esta cesta, que se llama *fiasco*. —Se sirve un poco—. Y las copas que habías traído eran de vino blanco.

Miro las copas, que contienen un tercio de vino tinto, y frunzo el ceño aún más.

—¿Acaso importa?

Me mira atónito y boquiabierto.

—Sí, importa mucho. Las copas de vino tinto son más anchas porque el contacto con el aire le da al vino más profundidad y realza los distintos matices para que uno pueda saborearlos en su conjunto. —Toma un sorbo y lo mueve de un lado a otro de la boca durante unos segundos. Pienso que va a escupir, pero no lo hace. Se lo traga y prosigue—: A mayor superficie, mayor exposición al aire. Por eso importa el tamaño de las copas.

Me ha dejado sin palabras. Me intimida. Me siento una ignorante.

—Eso ya lo sabía —gruño tomando mi copa—. Eres un sabelotodo.

Está luchando por contener la risa, lo sé. Ojalá se olvidara un rato de tanta sofisticación y de sus modales estirados (que se multiplican por cien cuando se sienta a la mesa) y me regalara esa sonrisa que hace que se me pare el corazón.

—¿Soy un sabelotodo porque aprecio la belleza de las cosas? —Arquea sus cejas perfectas y levanta la copa que contiene el vino perfecto, luego bebe lentamente un sorbo perfecto con un perfecto movimiento de sus labios perfectos.

—¿La aprecias o te obsesionas con ella? —Lo digo porque si de algo estoy segura acerca de Miller Hart es de que se obsesiona con casi todo lo que tiene en su vida. Espero ser una de esas obsesiones.

—Yo diría que las aprecio.

—Pues yo diría que te obsesionas.

Inclina la cabeza, le hago gracia.

—¿Estás hablando en clave, mi niña?

—¿Se te da bien descifrar claves?

—Como al que más —susurra lentamente, lamiéndose los labios. Me derrito—. A ti he conseguido descifrarte. —Me señala con la copa—. Y también te he conquistado.

No puedo negarlo, así que agarro una *bruschetta*.

—Qué buen aspecto tiene.

—Coincido —asiente al tiempo que se sirve una.

Le hinco el diente a la mía con un ruidito de satisfacción. Me mira mal. Dejo de masticar y me pregunto qué habré hecho ahora. No tardaré en enterarme. Agarra el cuchillo y el tenedor y, como buen petulante, me demuestra cómo se debe cortar el pan, llevarse el tenedor con un pedazo a la boca y luego dejar los cubiertos sobre el plato. Mastica y observa cómo me ruborizo. Tengo que refinarme.

—¿Te molesto? —pregunto dejando mi *bruschetta* en el plato y cortándola como ha hecho él.

—¿Si me molestas?

—Sí.

—Ni mucho menos, Livy. Excepto cuando actúas como una descerebrada. —Me mira con desaprobación y decido hacer como que no lo he visto—. Me fascinas.

—¿Pese a mis modales vulgares? —pregunto con calma.

—No eres vulgar.

—No, en eso tienes razón. Pero tú sí que eres un esnob. —Se atraganta, sorprendido—. A veces —añado.

Mi hombre guapísimo suele ser un caballero, salvo cuando se comporta como un pendejo arrogante.

—No creo que tener buenos modales sea lo mismo que ser un esnob.

—Lo tuyo va más allá de los buenos modales, Miller. —Suspiro y me resisto a poner los codos encima de la mesa—. Aunque me gusta, la verdad.

—Ya te lo he explicado antes, Livy. Debes aceptarme tal y como soy.

—Ya lo he hecho.

—Y yo a ti.

Me retraigo, ese comentario me ha dolido de verdad. Quiere decir que me acepta pese a mi pasado vergonzoso y mi falta de modales, eso es lo que quiere decir. Yo he aceptado a un caballero de medio tiempo con una fascinante compulsión por tenerlo todo en perfecto estado de revista, mientras que él ha tenido que aceptar a una boba descerebrada que no distingue las copas de vino blanco de las de vino tinto. Aunque tiene razón y me alegro de que me haya aceptado, no es necesario que me recuerde mis defectos una y otra vez.

—Le estás dando demasiadas vueltas, Livy —opina sacándome de mis deliberaciones mentales.

—Perdona, es que no entiendo...

—Te estás comportando como una tonta.

—No creo que...

—¡Ya basta! —exclama cambiando de sitio la copa de vino que acaba de dejar sobre la mesa—. Acepta que va a ser así, como te he dicho que iba a ser.

Me encojo en mi silla, en silencio.

—Ya te he explicado que no es necesario entender nada. Va a ser así, y ni tú ni yo podemos ni debemos hacer nada al respecto.

Agarra de nuevo la copa, que había colocado bien para nada, y echa un buen trago. No un sorbo, no se para a paladearlo ni a disfrutarlo, sino que se lo traga.

Está muy enfadado.

—Mierda. —Deja la copa sobre la mesa con demasiada fuerza y se lleva las manos a la cabeza—. Livy, yo... —Suspira y se levanta de repente de la silla. Extiende los brazos hacia mí—. Ven aquí, por favor.

Yo también suspiro, me pongo en pie meneando la cabeza con frustración y acudo a su lado. Me encaramo en su regazo y dejo que se disculpe dándome «lo que más le gusta».

—Lo siento —susurra besándome el pelo—. Me molesta cuando hablas así, como si no lo valieras. Soy yo quien realmente no te merece.

—Eso no es verdad —digo apartándome de su pecho para mirarlo a la cara. Es una cara muy bonita, y la sombra del día anterior realza el azul brillante de sus ojos.

Tomo un mechón de su pelo rizado y lo retuerzo entre los dedos.

—Podemos no estar de acuerdo en todo —añade.

Me besa, y los movimientos de su lengua son todas las disculpas que necesito. Todo vuelve a estar bien en el mundo, pero ese mal genio del que me había hablado y que va apareciendo de vez en cuando comienza a preocuparme un poco. Siempre parece una furia por un instante, y veo claramente cómo tiene que luchar para dominarse.

Tras disculparse profusamente me da la vuelta en su regazo y me mete un trozo de *bruschetta* en la boca. Luego se come él otro trozo. Comemos en silencio, a gusto, aunque me sorprende que sus modales en la mesa le permitan comer conmigo en brazos y no, en cambio, que la botella de vino no esté perfectamente en su sitio.

Todo es paz y tranquilidad hasta que suena su iPhone.

—Si me disculpas...

Me deja en el suelo y va a contestar el teléfono, que está en los estantes que hay junto al refrigerador. Pone cara de disgusto al ver el nombre que aparece en la pantalla.

—Miller Hart.

Sale de la cocina y me siento en mi silla.

—Ningún problema —le dice a quienquiera que haya llamado. Su espalda desaparece de mi vista.

Aprovecho la ocasión para estudiar la disposición de lo que hay encima de la mesa, intentando averiguar de nuevo si existe alguna lógica en su locura. Levanto su plato para ver si debajo hay alguna marca que señale su posición. No la encuentro pero, por si acaso, levanto también el mío. Nada. Sonrío y llego a la conclusión de que debe de haber marcas para todo pero Miller es el único que puede verlas. Levanto la copa de vino tinto y la huelo antes de dar un sorbo, con cautela.

Vuelve a la cocina y deja el teléfono móvil de nuevo sobre el estante.

—Era el gerente de Ice.

—¿El gerente?

—Sí, Tony. Se encarga de todo cuando no estoy.

—Ah.

—Mañana me hacen una entrevista y quería confirmar la hora.

—¿Vas a salir en el periódico?

—Sí. Es una entrevista sobre la apertura de un nuevo club para la élite de Londres. —Empieza a cargar el lavavajillas—. Es mañana a las seis, ¿te apetece acompañarme?

Soy el colmo de la felicidad.

—Creía que no mezclabas los negocios con el placer. —Enarco una ceja en su dirección y él hace lo propio. Ese gesto me hace sonreír.

—¿Te apetece acompañarme? —repite.

Sonrío de oreja a oreja.

—¿Dónde es?

—En Ice. Luego iremos a cenar. —Me mira de reojo—. Es de mala educación rechazar una invitación para cenar de un caballero —dice muy serio—. Pregúntaselo a tu abuela.

Me echo a reír y recojo los platos de la mesa.

—Acepto tu oferta.

—Espléndido, señorita Taylor. —Está de buen humor, y yo ya no puedo sonreír más—. ¿Me permite sugerirle que llame a su abuela?

—Por supuesto. —Dejo los últimos platos en la encimera, y Miller los aclara y los carga en el lavavajillas—. ¿En qué cajón has guardado mis cosas?

—El segundo de abajo. Y no tardes. Tengo un hábito y lo necesito para perderme con él entre las sábanas.

Está serio, pero me importa un comino.

Capítulo 21

Me sumerjo en el suave tarareo de Miller en mi oído. Me besa el pelo y me abraza como le gusta. Sé que se ha levantado a recoger su bóxer y la camisa que he dejado tirada en el suelo, pero ha vuelto enseguida y se ha acurrucado a mi espalda.

Cuando abro los ojos él ya está despierto, se ha bañado, se ha vestido y ha hecho su lado de la cama. Me quedo tumbada un momento, pensando en cómo mi llegada ha puesto patas arriba su mundo perfecto y organizado, pero enseguida me ordena que me levante y me vista. Como no tengo otra cosa que ponerme, me lleva a casa con mi vestido recién lavado. La abuela está encantada.

Después de darme una ducha, de enviarle un mensaje a Gregory para que sepa que estoy viva y de arreglarme para ir a trabajar, bajo la escalera a toda velocidad porque sólo tengo veinte minutos para plantar mi trasero feliz en la cafetería. La abuela me está esperando abajo. Da gusto verla tan contenta, aunque no me hace tanta gracia ver que lleva una agenda en la mano.

—Invita a Miller a cenar —me ordena mientras me pongo la chamarra de mezclilla.

Pasa las páginas de la agenda y desliza un dedo arrugado por cada compromiso.

—Esta noche estoy libre, pero no puedo ni mañana ni el miércoles. Sé que esta noche es un poco precipitado, pero me da tiempo a pasar por Harrods. O quizá podría venir el sábado... Ah, no, el sábado no puede ser. He quedado para merendar té y tarta.

—A Miller lo entrevistan esta noche.

Parpadea, la sorpresa reflejada en sus ojos azul marino.

—¿Una entrevista?

—Sí, a propósito del bar que acaba de abrir.

—¿Miller tiene un bar? ¡Caramba! —Cierra la agenda de golpe—. ¿Eso significa que saldrá en la prensa?

—Sí —respondo mientras me cuelgo mi mochila del hombro—. Irá a recogerme al trabajo, así que no vendré a merendar.

—¡Qué emocionante! Entonces ¿cenamos el sábado? Puedo cambiar mis planes.

Me asombra que mi abuela tenga una vida social más intensa que la mía... Al menos, hasta hace poco.

—Se lo preguntaré —digo para que se quede tranquila, y acto seguido abro la puerta.

—Pregúntaselo ahora.

Me vuelvo con el ceño fruncido.

—Pero si voy a verlo esta noche.

—No, no. —Señala mi mochila con el dedo—. Debo saberlo cuanto antes. Tengo que comprar y llamar al centro social para cambiar de fecha la merienda de té y tartas. No puedo pasarme la vida detrás de ustedes.

Me parto de risa por dentro.

—Mejor la semana que viene —sugiero. Problema resuelto.

Tuerce los labios, viejos y finos.

—¡Llámalo ya! —insiste, y de inmediato me pongo a buscar el teléfono en mi mochila.

No puedo negarle el capricho ahora que por fin Miller y yo hemos aclarado las cosas.

—Bien —la tranquilizo, y marco el número bajo su atenta mirada.

Lo contesta al instante.

—Miller Hart —dice con la formalidad de un hombre de negocios.

Frunzo el ceño.

—¿No tienes mi número guardado?

—Por supuesto que sí.

—Y ¿por qué contestas como si no supieras quién llama?

—Por costumbre.

Niego con la cabeza y veo que mi abuela está haciendo lo mismo.

—¿Estás libre el sábado por la noche? —pregunto.

La abuela me está observando y me siento muy rara. Es en situaciones como ésta, en que se muestra cortante y reservado, cuando no tiene nada que ver con el hombre tierno que hay bajo esos trajes y que surge en los momentos que estamos los dos solos.

—¿Me estás pidiendo una cita? —Al parecer, lo encuentra muy divertido.

—Yo no, mi abuela. Le gustaría que volvieras a venir a cenar.

Me siento como una adolescente.

—Será un placer —dice—. Llevaré mis *bizcochitos*.

No puedo evitar soltar una carcajada, y la abuela pone cara de ofendida.

—Mi abuela estará encantada.

—Y ¿quién no? —pregunta con arrogancia—. Te veo al salir del trabajo, mi niña.

Cuelgo, salgo de casa de un brinco y dejo a la abuela en el pasillo.

—¿Y? —pregunta echando a correr detrás de mí.

—¡Tienes una cita!

—¿Qué te ha hecho tanta gracia?

—¡Miller va a traer sus *bizcochitos*! —le contesto.

—¡Pero si iba a preparar mi tarta tatín de piña!

No paro de reírme hasta que llego al trabajo.

—Livy, puede que te necesite el sábado —me dice Del casi al final de mi turno—. ¿Puedo contar contigo? Es un gran evento, y necesito toda la ayuda que pueda conseguir.

—Claro.

—¿Sylvie? —pregunta mirando a mi compañera mientras ella pasa el trapeador por la cafetería.

Se vuelve sobre sus botas de motociclista y sonríe con excesiva dulzura:

—No.

Nuestro jefe refunfuña por lo bajo algo sobre lo difícil que resulta encontrar un buen servicio en estos tiempos mientras Paul se echa a reír y yo me aguanto las ganas de hacerlo.

—Bueno —empieza ella cuando Paul ya se ha despedido de todos—. Espero que tu buen humor se deba a lo bien que te fue la cita con don Ojos Como Platos.

Hago una mueca.

—Era un buen chico.

—¿Eso es todo? —pregunta incrédula.

—Sí.

—Vamos, Livy. Si vas a echarle el lazo a un chico decente, más te vale mostrar un poco más de entusiasmo.

Me mira fijamente y yo hago lo posible por no mirarla a ella.

—Entonces ¿por qué estás tan contenta?

—Creo que ya lo sabes. —Sigo sin mirarla, pero sé que intenta no poner los ojos en blanco.

Suspira preocupada.

—Miller va a venir a recogerme —prosigo, y miro en dirección a la calle—. Llegará enseguida.

—Ya —dice cortante—. No estoy segura de que...

—Sylvie. —Me doy la vuelta y le pongo una mano en el hombro—. Agradezco que te preocupes por mí pero, por favor, no intentes impedirme que salga con él.

—Es sólo que...

—¿Que una buena chica como yo...?

Sonríe con ternura.

—Eres demasiado buena. Eso es lo que me preocupa.

—Es lo que necesito, Sylvie. No puedo escapar. Si hubieras llevado la vida que he llevado yo, lo entenderías.

Se queda pensativa, intentando comprender lo que he dicho.

—¿Qué es lo que necesitas?

—La oportunidad de sentirme viva —confieso—. Él me permite vivir y sentir.

Asiente lentamente y me da un beso en la mejilla, luego me rodea con los brazos.

—Cuenta conmigo —se limita a decir—. Espero que ese hombre sea todo lo que necesitas.

—Sé que lo es. —Respiro hondo y me libero del abrazo de Sylvie—. Ya está aquí.

Dejo a mi amiga y corro hacia el Mercedes negro. Me subo y saludo a Sylvie desde el asiento. Ella se despide de mí con la mano y se da la vuelta.

—Buenas tardes, Olivia Taylor.

—Buenas tardes, Miller Hart —respondo abrochándome el cinturón de seguridad, y sonrío cuando oigo que suena *Gypsy Woman* de Crystal Waters—. ¿Has tenido un buen día?

Se incorpora al tráfico con suavidad.

—No he parado ni un minuto. ¿Y tú?

—No he parado un minuto.

—¿Tienes hambre? —Se vuelve para mirarme, impasible.

—Un poco.

Me estoy quedando helada por el aire acondicionado. Miro el tablero, con muchos interruptores y botones. Hay dos indicadores de temperatura y un botón junto a cada uno de ellos. Los dos marcan dieciséis grados.

—¿Por qué este coche tiene dos indicadores de temperatura?

—Uno para el asiento del conductor y otro para el del acompañante —responde con la vista fija en la calzada.

—Así que puedes poner dos temperaturas diferentes.

—Sí.

—Y ¿mi lado puede estar a veinte grados y el tuyo a dieciséis?

—Sí.

Qué tontería banal. Subo la temperatura de mi lado a veinte grados.

—¿Qué haces? —me pregunta empezando a revolverse en su asiento.

—Estoy helada.

Vuelve a marcar la temperatura de mi asiento a dieciséis grados. Lo miro y sigo con el tema.

—Pero ¿no es ése el motivo de poder poner dos temperaturas distintas? ¿Y así tanto el conductor como el acompañante pueden estar cómodos?

—En este coche, los dos tienen que marcar lo mismo.

—¿Y si los subo los dos a veinte grados?

—Entonces tendría calor —responde veloz mientras vuelve a tomar el volante con las dos manos—. La temperatura está bien como está.

—Más bien te gusta que los dos marquen lo mismo —musito para mis adentros hundiéndome en el asiento.

Me resulta imposible imaginarme lo estresante que debe de ser vivir en un mundo donde el deseo de tenerlo siempre todo de determinada manera es tan persistente y poderoso. Al final acaba dominando tu vida. Sonrío para mis adentros. En realidad, puedo imaginármelo porque este caballero tramposo y problemático no sólo ha puesto mi mundo patas arriba, sino que sus costumbres singulares empiezan a producir un curioso efecto en mí. Estoy comenzando a darme cuenta de cómo deberían ser las cosas, aunque sigo sin saber cómo conseguir que sean así. Aprenderé y podré ayudar a Miller a que su vida no sea tan estresante.

El club no parece el mismo a la luz del día. Las luces azules que lo iluminan de noche han desaparecido, y a mi alrededor todo es vidrio esmerilado. El local está vacío salvo por un par de camareros aquí y allá que reponen bebidas o limpian las barras de cristal. Se está mucho más tranquilo y sólo se oye a Lana del Rey de fondo interpretando *Video games*. No tiene nada que ver con los éxitos de club del sábado por la noche.

Un hombre fornido, bien vestido y calzado, nos espera al otro lado de la pista de baile, sentado junto a la barra en un taburete de metacrilato y bebiendo una botella de cerveza. Al acercarnos levanta su cabeza calva del papeleo que tiene entre manos y le hace un gesto al camarero, quien de inmediato le sirve una copa a Miller y se la deja en la superficie de cristal del mostrador justo cuando llegamos.

—Miller. —El hombre se pone de pie y le ofrece la mano.

Él me suelta y se la estrecha como hacen los hombres antes de indicarme que me siente, cosa que hago sin dilación.

—Tony, te presento a Olivia. Olivia, él es Tony.

Miller toma su copa y se la bebe de un trago. Pide otra.

—Encantado de conocerte, ¿Olivia? —Pronuncia mi nombre en tono interrogante, está claro que no sabe qué versión utilizar.

—Livy —informo, acepto su mano y dejo que me la estreche mientras me inspecciona a conciencia.

—¿Te apetece tomar algo? —me pregunta Miller tomando la segunda copa que le ha servido el camarero.

—No, gracias.

—Como prefieras —dice, y acto seguido se vuelve hacia Tony.

—Cassie no tardará en llegar —declara el gerente, y me mira sin saber muy bien qué hacer.

De inmediato despierta mi interés: soy toda oídos.

—No tenía por qué molestarse —responde Miller sin dejar de mirarme—. Le he dicho que no viniera.

Tony se ríe.

—Y ¿desde cuándo hace caso de lo que le dices, hijo?

Miller le clava dos puñales azules pero no responde a su pregunta, así que me quedo con las ganas de saber quién es Cassie y por qué nunca hace caso a Miller. Es obvio que no es momento de preguntarlo pero, a juzgar por la mirada de Tony y la respuesta de Miller, creo que ya sé quién es ella. ¿Por qué va a venir? ¿Nunca le hace caso? ¿De qué no hace caso? ¿De lo que le dice? Y ¿qué le dice? Grito para mis adentros en un intento por controlar el hilo de mis pensamientos hasta que llegue el momento oportuno de sacar el tema. Ahora me fijo en la decoración ultramoderna del club. Hace frío cuando no está lleno de gente en la oscuridad. Hay luces y cristal por todas partes, y me siento como si estuviera dentro de... un cubito de hielo gigante.

Observo a Miller leer los papeles que le entrega Tony y me pregunto cómo serían las cosas si en lugar de un traje de tres piezas llevara vaqueros y camiseta. La camisa azul que viste imprime a sus ojos un color eléctrico, pero como de costumbre se oculta detrás de la máscara que se pone siempre que le conviene, lo que es el noventa y nueve por ciento de las veces.

—Ve a mi despacho.

La voz de Miller obliga a mis ojos a olvidar la camisa que lleva y a centrarme en su mirada azul intenso.

—¿Perdona?

—Ve a mi despacho. —Me toma con delicadeza para que baje del taburete y me señala el lugar hacia el que debo ir—. ¿Sabes cómo llegar?

—Creo que sí.

Recuerdo que me llevó hacia la parte delantera del club y luego bajamos una escalera, pero yo estaba al borde del coma etílico.

—Ahora te veo.

Echo la vista atrás mientras me alejo de Miller, que se queda en la barra con Tony. No disimulan que están esperando que me marche para poder hablar de sus cosas. Miller permanece impasible y Tony parece pensativo. El gerente me da una vibra muy rara, y llego a la conclusión de que o bien están hablando de asuntos de negocios no aptos para mis oídos, o bien están hablando de mí. Creo que lo segundo, a juzgar por lo extraña que me siento y lo incómodo que parece Tony. Cuando llego a la otra punta del club y doblo la esquina, veo que Tony está diciendo algo al tiempo que agita las manos frente al rostro de Miller, lo que confirma mis sospechas. Me detengo y espío por el cristal de la escalera. El gerente vuelve a sentarse y se lleva las manos a la cara en un gesto de desesperación. Luego Miller se enfada y, cosa rara, lo demuestra. Es ese mal genio del que he oído hablar. Manotea y maldice, y después echa a andar en dirección a mí. Bajo la escalera a toda velocidad y vago por los pasillos hasta que encuentro el teclado numérico en el que apenas recuerdo haber visto a Miller introducir un código.

A los pocos segundos lo tengo detrás de mí, enfadado y pasándose la mano por el pelo. Echa hacia atrás el mechón que se empeña en caerle sobre la frente y me alcanza con dos decididas zancadas, visiblemente ofendido. Introduce el código con furia y abre la puerta con más fuerza de la necesaria. La manija choca contra la pared de yeso.

Doy un respingo al oír el golpe y Miller agacha la cabeza.

—Mierda —maldice en voz baja sin moverse del sitio. No parece tener intención de querer entrar en su oficina.

—¿Estás bien? —pregunto guardando las distancias. Me encanta cuando expresa sus emociones, pero éstas no me gustan nada.

—Te pido disculpas —murmura sin levantar la vista del suelo.

Se está saltando su regla, la de que hay que mirar a la cara a la gente cuando le hablan a uno. No se lo recuerdo. Está claro que ha estado charlando con el gerente de mí. Y ahora está encabronado.

—¿Livy?

Mi columna vertebral se estira y me obliga a ponerme derecha.

—¿Sí?

Deja escapar un profundo suspiro y sus hombros suben y bajan.

—Dame «lo que más me gusta». —Su mirada azul es una súplica—. Por favor.

Se me cae el alma a los pies. Nunca había visto a Miller Hart así. Quiere que lo consuele. Llevo las manos a sus anchas espaldas y me pongo de puntillas para hundir la cara en su cuello.

—Gracias —susurra al tiempo que me agarra y me levanta del suelo.

La fuerza de su abrazo me oprime las costillas. Me cuesta respirar, pero no voy a decirle nada. Envuelvo con las piernas su cintura. Miller entra en su despacho conmigo en brazos, cierra la puerta y camina hacia su escritorio vacío. Se apoya en el borde para que podamos permanecer abrazados y no da señales de querer soltarme. Me sorprende. Voy a dejarle el traje como un acordeón, y todavía tiene pendiente la entrevista.

—Te estoy arrugando la ropa —digo en voz baja.

—Tengo una plancha —replica, y me estrecha con más fuerza.

—Me lo imaginaba. —Me aparto de su cuello para poder mirarlo a los ojos. No dicen nada. Ya no parece estar tan enfadado, y su rostro se ve tan impasible como siempre—. ¿Por qué te has molestado tanto?

—La vida... —dice sin dudar—. La gente que da demasiadas vueltas a las cosas y que se mete donde no la llaman.

—¿En qué se mete? —pregunto, a pesar de que creo que ya lo sé.

—En todo —suspira.

—¿Quién es Cassie? —Eso creo que también lo sé.

Se pone de pie, me deja en el suelo y me agarra por las mejillas.

—La mujer que creías que era mi novia —responde, y me dedica un beso largo y húmedo. Qué mareo.

—¿Por qué va a venir? —pregunto con la boca pegada a la suya.

No le pone fin al beso.

—Porque es como una patada en el trasero. —Me da un mordisco en la oreja—. Y porque cree que el hecho de ser accionista del club le da derecho a mandar en él.

Trago saliva y me aparto.

—Entonces ¿es verdad que es tu socia?

Casi me echa la bronca antes de volver a estrecharme contra su pecho.

—Sí. ¿Cuántas veces voy a tener que decírtelo? Confía en mí.

El hecho de saberlo no me hace sentir mejor. No soy tonta del todo, y he visto cómo mira a Miller. Y también cómo me mira a mí.

—He tenido un día horrible. —Me besa en la mejilla y me distrae con la suavidad de sus labios—. Pero vas a quitarme todo el estrés en cuanto lleguemos a casa.

Dejo que me tome de la mano y me lleve al otro lado de la mesa.

—¿Qué estamos haciendo?

Me sienta en su silla y me coloca mirando al escritorio. Saca un control remoto del primer cajón y se sienta en cuclillas a mi lado, con el codo apoyado en el reposabrazos de la silla.

—Quiero enseñarte algo.

—¿Qué? —pregunto, y veo que la mesa de Miller está tan vacía como la última vez que la vi. Un teléfono es lo único que hay encima.

—Esto.

Pulsa un botón y brinco como un resorte al ver que la mesa empieza a moverse sola.

—Pero ¿qué...?

Me he quedado sin habla y con la boca abierta como una imbécil. Cinco pantallas planas emergen del escritorio.

—¡Madre mía!

—¿Impresionada?

Estoy un poco confundida, pero ni aun así se me escapa lo orgulloso que está.

—Y ¿te sientas aquí a ver la tele?

—No, Livy —suspira, al tiempo que pulsa otro botón, que hace que las pantallas cobren vida. Todas ellas muestran imágenes de su club.

—¿Hay cámaras de seguridad? —pregunto mirando las pantallas. Cada una se divide en seis, excepto la del centro. Ésa sólo muestra una imagen.

Y ahí estoy yo.

Me acerco y me veo la noche de la inauguración de Ice, bebiendo con Gregory. Luego la imagen cambia, estamos subiendo la escalera y yo mirándolo todo, impresionada. A continuación estoy en la pista de baile, con Miller detrás, rondándome. Veo a Gregory susurrándome al oído, yo a punto de volver la cabeza, y a Miller acercándose, mirándome de arriba abajo antes de ponerme las manos encima. Las imágenes son muy nítidas, pero aún aumentan más de tamaño cuando Miller toca el centro de la pantalla, y su mirada me pone a cien al instante. Siento un cosquilleo ahí abajo. Entonces me pregunto qué demonios hago con la vista fija en una pantalla cuando a mi lado tengo al Miller de carne y hueso.

Me vuelvo para mirarlo.

—Estuviste aquí sentado espiándome. —No lo pregunto porque es más que evidente. No me imaginaba que el club estuviera lleno de cámaras de seguridad.

Me mira fijamente y ladea la cabeza.

—Mi niña, mi preciosidad, ¿te has puesto caliente?

No quiero, pero me retuerzo en su enorme silla de oficina y me pongo colorada hasta las orejas.

—Te tengo enfrente. Claro que me he puesto caliente.

Debo intentar tener tanto aplomo como él. *Intentar* es la palabra clave. Nunca podré poseer su misma intensidad, ni podré ser tan taciturna, ni podré ser tan sexy ni estar tan buena. Pero puedo ser igual de descarada.

Gira la silla para tenerme cara a cara. El control remoto está perfectamente colocado sobre la mesa. Me desliza las manos por los muslos y me acerca a él hasta que sólo unos centímetros separan nuestras caras.

—Cuando te vi el sábado por la noche —susurra—, yo también me puse caliente.

La imagen de Miller recostado en su silla con un whisky en la mano, mirando cómo yo bebía, charlaba y vagaba por su club inunda mi mente calenturienta. El calor desciende de mi cara a mi entrepierna. Estoy saturada, y lo sabe.

—Y ahora, ¿estás caliente? —Me acerco hasta que le rozo la punta de la nariz con la mía.

—¿Por qué no lo compruebas tú misma?

Toma mi boca y se incorpora. Tengo que levantar la barbilla y echar la cabeza atrás para recibir su beso. Sus manos están apoyadas en los reposabrazos de la silla. Me tiene atrapada, y el gemido de satisfacción que se le escapa contra mis labios es lo más bonito que he oído nunca.

No pierdo el tiempo y le meto mano. Le desabrocho la hebilla del cinturón mientras nos comemos la boca con frenesí. No hay ni rastro del rollo delicado. Parece atormentado, pero voy a aliviar sus pesares si puedo.

—Sólo con la mano —masculla con desesperación.

Le bajo la bragueta e introduzco la mano en los pantalones. La tiene dura.

La saco de su encierro, Miller traga saliva y tengo que mirarlo. Sus ojos son de un azul cegador cuando la acaricio con suavidad, y su boca entreabierta me echa su aliento tibio en la cara.

—¿Hiciste esto mientras me espiabas? —pregunto en voz baja, animada por las ganas que le tengo, que me infunden confianza.

—Nunca hago esto.

Me sorprende su respuesta y pierdo la concentración.

—¿Nunca?

—Nunca.

Echa las caderas hacia adelante para recordarme que no pare.

—¿Por qué no? —Estoy boquiabierta y, aunque suena increíble, lo creo.

—Eso no importa.

Se abalanza sobre mis labios y pone fin al interrogatorio. Me concentro en acariciarlo con suavidad, pero su boca es mucho más voraz que de costumbre y parece influir en mis manos, que cada vez se mueven más deprisa y le arrancan gemidos sin parar.

—Baja el ritmo. —Casi está suplicando.

Sigo su consejo hasta que mantengo un vaivén constante, arriba y abajo.

—Dios. —Se tensa, como si tuviera miedo, pero lo está disfrutando. Lo siento palpitar en mi mano, cada vez más caliente. Le cuesta respirar.

Mantener nuestro beso profundo es fácil. Evitar que mi mano se acelere es harina de otro costal. Soy consciente de que está a punto de venirse, y me duele la mano de tanto contenerme para no acariciarle la verga más deprisa.

Me muerde el labio y se aparta para darme una visión maravillosa de su cara perfecta mientras sigo tocándolo. Menea las caderas en una cadencia que acompaña el movimiento de mi mano. Tensa los brazos y se agarra a la silla, pero sigue teniendo cara de póquer.

—¿Bien? —pregunto. Quiero algo más que las reacciones de su cuerpo. Quiero las palabras que tan bien se le dan en momentos como éste.

—Nunca lo sabrás.

Agacha un poco la cabeza y de sus labios brotan jadeos entrecortados. Con mi mano libre busco el dobladillo de su camisa, la aparto y le acaricio el estómago, sintiendo las contracciones de sus abdominales.

—¡Mierda! —maldice.

Lo sujeto con más fuerza, pero en ese mismo instante llaman a la puerta y doy un brinco. Lo suelto y me encojo en la silla.

Resopla.

—¡Carajo, Livy!

—¡Lo siento! —exclamo sin saber si debo volver a meterle mano o esconderme bajo la mesa.

Veo en su expresión lo poco que le gusta tener que apartarse de la silla y recobrar el aliento para retomar el control.

—Qué oportuno, ¿no te parece?

Aprieto los labios y observo cómo se mete la camisa por dentro del pantalón y se lo abrocha en un instante.

—Lo siento —repito sin saber qué más puedo decir.

Sigue duro como una piedra, y se le ve la tienda de campaña a través de los pantalones.

—Como debe ser —gruñe, y no puedo aguantarme la risa por más tiempo.

—Mira. —Señala su entrepierna y enarca una ceja al ver la gracia que me hace—. Tengo un pequeño problema.

—Es verdad.

No puedo estar más de acuerdo, y en una de las pantallas veo que hay dos personas esperando tras la puerta del despacho. Vuelven a llamar.

—Esto va a ser un suplicio —dice al tiempo que se recoloca las partes con un gruñido—. Adelante.

Me levanto y dejo que Miller ocupe su silla. La única forma de controlar mi propia ebullición es distraerme con su incomodidad.

La puerta se abre y aparece una mujer muy guapa que me da un buen repaso y frunce el ceño.

—¿Y tú eres...? —dice haciéndole un gesto con la mano a un hombre que hay detrás de ella y que lleva una cámara.

Retrocedo para dejarlos entrar antes de que me pasen por encima.

—Livy. —Hablo sola, porque ya me ha dejado atrás y está casi junto a la mesa, toda sonriente y efusiva.

Me encanta ver que Miller se pone la máscara de nuevo. Vuelve a ser el frío hombre de negocios, nada que ver con el que yo tenía derretido entre manos y a punto de venirse hace un instante.

—¡Hola! —exclama toda sonriente al tiempo que se abalanza por encima de la mesa para acercarse a él todo lo posible—. Diana Low. —Le ofrece la mano, pero sé que se muere por besarlo—. Vaya, este sitio es impresionante.

—Gracias. —Miller es tan formal como siempre y le estrecha la mano antes de señalar una silla frente a su escritorio y recolocarse con disimulo los tesoros de su entrepierna—. ¿Le apetece beber algo?

Ella estaciona su apretado trasero en la silla y deja un cuaderno encima de la mesa. Capto de inmediato las incómodas vibraciones que emite Miller al ver el bloc.

—En teoría no debo beber mientras trabajo, pero ésta es mi última cita del día. Tomaré un Martini con hielo.

El fotógrafo pasa junto a mí. Resulta evidente que está cansado.

De repente me pregunto por qué Miller quiere que esté presente, así que lo miro y hago un gesto en dirección a la puerta, pero él niega con la cabeza y me indica que me siente en el sofá mientras toma el cuaderno de la señorita Low y se lo deposita en la mano. Quiere que me quede.

Cierro la puerta y observo cómo el fotógrafo toma asiento junto a la mujer y deja caer la cámara sobre su regazo.

—¿Desea tomar algo? —Miller está mirando al hombre, pero veo que éste niega con la cabeza.

—No, estoy bien así.

—Voy a buscar las bebidas —proclamo abriendo de nuevo la puerta—. ¿Un Martini y un whisky escocés?

—¡Con hielo! —exclama la mujer volviéndose y dándome otro repaso—. No te olvides del hielo.

—Con hielo —confirmo mirando a Miller, que asiente en señal de agradecimiento.

»Vuelvo enseguida —digo dando las gracias por no tener que soportar la voz chillona de Diana Low durante un rato.

Han bajado la luz y encendido los focos azules. El bar vuelve a tener el brillo que yo recordaba. Hay varias barras abiertas para elegir, y al final me dirijo a la misma en la que Miller se ha reunido antes con Tony. Hay un chico joven en cuclillas, llenando el refrigerador.

—Hola —saludo para llamar su atención—. ¿Me sirves un Martini con hielo y un whisky escocés solo?

—¿Para el señor Hart?

Asiento y él se pone en acción. Saca un vaso liso y le da una pulida extra antes de verter en él unos dedos de whisky y deslizármelo por la barra.

—¿Y un Martini?

—Sí, por favor.

Mientras el camarero prepara la bebida me quedo de pie, incómoda, como si mil ojos me miraran. Sé que Tony tiene curiosidad. Lo miro y me dedica una pequeña sonrisa que no hace que me sienta mejor. Su rostro redondo parece pensativo.

—¿Qué tal por ahí abajo? —pregunta rompiendo el incómodo silencio.

—Acabo de dejarlos, iban a empezar —respondo con educación agarrando el Martini.

—A Miller no le gusta armar revuelo ni ser el centro de atención.

Intento discernir si lo ha dicho con doble sentido.

—Lo sé —contesto, porque sospecho que intenta decirme que no tengo ni idea.

—Es feliz en su pequeño y ordenado mundo.

—Lo sé —repito sin pretender ser antipática, pero no me gusta el rumbo de esta conversación.

—No está disponible emocionalmente.

De pronto me vuelvo hacia él. Antes de hablar, observo unos instantes su rostro pensativo.

—¿Adónde quieres llegar? —pregunto mirándolo de frente. Estoy tan enfadada que se nota que he perdido la compostura.

Miller me dijo exactamente lo mismo, pero resulta que rebosa emociones. Puede que no de un modo típico, pero están ahí.

Tony sonríe y es una sonrisa sincera que al mismo tiempo sugiere que soy una ingenua, que estoy ciega y que me he metido en camisa de once varas.

—Una chica tan dulce como tú no debería meterse en un mundo como éste.

—¿Qué te hace pensar que soy tan dulce? —Estoy empezando a perder la paciencia.

¿Qué significa eso de «un mundo como éste»? ¿La noche? ¿La bebida?

Niega con la cabeza y vuelve a sus papeles sin contestarme.

—Tony, ¿qué has querido decir?

—Quiero decir... —Hace una pausa, suspira y levanta la vista—. Que eres una distracción que él no necesita.

—¿Una distracción?

—Sí, debe centrarse.

—¿En qué?

Levanta su cuerpo fornido del taburete, recoge sus papeles, se pone la pluma detrás de la oreja, toma su botella de cerveza y añade:

—En este mundo. —Luego da media vuelta y se va.

Me quedo de pie viendo cómo la distancia entre los dos es cada vez mayor; estoy atónita. Tal vez una distracción sea justamente lo que Miller necesita. Trabaja muy duro, está estresado y necesita librarse de ese estrés al caer el día. Eso quiero hacer. Quiero ayudarlo.

Miro los dos vasos que llevo en las manos. El calor que emana de mi palma ha derretido un poco el hielo del Martini, pero paso. Diana Low tendrá que beberse el Martini con cubitos medio derretidos. Vuelvo al despacho de Miller.

Él está mirando la puerta cuando entro mientras Diana se pasea por el despacho. Se le da muy bien contonearse. El fotógrafo se aburre mucho y permanece tirado en su asiento.

Le tiendo su whisky a Miller. No lo dejo encima de la mesa porque no sé dónde suele ponerlo.

—Gracias —dice casi con un suspiro, y me indica que me siente en su regazo.

Me sorprende bastante que se comporte con tanta familiaridad en una reunión de negocios, pero no protesto. Me siento en sus rodillas y me lo paso a lo grande observando en silencio la reacción de Diana Low; no puedo evitar disfrutar con la sensación de poder. Y tampoco le ofrezco su Martini, sino que es ella la que debe acercarse a buscarlo.

En cuanto toma el vaso, Miller me rodea la cintura con el brazo y me estrecha contra su pecho.

La periodista finge sonreír mientras recupera la compostura.

—Me parece que voy a tener que cambiar el titular de mi artículo.

—¿Cuál era, señorita Low? —pregunta Miller con tranquilidad.

—«El soltero de oro de Londres abre un club para la élite.»

Miller se tensa debajo de mí.

—Sí. —Se bebe el resto de su whisky y deja el vaso en la mesa con precisión—. Tendrá que cambiarlo.

Veo que la mujer está atacada de los nervios mientras toma asiento de nuevo en la silla que está enfrente de él. ¿«El soltero de oro de Londres»? Miller lo ha confirmado, pero aun así es agradable oír a otra persona decir que está soltero... O lo estaba.

Ella frunce el ceño y deja su copa sobre el escritorio de Miller, que se pone tenso y, como resultado, me pongo tensa yo también.

—¿Le importa? —Me inclino hacia adelante, tomo el vaso y vuelvo a ponérselo en la mano—. No hay posavasos, y esta mesa es carísima.

Parpadea confusa en dirección al vaso vacío de Miller, que descansa encima de la mesa sin posavasos... pero en el lugar adecuado.

—Perdona —responde tomándolo.

—No pasa nada. —Sonrío con una expresión tan falsa como la suya.

Miller me da un apretón agradecido.

—Bueno, para terminar —dice ella peleando con el vaso mientras intenta tomar notas en el cuaderno—, ¿cuáles son los requisitos necesarios para ser miembro del club?

—Que se efectúen los pagos —responde Miller cortante y cansado. Me hace sonreír.

—Y ¿qué hay que hacer para solicitar ser miembro?

—No hay que hacer nada.

Ella alza la vista confusa.

—Entonces ¿cómo consigue uno ser miembro?

—Tiene que invitarte alguien que ya lo sea.

—¿No limita eso su clientela?

—En absoluto. Ya tengo más de dos mil miembros y abrimos hace menos de una semana. Ahora tenemos lista de espera.

—Ah. —Parece decepcionada, pero luego le dedica una sonrisa sugerente mientras cruza las piernas muy despacio—. ¿Y qué tiene que hacer uno para saltarse esa lista de espera?

Hago una mueca de disgusto. Será descarada, la muy zorra.

—Sí, ¿qué tiene que hacer uno, Miller? —pregunto mirándolo y haciendo puchero.

Le brillan los ojos, y las comisuras de sus labios se levantan levemente mientras dirige la mirada a Diana Low.

—¿Conoce usted a algún miembro, señorita Low?

Se le ilumina la cara.

—¡Lo conozco a usted!

Debo contenerme para no atragantarme de la sorpresa. ¿Acaso no me ve?

—No me conoce, señorita Low —replica Miller alto y claro—. Casi nadie me conoce.

El fotógrafo se revuelve incómodo en el asiento y Diana se ruboriza avergonzada. Imagino que no le dan esos cortes muy a menudo, y me pregunto si Miller hace bien en ser tan hostil, teniendo en cuenta que esa mujer va a escribir un artículo sobre él y su nuevo club. A mí lo que ha dicho no me afecta porque yo sí lo conozco.

—¡Foto! —exclama Diana saltando de su silla y dejando de nuevo la bebida encima de la mesa. Al parecer, con el apuro se le ha olvidado lo que le he pedido antes.

La recojo antes de que a Miller le dé un ataque, y me echo a un lado para que el fotógrafo pueda encuadrar bien la imagen. Miller se incorpora para alisarse el traje y estirárselo para quitarle las arrugas. Es culpa mía. Lo he distraído y no ha podido sacar la plancha para devolverle la perfección a su atuendo, aunque tampoco es que lo necesite. Siempre está impecable.

Me lanza una mirada acusadora y mueve los labios:

—Culpa tuya.

Sonrío, me encojo de hombros y susurro:

—Lo siento.

—No lo sientas —responde en voz alta—. Yo no me arrepiento.

Me guiña un ojo y casi me caigo de sentón.

Vuelve a sentarse en su silla y a desabrocharse el saco. Luego asiente en dirección al fotógrafo.

—Cuando quiera.

—Estupendo.

El hombre prepara la cámara y da unos pasos atrás.

—Vamos a dejar los monitores a la vista. Creo que necesitaremos que haya más cosas encima de la mesa.

—¿Como qué? —pregunta Miller horrorizado ante la idea de que alguien le estropee la superficie lisa y perfecta.

—Papeles —responde el fotógrafo tomando el cuaderno de Diana y colocándolo a la izquierda de Miller—. Perfecto.

Tengo la sensación de que el hombre se pasa una eternidad enfocando y sacando fotos de mi pobre Miller, que parece estar a punto de explotar a causa del estrés. Va cambiando de posición según se lo indican. El fotógrafo rodea la mesa y saca una instantánea de los monitores con Miller observando las imágenes de vídeo como si él no estuviera, luego le pide que se siente en el borde de la mesa con naturalidad, cruzado de piernas y brazos. Lo está matando y, cuando le pide que sonría, es la gota que colma el vaso.

Me mira sin poder creérselo, como diciendo «¿Cómo se le ocurre pedirme semejante cosa?».

—Hemos terminado —replica entonces tajante al tiempo que se abrocha el saco y recoge el cuaderno que han dejado encima de su mesa demasiado tiempo—. Gracias por su tiempo.

Le entrega el cuaderno a Diana Low y se planta en la puerta de dos zancadas. La abre y, con un gesto, les indica que se marchen.

Ninguno de los dos hace que se lo repitan. Se apresuran a pasar junto a Miller y a cruzar la puerta del despacho.

—Gracias —dice Diana a unos pasos de la puerta mientras levanta la mirada hacia Miller—. Espero que volvamos a vernos.

Estoy pasmada, y me pregunto si es un comportamiento normal. Esta mujer es incorregible.

—Adiós —sentencia Miller, y la envía a seguir con lo suyo.

Pero justo entonces entra otra mujer en el despacho.

La socia de Miller.

Cassie.

Parece que viene con prisas y sin aliento, pero recobra el temple en cuanto le pone los ojos encima a Diana Low, que está demasiado cerca de Miller. Le lanza una mirada asesina.

—Creía que te había dicho que no se le podía entrevistar.

—Lo sé. —Diana ni siquiera se inmuta ante la hostilidad que emana de Cassie, que va vestida de marca de la cabeza a los pies—. Pero estabas equivocada porque, tras un par de llamadas, lo he conseguido. —Se vuelve hacia Miller y sonríe seductora—. Hasta la vista. —Se despide con la mano y le devuelve la mirada asesina a Cassie mientras se contonea fuera del despacho.

Cassie está de un humor de perros y, en cuanto la periodista desaparece, sé que la va a descargar conmigo.

Se vuelve y parece advertir mi presencia por primera vez.

—¿Qué está haciendo ella aquí? —escupe mirando a Miller en busca de respuestas.

Retrocedo perpleja, igual que él.

—No te metas donde no te llaman —responde Miller con calma, tomándola del brazo y conduciéndola de nuevo hacia la puerta.

—Me preocupo por ti —discute sin resistirse. Sus palabras confirman mis sospechas.

—No pierdas el tiempo, Cassie.

La empuja para que salga y cierra de un portazo. Pego un brinco del susto.

Me dijo que confiara en él y debería hacerlo. En realidad la ha mandado al diablo. Entonces, se vuelve hacia mí con cara de estar agotado y agobiado.

—Estoy estresado —declara con un ladrido que me confirma lo evidente, y me hace dar otro brinco sobre la alfombra.

—¿Te traigo otra copa? —pregunto, y por primera vez me da por pensar que quizá Miller beba demasiado. ¿O es sólo desde que nos conocemos?

—No necesito una copa, Livy. —Su voz se ha vuelto ronca y su mirada me electrifica—. Creo que sabes lo que necesito.

La sangre me arde en las venas bajo esa mirada de deseo, todo mi ser es consciente de cómo me mira y se vuelve receptivo. Que Dios me ayude cuando me ponga las manos encima.

—Desestresarte... —susurro sin apenas ver nada cuando se acerca lentamente a mí.

—Eres mi terapia. —Me toma en brazos y me besa con determinación, con decisión, gimiendo y susurrando en mi boca mientras su lengua me lleva al cielo. Mi raciocinio se desvanece—. Me encanta besarte.

Estamos en su despacho. No quiero estar en su despacho, quiero estar en su cama.

—Llévame a casa.

—Está demasiado lejos. Necesito desestresarme ahora.

—Por favor. —Apoyo las manos en sus hombros y me aparto—. Me agobio cuando estás tan tenso.

Suspira hondo y baja la cabeza. El rizo rebelde le cae sobre la frente. Me tienta, quiere que lo coloque otra vez en su sitio, y eso hago. Aprovecho para pasarle la mano por el pelo. Es todo un privilegio que este hombre tan complicado me haya asignado el papel de ser yo quien lo desestrese, y siempre disfrutaré haciéndolo, donde sea, cuando sea, aunque hay formas en las que puede hacerlo él solo.

—Discúlpame —musita—. Tomo nota de tu petición.

—Te lo agradezco. Llévame a tu cama.

—Como prefieras. —Se mira el traje y frunce el ceño al ver unas pocas arrugas que se esfuerza por alisar. Suspira y ladea la cabeza.

Me atrapa sonriendo.

—¿Qué es lo que tiene tanta gracia? —inquiere.

—Nada —digo encogiéndome de hombros.

Acto seguido, me arreglo la ropa en un gesto sarcástico, pero cuando levanto la vista me encuentro con que Miller ha sacado la tabla de planchar de un armario secreto y está preparándolo todo para planchar. Se me borra la sonrisa de la cara.

—No irás a...

Hace una pausa y mira mis ojos de pasmada.

—¿Qué?

—No irás a planchar el traje ahora, ¿no?...

—Está muy arrugado. —Le horroriza que me haya quedado atónita al ver la tabla de planchar—. Antes alguien me ha distraído y por eso voy a salir en la prensa hecho bolas.

—Y ¿qué hay de tu cama? —Suspiro al pensar en el tiempo que me voy a pasar esperando que Miller deje perfecto lo que ya lo está.

—En cuanto haya terminado —replica. Se da la vuelta y saca la plancha.

—Miller... —Me detengo al ver que se le tensan levemente los hombros.

Me pica la curiosidad. Me acerco y me topo con la sonrisa picarona y feliz más grande que jamás he tenido el placer de ver. La mandíbula me llega al suelo. Estoy tan perpleja que ni siquiera me acuerdo de lo que iba a decir.

—¡Qué cara! —Se echa a reír plegando la tabla de planchar y guardándola en su sitio.

Miller Hart, don Circunspecto, mi hombre confuso y complejo... ¿Se está burlando de mí? ¿Me estaba gastando una broma? Creo que voy a desmayarme.

—No tiene gracia —musito cerrando de un portazo el armario secreto de la plancha, como una niña enfurruñada que no sabe perder.

—Discrepo —dice entre carcajadas mientras se endereza y me deja fuera de combate de nuevo con esa sonrisa picarona. Nunca he visto nada igual.

—Discrepa todo lo que quieras —replico, y grito cuando me toma en brazos y empieza a dar vueltas—. ¡Miller!

—No voy a planchar el traje porque lo más importante ahora es llevarte a mi cama.

—¿Más importante aún que devolverle el planchado perfecto a tu traje? —pregunto enredando los dedos entre sus rizos—. ¿Más importante que arreglarte el pelo?

—Mucho más. —Me deja en el suelo—. ¿Lista?

—Me hacía ilusión que me invitaras a cenar.

—¿Cena o cama? —se burla—. Lo dices por fastidiar.

Sonrío.

—Y ¿qué tiene uno que hacer para saltarse la lista de espera?

Se le iluminan los ojos, los entorna y se pone muy serio. Está intentando no reírse.

—¿Conoce a algún miembro, señorita?

—Conozco al dueño —proclamo con seguridad, aunque rápidamente recuerdo la respuesta que le ha dado a Diana Low. ¿Me dirá eso mismo a mí? Conozco a Miller pero ¿opina él lo mismo?

Asiente pensativo y se dirige a su mesa. Abre el cajón y saca algo. Sea lo que sea, lo pasa por los monitores y lo escanea con un pitido antes de que éstos desaparezcan en las profundidades de la mesa blanca.

—Aquí tienes. —Me entrega una tarjeta de plástico duro y transparente con una palabra grabada en el centro:

ICE

Le doy la vuelta y veo una banda plateada, pero eso es todo. No hay nada más. Ni los datos del club ni los del propietario de la tarjeta. Lo miro recelosa:

—No será falsa, ¿verdad?

Se ríe a carcajadas y me saca de la oficina, de vuelta a la zona de barras, pero no me agarra de la nuca como de costumbre, sino que me pasa su musculoso brazo por los hombros y me estrecha contra sí.

—Es de lo más auténtica, Olivia.

Capítulo 22

Tras subirme en brazos por la escalera que lleva a su apartamento y abrir la puerta, corre a prepararnos un baño. Nos desnuda a ambos antes de ayudarme a subir los peldaños y a meterme en el agua caliente y espumosa. No es su cama, pero no voy a discutir. Estoy en sus brazos, que es donde más contenta estoy. Mejor imposible.

Suspiro, más feliz que nunca, mientras él dedica nuestra hora del baño a abrazarme, a acariciarme y a darme apretones. Está tarareando una melodía lenta. Empieza a sonarme mucho. Sé cuándo va a tomar aire y cuándo se producen los cambios de tono, y sé cuándo va a hacer una pequeña pausa, cuando está seguro de aprovechar el breve silencio para besarme la coronilla.

Apoyo la mejilla contra su pecho húmedo y le acaricio lentamente el pezón con la punta de los dedos mientras contemplo la vasta extensión de la piel de su torso. *Relajada* y *tranquila* son dos adjetivos que se quedan muy cortos a la hora de expresar cómo me siento. Es en momentos como éste cuando pienso que estoy con el verdadero Miller Hart, no con el hombre que se oculta tras trajes caros de tres piezas y un rostro impasible. El Miller Hart serio, el hombre disfrazado de caballero, esconde su belleza interior del mundo, al que sólo muestra una careta empeñada en repeler todo gesto de amabilidad que encuentra, o en confundir a la gente con sus modales impecables, que son siempre tan distantes que no dejan ver que se trata de una persona realmente educada.

—Háblame de tu familia —digo rompiendo el silencio, casi seguro de que ignorará mi pregunta.

—No tengo familia —susurra, y me besa la coronilla cuando frunzo el ceño contra su pecho.

—¿No tienes a nadie? —No quiero que parezca que no lo creo, pero se me escapa el tono incrédulo. Yo tampoco tengo familia, salvo a mi abuela, pero el valor de ese familiar es... incalculable.

—Estoy yo y nadie más —me confirma.

Me callo. Siento compasión por él. Debe de sentirse muy solo, y debe de haberle costado admitirlo.

—¿Sólo tú?

—Lo digas como lo digas, Livy, sigo estando yo y nadie más.

—¿No tienes ningún pariente?

Suspira, y mi cuerpo sigue el ascenso y descenso de su pecho.

—Ya van tres veces. ¿Lo decimos una cuarta? —pregunta con delicadeza. No muestra impaciencia ni exasperación, aunque sé que aparecerán si voy a por esa cuarta.

No debería resultarme tan difícil de creer, dado que yo también tengo una familia reducida, pero al menos tengo a alguien. También están Gregory y George, aunque sólo tengo un pariente de sangre. Uno es más que ninguno, y es también un pedazo de historia.

—¿No tienes a nadie en el mundo? —Tuerzo el gesto en cuanto lo digo por cuarta vez, y me apresuro a pedirle perdón de inmediato—: Lo siento.

—No tienes por qué disculparte.

—¿Ni uno?

—Y ya van cinco. —Lo dice con sorna, y espero atraparlo sonriendo aunque sea un poco. Me aparto de su pecho para mirar, pero todo lo que encuentro es su belleza impasible.

—Perdona —sonrío.

—Disculpa aceptada.

Me toma y me lleva al otro extremo de la bañera. Me tumba

boca arriba. Estoy espatarrada, con él entre mis rodillas. Me agarra una pierna y la levanta hasta que tengo la planta contra su pecho. Mi diminuto pie del tres y medio se pierde en la inmensidad de su pecho, y aún se ve más pequeño cuando empieza a acariciarlo con la mano mientras me observa pensativo.

—¿Qué? —Mi voz ha quedado reducida a poco más que un susurro bajo la intensidad de su mirada azul.

Miller Hart emana pasión por cada poro de su cuerpo perfecto, y más aún por sus increíbles ojos azules. Deseo que sea especial y sólo para mí, aunque sé que no es así. Quizá Miller Hart únicamente expresa sus emociones y se quita la máscara cuando está con una mujer.

—Sólo estaba pensando en lo bonita que estás en mi bañera —musita.

Acto seguido, se lleva mi pie a la boca y lentamente, tan despacio que me duele, me lame los dedos y el empeine, sigue por el gemelo, asciende hasta la rodilla y a... mi... muslo...

Se forman ondas en el agua a causa de mis temblores, y salpico fuera de la bañera al agarrarme a los bordes de porcelana reluciente con las manos. Tengo la piel tibia por el contacto con el agua y el vapor del baño, pero el calor de su lengua me quema allá por donde pasa. Estoy ardiendo. Jadeante en silencio. Cierro los ojos y me preparo para que me venere, y es entonces cuando llega al punto en que mi muslo se sumerge en el agua. Desliza el antebrazo bajo mi pelvis y me levanta sin esfuerzo para llevarme a su boca. Necesito agarrarme a algo o me voy a sumergir entera bajo el agua. Encuentro de nuevo el borde de la bañera y me aferro a él lo mejor que puedo mientras me conduce a su reino de deleite y placer, un lugar en el que la agonía de la pasión es intensa y en el que me adentro más y más en el curioso mundo de Miller Hart.

Los pequeños mordiscos que le da a mi clítoris son difíciles de resistir. Los lametones de su lengua que acompañan a cada mordisco son una tortura. Para cuando introduce muy despacio dos dedos en mi sexo y empieza a entrar y a salir mientras sus dientes y su lengua siguen a lo suyo, pierdo la esperanza de mantener el silencio que nos rodea.

Gimo y arqueo la espalda, los músculos de los brazos que me sostienen comienzan a dolerme, y el vientre se me tensa intentando controlar las incesantes punzadas entre las piernas. Mi desesperación aumenta y lo alienta. Sus dedos mantienen el ritmo que tanto le gusta, pero son cada vez más firmes, más precisos.

—No sé cómo me haces lo que me haces —mascullo en la oscuridad. Mi cabeza va de un lado a otro.

—¿Qué te hago? —susurra soplando, como una corriente de aire fresco en lo más íntimo de mi ser. Su aliento fresco contra mi piel ardiente me hace estremecer.

—Esto —jadeo, aferrándome casi inconsciente al borde de la bañera y gritando cuando me castiga con una ráfaga de pequeños mordiscos, rotaciones de su lengua y penetraciones firmes de sus dedos—. ¡Y esto!

Los espasmos que se apoderan de mi cuerpo son tan fuertes que intento permanecer quieta en el agua.

Abro los ojos y necesito unos momentos para enfocar con claridad. Luego vuelvo a ver borroso de nuevo. Es por lo que acabo de ver: la perfección personificada, una pureza en su mirada que sólo veo cuando me venera. Su pelo negro está a punto de estar demasiado largo, y los rizos brillantes se le enroscan detrás de las orejas.

A pesar de mi estado de control febril, él permanece tranquilo, calmado, centrado mientras me devuelve la mirada sin dejar de torturarme durante un solo seguro. Es un placer infinito.

—¿Quieres decir que, si siguiéramos así para siempre —masculla—, serías feliz con eso?

Asiento, esperando que esté de acuerdo conmigo y que no esté sólo verbalizando mis pensamientos.

No me aclara nada, sino que vuelve a centrarse en las terminaciones nerviosas que claman a gritos entre mis muslos. Tiene la cabeza enterrada ahí, y me mira y es la cosa más sensual que voy a ver en la vida. Aun así, no puedo evitar cerrar los ojos mientras me prepara para la presión salvaje que va a hacerme enloquecer.

—No pares —jadeo suplicando más locura, más placer implacable.

De repente se mueve, el agua salpica por todas partes mientras asciende por mi pecho y sella nuestras bocas. Su lengua me acaricia al ritmo de sus perversos dedos y su pulgar traza círculos firmes en mi clítoris palpitante.

Me aferro a sus hombros mojados como si me fuera la vida en ello. Su fuerza es lo único que me impide resbalar y sumergirme bajo el agua. Estoy febril, pero Miller mantiene las cosas bajo control pese a mis gemidos de desesperación.

Y entonces ocurre.

La explosión.

Saltan un millón de chispas que me obligan a poner fin a nuestro beso y a esconder la cara en su cuello mientras lidio con el bombardeo de placer. Permanece en silencio al tiempo que ayuda a mi cuerpo tembloroso a calmarse. Lo único que mueve son los dedos, que describen círculos más adentro, y su pulgar, que descansa sobre mi cúmulo de terminaciones nerviosas a flor de piel, para calmar las agudas y persistentes punzadas.

—Creía que era yo la que tenía que desestresarte a ti —jadeo sin querer soltarlo. No quiero soltarlo nunca.

—Y lo has hecho, Livy.

—¿Te has deshecho del estrés venerándome?

—En parte, sí, pero más que nada por estar contigo. —Se sienta y me lleva junto a él. Me coloca sobre su regazo. La maraña de pelo mojado me pesa, y las palmas de sus manos me sostienen por los hombros—. Eres tan hermosa...

La piel de las mejillas me arde, y bajo la vista algo avergonzada.

—Es un cumplido, Livy —susurra para que lo mire.

—Gracias.

410

Sonríe levemente y lleva las manos a mi cintura al tiempo que sus ojos recorren todo mi cuerpo. Lo observo detenidamente mientras sus labios besan mis pechos con ternura y luego empieza a acariciarme entera con un dedo, con tanta delicadeza que a veces ni siquiera lo siento. Respira hondo pensativo e inclina la cabeza un poco, lo que lo hace parecer aún más pensativo.

—Siempre que te toco siento que he de hacerlo con un cuidado exquisito —susurra.

—¿Por qué? —pregunto un tanto sorprendida.

Respira hondo otra vez y me mira, parpadeando despacio.

—Porque me aterra que te conviertas en polvo.

Su confesión me deja sin palabras.

—No voy a convertirme en polvo.

—Puede que sí —añade—. Y ¿qué sería de mí entonces?

Su mirada examina mi cara y me sorprende verlo tan serio, incluso percibo un ligero miedo.

La culpabilidad me dice que no debería, pero no puedo evitar sentirme feliz al oírlo. Él también se está enamorando, tanto como yo. Abrazo su incertidumbre y lo acuno en mi pecho. Lo rodeo con los brazos y las piernas, como si intentara hacerlo sentir más seguro a base de apretones.

—Sólo desapareceré si tú quieres —digo, porque creo que es a eso a lo que se refiere. Es imposible que me convierta en polvo.

—Querría compartir una cosa contigo.

—¿Qué? —pregunto sin moverme, con la cara hundida en su cuello.

—Terminemos de bañarnos y te lo muestro.

Se deshace de mi abrazo y me obliga a salir de mi lugar favorito.

—Vas a ser la primera.

—¿La primera?

—La primera persona que lo ve.

Me da la vuelta en sus brazos así que no puede ver mi cara de curiosidad.

—¿Que lo ve?

Apoya la barbilla en mi hombro.

—Me encanta tu curiosidad.

—Tú me haces ser curiosa —lo acuso acercando la mejilla a sus labios—. ¿Qué vas a enseñarme?

—Ya lo verás —me provoca mientras me suelta.

Me vuelvo para verlo y está bajo el agua, lavándose el pelo con champú. Luego se lo enjuaga y se echa acondicionador.

Me acomodo en el otro extremo de la bañera y lo observo masajear sus rizos con el acondicionador.

—¿Usas acondicionador?

Se queda quieto un instante y me estudia con atención un momento antes de responder.

—Tengo un pelo muy rebelde.

—Yo también.

—Entonces, seguro que me comprendes.

Se mete otra vez bajo el agua y se aclara los rizos rebeldes mientras yo sonrío como una idiota. Le da vergüenza.

Cuando sale a la superficie yo sigo sonriendo como una idiota. Pone los ojos en blanco y se incorpora mientras mi mirada lo acompaña, absorbiendo toda su perfección empapada.

—Te dejo para que te laves la maraña rebelde. —No sonríe, pero sé que se muere de ganas de hacerlo.

—Gracias, mi amable señor —replico admirando su desnudez mientras sale del baño. Las nalgas se tensan y se hinchan, y están para comérselas—. Hermosos bizcochitos —digo mientras me sumerjo en las burbujas.

Se vuelve muy despacio e inclina la cabeza.

—Te ruego que no adoptes la terminología de tu abuela.

Me pongo roja como un tomate y, a falta de un modo mejor de ocultar mi vergüenza, desaparezco bajo el agua.

Para cuando he terminado de domar mis rizos rebeldes con acondicionador, salgo de mala gana de la serenidad de la colosal bañera de Miller Hart y me seco. Me aseguro de vaciar la tina y de enjuagarla bien, y recojo el baño al terminar. Me dirijo al dormitorio y encuentro un bóxer negro y una camiseta gris dispuestos con pulcritud sobre la cama. Sonrío mientras me visto. El bóxer apenas se me ciñe a las caderas, y la camiseta me queda enorme, pero ambas prendas huelen a Miller, así que me da igual si tengo que sujetarme los calzoncillos con la mano cuando voy en su busca.

Está en la cocina, arrebatador con un bóxer negro y una camiseta que combina con la que ha escogido para mí. Ver a Miller sin un traje perfecto que adorne su cuerpo perfecto es un hecho excepcional, pero el toque que le da la ropa de andar por la casa siempre es bienvenido. Estoy empezando a resentir sus trajes, son la máscara detrás de la que se oculta.

—Combinamos —digo subiéndome el bóxer.

—Combinamos —asiente.

Se me acerca y me peina con los dedos los rizos húmedos. Se los lleva a la nariz y se empapa de su perfume.

—Debería llamar a mi abuela —sugiero cerrando los ojos y absorbiendo su proximidad, su olor, su calor..., todo su ser—. No quiero que se preocupe por mí.

Me suelta y me arregla el pelo mientras me mira pensativo.

—¿Estás bien? —le pregunto.

—Sí, lo siento —repone saliendo de su ensoñación—. Sólo estaba pensando que estás adorable con mi ropa.

—Me queda un poco grande —señalo mirando la tela que sobra.

—Te está perfecto. Llama a tu abuela.

Cuando he terminado de hablar con ella, Miller me agarra de la nuca y me conduce a la estantería donde guarda su iPhone. Pulsa un par de botones y me saca de la cocina sin decir palabra. *Angels*

413

de los XX empieza a sonar de fondo, lenta e hipnotizadora, deslizándose por los altavoces del hilo musical. Pasamos de largo el dormitorio y giramos a la izquierda. Entonces abre una puerta y entramos en una habitación enorme.

—¡Caray! —exclamo al cruzar el umbral. Casi me caigo al suelo.

—Ven. —Me anima a entrar y pulsa un interruptor que empieza a llenar la habitación de una potente luz artificial.

Tengo que taparme los ojos hasta que se acostumbran. Cuando dejo de parpadear, me aparto la mano de la cara y con la otra me agarro el bóxer. Miro a mi alrededor boquiabierta. Es impresionante. Estoy en el cielo... Esto es alucinante.

Me vuelvo hacia él.

—¿Esto es tuyo?

Casi parece avergonzado y se encoge de hombros.

—Es mi casa, así que supongo que sí.

Me concentro en lo que me alucina tanto, e intento asimilarlo. Las paredes están cubiertas. El suelo está lleno. Están apilados en estantes de metal. Hay decenas, puede que cientos, y son todos de mi querido Londres, ya sean de arquitectura o de paisajes.

—¿Sabes pintar? —inquiero.

Está pegado a mi espalda, con las manos sobre mis hombros.

—¿Crees que podrías formular algo que no sonara a pregunta?

Me muerde la oreja, cosa que normalmente me quita el aliento, pero en este instante estoy demasiado anonadada para procesarlo. Esto no puede ser.

—¿Los has pintado tú todos?

Gesticulo en dirección al estudio y vuelvo a examinarlos.

—Otra pregunta. —Esta vez me muerde en el cuello—. Éste era mi hábito antes de conocerte a ti.

—Esto no es un hábito, es una afición.

Vuelvo a admirar los cuadros que cuelgan de la pared pensando que un prodigio semejante no debería clasificarse como afición. Deberían estar colgados en una galería de arte.

—Bueno, ahora tú eres mi afición —repone.

Tengo una epifanía y echo a andar. Me libro del abrazo de Miller, salgo del estudio y me dirijo a la sala. Estoy de pie ante uno de los óleos que decoran la pared. Se trata de la rueda de la fortuna del London Eye, borrosa pero clara al mismo tiempo.

—¿También lo has pintado tú? —Otra pregunta—. Perdona.

Se me acerca por la izquierda y se queda de pie a mi lado, contemplando su creación.

—Sí.

—¿Y ese otro? —Señalo la pared de enfrente, de donde cuelga el London Bridge. Sigo sujetándome el dichoso bóxer con la mano.

—Sí.

Echo a andar de nuevo, ahora hacia su estudio, y esta vez me atrevo a adentrarme un poco más, rodeada de los cuadros de Miller.

Hay cinco caballetes, todos con su correspondiente lienzo a medio terminar de pintar. La gigantesca mesa de madera que hay pegada a la pared está llena de botes con pinceles, pintura de todos los colores del universo, y fotografías desparramadas. Algunas están colgadas en tablones de corcho en la pared, entre los cuadros. Hay un sofá viejo y desvencijado junto a unos grandes ventanales, de cara al exterior, para que al sentarse uno pueda contemplar las vistas de la ciudad, que son casi comparables a los magníficos cuadros que me rodean. Es el típico estudio de un artista... Y desafía por completo todo lo que Miller Hart representa.

Es expresivo, pero lo que aún me sorprende más es que está terriblemente desordenado. Estoy en trance, como Alicia en el País de las Maravillas, y me muero de curiosidad. Empiezo a examinarlo todo con detenimiento intentando discernir si los elementos están dispuestos de acuerdo a algún método o sistema concreto. No lo parece. Todo está al azar, a su aire, pero para asegurarme me acerco a la mesa, tomo un bote de pinceles y le doy varias vueltas entre las manos. Luego lo dejo otra vez sobre la mesa y me vuelvo hacia Miller para ver cómo reacciona.

No se pone nervioso, no hace ninguna mueca, no mira el bote de pinceles como si fuera a morderlo y no se acerca a recolocarlo. Sólo me observa con interés, y después de bañarme en su mirada me echo a reír. Mi sorpresa se ha convertido en curiosidad, porque lo que tengo delante en esta habitación es a otro hombre.

Casi lo hace humano. Antes de conocerme a mí, se expresaba y se desestresaba pintando, y no importa si tiene que ser preciso con el resto de su vida porque aquí es caótico.

—Me encanta —digo admirando la habitación de nuevo; ni siquiera la belleza de Miller es capaz de distraerme—. No podría gustarme más.

—Sabía que te iba a gustar.

De repente está oscuro de nuevo, excepto por las luces del Londres de noche que entran por la ventana. Miller se acerca lentamente a mí y me toma de la mano. Luego me guía hacia el viejo sofá situado frente a la ventana. Se sienta y me sienta a su lado.

—Me quedo dormido aquí casi todas las noches —dice con melancolía—. Es hipnótico, ¿no te parece?

—Es increíble.

En realidad, lo que me tiene alucinada es todo lo que he visto detrás.

—¿Pintas desde siempre?

—Va a temporadas.

—¿Sólo paisajes y edificios?

—En general.

—Tienes mucho talento —comento en voz baja sentándome encima de un pie—. Deberías exponer.

Se ríe y lo miro; me enoja que siempre se ría cuando no puedo verlo. Ya no se ríe, pero me está sonriendo. Es suficiente.

—Livy, sólo soy un aficionado. Ya tengo bastantes agobios en mi vida. Convertir una afición en algo más la haría muy estresante.

Frunzo el ceño porque se me escapa su lógica y porque espero que lo que ha dicho no se aplique también a mí. Soy una afición.

—Era un cumplido —digo, arqueo las cejas con descaro y vuelvo a hacerlo sonreír. Hasta le brillan los ojos.

—Ah, era eso. Te pido disculpas. —Me besa con ternura mientras me pasa de nuevo el brazo por los hombros y me estrecha contra su costado—. Gracias.

—De nada —contesto dejando que mi cuerpo se amolde a la firmeza del suyo, y le meto la mano por debajo de la camiseta.

Éste es el Miller Hart que adoro: relajado, despreocupado y expresivo. Estoy muy a gusto. Disfruto de los besos que me da en la coronilla y de las suaves caricias que le dispensa a mi brazo. Pero empieza a moverme, a tumbarme para que me recueste en su regazo. Me aparta el pelo de la cara y me mira unos instantes. Suspira y deja caer mi cabeza en sus muslos. Continúa acariciándome y mira al techo en silencio mientras la melodía melancólica suena de fondo y nos envuelve la paz. Es maravilloso y me relajo; no soy consciente del paso del tiempo, sólo de las caricias perezosas de Miller en mi mejilla. Pero entonces suena su iPhone en la cocina y estropea el momento.

—Si me disculpas...

Se levanta y sale del estudio. Qué rabia, ya ni siquiera me gustan las vistas. Me levanto y sigo sus pasos.

Cuando entro en la cocina, está desconectando el teléfono del replicador de puertos de la estantería y quitando la canción.

—Miller Hart —saluda por teléfono mientras sale de la cocina.

No quiero ir detrás de él mientras habla por el teléfono porque seguro que lo considera de muy mala educación. Así pues, me siento a la mesa vacía y jugueteo con mi anillo, deseando que estuviéramos en el estudio.

Cuando Miller vuelve, sigue al teléfono. Camina con decisión hacia unos cajones y abre el de arriba. Saca una agenda de cuero y pasa las páginas.

—Sí, es un poco precipitado pero, como ya he dicho, no supone un problema.

Saca una pluma del cajón y anota algo en la página.

—Será fantástico —dice.

Luego cuelga, cierra la agenda y vuelve a meterla en el cajón. No me da la impresión de que le parezca nada fantástico.

Se toma un minuto antes de mirarme pero cuando lo hace veo que no está contento, pese a que ha vuelto su cara de póquer.

—Voy a llevarte a casa.

Me reclino en mi asiento.

—¿Ahora? —inquiero. Me enoja su falta de consideración.

—Sí, te pido disculpas —dice, y sale de la cocina con cuatro zancadas—. Me ha surgido una reunión de última hora en el club —musita.

Y desaparece.

Enfadada, molesta y dolida, miro la mesa vacía, pero entonces la curiosidad me gana y, antes de darme cuenta, estoy junto a los cajones. Abro el de arriba, cojo la agenda de cuero que está guardada al fondo a la derecha —que me pide a gritos que la abra—, estudio su posición exacta, miro alrededor para comprobar que no me ve nadie y la saco. No debería hacer esto. Estoy espiando y no tengo derecho a hacerlo... Pero no puedo evitarlo. Maldita curiosidad. Y maldito Miller Hart por despertármela.

Paso las páginas y veo varias anotaciones, pero como soy consciente de que Miller podría atraparme in fraganti en cualquier momento, me apresuro a buscar la cita de hoy. Una caligrafía perfecta dice:

Quaglino's, 21.00 h.
C.
Camisa y corbata negras.

Frunzo el ceño y salto al oír una puerta que se cierra. Me entra el pánico y siento que el corazón se me va a salir del pecho. Intento volver a colocar la agenda en su posición correcta pero no tengo tiempo. Corro a la mesa, me siento donde estaba y saco fuerzas de flaqueza para aparentar normalidad.

¿«C» de Cassie?

—Tu ropa está encima de la cama.

Me vuelvo y veo a Miller en calzoncillos, pero tengo la cabeza en otra cosa y no me paro a disfrutar de las vistas.

—Gracias.

—De nada —me dice antes de marcharse de nuevo—. Date prisa.

Algo no va bien. Ha vuelto a ser el caballero enmascarado. Cortante y formal. Es un insulto después de lo que hemos pasado juntos, especialmente en estos últimos días. Hemos compartido algo muy íntimo y especial, y ahora vuelve a tratarme como si fuera un asunto de negocios. O una puta. Tuerzo el gesto y me doy una palmada en la frente. ¿Qué es Quaglino's?, y ¿por qué me ha mentido? La incertidumbre y la desconfianza se apoderan de mí y fracaso al intentar que mi mente vaya a donde no le conviene.

Busco mi teléfono y rezo para que aún tenga batería. Me quedan dos barras y tengo dos llamadas perdidas... de Luke. ¿Me ha llamado? ¿Para qué? No respondió al mensaje de texto que le envié hace días. No tengo tiempo de pensar en eso. Me meto en Google y tecleo «Quaglino's» de vuelta a la cocina. Cuando mi conexión a internet decide darme por fin la información que quiero, no me gusta lo que encuentro: es un restaurante de lujo en Mayfair, con bar y todo. Aún me da más mala espina cuando Miller entra y lleva puestas una camisa y una corbata negras.

—Livy, tengo que irme —dice tajante mientras se arregla la corbata delante del espejo, aunque ya estaba perfecta.

Lo dejo perfeccionando la perfección y me apresuro a ir a su habitación. Me pongo los pantalones de mezclilla y los Converse. Tengo sospechas, y nunca antes había sospechado nada porque nunca había tenido motivos para sospechar. Esto no me gusta.

—¿Lista?

Lo miro y, con amargura, registro lo espectacular que está. Siempre da gusto mirarlo, pero ¿un traje de tres piezas negro para una reunión en el club?

—Genial —mascullo.

—¿Te encuentras bien? —Me toma por la nuca como de costumbre y me saca del dormitorio.

—Te acompaño —digo con un tono rebosante de entusiasmo.

—Olivia, te dormirías del aburrimiento —replica sin inmutarse lo más mínimo por mi petición.

—No me aburriré.

—Créeme, lo harías. —Se inclina hacia adelante y me da un beso en la frente—. Estaré agotado para cuando haya terminado. Te necesitaré para que me abraces. Iré a recogerte y pasarás la noche conmigo.

—Para eso prefiero esperarte aquí.

—No, ve a casa, empaca algo de ropa y así mañana te llevaré directamente al trabajo.

Gruño para mis adentros.

—¿A qué hora acabarás?

—No lo sé. Te llamaré.

Me rindo y dejo que me saque del apartamento, por la escalera infinita, hasta que llegamos a su coche en el estacionamiento subterráneo. Mantenemos un silencio sepulcral durante el trayecto y, cuando se estaciona en la puerta de casa de la abuela, se quita el cinturón de seguridad y se vuelve para mirarme.

—Estás enfadada —me dice acariciándome la mejilla con el pulgar—. Tengo que trabajar, Livy.

—No estoy enfadada —replico, pero salta a la vista que estoy que muerdo, aunque no es por lo que Miller cree.

—Discrepo.

—Hablamos luego.

—No lo dudes —dice, y me recuerda lo que me voy a perder durante las próximas horas. Eso no ayuda a que me ponga de mejor humor.

Salgo y camino hasta casa con la mente a cien por hora. Abro la puerta, entro y la cierro. Tal y como imaginaba, la abuela está al pie de la escalera, con la sonrisa más grande del mundo en la cara.

—¿Lo has pasado bien? —pregunta ella—. Con Miller, quiero decir.

—Genial. —Intento devolverle la sonrisa, pero la sospecha y la incertidumbre me lo impiden.

Si es sólo una reunión de trabajo, ¿Por qué tiene que reunirse con ella en un restaurante de lujo?

—Creía que ibas a pasar la noche fuera.

—Voy a volver a salir. —Las palabras escapan de mi boca, como si mi subconsciente decidiera por mí.

—¿Con Miller? —pregunta esperanzada.

—Sí —contesto.

Su felicidad al oír la noticia se me clava como un puñal en mi corazón herido.

Capítulo 23

Me bajo del taxi con toda la elegancia que puedo, tal y como Gregory me enseñó a hacerlo. No sabía cómo debía vestirme, pero después de haberlo visto en Google vi que unos Converse no eran lo más apropiado para Quaglino's. Aparecer sin reservación tampoco lo es, pero no tengo intención de comer nada. Mi destino es el bar.

El portero me saluda con una inclinación de la cabeza y acto seguido abre la puerta de cristal tirando de una «Q» gigante.

—Buenas noches.

—Hola —digo al tiempo que me pongo muy derecha y paso junto a él.

Me aliso el vestido azul claro de seda que Gregory me hizo comprar. La otra vez, a Miller no le gustaron ni mi pelo ni mi maquillaje, pero recuerdo que le gustó el vestido negro que llevaba. Llevo los rizos dorados de siempre y un maquillaje natural, así que deberían complacerlo. Si está con una mujer, espero que me vea y se atragante.

Tuerzo el gesto y subo la escalera en dirección a la maître. Mis nuevos tacones de color carne me lastiman los dedos de los pies. Me sonríe.

—Buenas noches, señorita.

—Hola —digo con una confianza que no siento, y finjo que soy la clase de persona que frecuenta este tipo de sitios elegantes.

—¿A nombre de quién está la reservación? —pregunta mirando la lista.

—Me gustaría tomarme una copa en el bar mientras llega mi acompañante. —La facilidad con la que pronuncio la frase me sorprende incluso a mí.

—Por supuesto. Acompáñeme, por favor.

Hace un gesto en dirección al bar y me lleva hacia allí. Para llegar, tenemos que doblar una esquina, y debo contenerme para no abrir una boca hasta el suelo.

Veo una enorme escalera de mármol con la barandilla de oro reluciente y «Q» negras entrelazadas para formar la balaustrada a ambos lados. Conducen a un restaurante gigantesco, luminoso y diáfano. El techo es una cúpula de cristal en el centro del comedor. Está lleno, hay mucha gente para ser un lunes por la noche, que charlan en grupos alegres y despreocupados en cada mesa. Es un alivio ver que el bar está en este piso. De este modo, puedo ver el restaurante a través de los paneles de cristal. Mis ojos van de un lado a otro examinando cada rincón, pero no lo encuentro. ¿Habré cometido un error descomunal?

—¿Me permite que le recomiende el Bellini de cereza y naranja? —dice la maître señalando un taburete junto a la barra.

Rechazo el taburete que me ofrece y me siento casi al final de la barra para poder mirar abajo.

—Gracias. Es posible que lo pruebe —sonrío, y me pregunto si me dejarán tomar sólo un vaso de agua en este sitio tan elegante y con un vestido tan elegante.

La mujer asiente y me deja con el camarero, que con una sonrisa me entrega una carta de cócteles.

—El Martini con lichis y lavanda está mucho mejor.

—Gracias —digo devolviéndole la sonrisa.

Estoy mucho más cómoda y relajada ahora que un taburete soporta el peso de mi cuerpo.

Cruzo las piernas, mantengo la espalda derecha y estudio la carta. La recomendación del camarero lleva London Gin, así que queda descartada. Sonrío al recordar a mi abuelo, que solía pelearse con mi abuela por su costumbre de beber ginebra. Decía que, si querías seducir a una mujer, sólo tenías que darle ginebra. Se me borra la sonrisa de la cara al recordar la última vez que probé la ginebra.

El Bellini con cereza y naranja lleva champán. Gana por goleada. Miro al camarero.

—Gracias, pero creo que tomaré el Bellini.

—Tenía que intentarlo. —Me guiña un ojo y se pone a prepararme el cóctel mientras yo me vuelvo en el taburete y escudriño el piso inferior otra vez.

No veo nada, así que empiezo a mirar todas las mesas y a estudiar las caras de los comensales. Es una tontería porque sería capaz de distinguir a Miller entre cientos de miles de personas manifestándose en Trafalgar Square. No está aquí.

—¿Señorita?

El camarero reclama mi atención y me sirve una copa de champán adornada con una sombrilla y una guinda.

—Gracias. —Tomo la copa con delicadeza y le doy un sorbo igual de delicado bajo la atenta mirada del camarero—. Delicioso —sonrío, y él me guiña un ojo antes de ir a atender a una pareja que hay en la otra punta.

Me siento de espaldas a la barra y voy dando sorbitos a mi delicioso cóctel mientras pienso qué demonios voy a hacer. Ya son las nueve y media. La reunión era a las nueve. Ya debería estar aquí, ¿no? Y, como si mi teléfono me leyera el pensamiento, empieza a sonar en mi bolso. Alarmada, dejo la copa y lo busco en el diminuto bolso de mano. Aprieto los dientes al ver su nombre en la pantalla. Encojo los hombros hasta que me tocan las orejas y se me tensan todos los músculos del cuerpo cuando acepto la llamada.

—¿Diga?

—Voy a terminar en breve. Te recojo dentro de una hora.

Me derrito de alivio. Mi imaginación desbordada y mi cuerpo vestido como para ir de boda pueden llegar a casa antes de una hora. Me siento segura y un poco estúpida.

—Bien —suspiro tamando mi copa y dándole un trago que me hacía bastante falta. ¿Me habré equivocado de día al mirar su agenda? Estaba frenética y tenía prisa, así que es posible.

—Se oye mucho ruido, ¿dónde estás?

—Es la televisión —suelto—. La abuela está mal del oído.

—Ya lo noto —dicc cortante—. ¿Estás preparada para desestresarme, mi niña?

Sonrío.

—Preparadísima.

—Me alegro de que lo hayamos aclarado. Te recojo dentro de una hora. —Cuelga y suspiro.

Estoy en la luna, soñando despierta y enamorada en la barra. Me bebo lo que queda de mi Bellini.

A continuación, llamo al camarero.

—¿Cuánto le debo?

—¿Sólo el Bellini? —pregunta señalando con la cabeza mi copa vacía.

—Tengo una cita.

—Qué pena —musita acercándome un diminuto plato negro con la cuenta.

Le paso un billete de veinte libras con una sonrisa.

—Que tenga una velada encantadora, señorita.

—Gracias.

Me bajo con elegancia del taburete y me dirijo hacia la salida. Espero encontrar taxi pronto.

Sin embargo, apenas he dado dos pasos cuando freno en seco. Se me revuelve el estómago y la sangre se me hiela en las venas. Los pelos se me ponen como clavos. Está aquí. Se encuentra aquí con ella, que se está sentando de nuevo a la mesa, de espaldas a mí. No obstante, a Miller lo veo en tecnicolor. Lo noto serio como siempre, aunque puedo ver que se aburre terriblemente. A Cassie se la ve muy animada y gesticula con las manos. Echa la cabeza atrás cuando se ríe y para beber champán. Lleva el pelo recogido en un moño

425

en la nuca y un vestido negro de satén. No es la ropa que una se pone normalmente para una reunión de negocios. Hay ostras en la mesa. Y ella no deja de estirar el brazo para tocarlo.

—¿Ha decidido tomarse otra? —me pregunta el camarero, pero no le contesto.

Sigo mirando a Miller y desando lo andado hasta que mi trasero tropieza con el taburete. Me encaramo de nuevo a él.

—Sí, por favor —musito dejando el bolso sobre la barra.

No sé cómo no lo he visto antes. Su mesa está justo abajo, la diviso perfectamente desde aquí. Es posible que estuviera demasiado pendiente de buscarlo, demasiado ocupada planificando mi próximo movimiento. Ay, Dios mío, estoy empezando a notar que me hierve la sangre de la rabia.

Acepto el Bellini, busco el teléfono, marco su número y me lo llevo al oído. Empieza a sonar. Observo cómo se revuelve en la silla y cómo levanta un dedo para indicarle a Cassie que lo disculpe un momento. Cuando mira la pantalla no da ninguna señal de emoción ni se sorprende al ver mi nombre. Vuelve a guardárselo en el bolsillo y menea la cabeza. Es un movimiento que indica que la llamada no tenía importancia. Me siento dolida pero, más que eso, estoy muy molesta.

Guardo el teléfono en el bolso y me vuelvo hacia el camarero.

—Necesito ir al sanitario.

—Está abajo. Yo le vigilo la bebida.

—Gracias.

Tomo una gran bocanada de aire que me suba la moral y me dirijo hacia la escalera. Me agarro con fuerza de la barandilla y rezo a los dioses para no caerme de nalgas y quedar como una imbécil. Estoy temblando como una hoja pero necesito mantener la calma y la compostura. ¿Cómo demonios me he metido en todo esto?

Porque yo misma me lancé de cabeza, por eso.

Mis pasos son exactos y precisos, y mi cuerpo se contonea seductor. Me resulta demasiado fácil. Los hombres me observan. Bajar la escalera es como el ir y venir de las olas en el mar. Estoy sola y llamando la atención a propósito. Aunque no miro a nadie en particular, salvo al enemigo de mi corazón. Quiero que levante la vista y me vea. Está escuchando a Cassie, asintiendo y añadiendo una palabra o dos aquí y allá. Pero lo que más hace es darle tragos lentos a su whisky. No lo soporto. No soporto que otra mujer observe de cerca cómo sus labios perfectos acarician la copa.

Rápidamente bajo la vista cuando mira hacia la escalera. Me ha visto, estoy segura. Siento sus ojos fríos como el hielo en mi piel, pero me niego a detenerme y sólo levanto la vista cuando llego al baño. Viene por mí. Quería que se atragantara y creo que lo he conseguido. Su cara refleja demasiadas emociones: ira, sorpresa..., preocupación.

Escapo al interior de los baños de señoras y me estudio en el espejo. No puedo negarlo, se me ve alterada y nerviosa. Me froto las mejillas con las palmas de las manos para intentar devolverlas a la vida. Estoy en territorio desconocido. No sé cómo manejar la situación, pero el instinto parece que me lleva por buen camino. Sabe que estoy aquí. Sabe que sé que me ha mentido. ¿Qué tiene que decirme?

Decido que quiero saberlo. Me lavo las manos, me aliso el vestido y me preparo para enfrentarme a él. Soy un manojo de nervios cuando abro la puerta para salir del baño, pero me tranquilizo un poco al verlo apoyado contra la pared, molesto, esperándome en la puerta. Ahora sólo estoy furiosa.

Le devuelvo la mirada asesina.

—¿Qué tal las ostras? —pregunto con calma.

—Saladas —responde con la mandíbula tensa.

—Qué pena. Aunque yo no me preocuparía. Tu cita está tan borracha que seguro que ni lo ha notado.

Entorna los ojos y se me acerca.

—No es mi cita.

—Entonces ¿qué es?

—Negocios.

Me echo a reír. Está siendo maleducado y condescendiente, pero me importa un bledo. No se celebran reuniones de negocios un lunes por la noche en Quaglino's. Y una no lleva vestidos negros de satén.

—Me has mentido.

—Has estado espiándome.

No puedo negarlo, y no lo hago. Me embarga la emoción, noto cómo toma el control de mi cuerpo y corre por mis venas, para compensar la frialdad de Miller.

—Sólo son negocios —repite.

Da otro paso hacia mí y yo trato de retroceder para guardar las distancias, pero mis tacones se niegan a moverse y mis músculos no obedecen órdenes.

—No te creo.

—Pues deberías.

—No me has dado ningún motivo, Miller. —Doblego mis extremidades inútiles y me alejo de él—. Que disfrutes de la velada.

—Lo haré cuando haya podido desestresarme —responde con dulzura tomándome de la nuca para que no pueda escapar. El fuego de su piel me tranquiliza al instante, y una oleada abrasadora me invade... por todas partes—. Vete a casa, Livy. Iré a recogerte enseguida. Hablaremos antes de que empieces a desestresarme.

Mientras lucho asqueada por librarme de su mano, me doy la vuelta y miro con furia directamente a su rostro impasible.

—No vas a volver a saber de mí.

—Discrepo.

Su arrogancia y su seguridad me dejan pasmada. Nunca he abofeteado a un hombre en toda mi vida. Nunca he abofeteado a nadie.

Hasta ahora.

La fuerza de mi mano diminuta cruzándole la cara produce el sonido más estridente que he oído jamás, el bofetón resuena por encima del ruido que nos envuelve. Me arde la mano y, a juzgar por la marca roja que aparece al instante en la mejilla bronceada de Miller, a él le arde la cara. Lo que acabo de hacer me llena de asombro, y la prueba es que me he quedado petrificada.

Se frota la barbilla, como si estuviera colocándose la mandíbula en su sitio. Miller Hart no expresa gran cosa, pero es innegable que lo he tomado por sorpresa.

—Qué derechazo tienes, mi niña.

—No soy tu niña —escupo con toda la bilis que puedo, y lo dejo intentando que la sangre vuelva a fluirle por la cara.

En vez de girar hacia la salida, vuelo hacia arriba por la escalera porque mi Bellini me llama desde la barra y no me puedo resistir. Me lo bebo a toda velocidad. Trago saliva y dejo la copa de golpe sobre la barra, cosa que llama la atención del camarero.

—¿Otra? —me pregunta, y se pone en acción tan pronto como asiento.

—Livy —me susurra Miller al oído, y pego un salto que casi toco el techo—. Por favor, vete a casa y espérame allí.

—No.

—Livy, te lo estoy pidiendo por las buenas. —Hay un punto de desesperación en su voz que hace que me vuelva sobre el taburete para poder verle la cara. Está serio, pero su mirada es una súplica—. Deja que lo arregle.

Me está suplicando, lo que me confirma que hay algo que arreglar.

—¿Arreglar qué? —pregunto.

—Lo nuestro. —Pronuncia las dos palabras en voz baja—. Porque ni tú ni yo existimos sin el otro, Livy. Ahora sólo existe lo nuestro.

—Entonces ¿por qué me has mentido? Si no tienes nada que ocultar, ¿por qué me mientes?

Cierra los ojos. Es evidente que está intentando mantener la calma. Los abre, muy despacio.

—Son negocios, créeme.

Hay tal sinceridad en su mirada y en su voz... Y luego se inclina para besarme en los labios con delicadeza.

—No me obligues a pasar la noche sin ti. Te necesito entre mis brazos.

—Te espero aquí.

—Los negocios y el placer, Olivia. Conoces mis reglas. —Me baja del taburete.

—¿Nunca has mezclado los negocios con el placer con Cassie?

Frunce el ceño.

—No.

Ahora yo también frunzo el ceño.

—Entonces ¿a qué viene lo de cenar en un restaurante elegante? ¿Y las ostras? ¿Y lo de tomarse las manos por encima de la mesa?

Nuestros ceños fruncidos combinan, pero antes de que Miller pueda aclarar nada, Cassie entra en escena.

Al menos, la mujer que yo había tomado por Cassie. Esta mujer es impresionante, y por detrás tiene un cuerpazo pero es mayor que Cassie. Le saca al menos quince años. Es obvio que es rica y exuberante.

—¡Miller, cariño! —canturrea. Está borracha, y casi me como su copa de champán.

—Crystal —dice él. Noto que de pronto está nervioso y se aprieta contra mi espalda—. Discúlpame un momento, por favor.

—Por supuesto —responde la mujer, y se sienta en el taburete del que acabo de levantarme—. ¿Pido otra copa?

—No —responde Miller empujándome hacia la salida.

¿«C»? ¿Crystal? Estoy hecha un desastre, pero mi cerebro sufre un cortocircuito por sobrecarga de información y soy incapaz de preguntar nada en voz alta.

—No es necesario que tu amiga se marche —ronronea ella, y miro hacia atrás. Me está sonriendo. No, no me sonríe, es una expresión de superioridad—. Cuantos más, mejor.

Frunzo el ceño y miro a Miller. Parece que le va a dar un ataque. Abre la boca para hablar pero tiene la mandíbula tan tensa que lo que dice suena a amenaza:

—Te he dicho que sólo íbamos a cenar.

—Sí, sí —replica ella. Luego pone los ojos en blanco en un gesto teatral y se empina el resto del champán—. Y ¿no será esta encantadora jovencita la causa de nuestro cambio de etiqueta?

—Eso no es asunto tuyo. —Miller intenta sacarme del bar, pero estoy tensa como una cuerda y no respondo a sus empujones.

—¿De qué está hablando? —pregunto con más calma de la que siento.

—De nada. Vámonos.

—¡No! —Me libero de su abrazo y miro de frente a la mujer.

Ella parece no percibir la tensión entre Miller y yo y le pide más champán al camarero. Luego me entrega una tarjeta.

—Toma. No creo que vuelva a necesitarla. Guárdala bien.

Tomo la tarjeta de negocios beige y la miro sin pensar. El nombre, el teléfono y el correo electrónico de Miller están escritos en relieve.

—¿Qué es?

Él intenta arrebatármela, pero mis manos son más rápidas y la pongo fuera de su alcance.

—No es nada, Livy. Dámela, por favor.

La mujer suelta una carcajada.

—Ponlo en marcado rápida, cielo.

—¡Crystal! —grita Miller, y la mujer se calla al instante—. Es hora de que te vayas.

A ella se le dilatan las pupilas y se vuelve hacia mí lentamente.

—Vaya, vaya... —dice dándome un buen repaso con cara de cretina—. ¿No me digas que el chico de compañía más famoso de Londres se nos ha enamorado?

Sus palabras me roban el aire de los pulmones, y noto que mis rodillas amenazan con ceder. Tengo que agarrarme del saco de Miller para no caerme al suelo. ¿Chico de compañía?... Le doy la

431

vuelta a la tarjeta. En ella dice «Servicios Hart» en una tipografía elegante.

—¡Cállate, Crystal! —ruge él apretándome la mano.

—¿Acaso no lo sabe? —Se ríe un poco más y me mira como si sintiera pena por mí—. Y yo que pensaba que era una clienta de pago como todas las demás.

Se bebe la nueva copa de champán mientras yo tengo que luchar contra la bilis que me sube por la garganta.

—Eres afortunada, cielo. Una noche con Miller Hart cuesta miles de libras.

—Para —susurro negando con la cabeza—. Para, por favor...

Quiero salir corriendo, pero el corazón me late tan deprisa que no permite que las órdenes de mi cerebro lleguen a mis piernas. Rebotan de nuevo a mi cabeza y me marean y me confunden.

—Livy... —Miller aparece bajo mi mirada baja. Su rostro no transmite la belleza inexpresiva a la que me he acostumbrado en tan poco tiempo—. Está borracha. No la escuches, por favor.

—Aceptas dinero a cambio de sexo... —Mis propias palabras se me clavan como puñales—. Me dejaste contártelo todo, sobre mi madre, sobre mí. Pusiste cara de sorpresa cuando resulta que eres igual que ella. Yo...

—No. —Sacude la cabeza con vehemencia.

—Sí —reafirmo. Mi cuerpo inerte vuelve a la vida y empiezo a temblar—. Tú te pones en venta.

—No, Livy.

En la periferia de mi visión alcanzo a ver a Crystal bajándose del taburete.

—Me encanta el drama, pero tengo un marido gordo, calvo y cabrón con el que tendré que conformarme esta noche.

Miller se vuelve violentamente hacia ella.

—¡Más te vale no contárselo a nadie!

Crystal sonríe y le acaricia el brazo.

—No soy una chismosa, Miller.

432

Él resopla y ella se ríe y se marcha contoneándose del bar. Por el camino recoge el abrigo de piel que le tiende el encargado del guardarropa.

Miller se saca entonces la cartera del bolsillo de un tirón y arroja un puñado de billetes sobre la barra. A continuación, me agarra de la nuca.

—Nos vamos.

No me resisto. Estoy en estado de *shock*. Quiero vomitar y me duele la cabeza. Ni siquiera puedo pensar con claridad ni comprender lo que está sucediendo. Siento que mis piernas se mueven, aunque me parece que no voy a ninguna parte. El corazón me zumba en los oídos pero no puedo respirar. Tengo los ojos abiertos pero lo único que veo es a mi madre.

—¿Livy?

Lo miro confundida. Veo un rostro angustiado, triste y atormentado.

—Dime que esto es un mal sueño —murmuro.

Es la peor pesadilla de mi vida pero, mientras no sea real, me da igual. Quiero despertarme.

Tuerce el gesto en señal de derrota y se detiene en seco. Nos quedamos quietos junto a las enormes puertas de cristal. Parece totalmente abatido.

—Olivia, ojalá pudiera decirte que lo es.

Me estrecha con fuerza contra su pecho, con desesperación, pero no puedo darle «lo que más le gusta». Estoy aturdida. Insensible.

—Nos vamos a casa —dice.

Me pasa el brazo por los hombros, me pega a su costado y salimos a la calle. Caminamos un rato en silencio. Yo no digo nada porque físicamente soy incapaz, y Miller no dice nada porque sé que no sabe qué decir. La sorpresa me ha dejado hecha un guiñapo, pero mi cerebro funciona mejor que antes y me está haciendo revivir recuerdos con los que ya he pasado demasiado tiempo últimamente. Mi madre. Yo. Y ahora Miller.

Miller me mete en el coche con sumo cuidado, como si le preocupara que fuera a romperme. Es posible, si es que no estoy rota ya. Me gustaría rebobinar la noche, cambiar muchas cosas, pero ¿qué ganaría con eso? ¿Seguir en la oscuridad, ignorante de la verdad?

—¿Quieres que te lleve a casa? —pregunta acomodándose en el asiento del conductor.

Me vuelvo hacia él como un autómata. Se invierten los papeles. Ahora es él quien lo lleva todo escrito en la cara, no yo.

—¿Adónde, si no, iba a querer que me llevaras?

Baja la mirada y pone en marcha el motor. Me lleva a casa con un tema de Snow Patrol sonando de fondo que me recuerda que abra los ojos.

El trayecto se me hace largo y lento, como si intentara que no llegáramos nunca, y cuando para el coche en casa de la abuela abro la puerta para bajarme enseguida.

—Livy... —dice, y suena desesperado.

Me toma por el brazo y me impide continuar, pero no dice nada más. No estoy segura de que haya nada que decir, y es evidente que él tampoco.

—¿Qué? —inquiero, esperando despertarme en cualquier momento y encontrarme envuelta en «lo que más le gusta», a salvo en su cama, lejos de la dura y cruda realidad que he descubierto. Una realidad que me resulta demasiado familiar.

Pero entonces el teléfono de Miller rompe el silencio. Maldice y pulsa el botón de «Rechazar». Vuelve a sonar.

—¡Mierda! —exclama tirándolo contra el tablero.

Tras un instante, suena de nuevo.

—Más te vale contestar —le espeto liberándome de su mano—. Imagino que se mueren por pagar miles de libras por pasar una noche con el chico de compañía más famoso de todo Londres. Así podrás sacarte un dinero extra mientras te coges a alguien. Seguro que te debo una fortuna.

Ignoro su gesto de dolor y lo dejo en el coche, decidida a invertir mi energía en olvidar a la segunda persona metida en la prostitución que he conocido en mi corta vida. Excepto que ésta me aceptaba y me reconfortaba. A ésta me va a costar olvidarla. Ya siento la triste y fría soledad que me espera.

Capítulo 24

Sigo mirando al techo de mi habitación cuando rompe el alba. No tiene solución. Si me duermo, tengo pesadillas. Si permanezco despierta, las sufro en directo. Sin embargo, yo no he decidido nada de todo eso. No puedo dormir. Mi pobre cerebro no puede parar y padece un bombardeo constante de imágenes del pasado. No estoy en condiciones de enfrentarme al mundo. Tal y como me temía, estoy más aislada y recluida de lo que estaba antes de conocer a Miller Hart.

Mi teléfono suena en la mesilla de noche. Lo tomo sabiendo que sólo pueden ser dos personas, pero, a juzgar por la expresión de derrota de Miller anoche, creo que será Gregory. Querrá saberlo todo sobre mi fin de semana con el tipo que odiaba mi café. Lotería. Rechazo la llamada y no me siento culpable. Que deje un mensaje en el contestador. No tengo fuerzas para hablar. Le mandaré un sms.

Llego tarde al trabajo. Te llamo luego. Espero que estés bien. Bss.

Puede que llegue tarde, no estoy segura, pero tampoco importa porque no pienso ir a ninguna parte, me quedaré bajo el edredón, donde se está oscuro y en silencio. Oigo crujir el suelo y la voz cantarina de la abuela. Eso hace que se me llenen los ojos de lágrimas otra vez, pero me las enjugo cuando entra en mi cuarto y me mira con unos ojos azul marino más felices que nada.

—¡Buenos días! —dice muy contenta lista para abrir las cortinas.

La luz de la mañana me hace daño en los ojos.

—¡Abuela! ¡Cierra las cortinas!

Me entierro bajo el edredón para escapar de la luz pero, sobre todo, para escapar de la cara de felicidad de mi abuela. Me está matando por dentro.

—Vas a llegar tarde.

—Hoy no tengo que ir a trabajar —digo en piloto automático. Necesito una excusa para seguir en la cama y, con suerte, librarme de la abuela—. Tengo que trabajar el viernes por la noche, así que Del me ha dado el día libre. Voy a aprovechar para dormir un poco.

Sigo escondida bajo el edredón y, aunque no puedo verla, sé que la abuela está sonriendo.

—¿Miller te ha tenido despierta este fin de semana? —Lo dice tan contenta que me mata.

—No.

No puede estar bien que hable de este tipo de cosas con mi abuela, pero sé que es el único modo de que se quede tranquila y me deje en paz... al menos por ahora. Ni siquiera tengo fuerzas para sentirme culpable por mentirle de esta manera.

—¡Qué bien! —exclama—. Voy a salir a comprar con George.

Noto que me frota la espalda por encima del edredón un instante antes de marcharse y cerrar con cuidado la puerta de mi habitación.

Tendré que esperar a encontrar una razón plausible que justifique que he roto con Miller antes de reunir las fuerzas para contárselo a mi abuela. No se va a conformar a menos que le dé una explicación razonable. No es que le guste Miller Hart, lo que le gusta es la idea de verme feliz y en una relación estable. Pero ¿y si me equivoco y sí que le gusta Miller? Eso podría arreglarlo en un instante, pero no voy a hacerlo. Lo único que conseguiría mi reciente descubrimiento sería despertar también los viejos fantasmas del pasado de la abuela. Tiene agallas, pero sigue siendo una anciana. Este mal trago lo voy a pasar sola.

Me relajo en la cama e intento conciliar de nuevo el sueño. Espero no tener más pesadillas.

Es inútil. Mi sueño ha sido inquieto. Me veía caminar, sudar, sin aliento, enfadada. Me rindo al caer la tarde. Me obligo a bañarme y me tumbo envuelta en una toalla encima de la cama, intentando no pensar en Miller Hart, buscando desesperada algo con lo que entretenerme. Cualquier cosa que no sea él.

Debería apuntarme a un gimnasio. Salto de la cama. Ya me he apuntado a un gimnasio.

—¡Mierda!

Tomo el teléfono y veo que tengo cuarenta minutos para llegar a la prueba. Puedo hacerlo, y será la distracción perfecta. Dicen que el ejercicio alivia el estrés y promueve la secreción de endorfinas que te hacen sentir bien. Es justo lo que necesito. Soy un torbellino de actividad. Meto unas mallas, una camiseta gigante y mis Converse blancos en una mochila. Se nota que soy una aficionada de tercera porque no tengo ropa deportiva de verdad pero, por ahora, tendrá que bastar. Ya saldré de compras. Me recojo el pelo con una liga, salgo de mi habitación y me dispongo a bajar cuando el teléfono anuncia que tengo un mensaje de texto. Lo leo mientras bajo la escalera, y el corazón se me cierra en un puño al ver que es de él.

Estaré en la brasería Langan, en Stratton Street a las 20.00 h. Quiero mis cuatro horas.

Me caigo de sentón en mitad de la escalera y me quedo mirando el mensaje. Ya ha tenido más de cuatro horas. ¿Qué intenta de-

438

mostrar? Se empeña en hacerme cumplir un trato que hicimos semanas atrás y que demasiados encuentros y demasiados sentimientos han anulado. Él mismo dijo que era un acuerdo ridículo. Lo era. Y sigue siéndolo.

No tiene derecho a pedirme nada, y eso me emputa. Voy a explotar. He luchado contra años de tortura. Me he matado intentando entender qué había encontrado mi madre que para ella fuera más importante que mis abuelos y yo. He visto el daño que les hizo a mis abuelos y yo misma he estado al borde del abismo, a punto de causar daños aún mayores. Todavía podría causarlos si la abuela llegara a descubrir dónde estuve realmente durante mi desaparición. Se lo he contado todo a corazón abierto, me ofreció toda su compasión, y resulta que él es el rey de la degradación. Leo otra vez su mensaje. ¿Se cree que volviendo a ser un cabrón arrogante, mandón y pesado voy a caer de nuevo rendida a sus pies? Lo cierto es que no veo nada más allá del enojo que llevo encima, ni siquiera las preguntas que me gustaría hacerle o las respuestas que necesito encontrar. No voy a ir al gimnasio a descargar mi dolor en la cinta o con el saco de boxeo. Lo reservo todo para Miller.

Corro de nuevo al dormitorio y descuelgo de un tirón el tercer y último vestido de mi expedición de compras con Gregory. Lo inspecciono y llego rápidamente a la conclusión de que se va a desintegrar al verme. Mierda, es letal. No sé cómo dejé que mi amigo me convenciera para comprarlo, pero me alegro mucho de haberlo hecho. Es rojo, con la espalda descubierta, es corto y es... muy atrevido.

Me tomo mi tiempo para bañarme otra vez, me rasuro por todas partes y me echo crema de la cabeza a los pies. Me meto en el vestido. El diseño no me permite llevar sostén, pero eso no supone ningún problema porque no tengo un pecho muy abundante. Echo la cabeza hacia abajo y la subo con energía para que mis rizos rubios caigan a sus anchas. Luego me maquillo un poco, que quede natural, como a él le gusta. Me pongo los tacones negros nuevos, tomo el bolso de mano y decido que una chamarra estropearía el efecto. Bajo la escalera mucho más deprisa de lo que debería.

La puerta se abre entonces y aparecen George y la abuela. Dejan de hablar en cuanto me ven corriendo hacia ellos.

—¡Caramba! —exclama George. Luego se disculpa profusamente al recibir una mirada asesina de la abuela—. Perdona, es que no me lo esperaba, eso es todo.

—¿Has quedado con Miller? —me pregunta la abuela como si acabara de ganarse la lotería.

—Sí. —Me apresuro a salir.

—¡Jesús, María y José! —canturrea—. ¿Has visto lo bien que le sienta el rojo, George?

No oigo la respuesta de George pero, a juzgar por su reacción, seguro que es un «sí» rotundo.

Empiezo a sudar en mitad de la calle, así que decido andar más despacio. Lo correcto por mi parte es llegar un poco tarde, hacerlo esperar. Me detengo en la esquina unos minutos. Es irónico, me siento como una puta. Consigo parar un taxi e indicarle adónde voy.

Me retoco el maquillaje en el retrovisor, me arreglo el pelo y me aliso el vestido. No quiero que esté arrugado. Voy a ser tan perfeccionista como Miller, aunque apuesto a que él no siente mariposas en el estómago. Me maldigo por tener todo un jardín botánico revoloteando por el mío.

Cuando el taxi gira en Piccadilly en dirección a Stratton Street, le echo un vistazo al reloj del tablero. Son las ocho y cinco. No llego lo suficientemente tarde, y necesito un cajero automático.

—Aquí está bien —digo rebuscando en mi monedero y entregándole las únicas veinte libras que llevo encima—. Gracias.

Me bajo con toda la elegancia que puedo y camino hacia Piccadilly. Voy ridícula para ser un día entre semana. Soy muy consciente de mi aspecto, pero me acuerdo de lo que me dijo Gregory y me esfuerzo por parecer segura de mí misma, como si me vistiera así a diario. Encuentro un cajero, saco dinero y doy vuelta en la esquina para meterme en Stratton Street. Son las ocho y cuarto. Llego justo un cuarto de hora tarde. Perfecto. Me abren la puerta y respiro hondo. Entro aparentando seguridad y confianza en mí misma, aunque por dentro me pregunto qué carajos estoy haciendo.

—¿Viene con alguien? —me pregunta el maître dándome un repaso.

Parece impresionado, pero detecto una ligera desaprobación. Le doy un tirón al dobladillo del vestido y de inmediato me echo bronca mentalmente por haberlo hecho.

—Con Miller Hart —lo informo con seguridad; así compenso el tirón al dobladillo.

—Ah, con el señor Hart —dice.

Es evidente que lo conoce, lo cual no me hace ninguna gracia. ¿Sabe a qué se dedica? ¿Me toma por una clienta? La rabia consume mis nervios.

Me sonríe y me indica que lo siga. Intento no mirar alrededor en busca de Miller.

Pasamos junto a mesas dispuestas al azar y comienzo a sentir que la piel me arde como sólo lo hace cuando el enemigo de mi corazón me está mirando. No sé dónde está, pero sé que me ha visto. Levanto la vista y entonces yo también lo veo. No puedo hacer nada para evitar que se me acelere el pulso ni que se me altere la respiración. Puede que sea el equivalente a una prostituta de lujo, pero sigue siendo Miller y sigue siendo impresionante y sigue siendo... perfecto. Se levanta y se abrocha el saco. La sombra de la barba realza su hermoso rostro y sus ojos azules brillan cuando me acerco. No vacilo. Lo miro con la misma seguridad, sé lo que me espera. Tiene ese aire de determinación que ya conozco. Va a intentar seducirme otra vez. Me parece bien, pero esta vez no va a tener a su niña.

Asiente en dirección al maître para indicarle que ya se encarga él. Luego rodea la mesa y me aparta la silla para que me siente.

—Por favor —dice haciendo un gesto en dirección a la silla.

—Gracias.

Me siento y dejo mi bolso sobre la mesa. Casi me relajo hasta que Miller me pone la mano en el hombro y acerca la boca a mi oído.

—Estás tan bonita que creo que estoy soñando.

Acto seguido me recoge el pelo, lo aparta de ese hombro y me roza detrás de la oreja con los labios. No puede verme, por lo que no importa si cierro los ojos, pero cuando inclino el cuello en sentido contrario para dejarlo hacer queda muy claro el efecto que tiene en mí.

—Exquisita —susurra, y me entran escalofríos.

Me libera de su caricia y aparece de nuevo ante mis ojos. Se desabrocha el saco y toma asiento. Mira su reloj caro y enarca las cejas para darme a entender sin pronunciar palabra que he llegado tarde.

—Me he tomado la libertad de pedir por ti.

Arqueo yo también una ceja.

—Estabas muy seguro de que iba a venir.

—Y has venido, ¿no es así?

Toma la botella de vino blanco que hay en una cubitera de pie que está junto a la mesa y nos sirve a los dos. Las copas son más pequeñas que las de vino tinto que usamos ayer, y me pregunto qué hace Miller para no enloquecer con el modo en que los cubiertos están dispuestos en la mesa de un restaurante. Nada está como él lo tiene en casa, pero no parece molestarlo. No está nervioso, y eso me pone nerviosa a mí. Casi me dan ganas de volver a meter el vino en la botella, que es donde debería estar.

Obligo a mi mente a regresar al hombre que tengo delante. Observo su prestancia. Luego hablo:

—¿Por qué me has pedido que viniera?

Levanta la copa y remueve lentamente el vino antes de llevársela a esos labios arrebatadores y bebérselo muy despacio, asegurándose de que no me pierdo un solo detalle. Sabe lo que se hace.

—No recuerdo habértelo pedido.

Casi pierdo la compostura.

—¿No querías que viniera? —pregunto arrogantemente.

—Si mal no recuerdo, te he enviado un mensaje en el que decía que estaría aquí a las ocho. También he expresado mi interés por algo, pero no te he pedido nada. —Bebe lentamente otro sorbo—. Aunque, ya que estás aquí, imagino que te gustaría darme lo que deseo.

Su arrogancia ha regresado en todo su esplendor. Me vuelve más descarada, y ahora sé que Miller recela de mi descaro. Le gusta que sea su niña. Tomo el bolso de mano y saco el dinero en efectivo que he retirado del cajero. Se lo arrojo sobre el plato que tiene delante y me relajo en mi silla, osada pero calmada.

—Quiero que me entretengas durante cuatro horas.

La copa de vino flota entre sus labios y la mesa mientras mira fijamente el montón de dinero. He hecho un uso diabólico de mi cuenta de ahorros para conseguirlo. En esa cuenta está hasta el último penique que me dejó mi madre, y nunca la he tocado por principios. Es irónico que ahora gaste parte del dinero en que... me entretengan. He conseguido que reaccione, que es justo lo que quería, y las palabras que me dijo una vez vuelven a mi mente y me impulsan a actuar: «Prométeme que nunca más volverás a degradarte así».

¿Quién, yo? Y ¿qué hay de él?

Está mudo. Mira fijamente el dinero y veo que la mano que sostiene la copa empieza a temblar. La superficie del vino se ondula para demostrarlo.

—¿Qué es esto? —pregunta tenso, dejando la copa en la mesa.

No me sorprende nada ver cómo la recoloca antes de acribillarme con sus airados ojos azules.

—Mil libras —respondo sin que me intimide su ira—. Sé que el famoso Miller Hart suele pedir más, pero sólo son cuatro horas, y ya sabes lo que vas a ganar con este trato, así que imagino que mil libras es un precio justo.

443

Tomo mi copa y bebo sin prisa. Trago y me relamo exagerando un poco. Las pupilas de sus ojos azules están más dilatadas que de costumbre. Es probable que nadie más se percate de que está estupefacto, pero yo conozco esos ojos y sé que casi todas sus muestras de emoción proceden de ellos.

Respira hondo y retira despacio el dinero del plato. Lo ordena en un montón, toma mi bolso y vuelve a meterlo en él.

—No me insultes, Olivia.

—¿Te parece un insulto? —Me echo a reír con ganas—. ¿Cuánto dinero has ganado entregándote a esas mujeres?

Se inclina hacia mí, le tiembla la mandíbula. Estoy haciendo que salgan sus emociones.

—Lo suficiente para comprar un club de lujo —dice fríamente—, y no me entrego a esas mujeres, Olivia. Les doy mi cuerpo y nada más.

Pongo cara de asco y sé que lo ha visto, pero reconozco que cuando lo oigo hablar así se me revuelve el estómago.

—A mí tampoco me has dado mucho más —digo, aunque sé que no es justo. Me ha dado algo más que su cuerpo, y cuando se echa un poco atrás sé que él también lo sabe. Le ha dolido—. Cómprate una corbata nueva.

Saco el dinero de nuevo y lo tiro sobre su lado de la mesa. Me sorprende mi mala actitud, pero es su forma de reaccionar la que me hace seguir, la que alimenta mi necesidad irracional de demostrarle algo, aunque no sé muy bien qué conseguiré con mi frialdad. Sin embargo, no puedo parar. He puesto el piloto automático.

Le palpitan las mejillas.

—Y ¿en qué se diferencia de lo que tú hacías? —dice entre dientes.

Intento ocultar mi asombro.

—Yo entré en ese mundo por una razón —escupo—. No disfrutaba con los lujos ni me ganaba la vida vendiéndome.

Cierra la boca y baja la cabeza. Luego se pone en pie y se abrocha el saco.

—¿Qué te ha pasado?

—Ya te lo he dicho, Miller Hart. Lo que me ha pasado es haberte conocido.

—No me gustas así. Me gusta la chica que...

—Pues debiste haberme dejado en paz —digo alto y claro, arrancándole más emociones a este hombre impasible. Apenas puede contenerlas. No sé si está a punto de gritar o de echarse a llorar.

El camarero nos interrumpe para servirnos un plato con hielo y ostras. No hace ningún comentario ni pregunta si queremos algo más. Desaparece en cuanto puede, consciente de la tensión. Me quedo mirando el plato sin poder creérmelo.

—Ostras.

—Sí, disfrútalas. Yo me voy —dice dándome la espalda.

—Soy una clienta —le recuerdo tomando una de las conchas y sacando la carne con un cuchillo.

Se vuelve para mirarme.

—Me haces sentir insignificante.

«Así me gusta», pienso. Los trajes caros y una vida de lujos no lo hacen aceptable.

—Y ¿las demás mujeres no? —pregunto—. ¿Acaso debería haberte regalado un Rolex?

Me llevo la ostra lentamente a los labios y dejo que se deslice por mi garganta. Me limpio la boca con el dorso de la mano sin dejar de sostenerle la mirada y luego me relamo, seductora.

—No te pases, Livy.

—Cógeme —respondo inclinándome hacia él en la silla.

Siento un subidón de adrenalina al verlo dudar porque no sabe qué hacer conmigo. No se esperaba esto cuando me ha enviado el mensaje. Estoy dándole la vuelta a la tortilla.

Se toma un momento para pensar antes de apoyarse en la mesa y de acercar su cara a la mía.

—¿Quieres que te coja? —pregunta olvidando sus modales de caballero pese a la cercanía de otros comensales.

Me las arreglo para controlar las ganas que tengo de rajarme ante el regreso de su aplomo, aunque no digo nada.

Se me acerca un poco más. Está muy serio. El dolor, la rabia y la sorpresa parecen haber desaparecido.

—Te he hecho una pregunta, y ya sabes lo poco que me gusta tener que repetirme.

Por razones que jamás comprenderé, no lo dudo ni por un instante.

—Sí —digo. Mi voz es apenas un susurro y, a pesar de que me resisto con todas mis fuerzas, mi cuerpo responde.

Su mirada ardiente me atraviesa.

—Levántate —me ordena.

Capítulo 25

Me pongo en pie de inmediato y espero que rodee la mesa y me recoja. Me agarra firmemente de la nuca y me saca del restaurante a toda prisa. Cuando salimos al frío de la noche, cruzamos la calle en dirección al hotel en el que imagino que ha estacionado el coche. Sólo que no vamos hacia el estacionamiento. El portero abre la puerta de cristal del elegante y grandioso establecimiento. Miller me empuja adentro y de repente estoy rodeada de una decoración excepcional. Hay una fuente en el centro del vestíbulo y sofás de cuero por todas partes. Tiene mucha personalidad. Es de estilo señorial clásico, como si la reina de Inglaterra fuera a aparecer en cualquier momento.

Me suelta.

—Espera —es todo cuanto dice.

Se acerca a la recepción y habla con la mujer que hay detrás del enorme mostrador curvo durante unos instantes. Luego toma la llave que le entrega. Se vuelve y hace un gesto con la cabeza en dirección a la escalera, pero como no me lleva agarrada de la nuca me siento como si me fuera a caer.

—Livy —masculla, y su impaciencia me pone en movimiento.

Tampoco me agarra mientras subimos la escalera, pero hay tanta tensión entre nosotros que resulta casi insoportable, aunque no sé si es tensión sexual o nerviosa.

O ambas cosas.

Yo estoy muy nerviosa, pero Miller emana deseo sexual. Mira hacia adelante inexpresivo, sin desvelar ninguna emoción, lo

447

que no es para nada inusual, sólo que ahora me hace sentir muy incómoda. Se ha cerrado completamente y, aunque estoy que ardo de las ganas que le tengo, también me siento un poco recelosa.

Me agarra de la nuca cuando llegamos al cuarto piso y me conduce por el extravagante pasillo hasta que paramos frente a una puerta. Introduce la tarjeta en la ranura y me empuja dentro de la habitación. Debería sentirme impresionada por la cama gigante con dosel y el lujo por doquier, pero estoy demasiado ocupada intentando no perder la cabeza. Me encuentro en el centro de la habitación, me siento expuesta y vulnerable, mientras que Miller parece contenido y poderoso.

Se lleva la mano a la corbata y se deshace el nudo lentamente.

—Vamos a ver qué puede darte el famoso Miller Hart por mil libras —dice. Su tono es frío y distante—. Desnúdate, *mi niña* —añade, usando el apelativo con todo el sarcasmo del mundo.

Busco mi osadía de antes por todas partes, pero no acabo de encontrarla.

—Vacilas, Livy. Las mujeres a las que me cojo no pierden el tiempo cuando me tienen cerca.

Sus palabras me rompen un poco más el corazón, aunque también me infunden algo de valor y me encabronan. No puedo permitir que me vea titubear. Yo he empezado esto, pero ya he olvidado por qué. Con movimientos seguros me quito el vestido y lo dejo caer al suelo. La tela roja me rodea los pies.

—No llevas sostén —musita quitándose el saco y desabrochándose el chaleco.

Arrastra la mirada sin prisa por mi cuerpo, como si quisiera memorizarlo.

—Quítate las pantis —dice en el tono imperativo que tan bien conozco, pero sin un solo rastro de dulzura.

No quiero que me excite, no quiero que se intensifiquen las palpitaciones entre mis piernas. No quiero que este cabrón engreído me resulte atractivo. Sin embargo, no puedo evitar que mi cuerpo responda.

Me bajo las pantis lentamente por los muslos y las pantorrillas. Primero un pie, luego el otro. Me quito también los zapatos. Estoy desnuda y, cuando vuelvo a mirar a Miller, veo que él también está desnudo de cintura para arriba. Adiós a cualquier reticencia, la belleza de su torso me ciega por completo. No tengo palabras para describirlo, pero cuando se quita despacio los pantalones y el bóxer encuentro la palabra exacta.

—Caray... —suspiro entreabriendo la boca para intentar tomar aire.

Tira la ropa a un lado sin el menor cuidado y me mira a través de sus pestañas negras mientras se pone un condón.

—¿Impresionada?

No sé por qué lo pregunta. No es nada que no haya visto antes, pero mejora cada vez que lo tengo delante. La verga perfecta de Miller, su cuerpo perfecto y su cara perfecta. Es un peligro andante. Ya lo era antes, y lo sabía. Ahora lo tengo clarísimo.

—¿Voy a tener que preguntártelo otra vez?

Lo miro a la cara y consigo hablar.

—No vale mil libras. —Mi arrogancia me sorprende incluso a mí.

Aprieta la mandíbula y se acerca muy lentamente. Sigue andando incluso cuando ya está pegado a mi pecho. Me echa el aliento a la cara.

—Vamos a ver qué podemos hacer para solucionarlo.

No me da tiempo a responder. Me empuja hacia la cama hasta que mis muslos chocan con el borde y no puedo ir más allá. Estoy desesperada por sentirlo. Levanto el brazo y enrosco los dedos en su pelo, despeinando los rizos oscuros con caricias circulares.

—Quítame las manos de encima —ruge. Me sorprende la severidad de su orden, y me llevo los brazos a la espalda en el acto—. No te está permitido tocarme, Livy.

Me estruja un pezón con fuerza entre el índice y el pulgar.

Grito de dolor pero siento una punzada de placer en la entrepierna. Dolor y placer. Es un cóctel de sensaciones que se me sube a la cabeza y no tengo ni idea de cómo tomármelo.

—Voy a hacerte enloquecer —proclama sacando un cinturón de no sé dónde.

Abro unos ojos como platos del susto y lo miro a la cara. Titubea un poco. No está seguro, puedo verlo.

—¿Vas a pegarme? —Los posibles usos del cinturón me hacen temblar de miedo.

—Yo no pego a las mujeres, Olivia. Levanta las manos hacia la barra.

Miro hacia arriba y veo una barra de madera que va de un poste a otro del dosel. Es un alivio saber que no tiene intenciones de hacerme lo que yo me había imaginado. Las levanto pero no llego.

—No llego...

—Súbete a la cama —dice con brusquedad, impaciente.

El colchón es muy blando y no es fácil moverse en él, sin embargo consigo estabilizarme y me sujeto a la barra sin ofrecer resistencia. Va a atarme, a inmovilizarme, y aunque me parece mejor que dejar que me azote, tampoco es que me emocione la idea. Yo creía que iba a cogerme. No esperaba que me atara ni que me prohibiera tocarlo.

Su estatura le permite llegar a la barra con facilidad. Entrelaza el cuero entre mis muñecas y alrededor del palo sin esfuerzo, sabe lo que se hace. Lo ha hecho antes.

—No intentes soltarte —me espeta cuando empiezo a revolverme.

El cuero me corta la circulación en las muñecas.

—Miller, es que...

—¿Te vas a rajar? —Enarca las cejas y la victoria brilla en sus ojos azules. Cree que voy a echarme atrás. Cree que voy a pedirle que pare.

Se equivoca.

—No —digo levantando la barbilla segura de mí misma. Aún me crezco más cuando noto que se le borra la mirada de arrogancia de la cara.

—Como prefieras.

Tira de mis piernas para sacarlas de la cama y quedo suspendida de la barra de madera. Al instante, el cuero se me clava en los huesos y noto que va a cortarme las muñecas.

—Agárrate a la barra para que te moleste menos.

Consigo obedecer y me sujeto a la madera con los dedos. Eso alivia la presión del cinturón en mi piel y estoy un poco más cómoda. Sin embargo, no me gusta nada el tono severo de Miller, ni la mirada tan dura que me lanza. A mí siempre me ha hecho el amor. A mí siempre me ha venerado. Ahora veo claramente que ya puedo ir olvidándome de esas cosas.

Recorre con la mirada mi cuerpo desnudo y suspendido de la barra, intentando decidir por dónde empezar. Se queda mirando un instante mi entrepierna. Me acaricia el muslo y asciende lentamente hasta que me roza apenas el clítoris. Tomo aire y contengo la respiración. Es un gesto muy tierno pero no me hago ilusiones: sé que no va a venerarme.

—Tengo mis reglas —dice despacio, metiéndome los dedos y dejándome sin aliento—. No puedes tocarme.

Los saca y los refriega contra mi labio inferior, esparciéndome mis propios jugos por la barbilla antes de acercarme la cara todo lo que es humanamente posible.

—Y tampoco beso.

Asimilo su mirada de acero y sus duras palabras. Tengo las manos atadas y eso me impide acariciarlo, pero su boca está tan cerca que intento capturarla. Se aparta y niega con la cabeza. Me clava los dedos en las caderas y las agarra con fuerza para levantarme el cuerpo. Como un poseso, se introduce en mí con un gruñido gutural. Me empala viva, sin darme tiempo para que me acostumbre, sin palabras dulces que acompañen su entrada. Grito por lo brusco que ha sido todo. Mis piernas están inertes alrededor de sus caderas. No me da tiempo para que lo asimile. Levanta mi cuerpo y vuelve a dejarme caer sobre él otra vez. No tiene piedad. Entra en un trance brutal e inmisericorde, me embiste una y otra vez, sin parar, gritando y gruñendo con cada terrible arremetida.

Se me nubla la mente, grito a pleno pulmón sin salir de mi asombro. Duele, pero al cabo de unas cuantas embestidas el malestar empieza a dar paso a un placer que se abre camino y que lanza mi mente delirante a un estado de desesperación absoluta.

—¡Miller! —grito forcejeando con el cinturón, quiero soltarme. Necesito tocarlo, pero él me ignora. Me agarra con más fuerza y me embiste implacable con las caderas—. ¡Miller!

—¡Calla de una puta vez, Livy! —grita, y acompaña su orden de una potente arremetida contra mi cuerpo.

Obligo a los músculos inútiles de mi cuello a sujetarme la cabeza. La levanto y encuentro unos ojos azules decididos. Está enloquecido, muy lejos de mí, como si ni su cuerpo ni su mente se encontraran presentes. Como si actuara por instinto. No hay nada en esa mirada. No me gusta.

—¡Bésame! —grito. Quiero hacer que salgan los sentimientos que sé que están ahí. Esto me resulta insoportable, y no por la forma implacable en que se clava en mí, sino porque la conexión que normalmente existe entre nosotros brilla por su ausencia. Se ha desvanecido y la necesito, sobre todo cuando me hace suya de un modo tan agresivo—. ¡Bésame! —Le estoy gritando en la cara, sin embargo, él se limita a clavarme los dedos en las caderas con más fuerza y a empalarme con todo lo que tiene con la cara chorreante de sudor.

No siento ningún placer. Así no voy a conseguir nada. Únicamente noto el dolor del principio, sólo que ahora es un dolor físico y emocional. Me he resbalado de la barra y el cuero me está cortando la piel. Me sujeta las caderas con tanta fuerza que me está haciendo daño, pero lo que más me duele es el corazón. No me siento feliz, no estoy cómoda, no es lo de siempre, y que no me deje besarlo me está matando. Sabe exactamente lo que se hace y yo le he pedido que me lo hiciera.

Cierro los ojos y dejo caer la cabeza. Ya no quiero ni verle la cara. No lo reconozco. Éste no es el hombre del que me he enamorado pero no pongo fin a esto porque, por muy retorcido que sea, me ayudará a olvidar a Miller Hart. El hecho de que no me regañe por no mirarlo hace que me sienta aún más dolida. De repente sólo puedo pensar en las razones que me han hecho decidir que quería hacer esto. Me quedo en blanco y acepto su brutalidad.

Recuerdo todas las palabras de amor que me ha dicho, todas las tiernas caricias que me ha dispensado.

«Nunca me conformaría con menos que con adorarte. Nunca seré una noche de borrachera, Livy. Te acordarás de cada una de las veces que hayas sido mía. Cada instante quedará grabado en esta mente tuya para siempre. Cada beso, cada caricia, cada palabra.»

El rugido ensordecedor de Miller me devuelve a la realidad de esta habitación fría y nada acogedora a pesar del calor y del lujo que nos rodea. Entonces sucede algo extraño, algo que escapa a mi control. Me quedo de piedra al ver que mi cuerpo tiene vida propia y está respondiendo a sus violentas embestidas. Me vengo. Pero ocurre sin que sienta el menor placer. Me ataca con una última ráfaga de arremetidas, me levanta un poco más para ponerme donde me quiere y termina con un bramido que me destroza los tímpanos y que resuena en la habitación. Se queda un momento dentro de mí y echa la cabeza atrás. Su pecho sube y baja enloquecido y le caen gotas de sudor por el cuello. Estoy aturdida, insensible. No siento la correa en mis muñecas ni la angustia de mi corazón.

«¡Habría que pegarle un tiro a cualquier hombre que se haya conformado con menos que con adorarte!»

Separa mis piernas de sus caderas y sale de mí a toda velocidad, pero no me desata. Maldice, me deja donde estoy y se va al baño. Cierra de un portazo.

Compenso toda la emoción que le ha faltado a nuestro encuentro cuando empiezo a sollozar. No puedo mantener la cabeza erguida ni un segundo más, y la barbilla me toca el pecho. Ni siquiera tengo fuerzas para subirme a la cama e intentar aliviar el dolor que siento en las muñecas. Soy un cuerpo sin vida que se retuerce entre sollozos.

Destrozado.

Vacío.

Oigo cómo se abre la puerta pero mantengo la cabeza baja. No puedo mirarlo y no puedo permitir que vea que me ha hecho añicos. Lo he provocado, lo he empujado a esto. Él me había ocultado a este hombre. Ha luchado todo este tiempo para que no tomara el control.

—¡Mierda! —ruge, y levanto la cabeza, que me pesa horrores, para verlo.

Está mirando al techo. Su rostro está deformado en un gesto convulso. Deja escapar otro bramido ensordecedor, se da la vuelta y empotra el puño contra la puerta del cuarto de baño. Astillas de madera caen al suelo.

Se me escapa un sollozo y vuelvo a dejar caer la barbilla contra el pecho.

—¿Livy? —Su voz es más dulce ahora, pero no me hace sentir mejor ni siquiera cuando noto sus manos masajeándome las muñecas.

Me rodea por el vientre con un brazo mientras desata el cinturón y clamo de dolor cuando mis brazos caen sin vida junto a mis costados.

—¡Suelta la puta barra, Livy!

Me sienta en el borde de la cama, se arrodilla en el suelo delante de mí y me aparta el pelo de la cara para verme. Alzo la vista y encuentro sus ojos. Tengo las mejillas bañadas en lágrimas, y Miller no es más que un borrón.

—Dios mío...

Me agarra las muñecas y se lleva mis manos a los labios. Me besa los nudillos sin parar pero pego un salto de dolor, la carne viva me quema pese a sus caricias. Su mirada se vuelve aún más triste. Me suelta las manos y me agarra de los antebrazos. Estudia los moretones en silencio hasta que me aparto y me pongo de pie sobre mis piernas temblorosas.

—¿Livy?

Ignoro la preocupación en su tono, recojo mis pantis y me las pongo todo lo rápido que mis extremidades adormecidas me permiten.

—Livy, ¿qué haces? —pregunta poniéndose delante de mí. Es lo único que veo.

Sólo veo pánico e incertidumbre.

—Me voy.

—No. —Niega con la cabeza y me toma por la cintura.

—¡No me toques! —grito dando un salto hacia atrás para escapar de él. No puedo soportarlo.

—¡No, Dios mío, no!

Levanta mi vestido del suelo y se lo esconde tras la espalda.

—No puedes irte.

Se equivoca. Por una vez, me va a resultar muy fácil alejarme de él.

—¿Me das mi vestido?

—¡No!

Lo arroja a la otra punta de la habitación y vuelve a tomarme de la cintura.

—¡Livy, ese hombre no soy yo!

—¡Suéltame! —Le aparto las manos de un manotazo y me dirijo al rincón en el que ha aterrizado mi vestido, pero él llega antes que yo—. Dame mi vestido, por favor.

—No, Livy. No voy a dejar que te vayas.

—¡No quiero volver a verte nunca más! —le grito en la cara.

Hace un gesto de dolor.

—No digas eso, por favor —me suplica, e intento quitarle mi vestido—. Livy, no voy a dejar que esto sea lo último que recuerdes de mí.

Le arrebato la prenda de las manos, agarro mi bolso de mano y los tacones y salgo corriendo medio desnuda de la habitación mientras él intenta ponerse el bóxer. La cabeza me da vueltas y tiemblo como una hoja. Entro en el elevador y le pego un puñetazo al primer botón que encuentro. No tengo tiempo de mirar a qué piso voy.

—¡Livy! —Sus pasos resuenan por el pasillo cuando viene corriendo a buscarme.

Yo sigo apretando botones como una loca.

—¡Venga! —le grito al elevador—. ¡Cierra las puertas ya!

—¡Livy, por favor!

Me derrumbo contra la pared del fondo en cuanto las puertas empiezan a cerrarse, pero no se cierran del todo. El brazo de Miller aparece por la ranura y las abre a la fuerza.

—¡No! —grito entonces buscando refugio en una esquina del elevador.

Está jadeante, sudoroso. En su perfecto rostro, normalmente impasible, sólo hay pánico.

—Olivia, por favor, sal del elevador.

Espero a que entre a buscarme, pero no lo hace. Se queda esperándome fuera, maldiciendo y abriendo las puertas a la fuerza cada vez que éstas intentan cerrarse.

—Livy, sal.

—No —replico negando con la cabeza mientras aprieto mis posesiones contra mi pecho.

Intenta agarrarme, pero hay por lo menos medio metro entre su brazo extendido y yo.

—Dame la mano.

¿Por qué no entra a buscarme? Es como si estuviera asustado, y empiezo a comprender que no es sólo porque esté huyendo de él. Hay otra cosa que le da miedo. Y, de repente, mi mente frenética y horrorizada junta todas las piezas al recordar la infinidad de veces que me ha subido en brazos por la escalera. Le da miedo el elevador.

Estudia con detenimiento las paredes de la cabina y luego me mira.

—Livy, te lo suplico, dame la mano, por favor.

Extiende el brazo de nuevo pero en este momento me encuentro demasiado estupefacta para aceptarlo. Se ha quedado petrificado de verdad.

—¡Livy!

—No —digo con calma, y vuelvo a pulsar los botones—. No pienso salir.

Mis ojos empiezan a soltar el torrente de lágrimas que han estado acumulando y me ruedan por las mejillas.

—¡Mierda! —Suelta las puertas y se lleva las manos a la mata de rizos negros.

Entonces las puertas comienzan a cerrarse.

Y él no hace nada por impedirlo.

Nos miramos fijamente los segundos que tardan en juntarse en el centro, y la última imagen que veo de Miller Hart es una a la que estoy acostumbrada. Una cara seria. No me da una sola pista de lo que le pasa por la cabeza.

Sin embargo, ya no necesito que sus expresiones faciales me digan lo que siente.

Me quedo observando la puerta en silencio, con un torbellino de cosas removiendo mi cabeza. Suena el timbre del elevador y doy un brinco al ver que las puertas empiezan a abrirse. En ese momento caigo en la cuenta de que sólo llevo las pantis puestas y que sigo estrechando mi vestido, la cartera y los zapatos contra mi pecho.

Me apresuro a vestirme y, cuando veo el pasillo, siento un gran alivio al comprobar que no hay nadie esperando fuera. Paro en todas las plantas hasta que las puertas se abren y estoy en el vestíbulo.

El corazón me late a toda velocidad y retumba contra mi esternón cuando salgo a toda prisa del elevador, desesperada por marcharme del hotel. Lo único que se me pasa por la cabeza es la idea de Miller acompañando a cientos de mujeres en este mismo lugar. La mujer de la recepción me ve salir a la carrera del vestíbulo donde todo es esplendor. Conoce a Miller, sabe lo que pasa, le ha dado la llave sin una sola pregunta, sin que haya tenido que pagar nada, y ahora me está mirando y se imagina lo que ha ocurrido. No puedo soportarlo.

Trastabillo, se me cae el bolso, aterrizo sobre las rodillas y me doy de bruces contra una cartera cara de piel que sale volando por el suelo de mármol. El dolor me asciende por el brazo cuando la palma de mi mano choca contra el mármol para intentar evitar que me golpee la cabeza contra la dura superficie. No puedo controlar el llanto. Sollozo sin parar con la vista fija en el suelo jaspeado y la cabeza baja. Silencio absoluto. Todo el mundo me está mirando.

—¿Se encuentra bien, señorita?

Una mano grande y fuerte aparece de pronto ante mis ojos. La voz áspera y profunda me hace levantar la mirada para ver al hombre que tengo delante en cuclillas. Es un hombre de mediana edad vestido con un traje muy caro.

Trago saliva.

Él se echa atrás.

Intento ponerme en pie y vuelvo a caerme de nuevo. Esta vez, de sentón. Mi corazón ha perdido el control. Ambos nos miramos fijamente.

—¿Olivia?

Recojo mi bolso y me pongo de pie con dificultad. No sé si voy a sobrevivir a tantas emociones. Sólo han pasado siete años, pero sus sienes salpicadas de canas ahora están completamente blancas, igual que el resto de su pelo. A él también le sorprende volver a verme, pero su rostro sigue siendo dulce y sus ojos grises están llenos de vida.

—William. —Pronuncio su nombre como una exhalación.

Se pone en pie tan alto como es y estudia mi cara.

—¿Qué estás haciendo aquí?

—Pues yo...

—¡Olivia!

Me vuelvo y veo a Miller, que vuela por la escalera mientras termina de ponerse el saco. Está despeinado y va hecho un desastre, nada que ver con el elegante e impecable Miller que conozco. En el vestíbulo no se oye ni una mosca, todo el mundo está mirando a la chica que acaba de caerse de bruces y ahora al hombre que desciende corriendo por la escalera a medio vestir. Baja el último peldaño y frena en seco. Mira más allá de mis hombros y se le dilatan las pupilas. Me vuelvo muy despacio y encuentro a William mirando fijamente a Miller. Tienen la mirada clavada el uno en el otro, y yo estoy en medio.

Se conocen.

Mi pequeño mundo no sólo está patas arriba, sino que acaba de explotarme sobre la cabeza. Debo salir de aquí. Mis piernas entran en acción y dejo atrás a los únicos hombres que he amado.

William es un fantasma del pasado, y ahí es donde debería quedarse.

Pero Miller es el corazón que me late en el pecho.

A cada paso que doy me asalta un recuerdo suyo. Cada vez que tomo aire para respirar, oigo su voz. Cada latido de mi corazón echa de menos sus caricias. Pero lo peor es que se me ha quedado grabado su hermoso rostro en la retina.

Huyo.

Huyo de él.

He de esconderme de él.

He de protegerme de él.

No cabe duda de que es lo que debo hacer. Todo, mi cabeza, mi cuerpo, me dice que es lo correcto, que es lo que haría una persona inteligente. Todo.

Todo excepto mi corazón.